Kathrin Corda

Viva la vita – Es lebe das Leben

TINTE & FEDER

Das Buch

Tanja steht vor dem abfallenden Putz ihrer angeblichen Top-Wohnung in der römischen Altstadt, Giulia vor dem lästigen Bauloch vor ihrem Café, das sie seit Monaten Geld und Nerven kostet, und Roberta vor den Scherben ihrer Familie. Auch in Sachen Männer ist das Leben der drei Frauen eine Baustelle. Tanjas Liebhaber erweist sich als Reinfall, Giulia glaubt, keinen Platz für einen Mann in ihrem Leben zu haben, und Roberta fragt sich, wie aus ihrem einst so sicheren Hafen der Ehe ein erbitterter Streit um die gemeinsame Tochter werden konnte.

Ausgerechnet die verwaiste Baustelle bringt die drei Frauen zusammen. In einer spontanen Nacht-und-Nebel-Aktion schütten sie die Grube ganz einfach zu – und werden prompt erwischt. Dicker Ärger mit der Justiz droht, doch gleichzeitig entwickelt sich eine echte Freundschaft, in der die drei Frauen sich gegenseitig helfen, ihr ganz persönliches Glück in der ewigen Stadt zu finden. »Wenn das Leben dir Steine vor die Füße wirft, bau was draus!«

Die Autorin

Kathrin Corda, in Hamburg geboren, hat die anderen Hälfte ihres Herzens an Italien verloren. Sie ist mit einem Italiener verheiratet und pendelt viel zwischen Sardinien, Rom, Neapel und dem deutschen Norden. Espresso und Prosecco, am liebsten in einer kleinen Bar, gehören für sie zum Schreiben und zu jedem Tag in der ewigen Stadt Rom. Sie arbeitet als freie Beraterin für Kommunikation und Werbung und als Buchautorin. Das italienische Lebensgefühl beschreibt sie mit Leichtigkeit in ihren erfolgreichen Frauenromanen.

KATHRIN CORDA

Viva la Vita

Es lebe das Leben

ROMAN

TINTE & FEDER

Deutsche Erstveröffentlichung bei
Tinte & Feder, Amazon Media EU S.à r.l.
38, avenue John F. Kennedy, L-1855 Luxembourg
Juni 2019

Umschlaggestaltung: zero-media.net, München
Nach dem Originaldesign von Doris Grahl
Umschlagmotiv: © CasarsaGuru / Getty; © nbriam / Getty; © neirfy / Getty
Innenteilmotive: © ArtRomanov / Shutterstock
1. Lektorat: Gisa Marehn
2. Lektorat und Korrektorat: Verlag Lutz Garnies, Haar bei München, www.vlg.de
Gedruckt durch:
Amazon Distribution GmbH, Amazonstraße 1, 04347 Leipzig /
Canon Deutschland Business Services GmbH, Ferdinand-Jühlke-Str. 7, 99095 Erfurt /
CPI books GmbH, Birkstraße 10, 25917 Leck

ISBN 978-2-91980-907-3

www.tinte-feder.de

per S.

1

Als ihr Taxi die Ponte Umberto überquerte, um auf die östliche Seite Roms zu gelangen, bot sich Tanja das Bilderbuchpanorama, an dem sie sich niemals sattsehen würde: Die sonnenangestrahlte Silhouette des Petersdoms, der mächtigen Engelsburg und der sanften Hügel dahinter ließ sie auch nach Monaten in der Stadt immer wieder innerlich aufjuchzen. Sie lebte dort, wo andere Urlaub machen, und heute bezog sie auch noch die passende Wohnung dazu. Grandios. Sie beugte sich weit zur Seite, presste den Hinterkopf gegen die Fensterscheibe und versuchte, mit ihrem Handy ein Selfie samt dem Ausblick dahinter zu schießen. Natürlich klappte das nicht. Von ihrem Kopf erhaschte sie nur das linke Ohr, und der Petersdom dahinter erschien als weißes verschwommenes Etwas. Wollte sie auf Instagram jemals Eindruck schinden, musste sie im Fotografieren wirklich besser werden.

Der Taxifahrer beobachtete sie im Rückspiegel und lachte sie wahlweise an oder aus. Dann bog er in die Innenstadt ein, um sich durch ein Gewirr von Einbahnstraßen und Gassen zu Tanjas neuem Zuhause durchzuschlagen.

»Sie haben großes Gepäck dabei, Signora«, begann er unvermittelt eine Unterhaltung und drehte sich andeutungsweise zu ihr nach hinten um, wo sie auf der Rückbank neben einer riesigen sackartigen Reisetasche und einem kleinen Rollkoffer eingekeilt war.

»Das hier ist ein Umzug«, erklärte sie. »Sie fahren mich gerade in meine neue Wohnung. Nach sechs Monaten Zimmer zur Untermiete außerhalb.« Himmel, wie sie sich freute!

»Hier im Centro Storico?« Der Taxifahrer nickte anerkennend, während er schwungvoll einen parkenden Lieferwagen umrundete. »Tolle Gegend, meine Mutter ist hier aufgewachsen. Sie erzählt immer, wie gefährlich die Gassen der Altstadt früher waren.«

»Und heute ist es fast unmöglich, hier eine Wohnung zu finden.« Tanja schüttelte ihre roten Locken über die Schultern, aber die Haare fielen sofort wieder nach vorn. »Rom war immer ein großer Traum von mir, wissen Sie. Dass ich nun mitten in der Altstadt einziehe, kann ich selbst noch nicht richtig glauben.«

»*Meraviglioso,* und ich bin sicher, es wird Ihnen hier gefallen«, erklärte er freundlich, »auch wenn es mitten in einer Großstadt ist, fühlt es sich doch an wie ein Dorf, jeder kennt jeden.« Er bog in eine kleine Seitenstraße ein, zweigte mehrfach rechts und links ab und hielt dann vor dem Haus, das von nun an ihr neues Zuhause sein sollte. Er half ihr beim Aussteigen, wuchtete ihre Gepäckstücke vor die Haustür und verabschiedete sich.

Tanja sah ihm nach und blickte dann die graubraune Fassade des rund vierhundert Jahre alten Gebäudes hinauf. Vor den Fenstern der Wohnung im dritten Stock flatterten ein paar ausgefranste Handtücher, verwitterte Bettlaken und etwas Unterwäsche an einer Leine im Wind. Der Makler hatte ihr erzählt, dass es neben ihrer noch zwei weitere Wohnungen gab, in denen ein alleinstehender Herr sowie ein älteres Ehepaar seit über dreißig Jahren wohnten. Sie zog in ein Rom, das es fast nicht mehr gab: ein Rom, in dem die Altstadt noch das

Wohnviertel der einfachen Leute war, bevor die Touristen kamen und Fernsehstars und Politiker die Dachgeschosse der Häuser in Luxusdomizile verwandelten.

Sie zog ihre Reisetasche ein Stück zur Seite und angelte nach dem Schlüsselbund, den ihr der Makler vor gut einer Stunde in seiner Agentur gegen einen saftigen Courtage-Scheck überlassen hatte.

»Transportierst du Kadaver durch die Stadt?«, sprach sie jemand hinter ihr an.

Tanja drehte sich um. Ein Typ mit ratzekurz geschorenen Haaren, Dreitagebart und dunklen Augen stand auf der Schwelle des Eingangs zu einem kleinen Modelädchen schräg gegenüber, rauchte eine Zigarette und beobachtete sie mit freundlicher, unverhohlener Neugierde. Er trug einen eng anliegenden Pulli und schwarze Lederhosen.

»Ja, das tue ich«, gab Tanja zurück, »ich bin Ärztin und übe in meiner Freizeit Schnitte am offenen Herzen.«

»Klingt gut«, entgegnete der Typ. »Kannst du sie auch flicken, wenn sie gebrochen sind?«

»Hast du Bedarf?« Sie lächelte und musterte ihn. Der Typ schien ihr eher von der Sorte Für-die-Frauenwelt-verloren zu sein. Er war einfach zu penibel gestylt und hatte eindeutig zu schön gepflegte Hände für einen Mann, der nach der dritten Nacht seine alten Socken vor dem Bett einer Frau vergaß.

»Haben wir das nicht alle?«, fragte er und schnippte seine ausgerauchte Zigarette auf die Straße.

Tanja grinste nur und machte sich daran, ihre Haustür aufzuschließen.

»Bist du die Neue, die oben in die freie Wohnung einzieht?«

Der Typ war definitiv zum Plaudern aufgelegt.

Tanja nickte.

»Freut mich.« Er hüpfte von seiner Treppenstufe, kam auf sie zu und reichte ihr die Hand. »Ich bin Valentino, *piacere.*«

»Tanja, angenehm.« Sie erwiderte seinen warmen, festen Händedruck.

»Herzlich willkommen in unserer Nachbarschaft«, fuhr Valentino fort, »da hast du dir eine nette Ecke zum Wohnen ausgesucht. Wenn du Hilfe brauchst oder was Schickes zum Anziehen, weißt du, wo du mich findest.« Er deutete auf seinen Laden.

»Danke, ich werde drauf zurückkommen. Aber jetzt …« Sie deutete vage mit dem Kopf in Richtung Treppenhaus. »Ich will dann mal …«

Wenige Minuten später stand Tanja keuchend im zweiten Stock. Sie hatte ihr Gepäck bereits die Treppe hochgezerrt und versuchte nun angestrengt, die Tür zu ihrer Wohnung zu öffnen. Der Schlüssel passte nicht. Komisch. Sie erinnerte sich, dass auch der Makler vor zwei Wochen Probleme mit dem Türschloss gehabt hatte, als er ihr die Wohnung gezeigt hatte. Aber hätte das nicht im Zuge der Renovierungsarbeiten gleich mit ausgetauscht werden sollen?

Schnaubend ließ sie sich auf ihren Reisesack plumpsen und betrachtete vorwurfsvoll den Schlüssel in ihrer Hand. Der konnte ihr offenbar nicht helfen, in ihre eigene Wohnung zu gelangen. Sie stand auf und trat zaghaft gegen die betagte Tür, die ein Stück nachgab. Kurz entschlossen rückte sie ihre Reisetasche beiseite, nahm Anlauf und warf sich mit einem beherzten Sprung gegen die Tür. Die gab mit einem lauten Krawumm nach, sprang auf, und Tanja schrie entsetzt, während sie wie ein Raketengeschoss in den Flur des Apartments flog.

Ein paar Sekunden lag sie still auf den Fliesen im Flur und wartete auf den Schmerz. Knie und Handgelenke meldeten sich mit leichten Blessuren, zum Glück nichts Schlimmes. Erleichtert richtete sie sich auf und schaute sich um.

Sie stutzte. Ihr Herz begann lauter zu klopfen.

Wie sah es hier denn aus?

Es schien, als habe der Vormieter die Wohnung auf der Flucht verlassen. Sie starrte auf eine Reihe von Dübeln in der Flurwand. An einer Stelle war der Putz aus der Wand gebrochen, daneben hing noch der abgebrochene Rest eines Kleiderhakens. An der Decke baumelte ein trostloses Kabel, den Fliesenboden durchzog ein langer Riss von der Wohnungstür bis hinüber in die Küche.

Langsam schlich sie in Richtung Wohnraum und schob behutsam die Zimmertür auf. Beim Anblick des Zimmers schlug sie sich die Hand vor den Mund. In einer Ecke stapelten sich alte Kartons, Zeitschriften und ein Stuhl mit drei Beinen. Weiter hinten stand eine zerbeulte Klimaanlage, ein angeschlagener Spiegel lehnte an der Wand. Der alte schlammfarbene Teppich lag immer noch muffig unter ihren Füßen, von dem versprochenen neuen Parkettboden keine Spur.

Tanja schluckte betroffen.

Sie ging ins Bad und betätigte den Wasserhahn. Immerhin, fließend Wasser gab es. Sie hielt beide Hände unter den Strahl und spritzte sich etwas Wasser in ihr überhitztes Gesicht. Dann stützte sie sich auf dem uralten Waschbecken ab und betrachtete sich im kaputten Spiegel, der über dem Becken hing.

»Herzlich willkommen im neuen Zuhause deiner Träume. Was für eine Scheiße!« Sie schnitt sich selbst eine Grimasse und überlegte, was sie nun tun könnte. Sollte sie den Makler anrufen? Direkt den Vermieter? Oder gleich ihren Anwalt? In diesem Moment hörte sie ein leises Knacken. Ohne gleich zu verstehen, woher es kam, horchte sie auf. Ein Geräusch wie bröselnder Sand. Unter ihren Händen bewegte sich etwas. Sie schrie auf, machte einen Satz zurück und drückte sich an die Badezimmerwand.

Gerade noch rechtzeitig, bevor das Waschbecken mit lautem Krachen direkt vor ihren Füßen aufschlug und in tausend Scherben zersprang.

Tanja fühlte sich wie in einem schlechten Film. Sie schluckte. Die horrende Miete, die Vorfreude und nun diese Enttäuschung. Ihre Gedanken überschlugen sich, und es wurde ihr ganz schwindelig. Sie ließ sich auf den klapprigen Kunststoffdeckel der Toilette sinken und betrachtete kopfschüttelnd das Chaos vor sich. Sie musste unbedingt mit jemandem reden – wenn schon keiner da war, in dessen Arme sie sich jetzt werfen konnte.

Sie kramte ihr Handy hervor, wählte die Nummer ihrer Schwester und wartete. Schon nach dem dritten Klingeln wurde ihr unbehaglich. Ob Katrin vielleicht gerade das Baby ins Bett brachte?

Tuuut.

Oder stillte sie gerade?

Tuuuuut.

Ganz bestimmt – auf jeden Fall würde ihr Anruf stören. Besser, wenn sie sofort aufleg…

»Ja?« Katrin klang wie ein gehetztes Tier.

Sie hätte lieber auflegen sollen. »Katrin, ich bin's.«

»Ich weiß. Was ist denn?« Aus dem Hintergrund tönte lärmendes Kindergeschrei durch den Hörer.

Tanja schluckte. Das war nicht wirklich die Ansprache, die sie gerade brauchte. »Es ist nur«, begann sie mühsam, »dass ich nun in meine neue Wohnung gekommen bin …«

»… die arschteure in der Altstadt? Mann, Tanja, du führst ein Leben.« Katrin schnalzte mit der Zunge, und es war nicht zu erkennen, ob sie damit Missbilligung oder Bewunderung zum Ausdruck bringen wollte.

»Es ist nur …«

»Ach, Tanja«, fiel ihr Katrin ins Wort, »du hast es gut da in Rom. Ich bin so fix und fertig, das kannst du dir nicht vorstellen. Ich bin echt durch!«

»Hm, ich auch, ich …«

»Niklas-Lian hat heute Nacht wieder nicht geschlafen.«

Katrin schien sie gar nicht gehört zu haben.

»Zwischen zwei und vier bin ich mit ihm im Wohnzimmer auf und ab gelaufen. Er hat die ganze Zeit gebrüllt. Ich glaube, er bekommt Zähne. Oder hat einen Sprung.«

»Wo?«

»Einen Ent-wick-lungs-sprung, hast du das noch nie gehört?« Katrin klang brüskiert. Das Plärren im Hintergrund wurde leiser und verstummte plötzlich ganz.

»Ach so.« Tanja fühlte sich überfahren. »Na ja, ich wollte dir auch nur erzählen …«

»Nein, Niklas-Lian, nicht an die Stereoanlage«, gurrte Katrin. »Matthias hat mal wieder die ganze Zeit geschlafen, als ginge ihn das alles nichts an. Zieht ihm abends den Schlafanzug falsch herum an, legt sich ins Bett und denkt, die Welt sei in Ordnung.«

»Aha …« Tanja fuhr ratlos mit der Hand über die speckige Fliesenwand neben sich. Wie konnte man ein Badezimmer bloß so schmutzig hinterlassen oder noch schlimmer: damit *leben?*

»… und wenn ich ihm sage, er soll sich um Niklas-Lian kümmern, weißt du, was er dann macht?« Katrins Stimme klang alarmierend.

»Du wirst es mir gleich sagen.« Neben dem Waschbecken hing eine Steckdose halb aus der Wand, ein alter Handtuchhalter war abgebrochen. Ihr stand wirklich viel Arbeit bevor. Sie seufzte.

»Er setzt sich mit Niklas-Lian vor den Fern-se-her. Stell dir das mal vor.«

»Uuuh.« Tanja bemühte sich um angemessene Entrüstung in ihrer Stimme. »Was schaut sich Matthias denn mit Nik an?«

»Er heißt Niklas-Lian, Tanja. Außerdem ist es doch egal, was sie gucken. Es geht darum, dass sie überhaupt etwas gucken.«

»Warum?«

»Häh?« Katrin war aufgebracht. »Tanja, als Ärztin musst du doch wissen, wie schlecht Fernsehen für Kinder ist – viel zu viele *Eindrücke,* das kann ein Baby überhaupt nicht ver-ar-bei-ten.«

»Ich bin Frauenärztin, keine Kinderärztin«, entgegnete Tanja schwach.

»Ja, aber so was weiß man doch!«

»Ja, da hast du recht.« Sie hatte keine Lust mehr. »Katrin, ich denke, wir sollten auflegen. Ich … ähm, ich habe auch noch was zu tun.«

»Immer hast du zu tun.« Katrin schien plötzlich beleidigt. »Warum hast du denn angerufen?«

»Ich wollte mich mit dir unterhalten«, gab Tanja ruhig zurück, »so wie in den letzten achtunddreißig Jahren.«

Katrin schwieg einen Moment. »Siebenunddreißig«, korrigierte sie dann leise, und ihr Tonfall war plötzlich wieder wie früher, »ich bin schließlich jünger als du.« Man konnte hören, dass sie lächelte.

»Ach, die elf Monate«, wehrte Tanja ab und musste lachen. Es ging ja also doch noch zwischen ihnen.

Katrin seufzte. »Tanja, ich frage mich heute, wie Mama das geschafft hat. Zwei Kinder so kurz hintereinander, ich glaube, ich hätte mich …« Im Hintergrund brabbelte Niki irgendetwas. »Bleib weg von der Tür!«

»Wie bitte?«

»Ich meinte Niklas-Lian. GEH WEG VON DER TÜR.«

Tanja hörte ein Rumsen, dann einen schrillen Schrei, dann hysterisches Babyweinen.

»Niklas-Lian, was machst du denn? Tanja, ich muss Schluss machen!«, brüllte Katrin. »Bis bald.«

Und schon hatte Katrin aufgelegt. Tanja nahm das Telefon vom Ohr und schaute wehmütig auf das Display. Es zeigte ein Foto von ihr und Katrin, aufgenommen vor fünf Jahren auf einer Skireise nach Südtirol. Sie hatte gerade ihr Examen mit

Bravour bestanden und Katrin eingeladen, es zusammen so richtig krachen zu lassen. Sie presste die Lippen zusammen. Es waren damals wundervolle Tage mit ihrer Schwester gewesen, zusammen waren sie ein unschlagbares Duo. Egal, welchen Raum sie mit ihren wilden roten Locken und ihrem fröhlichen Lachen auch betraten, alle Köpfe drehten sich nach ihnen um. Wie sie das genossen und durchaus auch ausgekostet hatten. Doch als Katrin dann Matthias kennenlernte und schon ein Jahr später schwanger wurde, änderten sich die Dinge schlagartig. Tanja hatte die Welt nicht mehr verstanden und tat es im Grunde immer noch nicht.

Sie legte das Handy auf die Fliesen und kniete sich daneben, um die Überreste des Waschbeckens aufzusammeln. Der Tag hatte so wunderbar begonnen. Fast hätte sie sogar ihren Ärger über Fabio vergessen. Aber nun war sie im wahrsten Sinne des Wortes am Boden und sammelte Scherben auf. Hoffentlich war das kein schlechtes Omen, wenn sie ihn gleich bei der Visite treffen würde, genau das fehlte ihr heute noch. Scheppernd warf sie die Porzellanstücke in einen der alten hellblauen Putzeimer, die ihr die Vormieter in weiser Voraussicht dagelassen hatten, und stand auf. Ihr Blick fiel in den Flur und das Schlafzimmer dahinter. Sie zahlte Unsummen Miete für diese Wohnung. Bei der Besichtigung hatte man ihr erklärt, alles würde umfassend renoviert, und nun fand sie die Räume derart schäbig vor. Was bildeten sich diese Vermieter eigentlich ein? Wütend stemmte sie die Hände in die Hüften. Ja genau: Was glaubten die eigentlich, wer sie war und wie man mit ihr umgehen konnte?

»Nicht mit mir«, stieß sie böse hervor und las ihr Handy von den Fliesen auf, »mich werdet ihr kennenlernen!«

2

»*Un caffè doppio!*«

»*Uno ristretto, grazie …*«

»*Un caffè macchiato in un bicchiere di vetro, per favore.* Im Glas bitte.«

Giulia rotierte. Die Zeit nach dem Mittagessen war – neben dem morgendlichen Wahnsinn, bevor die Römer zur Arbeit gingen – die hektischste in ihrer Bar. In diesen Zeiten schaltete sie auf Autopilot und funktionierte nur noch. Vor dem Tresen drängten sich die Leute, als gäbe es etwas umsonst. Irgendwo klingelte ein Handy, lautes Lachen und eine Diskussion einiger Herren vorn am Fenster erfüllten den Raum. Es herrschte ein Getöse wie in einem Bienenstock.

Giulia warf fünf Untertassen wie Spielkarten nebeneinander auf die Theke, verteilte klirrend kleine Löffelchen darauf, während sie mit der anderen Hand an dem riesigen Kaffeeautomaten ein paar Knöpfe drückte. Dann griff sie nach der Metallkaraffe mit Milch, drehte ein Rädchen an dem Automaten und hielt die Kanne unter die Heißluftdüse. Ein lautes Zischen übertönte die Gespräche. Die umstehenden zwanzig, vielleicht sogar dreißig Gäste zuckten ob des ohrenbetäubenden Lärms nicht einmal mit der Wimper und unterhielten sich gestikulierend weiter.

»Un cappuccino e un tramezzino, grazie.« Eine große, schlanke Frau in ihrem Alter, die roten Locken zu einem Pferdeschwanz zusammengebunden, schob ihr den Kassenzettel zu, dazu die zwanzig Cent Wechselmünzen als Trinkgeld.

Giulia nickte, ohne aufzuschauen, und reihte die Bestellung in den Reigen der anderen Wünsche ein, die ihr von allen Seiten entgegenflogen. Mit geübtem Griff schraubte sie zwei Siebträger gleichzeitig von der Maschine, ließ mit dem Fuß einen Mülleimer darunter aufschnappen und schlug mit energischem Knall verbrauchtes Kaffeepulver in die Tonne. Dann befüllte sie beide Siebe neu, schraubte sie zurück an die Maschine und drückte zwei Knöpfe, um ganze vier Tässchen gleichzeitig mit Kaffee zu versorgen.

»Ciao, Giulia, come va?« Eine bekannte Stimme riss sie aus ihrem hochkonzentrierten Trott. Es war Onkel Aldo, der ein kleines Möbelrestaurateurgeschäft gleich um die Ecke betrieb und rund sechsmal am Tag vorbeikam, um einen schnellen Kaffee zu trinken und ein paar Worte mit jedem zu wechseln, der ihm über den Weg lief.

»Geht so, danke«, rief Giulia zurück und stellte ihm eine Tasse Espresso direkt vor die Nase, ohne seine Bestellung abzuwarten. »Wenn dieses ewige Loch vor der Bar nicht wäre …« Sie deutete Richtung Fenster, vor dem man eine Baustelle, eingezäunt durch ein orangefarbenes Plastiknetz, erkennen konnte.

Aldo nickte mitfühlend. »Wie lange geht das jetzt eigentlich schon so? Ein halbes Jahr?« Er leerte drei Tütchen Zucker in den armen Kaffee und trank das Gebräu, ohne umzurühren, in einem Zug.

Giulia verzog frustriert den Mund. »Seit vier, nein, inzwischen fünf Monaten. Ich habe schon alles versucht, *zio,* ich stehe fast vor der Kapitulation. Einen Versuch starte ich noch, wenn der nicht klappt, gebe ich auf.«

»Was hast du vor?«

»Da beim Amt gibt es eine einzige Frau, die ein Mensch zu sein scheint. Die heißt Roberta, habe ich mitbekommen, wie *la mamma,* stell dir vor, das kann doch nur ein gutes Zeichen sein.«

»Und was hast du mit ihr vor? Korruption, Erpressung?« Aldo grinste neugierig.

»Schlichtweg an ihre Menschlichkeit appellieren, dachte ich.« Giulia zuckte mit den Schultern. »Vielleicht werfe ich mich vor ihr auf den Boden und umschlinge weinend ihre Knie?«

Aldo lachte laut auf und tätschelte ihr die Hand, die auf dem Tresen ruhte.

»Sehen wir uns denn heute Abend?« Er nahm den kleinen Löffel von seiner Untertasse, um den Restzucker aus der Tasse zu naschen.

Giulia schüttelte den Kopf. »Meine Studienfreundin Sara feiert heute ihren Vierzigsten. Da muss ich hin, um mir abzugucken, wie man vierzig wird und überlebt.« Sie lachte.

Aldo schüttelte tadelnd den Kopf und betrachtete sie schmunzelnd. »Ihr jungen Leute«, seufzte er und nahm seine Geldbörse und den Schlüsselbund vom Tresen, »ihr habt das Leben noch vor euch und kümmert euch überhaupt nicht mehr um die Ideale und Werte unserer Zeit!«

»Ach, nun mal das doch nicht so grau!« Sie stapelte einen Berg schmutziger Kaffeetassen, Teller und Löffel in den Gitterkorb der Spülmaschine. »So einfach haben wir es nun auch wieder nicht.«

»Ich hätte mich jedenfalls in deinem Alter nicht getraut, an einem Freitagabend nicht in die Synagoge zu gehen«, gab Aldo zurück. »Mein Vater hätte mich nie wieder ins Haus gelassen.«

»Wie gut, dass ich in meinem Alter schon eine eigene Wohnung habe«, rief Giulia über den erneuten Lärm der

Kaffeemaschine hinweg. »Im Herbst unter irgendeiner Brücke am Tiber zu schlafen, fände ich echt unangenehm.«

Aldo lächelte und wandte sich zum Gehen. »Also Schalom, meine Kleine, ich werde heute Abend mal ein ernstes Wort mit meiner Schwester über dich wechseln«, scherzte er und verließ die Bar.

Giulia griff nach einem Lappen, wischte um die Spüle herum und schaute ihrem Onkel einen Moment nach. Langsam schlenderte er, nach links und rechts grüßend, die Via Catalana hinunter. Genau wie er war sie hier aufgewachsen und hatte das Viertel nie wirklich verlassen, wenn auch ihre Wohnung inzwischen außerhalb des Quartiers lag. Die Menschen waren die gleichen geblieben, aber die Zeiten hatten sich geändert. Als Giulia noch zur Schule ging, war ihr Viertel und mit ihm die ganze Altstadt Roms ein düsterer, verfallener Ort gewesen. Wohnungen waren billig zu haben, Drogen ebenso, und die Hauseingänge wurden von zwielichtigen Gestalten, die sich nach der Dämmerung in den Gassen herumtrieben, als öffentliche Toiletten missbraucht.

Dann kam der Massentourismus in der Altstadt an und mit ihm das Geld. Die ersten Palazzi wurden restauriert, neue Cafés und Restaurants öffneten, und heute musste man schon genau hinschauen, um das alte Leben in Rom noch erahnen zu können.

Giulia seufzte und blickte sich in ihrer Bar um. Ihr Großvater hatte das kleine Lokal, nachdem er sich zu Kriegszeiten in einem Dorf in den Abruzzen hatte verstecken können, sofort nach dem Krieg eröffnet und es ihr vor ein paar Jahren übertragen. Die Mauern um sie herum waren also Teil der Geschichte dieser Stadt, und sie schauderte, wenn sie sich vorstellte, was dieses Gebäude aus den letzten Jahrhunderten so alles berichten würde, wenn es denn sprechen könnte.

Die Bar hatte sich inzwischen geleert. Die meisten Gäste waren zurück an ihren Arbeitsplatz oder direkt ins Bett zur Siesta verschwunden. An der Kasse diskutierte ihre Gehilfin Fabiana mit zwei Teenagern über den Preis einer Tüte Chips in der Auslage, und an einem Stehtisch unterhielten sich drei ältere Damen mit Einkaufstüten und Hütchen auf den ergrauten Köpfen über den besten Schlachtermeister des Viertels.

An einem der kleinen Tische draußen saß noch die rothaarige Frau, die Giulia für eine Schwedin oder Deutsche hielt. Sie sprach aufgeregt in ihr *telefonino* und wirbelte dabei so wütend mit den Händen in der Luft herum wie der vorbestrafte Fischhändler von der Piazza San Cosimato. Neugierig griff Giulia nach einem Lappen und einem kleinen runden Peroni-Tablett und trat hinaus vor die Tür, um geschäftig die beiden winzigen Außentische abzuwischen, die sie diese Saison vor der Tür hatte aufstellen können, und sammelte dabei ein paar vereinsamte Geschirrstücke ein.

»*Top*-Wohnung nennen Sie das?«, hörte Giulia die Frau mit einem unverkennbar deutschen Akzent schimpfen. »Die Ausstattung ist STALL-ähnlich! Bei der Miete kann ich doch wohl erwarten, dass die Haustür und die sanitären Anlagen …« Die Frau lauschte einen Moment angestrengt und drückte ihr Telefon verkrampft gegen die Wange. »Ich soll was?!«, brüllte sie. »Auf *meine* Kosten?«

Giulia nickte, nahm ihr Tablett und verschwand wieder in der Bar. Sie hatte verstanden. Eine dieser verwöhnten nordeuropäischen Expats, die in irgendwelchen internationalen Unternehmen und Organisationen in Rom arbeiteten und davon ausgingen, hier die gleichen Standards vorzufinden, wie sie es von daheim gewohnt waren. Giulia kannte diese Standards nicht, weil sie nie wirklich aus Rom oder gar aus Italien herausgekommen war, aber sie hatte über die Jahre im Gespräch mit ihren Gästen verstanden, dass man da, wo das Wetter schlechter war und die Uhren pünktlicher gingen, offenbar mehr für sein Geld bekam als hier. Und dass Menschen von dort oft ungehalten waren, wenn sie zu lange auf den Service warten mussten. Sie wagten es sogar, Speisen zu reklamieren und sie neu zubereiten zu lassen, wenn diese aus welchen Gründen auch immer nicht ihren Erwartungen entsprachen.

Giulia hatte sich daran gewöhnt und handelte entsprechend. Denn genau diese Klientel zahlte gut, wenn sie zufrieden war, und kam sogar wieder. Aber sie wusste, dass nicht allzu viele ihrer Landsleute so tickten wie sie.

Draußen tippte die Frau energisch auf dem Display ihres Handys herum, knallte das Gerät wütend auf den Tisch und erschien in der Ladentür. Giulia schaute freundlich auf.

»Prego?«, sagte sie.

»Könnte ich bitte noch einen Cappuccino bekommen?«

»Kommt sofort.« Giulia machte sich eilig ans Werk.

Zwei Minuten später stellte sie eine große Tasse samt ein paar Keksen aus der benachbarten koscheren Bäckerei vor der Rothaarigen ab. Die saß mit ihrem Handy da und tippte hastig auf das Gerät ein.

»Probleme?«, fragte Giulia, während sie die gebrauchte Tasse auf ihr Tablett lud.

»Große Probleme«, antwortete die Frau schwer atmend, angelte nach einem der Kekse auf dem Tellerchen und stopfte ihn sich in den Mund. »Ich habe«, fuhr sie kauend fort, »eine Wohnung hier in der Nähe angemietet, die mir als echter Saustall übergeben wurde. Die Wohnung ist nicht gestrichen, die Küche ist ein Loch, die Wohnungstür schließt nicht, und soeben ist mir das alte Waschbecken abgebrochen.« Die Frau lachte bitter. »Der Makler hatte mir beim Besichtigungstermin zugesagt, dass die Wohnung renoviert würde. Das ist nicht passiert, und das Schlimmste ist: Das stand auch nicht im Vertrag. Ich hatte mich einfach auf sein Wort verlassen.«

Giulia nickte mitleidig. Auch das war eher typisch für ihre Stadt. Nicht für die Menschen ihrer Zunft, die sich samstags in der Synagoge trafen; bei denen galt noch das gesprochene Wort. Aber bei den fast drei Millionen Römern um sie herum war man besser beraten, nur sich selbst zu vertrauen.

»Hätte es im Vertrag gestanden«, antwortete Giulia vorsichtig, »hätte Ihnen das auch nicht viel genützt. Wenn Sie in Rom Klage einreichen, können Sie in einigen Jahren mit einem Verfahren rechnen … Bis dahin ist Ihr Mietvertrag längst ausgelaufen.« Sie grinste hilflos.

Die Frau starrte sie entgeistert an. »Aber was soll ich denn jetzt machen?«

Giulia wischte sich die Hände an ihrer Schürze ab und setzte sich auf den freien Stuhl am Tischchen ihrer Kundin. »In die Wohnung einziehen, streichen, durchwischen und ein neues Waschbecken einbauen. Willkommen in Rom, Signorina«, fügte sie verschwörerisch hinzu.

Die Deutsche warf sich auf ihrem Stuhl zurück und klappte den Mund auf und wieder zu.

»Ich zahle einfach meine Miete nicht«, verkündete sie trotzig.

»Uh, bloß nicht!« Giulia wehrte ab. »Eine Wohnungsräumungsklage ist fast das Einzige, was in diesem Land funktioniert.«

Die Rothaarige schwieg betroffen und nippte an ihrem Cappuccino.

»Wo ist die Wohnung?«, wollte Giulia wissen.

»In der Nähe der Piazza Farnese.«

»Aber das ist doch prima«, sagte Giulia und klopfte mit der flachen Hand auf die Tischplatte, »dann würde ich sagen: Genießen Sie die schöne Gegend, und zum Essen und Trinken kommen Sie zu mir.«

3

Tanja verzog das Gesicht und trank ihre Tasse aus. Diese Barfrau hatte gut reden. Bestimmt hatte sie den Laden hier geerbt, noch nie in ihrem Leben Miete gezahlt und wurde nicht von einem Römer derart über den Tisch gezogen wie sie. Sie schaute auf die Uhr – sie musste los zur Spätschicht.

»Was schulde ich Ihnen?«, fragte sie die Barfrau, um einen möglichst freundlichen Tonfall bemüht, und legte ein paar Münzen auf den Tisch. Lächelnd steckte die Barista einen einzigen Euro ein und schob ihr den Rest zurück.

»Also, bis zum nächsten Mal«, sagte sie. »Übrigens, ich heiße Giulia.«

»Ich bin Tanja, bis zum nächsten Mal. Und: danke.«

* * *

Der Weg zum Krankenhaus, wo Tanja arbeitete, war nur kurz. Nach wenigen Minuten stand sie an der Tiberbrücke, die zu der Flussinsel führte, auf der vor Jahrhunderten ein Kloster und ein kleines Krankenhaus Platz gefunden hatten. Sie überquerte die Brücke und bog hinter der Apotheke zum Haupteingang des Hospitals ab. Dann marschierte sie durch die Haupthalle zum Fahrstuhl und fuhr in den ersten Stock zur Gynäkologie. Im Gang zum Schwestern- und Ärztezimmer watschelten ein paar Frauen mit ihren Neugeborenen auf dem Arm herum, eine Krankenschwester, die sie nur vom Sehen kannte, schob drei Tropfständer gleichzeitig durch den Flur. Am Ende des Ganges wienerte eine Frau aus der Putzkolonne energisch den Boden mit einem scharf riechenden Mittel. Tanja öffnete die Durchgangstür mit dem Geheimcode und stand im Mitarbeiterbereich ihrer Station. Aus dem Pausenzimmer der Hebammen drang lautes Lachen, irgendwo dudelte ein Fernseher. Sie ging in den Umkleideraum, öffnete ihren Spind und begann sich umzuziehen. Ihre Kollegin Laura schlurfte herein.

»Hölle heute«, schnaufte sie und ließ sich auf die Bank neben Tanja fallen, »die Notaufnahme quillt über. Vier Fehlgeburten, zwei Notkaiserschnitte und die Spontangeburt einer Romni unten auf dem Gang der Notaufnahme. Die wusste noch nicht mal, dass sie schwanger war.«

»Meine Güte!« Tanja hob die Augenbrauen, schlüpfte in ihren weißen Kittel, knöpfte ihn zu und versenkte ihre schwarze Lesebrille neben den drei Kugelschreibern in der Brusttasche. Auch nach acht Berufsjahren als Ärztin geschahen in ihrem Job immer wieder unglaubliche Dinge, bei denen sie Probleme hatte, nach außen hin ruhig, unbeeindruckt und professionell zu wirken. »Ist denn alles gut gegangen mit der Frau?« Sie würde es nie verstehen, wie eine Frau nicht bemerken konnte, dass sie schwanger war. Zwar war sie es selbst noch nie gewesen, doch die vielen Tritte, die Babys ihren Mamas von innen verpassten, sah sie tagtäglich im Ultraschall. Manchmal kickten die Kleinen ihr sogar aus Mamas Bauch heraus den Scanner zur Seite.

»Zum Glück, ja. Mutter und Kind sind wohlauf. Die werden wir bestimmt spätestens in zwei oder drei Wochen in Trastevere zusammen beim Betteln treffen.«

»Laura, bitte«, schimpfte Tanja lauter, als sie wollte, »wie kannst du nur so gemein sein?«

Laura zuckte mit den Schultern. »Ist doch so«, nuschelte sie ungerührt.

Tanja schauderte innerlich und warf einen Blick auf ihre Armbanduhr. »Oh, es ist spät. Komm«, sie gab Laura einen Wink, »lass uns zur Schichtübergabe gehen.«

Das Besprechungszimmer der Ärzte war etwas kleiner als das der Hebammen. Dafür gingen die Fenster direkt auf den Fluss hinaus und boten einen beeindruckenden Blick auf den Tiber und die Palatino-Brücke dahinter. Tanja hatte sich auch nach einem halben Jahr noch nicht an diesen wundervollen Ausblick gewöhnt.

Sie sicherte sich, mit ihrer Mappe bewaffnet, einen Platz neben Laura und ließ ungeduldig ihren Kuli auf- und zuschnappen. Außer ihnen warteten bereits Oberärztin Giovanna, Chefanästhesist Claudio, die Fachärzte Franco, Arianna und Patrizia sowie zwei Ärzte im Praktikum darauf, dass die Sitzung losging.

Für einen kurzen Moment erfüllte ein erwartungsvolles Schweigen den Raum. Es erinnerte Tanja an die Stille im Wartesaal zwischen Menschen, die sich zwar nichts zu sagen haben, aber irgendwie das unangenehme Gefühl nicht loswerden, das Schweigen mit einem gekonnten Scherz beenden zu müssen. Einer fehlt noch in der Runde, dachte Tanja, und das heftige Schaudern, das sie in den letzten Wochen bei der Arbeit begleitet hatte, machte sich wieder in ihrem Bauchraum breit. Sie verschränkte die Arme vor der Brust.

»Huh, ist das heiß heute für einen Oktobertag!«, stöhnte Giovanna und durchbrach damit die Stille als Erste. Geschäftig stand sie auf und öffnete die Fenster. Der Lärm Roms drang sturzbachartig herein. Ein paar Möwen flogen kreischend am Fenster vorbei.

Auf dem Flur hörte man Schritte, jemand lachte. Dann ging die Tür auf, und herein kam ein angeregt plauderndes Gespann, bestehend aus dem leitenden Oberarzt der Geburtshilfe Fabio Merlo und den beiden neuen Assistenzärztinnen. Tanja stockte für einen Moment der Atem. Es war wie immer: Fabio betrat nicht einfach nur einen Raum, er *nahm ihn ein,* sobald er auch nur einen Fuß hineinsetzte. Wie immer sah er betörend aus in seinen lässigen Tod's, seinem weißen Poloshirt und dem offenen Arztkittel darüber, der an ihm aussah, als sei er nur für ihn erfunden worden.

»… und dann habe ich ihm gesagt: ›Diesen Fusel können Sie gern selber trinken. Das Leben ist zu kurz für schlechten Wein.‹ Da war der sauer, sag ich euch!« Fabio gestikulierte gewohnt ausladend, als stünde er auf einer Bühne, und schaute Beifall heischend in die Zuschauermenge. Für einen Moment trafen sich ihre Blicke. Tanja kniff die Augen zusammen und senkte den Blick.

Die beiden jungen Assistenzärztinnen lachten, als hätten sie gerade den besten Witz ihres Lebens gehört. Auch Laura und Giovanna lächelten höflich. Tanja zwang sich zu einem unbeholfenen Grinsen.

»*Bene, bene,* dann wollen wir mal!« Fabio ließ sich auf einem Stuhl neben den beiden Ärzten im Praktikum nieder. »Und ihr zwei? Neue PJler in unserer Runde?«, fragte er. »Herzlich willkommen und viel Spaß bei uns!« Die Studenten, offenbar daran gewöhnt, als die Letzten in der Hackordnung eher ignoriert als angesprochen zu werden, stellten sich unbeholfen vor, um dann wieder schüchtern in ihre Stühle zurückzusacken.

Fabio griff nach einer Patientenmappe, die Giovanna ihm hinübergeschoben hatte.

»Wir haben eine ereignisreiche Frühschicht hinter uns«, begann Giovanna. »Die Patientin in der einundzwanzig A kam heute Morgen mit schweren Unterleibskrämpfen zu uns …«

Während Giovanna berichtete, blätterte Fabio durch die Krankenakten und machte sich an einigen Stellen kurze Notizen. Alles an ihm sah so lässig, so fachmännisch aus, als gäbe es nichts auf der Welt, was ihm in irgendeiner Weise Probleme bereiten würde. Tanja beobachtete ihn verstohlen. Ihr Brustraum zog sich zu, und die Schmetterlingshorden, die sie, seit sie ihn zum ersten Mal gesehen hatte, in ihrem Bauch züchtete, flatterten erneut aufgescheucht herum. Heimlich warf sie einen Blick auf die Runde ihrer Kollegen, die mit den Notizbüchern vor sich aussahen wie eifrige Sekretärinnen. Fabio hingegen, den linken Ellenbogen auf die Tischplatte gestützt und dabei das Gesicht locker auf Daumen, Zeige- und Mittelfinger abgelegt, wirkte, als täte er allen einen netten Gefallen damit, sich die ein oder andere Information aufzuschreiben. Tanja überkam das Bedürfnis, ihm zart über seine schöne Stirn zu streichen oder sich gleich mit dem ganzen Körper an ihn zu drücken. Schon bei dem Gedanken daran wurden ihre Wangen heiß. Sie schüttelte sich, befahl sich mehr innere Ausgeglichenheit und verordnete sich dazu ein Quäntchen Würde. Sie versuchte, sich mit interessierter Miene auf Giovannas Stimme zu konzentrieren und an den richtigen Stellen verständig zu nicken.

Giovanna ging schnell und pragmatisch jede einzelne Patientenakte durch. Ab und zu fragte sie Laura nach ein paar Details, und schon nach zwanzig Minuten klappte sie die letzte Mappe zu und legte sie auf den großen Stapel, den sie dann komplett zu Fabio hinüberschob.

»Wer von euch welche Patientin übernimmt«, schloss sie, »macht ihr wohl unter euch aus.«

Eine hektische Aufbruchstimmung entstand. Laura und ihre Kollegen von der Frühschicht hatten nichts Dringenderes zu tun, als schnellstmöglich nach Hause zu kommen.

»Zweiundsechzig Patientinnen macht, sagen wir: zwölf pro Nase«, rief Fabio sportlich und warf Tanja und ihren Kollegen je zwölf Akten zu, während er selbst nur zwei Privatpatientinnen behielt. »*Buona giornata* euch allen.« Er stand auf und hielt beim Hinausgehen den Kollegen nonchalant die Tür auf.

Tanja blieb sitzen, ging betont langsam ihre Aufzeichnungen durch und glich sie mit ihren Patientenakten ab, als ginge sie die Aufbruchstimmung ringsum nichts an. Fabio war in der Tür stehen geblieben und blickte sie an.

»Alles klar bei dir?«, fragte er leise. Seine dunklen Augen durchbohrten sie geradezu.

Tanja schluckte, während sie mit gelbem Textmarker eine Notiz zur Verabreichung eines Wehentropfes unterstrich. In Zeitlupentempo schaute sie auf.

»Ist das alles, was du zu sagen hast?« Ihr Ton war unvermittelt scharf wie ein Skalpell, sie hörte es selbst.

»Ich habe nichts *gesagt,* ich hab nur was *gefragt.«* Fabio gab sich schelmisch. Er sah über die Schulter in den Flur hinaus und lehnte die Tür an. »Und? Nein, im Ernst. Wie geht's dir heute?«

»Wie würde es *dir* denn gehen, wenn du stundenlang allein in einer Trattoria herumgesessen und auf jemanden gewartet hast, der nicht kommt und dazu sein Handy *ausgeschaltet* hat?«, zischte sie. Sie gab sich keine Mühe, ihre aufkeimende Wut zu unterdrücken. Sie schob sich ihre Brille fester auf den Nasenrücken und blätterte schwer atmend in einer ihrer Akten.

»Du bist so unglaublich sexy mit dieser Brille, *bella*«, flüsterte Fabio, kam näher und umfasste ihre Schultern mit einem sanften Massagegriff.

Wie elektrisiert richtete Tanja sich auf und schloss die Augen.

»Wo warst du gestern, will ich wissen«, fauchte sie und schüttelte seine Hände ab. Sie drehte sich zu ihm um und funkelte ihn böse an.

»Du, mir ging's nicht so gut.« Er nahm auf dem Stuhl neben ihr Platz und setzte einen bekümmerten Hundeblick auf.

»Willst du mich verarschen?«

»Nein, ehrlich, Tanja.« Er legte die Hand auf ihren Arm und streichelte sie sanft. »Ich hatte einen Hammertag gestern, tierische Kopfschmerzen, und stand nach der Arbeit ewig im Stau am Tiber. Und dann war auch noch mein Handyakku alle«, seufzte er schließlich. »Tanja, es tut mir so leid. Wirklich.«

»Das … das glaubst du doch wohl selber nicht …«, stotterte Tanja. Seine Ausrede war so dermaßen platt, dass sie sie fast schon wieder glauben musste.

»Warum sollte ich dich anlügen, *bellissima?*«, fragte Fabio leichthin. Sein Gesicht näherte sich ihrem. »Ich habe alle Telefonnummern nur in meinem Handy eingespeichert, der Akku spinnt seit ein paar Tagen. Ich konnte nicht mal nachschauen, in welchem *ristorante* wir verabredet waren. Und als ich irgendwann um elf zu Hause war, wollte ich dich nicht mehr anrufen. Ich wusste ja, dass du heute einen anstrengenden Tag vor dir hast. Mit dem Umzug und so, da wollte ich dich nicht wecken.«

Sanft küsste er sie auf die Stirn, über die Augen, bis hin zum Ohr. Ein wohliger Schauer lief über Tanjas Rücken. Sie verkniff sich die Bemerkung, dass sie aus Ärger, von ihm versetzt worden zu sein, sowieso kaum geschlafen hatte.

»Wie ist denn deine neue Wohnung?«, flüsterte Fabio und knabberte an ihrem Ohrläppchen. »Sollen wir die gemeinsam einweihen?« Seine Hand glitt von ihrem Arm über die Brust in Richtung Schoß.

Blitzschnell schnappte Tanja seine Hand und hinderte ihn gerade noch rechtzeitig daran, tiefer zu rutschen. »Du hast erst einmal etwas gutzumachen, bevor es hier weitergeht.« Sie warf ihm einen provokanten Blick zu.

»Da hast du recht«, murmelte er und fuhr mit der freien Hand dorthin, wo die andere gestoppt wurde. »Und genau dafür habe ich mir auch schon etwas ausgedacht!«

Er grinste sie an wie ein freches Kind, das genau wusste, wie man seine Mama immer wieder um den Finger wickelt.

4

»Und deshalb werde *ich* die Prinzessinnentorte für Sophia backen!«, motzte Mario so aufgebracht durch die Leitung, dass Roberta den Hörer ein Stück vom Ohr weghalten musste.

»Mario, ich …« Roberta seufzte hilflos. Sie warf einen Blick in den Warteraum. Der Kundenschalter war rappelvoll. Wirklich kein Zeitpunkt, ein Privatgespräch zu führen.

»Ich habe es satt, dass du dich bei unserer Tochter *immer* in den Vordergrund drängeln musst«, ätzte Mario weiter. »Du bist schließlich schuld an dem ganzen Schlamassel, und ich werde nicht zulassen, dass du dafür sorgst, dass meine Tochter sich noch weiter von mir entfernt. Du wirst unsere Bindung nicht auch noch …«

»Sophia hat aber *mich* gebeten, ihr eine Torte zu ihrem Geburtstag zu backen«, unterbrach ihn Roberta. »Was hätte ich ihr denn sagen sollen? Nein, du musst Papa fragen, ob Mama den Ofen anwerfen darf, zum Ausdruck eurer engen Bindung?«

»Mach dich nicht lustig über mich!«, fauchte Mario. »Ich erwarte, dass du dich mit mir abstimmst, wer Sophias Geburtstagstorte macht. Du hast sie schließlich schon im letzten Jahr gebacken. Und den Panettone zu Weihnachten auch!«

»Mario, das ist doch …« Sie verstummte. *Lächerlich* wollte sie sagen.

»Ich habe schließlich Rechte als Vater, ich …«

»… und ich habe zu tun, Mario«, unterbrach Roberta ihn genervt. Dies hier führte sowieso zu nichts.

»Und wenn ich meine Rechte als Vater gerichtlich erstreiten muss!«, brüllte Mario. »Glaub mir, ich werde es tun. Aber eines sag ich dir, wenn demnächst bei der Theateraufführung im Kindergarten …«

»Mario, ich muss arbeiten, hier stehen Leute«, zischte Roberta.

»Lenk nicht ab!«, schimpfte Mario weiter. »Ich sagte, wenn die Theateraufführung …« Weiter kam er nicht.

»Mir reicht's!«, rief Roberta so laut, dass die Menschen vor ihrem Schalter noch neugieriger guckten als bisher. Eine alte Dame in einem braunen Pelzmantel stützte sich sogar interessiert auf dem Tresen ab und verfolgte mit unverhohlener Neugier das aufgeregte Telefonat durch die Schlitze der Glasscheibe, als wäre Roberta ein imposantes Zootier.

»Ich kann nicht weitersprechen, ich hab zu tun, mach's gut.« Roberta legte auf und atmete tief ein und aus. Die alte Dame nickte ihr freundlich zu.

»Ärger?«, fragte sie.

»Nee, ein Heiratsantrag.« Roberta drückte auf eine Taste auf ihrem Pult. Im Wartesaal ertönte ein Summer für die nächste Nummer. Die alte Dame trollte sich beleidigt.

Eine schlanke Frau Ende dreißig in kurzen Baggy Pants und einer weiten Leinenbluse kam an den Schalter. Das lange Haar hatte sie zu zwei Zöpfen geflochten, was ihr etwas Freches, fast Burschikoses verlieh. Roberta seufzte leise. Diese Frau gab aber auch echt nicht auf. Wie oft war sie nun schon zu ihr gekommen? Fünf oder gar sechs Mal?

»Nummer hundertsiebenundzwanzig, das bin ich«, sagte die Frau und schob ihr einen kleinen Papierschnipsel unter der Glasscheibe hindurch.

Roberta nahm den Zettel, legte ihn zur Seite und nickte. »Guten Morgen, Signora, was kann ich für Sie tun?«

»Das fragen Sie mich jedes Mal«, fing die Frau an, klang aber freundlich. »Bestimmt können Sie es sich schon denken: Es geht wie immer um mein Café in der Via Catalana.« Sie beugte sich ungeschickt vor, wohl in der Hoffnung, dass Roberta sie durch die Glasscheibe dann besser verstehen würde. »Die Baustelle ist immer noch da. Das geht nun schon seit Ende Mai so.«

Roberta spitzte die Lippen. »Ich kann mich nur wiederholen, Signora: Ich habe Ihre Anfrage an das Bauamt der *Comune* weitergeleitet.«

»Ja, aber wann passiert denn da mal was? Das kann doch so nicht ewig weitergehen. Die Arbeiter, die das Loch in die Straße gerissen haben, haben mir gesagt, sie seien angewiesen, die Grube als Vorbereitung für Arbeiten an den Wasserleitungen auszuheben. Seitdem ist nichts mehr passiert, und vor meinem Café ist jetzt ein metertiefes und torgroßes Loch.«

»Ich weiß«, entgegnete Roberta leise. »Das haben Sie mir bereits erzählt.«

»Ich habe an dieser Stelle Außenplätze für Bistrotische – normalerweise«, fuhr die junge Frau fort. »Ich zahle horrende Steuern für diese Plätze, auch wenn ich sie nicht nutzen kann. Mein Sommergeschäft ist bereits flöten gegangen, weil ich nur zwei Tische draußen habe, normalerweise stehen da neun. Meine Einbußen sind riesig, die Stadt ist gerade voller Touristen, die alle die letzten Sonnenstrahlen des Jahres genießen wollen, nur zu mir kann keiner kommen.« Ihre Stimme stockte, plötzlich kämpfte die sonst so souveräne Frau mit den Tränen.

»Es tut mir so leid, Signora.« Roberta fühlte sich hilflos. Schon wieder. Zum wievielten Mal heute schon? O Gott, wie sehr sie ihren Job deshalb hasste. Die Bürger, die an ihren Schalter kamen, hielten sie für die Personifizierung dieser chaotischen Stadt, nein, des ganzen Staates. Dabei waren ihr die Hände doch ebenso gebunden wie allen anderen auch. Manchmal beschimpften die Leute sie, luden ihr Leid bei ihr ab und klagten. Roberta aber konnte nichts, rein gar nichts für sie tun. Sie war selbst nur ein kleines Rädchen in einem gigantischen Getriebe, das nicht lief. Stattdessen war dieser riesige Staatsapparat in seiner Bürokratie so verkeilt, dass er inzwischen zum Stillstand gekommen war. Sie hätte praktisch ebenso gut nach Hause gehen können.

»Ihr Mitgefühl hilft mir aber nicht!« Die junge Frau wurde nun energischer. »Die Baustelle vor meinem Laden muss weg, verstehen Sie. Weg! Sie müssen Ihre Leute schicken, damit die ihre Arbeiten dort abschließen und ich meinen Betrieb wieder aufnehmen kann!«

Ihre Leute – Roberta verzog den Mund. Als ob sich diese Millionen von Beamten, Verwaltern und Staatsdienern wie Kollegen anfühlen würden. Sie kannte bis auf die fünf Mitarbeiter ihrer Abteilung und ihren bornierten Chef doch auch niemanden hier. Nicht einmal einen eigenen E-Mail-Account hatte sie, um *ihre Leute* anzuschreiben. Alles, was sie tun konnte, war, erneut ein Memo an die städtische Bauabteilung in die Hauspost zu legen.

»Ich kann erneut eine Notiz schreiben und das Bauamt auf den Verzug dieser Arbeiten hinweisen«, bot Roberta an.

»Wie oft haben Sie denn das schon getan?«, wollte die Frau von ihr wissen.

»Wie oft waren Sie inzwischen hier?«

»Sieben Mal.«

»Dann habe ich sieben Memos geschrieben.«

»Eine beeindruckend heilige Zahl«, spottete die Frau, »aber glauben Sie ernsthaft, dass das dann noch etwas bringt?«

Roberta fuhr sich mit der Hand über den Nacken. Sie war völlig verspannt, und bei Gesprächen wie diesem konnte sie kaum mehr den Kopf drehen. Dieser Job ging ihr an die Nieren. Und an den Nacken. Überallhin. Sie wollte das nicht mehr. Aber wo hätte sie hingehen können? Ihr Privatleben war schließlich auch nicht besser.

»Hören Sie«, die Frau schien nicht aufzugeben, »es muss Ihnen doch möglich sein, auf die Verantwortlichen zu treffen, die diese Arbeiter vor bald einem halben Jahr losgeschickt haben. Die haben immerhin fast einen ganzen Tag vor meiner Tür herumgetrödelt.«

»Vielleicht versuchen Sie es mal auf der Null-sechs-null-sechs-null-sechs, der Stadthotline.« Blöder Versuch, das wusste Roberta selbst nur zu gut.

»Die?« Die Frau geriet ernsthaft in Rage. »Die wissen gar nichts! In Zahlen: NULL«, schimpfte sie. »Allein das Wort HOTLINE! Bis da überhaupt mal einer den Hörer abnimmt …«

Roberta strich sich eine Haarsträhne hinters Ohr und schob Papier und Stift unter der Scheibe hindurch.

»Signora, bitte notieren Sie mir noch einmal Ihre Adresse und Ihre Telefonnummer, ich werde nachfragen, wer hier weiterhelfen kann, und dann rufe ich Sie an.« Sie würde ihren Cousin anrufen, dessen Freundin beim Bauamt arbeitete. Das war das einzige Niveau, auf dem in ihrem Land etwas lief. Sich durchschlängeln, offizielle Kanäle umgehen und mit *raccomandazioni* irgendwie versuchen, in kleinen Schritten weiterzukommen. Sie schluckte frustriert.

Ihr Gegenüber tat, wie ihr geheißen, und schob Roberta Stift und Zettel zurück durch die Glasöffnung. »Nicht dass ich jetzt noch glaube, dass sich hier irgendetwas tun wird«, sagte sie in einer Mischung aus Zorn und Spott. »Es wäre das erste Mal in neununddreißig Jahren meines Lebens, dass mich eine Behörde zurückruft oder in sonst irgendeiner Form von selbst aktiv wird.«

Roberta warf einen Blick auf das Blatt, legte es unter den Schalter neben ihre Handtasche und nickte. Sie wusste nur zu gut, was die Unglückliche damit meinte.

5

Die Party war bereits in vollem Gange, als Giulia bei Sara ankam.

»Alles Liebe zum Vierzigsten, meine Süße.« Sie drückte ihre Freundin fest an sich.

»Danke, *tesoro*«, flötete Sara und erwiderte die Umarmung.

»Vierzig bist du jetzt schon, wir werden alt.« Giulia war sich selbst nicht sicher, ob sie scherzte oder traurig war. Vielleicht beides.

»Ach«, Sara winkte ab, »so schlimm ist es nicht.« Sie grinste, legte einen Arm um die Freundin und führte sie ins Wohnzimmer ihrer kleinen Maisonette-Wohnung, das bereits zum Bersten gefüllt war mit Gästen. Sara hatte alle, alle eingeladen, die in den letzten Jahren ihren Lebensweg begleitet hatten, ohne Rücksicht auf die beschränkte Quadratmeterzahl ihrer Wohnung zu nehmen, stellte Giulia fest. Viele der Gäste jedoch kannte sie schon seit der Schulzeit.

»Giulia! Ciaoooo!«, rief eine Frau. Giulia kniff die Augen zusammen.

»Erkennst du mich nicht? Los, Giulia.«

»Simona! Entschuldige, meine Güte, wie lange ist das her? Zehn Jahre, zwanzig?«

»Zweiundzwanzig, meine Liebe, ich bin gleich nach der Schule nach Siena gegangen und nie wiedergekommen. Ich freue mich so, dich zu sehen, wie geht es dir, was machst du?«, sprudelte sie los. »Komm, ich stell dir meinen Mann vor.« Simona nahm ihre Hand und zog sie mit sich. Irgendjemand drückte ihr ein Glas Prosecco in die Hand. Ein Schulkamerad packte sie um die Taille und drückte ihr einen dicken Kuss auf die Wange. In der Sofaecke, wo Simona ihr ihren Ehemann, einen sympathischen Mittvierziger mit schütterem Haar vorstellte, saßen außerdem ein paar alte Schulkameradinnen, die sie sporadisch beim Sport traf und die sich umso mehr freuten, sie einmal abends *in Ruhe* zu treffen, wie sie es nannten.

Giulias Kopf dröhnte.

Vielleicht hätte sie doch auf Aldo hören und den Freitagabend besinnlich in der Synagoge verbringen sollen. Als sie nach der Arbeit nach Hause gekommen war, hatte ein Brief über die Steuernachzahlung des Vorjahres in ihrem Briefkasten gelegen. Die Summe war hoch, viel höher als erwartet. Und ihr Einkommen war dieses Jahr bisher nicht so gut gewesen, was an den fehlenden Außenplätzen und dem dadurch weggebrochenen Sommergeschäft lag. Zwar könnte sie ihren Bruder oder Aldo bitten, ihr etwas Geld zu leihen, aber glücklich wäre sie darüber nicht. Sie hatte es selbst schaffen wollen, Geschäftsfrau zu sein. Sie war am Boden zerstört und definitiv nicht in der Stimmung, eine Party zu feiern. Sie hätte nicht kommen dürfen.

Unter einem Vorwand löste sie sich aus Simonas Arm und drängelte sich hinaus auf Saras Dachterrasse.

Das Getöse Roms schlug ihr entgegen. Ein Gemisch aus Autolärm tief unter ihr, warmer Luft und dem klaren Sternenhimmel über ihr. An Stehtischen standen vereinzelt Gesprächsgrüppchen, in denen sie die Leute kannte, aber die beachteten sie zum Glück nicht. Sie nahm einen Schluck Prosecco und sah sich um. Über die Häuserdächer hinweg konnte sie ganz weit hinten den oberen Rand des prachtvoll angestrahlten Kolosseums erkennen. Die riesige Dachterrasse war immer wieder grandios und stand in skurrilem Gegensatz zu Saras verschachtelter Miniwohnung.

Giulia lehnte sich an die Brüstung, und wieder überkam sie die Lust auf eine Zigarette. Ärgerlich. Eigentlich hatte sie doch aufgehört. Aber als sie heute hochgradig frustriert aus der Behörde gestapft war, hatte sie ihr erster Gang zum *tabaccaio* geführt, wo sie sich eine Packung Glimmstängel gekauft hatte. Sie fummelte die Packung aus der Tasche ihres Jeansrocks und versuchte, den Inhalt aus dem zerknautschten Softpack herauszuschütteln. Ein leiser Fluch entschlüpfte ihr dabei.

»Darf ich?«, fragte jemand von der Seite. Ertappt fuhr sie hoch. Vor ihr stand Don Camillo persönlich. Eine Mischung aus Brad Pitt und George Clooney in Jung mit halblangen Locken, die ihm widerspenstig in die Stirn fielen. Don Camillos *Sohn* also vielmehr. Von Beruf Sohn, das erkannte sie gleich. Der Mann vor ihr, da war sie sicher, war einer von der Sorte Italiener, die nie mit den eigenen Händen arbeiten mussten und denen stattdessen von Mama und Papa alles in den Mund geschaufelt wurde, was sie brauchten – oder auch *nicht* brauchten. Allem voran Geld, viel Geld.

Don Camillo stellte seinen Champagnerkelch auf der Brüstung ab, nahm ihr wie selbstverständlich die Packung aus der Hand und beförderte mit einem geübten Ruck drei Kippen der Länge nach versetzt, genau wie in der Werbung, heraus und hielt sie ihr hin. Überrumpelt zögerte sie einen Moment und griff dann kurz entschlossen zu. Sie fühlte sich, als würde sie die Waffen strecken, und bemerkte, dass ihre Hand zitterte.

»Alles in Ordnung?«, fragte Don Camillo.

»Pfff«, schnaubte sie. »Wir sind hier in Rom. Wie soll da bitte schön etwas in Ordnung sein?«

»Oh«, machte Don Camillo und schien bereits überfordert mit ihr. Small Talk kannte dieser reiche Schönling sicher anders. Er förderte das Feuerzeug zutage, das ebenfalls in ihrer Packung gesteckt hatte, und klickte daran herum. Dann schirmte er das schwach zuckende Feuer vor der leichten Abendbrise ab und hielt ihr die Flamme in so einem Winkel hin, dass sie ihm deutlich näher kommen musste, als sie eigentlich wollte. Giulia verzog genervt die Mundwinkel, beugte sich jedoch brav vor, um ihr eigenes Feuerzeug zu erreichen. Ihr Gesicht kam seinem ganz nah, und sie nahm einen Geruch von Waschmittel, teurem Aftershave und Mann wahr. Hastig nahm sie einen Zug von ihrer Zigarette und blies den Rauch weit über die Brüstung. Das tat gut.

»Nimm dir ruhig auch eine«, bot sie dem Typen an.

»Danke, ich rauche nicht«, lehnte der ab.

»Nicht?« Sie hob die Augenbrauen. »Da bist du wohl heute Abend der Einzige.«

»Das ist mir auch schon aufgefallen, vielleicht bin ich deshalb an die frische Luft gegangen«, sagte er.

»Aha«, meinte Giulia.

»Ich heiße Massimo.«

»Aha, angenehm.« Sie sah ihn an und kniff nachdenklich die Augen zusammen. »Ich meine, ich habe dich auch irgendwo schon mal gesehen. Bist du ein enger Freund von Sara?«

»Geht so, ich bin eher ein Freund von Saras Bruder«, entgegnete er.

»Ach, ein Freund vom kleinen Stefano?« Giulia überlegte, ob sie ihn vielleicht bei früheren Studentenpartys von Sara einmal getroffen hatte. Hatte Sara ihren Bruder denn damals eingeladen? Der war doch eigentlich damals noch viel zu klein gewesen …

»Na ja, *klein* …«, Massimo wand sich etwas unter Giulias Frage, »Stefano ist fünfunddreißig.«

»Aha.« Giulia hatte sich noch nie sonderlich für Stefano interessiert. Sie zog an ihrer Zigarette und schaute in die Ferne. Der Typ neben ihr schien verwirrt zu sein, registrierte sie belustigt. Überhaupt war man anscheinend mit ihm bereits jetzt am Bodensatz der Konversation angelangt. Unauffällig schielte sie zu ihm hinüber, wie er dastand und nun unschlüssig die Lippen spitzte. Hinten an der Terrassentür standen zwei von Saras Freundinnen, die unverhohlen zu ihnen herüberstarrten und giggelten. Klar, der Kerl sah gut aus. Sehr gut sogar. Sollten sie ihn doch gern von hier abziehen. Was Männer anging, interessierte sich Giulia im Moment höchstens für fleißige Straßenbauarbeiter.

»Nette Party, oder?«, fragte der Typ plötzlich in ihr Schweigen hinein.

Giulia blies erneut Rauch aus und musste lachen. Was für einen profanen Mist faselte der denn da? Das war ja wie im Film. Gutes Aussehen, nichts im Kopf.

»Ja«, sie gab sich Mühe, freundlich zu sein, »aber ich hätte nicht herkommen dürfen. Ich versaue Sara nur die Feier, das hat sie nicht verdient.«

»Wie kommt's?«, fragte er. Er drehte sich zu den beiden Hyänen drüben an der Tür um. Die schienen ihn zu stören. Vielleicht hatte er sich ja vor den beiden zu ihr gerettet? War sie für ihn womöglich einfach nur eine gefahrlose Lückenbüßerin?

»Ach«, murmelte Giulia, während ihr Blick auf den beiden Groupies an der Terrassentür ruhte, »Ärger im Job. Dieser endlose, typisch römische Scheiß, weißt du.«

»Nee, eigentlich weiß ich nicht. Ich komme in Rom eigentlich ganz gut zurecht«, gab er zurück, rüttelte die dicke Armbanduhr an seinem Handgelenk zurecht und sah sie erwartungsvoll an.

»Wie schön für dich«, quittierte sie spöttisch. Sie wusste genau, dass er nun auf ihre Frage *Und was machst du so?* wartete, aber diesen Gefallen würde sie ihm nicht tun. Stattdessen wandte sie sich ab und schaute zum Kolosseum hinüber. Wenn der kleine Freund von Saras kleinem Bruder hier in Rom ja ach so toll zurechtkam, war er zweifelsfrei entweder der Sohn eines Politikers oder der eines Mafiabosses. Wobei zwischen beidem die Grenzen bekanntlich fließend verliefen, resümierte sie angewidert. Jedenfalls war das nicht die Sorte Mensch, mit der sie zu tun haben wollte.

»Hm«, machte Massimo und blickte nachdenklich zu den beiden Hyänen. »Was ist denn gerade so schwierig in deinem Job?«

Giulia lachte bitter und überlegte einen Moment, ob sie ihm das erzählen wollte. Im Grunde war dieser Massimo ganz nett, und es rührte sie, wie er versuchte, eine Unterhaltung mit ihr zu führen. Er wirkte auf sie wie alle diese Männer, die tagtäglich an ihrer Bar herumhingen und nicht wussten, wohin mit sich. Diese geschniegelten Typen, gestopft mit Papas Geld, jedoch ohne nennenswerten Job und daher süchtig nach Herausforderung und Anerkennung, die sie niemals bekommen würden.

Und von ihr ganz bestimmt ebenfalls nicht, zumal sie heute schlechter Laune war.

»Nun …« Sie schnippte ihren Zigarettenstummel über die Brüstung in die Tiefe. »Ach, das wollte ich mir ja abgewöhnen«, bemerkte sie fahrig. »Also …«

Massimo starrte von der Brüstung zu ihr und zurück und schien ihr gerade nicht so recht folgen zu können.

»Ich habe ein Café im Zentrum«, erklärte ihm Giulia. »Dummerweise hat die Stadt vor meiner Tür mit Bauarbeiten begonnen, die nun schon Monate andauern und mir fast zwei Drittel weniger Umsatz bringen als sonst in der Hochsaison. Es ist inzwischen so weit«, fuhr sie fort und tippte auf ihre Zigarettenschachtel in Massimos Hand – »noch eine bitte«, befahl sie –, »dass ich nach Abzug von Löhnen und Versicherung kaum mehr genug für mich selbst habe. Geschweige denn für Steuernachzahlungen.«

Sie wartete mit hochgezogenen Augenbrauen, bis Massimo endlich ihr billiges Klick-Feuerzeug zum Brennen brachte und ihr die Flamme dieses Mal direkt vor die Nase hielt.

»Geht doch.« Sie nickte freundlich und tat einen Zug. »Tja, so ist das eben«, fuhr sie fort, griff wie selbstverständlich nach Massimos Glas, das immer noch auf der Brüstung stand, und trank es halb leer. »So legt die Stadt uns ohne Not buchstäblich Steine in den Weg und fühlt sich dann noch nicht einmal dafür verantwortlich.«

»Hm, verstehe«, Massimo nickte, »das ist wirklich eine schwierige Situation.« Er klang unschlüssig.

»Ja, das ist es«, antwortete Giulia gedankenverloren, nahm einen Zug von ihrer Zigarette und trank Massimos Champagner dann kurzerhand vollständig aus. »Das kann so für unsere Stadt nicht weitergehen. Weißt du, ich arbeite, ich zahle Steuern, ich habe drei Angestellte – ich bin Un-ter-neh-mer-in. Und was gibt mir diese Stadt zurück? Einen Tritt in den Hintern! Als ob sich Italien so etwas leisten könnte. Einen feuchten Händedruck hat man für die übrig, die in diesem Land noch Leistung bringen wollen.«

Massimo nickte verständnisvoll.

»Hast du noch mehr davon?«, fragte Giulia.

»Wovon?«

»Na, von dem Champagner«, sagte sie ungeduldig.

»Äh, ja klar«, Massimo schaute sich suchend um, »ich frage mich gerade, wo …«

»Wo es hier mehr Champagner geben könnte?«, fragte Giulia spöttisch. »Blöd, dass wir hier nur bei Sara sind und nicht im Ritz, wo ein Fingerschnipsen samt goldener Kreditkarte genügt, oder?«

Gott, was war sie fies.

»Ja, das stimmt …«, antwortete Massimo zu ihrer Überraschung völlig unbedarft und frei von Überheblichkeit. Er schien Champagner im Ritz eher gewohnt zu sein, als auf einer Privatparty ein Kaltgetränk organisieren zu müssen, und starrte unschlüssig in Richtung Terrassentür.

Giulia sah die jungen Frauen, die dort wie kleine, hübsche Geier herumlungerten. Sie hatten Massimos suchenden Blick bereits aufgefangen und warteten offenbar gespannt darauf, sich auf ihn stürzen und ihn vernaschen zu können. Massimo setzte sich in Bewegung und schlenderte langsam mit seinem leeren Glas in der Hand auf die Damen zu.

»Habt ihr noch mehr davon?«, hörte sie ihn fragen.

»Champagner?«, sang nun eine mit langen dunklen Locken, großen Brüsten und einem goldfarbenen Top in hohen Tönen. Sie klang wie beim Aufruf zum Angriff, und schon kam Bewegung in die jungen Frauen.

»Natürlich«, flötete die zweite, eine Blondine in einem grasgrünen Kleid, und zauberte in Blitzgeschwindigkeit eine Flasche Champagner hervor. Sie schenkte Massimo so schwungvoll ein, dass es nur so schäumte.

Giulia grinste. Warum blieb er nicht einfach da bei diesen Mädels stehen und ließ es sich gut gehen? Bei denen könnte er seine müden Sprüche reißen, sich bewundern lassen und sich am Ende des Abends gepflegt eine oder gleich beide zusammen in ein beliebiges Hotelzimmer mitnehmen. Er war genau der Typ dafür, fand sie. Einer dieser Typen, die sich hinterher wegschleichen und an der Rezeption zum Abschied noch ein Sektfrühstück für die Verbliebene(n) bestellte.

»Ist nicht morgen das Spiel gegen Lazio, Massimo?«, fragte die Frau im goldenen Top und schenkte ihm einen so schmachtenden Augenaufschlag, dass Giulia sechs Meter entfernt bald schlecht davon wurde. Sich mit Frauen-Fußballwissen bei einem Mann einzuschleimen, war ja eine ganz neue Masche.

»Nein, das nächste Spiel ist übermorgen, und zwar gegen Juventus Turin«, antwortete Massimo locker. Die Masche funktionierte, er schien mit dieser Frage sichtlich in seinem Element. »Aber das ist doch kein Grund, die Feste nicht so zu feiern, wie sie fallen, oder?«, fuhr er fort.

»Nein, natürlich nicht!«, pflichteten ihm die Mädchen begeistert kichernd bei.

»Uah«, machte Giulia und verdrückte sich an der Balkonbrüstung ein paar Meter weiter. Warum sollte man an einem Freitag nicht feiern gehen, nur weil zwei Tage später irgendwo ein Fußballspiel stattfand? Angewidert rümpfte sie die Nase. Wie sie diese grölenden, hupenden Massen mit ihren hässlich bunten Fan-Schals um den Hals hasste, die sich ständig durch die Stadt schoben.

»Massimo«, hörte sie gleich darauf die Blonde rufen – auf dieser Dachterrasse würde sie ihrer schrillen Stimme jedenfalls nicht entkommen –, »ich freue mich wirklich *total,* dich kennenzulernen. Du wirkst immer so sympathisch und so natürlich, und ich finde«, sie kicherte wieder, »du *bist* tatsächlich so.«

Giulia sah Blondis Freundin in Grün nicken und angestrengt überlegen, was sie nun unternehmen könnte, um nicht ins Abseits zu geraten und vollends ausgestochen zu werden. Massimo schielte zu Giulia herüber, und sie drehte sich schnell weg und rauchte hastig an ihrer Zigarette. Der sollte bloß nicht denken, sie interessiere sich für solch banale Gespräche.

»Aber du als Experte, erzähl uns doch mal: Welche Taktik ist denn für Sonntag gegen Turin geplant?«, fragte Goldi mit verschwörerischem Kennerblick. »Was hat sich der Trainer denn dieses Mal für uns ausgedacht?«

Einen Moment herrschte erwartungsvolles Schweigen. Alle Augen waren auf Massimo gerichtet, selbst das Grüppchen vorn am Stehtisch war verstummt und schien ernsthaft an Massimos Antwort interessiert zu sein. Giulia verstand die Welt nicht mehr. Was zur Hölle war denn hier los?

Dann – im Zeitlupentempo – beugte Massimo sich zur Green Lady herab wie Cary Grant zu Doris Day. Greenys Augen funkelten fasziniert und erschrocken. Erwartungsvoll öffnete sie die feuchten Lippen.

»Tore schießen«, raunte er laut, »ganz viele Tore.« Abrupt richtete er sich wieder auf. »Das ist die Strategie Roma gegen Juve«, sagt er nun noch lauter in die Runde, »stellt euch das mal vor!«

Er zwinkerte den Mädels zu, nahm sein volles Glas und ließ die beiden auf dem Weg zurück zum Terrassengeländer mit offenen Mündern stehen.

»Hier«, sagte er und hielt Giulia den Champagner hin.

»Der war gut.« Anerkennend nickend griff sie nach dem Glas.

»Welcher?«

»Der Spruch mit dem Toreschießen.«

»Ah, danke.« Massimo lachte. »Ja«, er legte den Kopf schief, »offen gesagt, mich nervt das ein bisschen, überall auf Fußball angesprochen zu werden.«

»Aha«, sagte Giulia desinteressiert, »das kann ich verstehen, das würde ich auch nicht wollen.« Sie zog die Augenbrauen hoch und meinte mit einem Wink zu der Mädchengruppe hinüber: »Aber war denn da keine dabei, die sich in deinem Maserati nach Hause fahren lassen wollte?«

»Ich … ich habe gar keinen Maserati«, antwortete Massimo. »Was meinst du denn?«

»Nicht?« Sie legte schneidende Ironie in ihre Stimme. »Dann musst du aber noch mal ein ernstes Wörtchen mit Papi sprechen.«

Massimo stutzte. »Wieso Papi?«

Giulia drückte ihre Zigarette auf dem Mauervorsprung aus. Das hier führte zu nichts. Sie war einfach viel zu schlecht drauf und ließ ihre Laune an diesem Mann aus, der offensichtlich auf der Gewinnerseite stand in dieser strauchelnden Stadt, in der normale Menschen nicht mehr weiterkamen. Doch Massimo hatte ihr nichts getan, sie war einfach nicht fair.

»So, ich muss los«, sagte sie daher.

»Schon?«

»Ja, ich muss morgen arbeiten.« Sie schaute in sein überraschtes Gesicht. »Soll ich dich nach Hause fahren? Dann kannst du mal sehen, wie es sich in einem Maserati fährt.«

»Du fährst einen Maserati?«

Giulia grinste und zog den Autoschlüssel aus ihrer Tasche. »Gehen wir?«

Massimo trottete überrumpelt neben ihr her.

»Ihr geht?«, fragte Sara, als sie in der Wohnungstür standen.

Giulia nickte. »Samstags ist doch immer Kampftag für mich. Bevor die morgen früh alle erneut in die Synagoge schwärmen, wollen sie zumindest gut frühstücken.«

»Und du gehst mit?«, fragte Sara Massimo und schaute geradezu verdattert von einem zum anderen. Dass Massimo einfach mitmarschierte, anstatt den Tross anzuführen, sah sie bestimmt zum ersten Mal.

Massimo biss sich auf die Lippen und schien noch gar nicht nach Hause gehen zu wollen.

»Wie du siehst«, antwortete Giulia und riss die Wohnungstür auf. »*Baci,* Sara, *grazie.*« Sie küsste Sara auf beide Wangen. »Dir noch eine tolle Party!«

Draußen vor der Wohnung drückte Giulia auf den Fahrstuhlknopf und nahm eine abwartende Haltung ein. Massimo kniff fragend die Augen zusammen. Ein paar Sekunden verstrichen, ohne dass einer etwas sagte. Im Fahrstuhlschacht hörte man den Aufzug rumpeln, doch er machte keine Anstalten, endlich oben bei ihnen einzutrudeln.

»Blöd, immer dieses Warten auf den Aufzug, nicht?«

Giulia schaute ihn an und hob eine Augenbraue. »Warum?«, fragte sie schlicht.

»Na ja, man steht dann immer so schweigend neben Leuten, die man nicht kennt. Alle atmen ungeduldig ein und aus …«

»Und?« Giulia war völlig ungerührt. »Wo ist denn das Problem?«

»Na ja, ich meine …« Massimo verstummte.

Der Fahrstuhl kam. Massimo öffnete die altmodische Aufzugtür mit den beiden Klapptüren dahinter und ließ Giulia den Vortritt in die klitzekleine Aufzugzelle. »Wenn man dann so im Fahrstuhl steht und alle wie peinlich berührt auf ihre Fußspitzen schauen. Kennst du das nicht?« Er drückte den Knopf T für *Piano Terra.*

»Und das ist dir unangenehm?«, fragte sie abermals spöttisch. Sie musterte ihn amüsiert. »Das jetzt hier?«

Massimo zuckte die Schultern. »Eh, ja, also ich meine …«

Giulia legte kurz entschlossen die flache Hand auf die Tasten des Fahrstuhls und drückte alle gleichzeitig. Es polterte. Der Aufzug blieb mit einem Ruck zwischen Stockwerk sieben und acht stecken und machte keinen Mucks mehr.

»Und das jetzt?«, fragte Giulia fordernd.

Massimo schluckte. »Was soll das?«

Giulia ließ die Hand über seine Hüfte streichen.

»Immer noch unangenehm?«

Massimo schnaufte erschrocken. »Du, ich …«

»Ja bitte?«

»Wie … wie heißt du eigentlich?«

Richtig, er kannte nicht mal den Namen der Frau, die ihm hier starr in die Augen schaute und ungerührt an seinem Hosenbund herumnestelte. Giulia grinste und antwortete nicht.

Sie hatte seinen Gürtel und die ersten Knöpfe seiner Hose geöffnet und schob ihm entschieden die Hand unter den Slip. Sie griff nach seinem besten Stück und drückte es leicht. Massimo keuchte, wie es schien in einer Mischung aus Verwirrung, Verärgerung und mit Wucht aufkeimender Erregung, und sackte mit dem Rücken gegen die Aufzugwand.

Giulia schaute ihm weiter unverwandt in die Augen, zog sein Hemd aus der Hose und fuhr mit beiden Händen über seinen Rücken, um dann ihre Hände in seinen Po zu krallen. Massimo japste, zog sie an sich und drückte ihre Hüfte gegen seinen Schoß. Ihre Lippen berührten sich. Sie küsste ihn, nicht umgekehrt, und sie wusste, was sie wollte. Massimo packte ihren Oberschenkel und drückte sie auf die gegenüberliegende Seite des Fahrstuhls an das Haltegeländer. Sie umfasste seinen Hosenbund und schob ihn kurzerhand nach unten. Er fingerte unter ihrem Rock nach ihrem Slip, ohne sie abzusetzen, und zog daran. Ein Stück Spitzenstoff zerriss. Nun keuchte auch sie unter ihm, an die Fahrstuhlwand gepresst. Massimo zitterte, rieb sich an ihr.

Dass mir dieses alte Teil hier bloß nicht abstürzt, dachte Giulia noch, bevor sie heftig atmend ihre Selbstkontrolle verlor. Sie stöhnte auf, während der Aufzug bedenklich ins Wanken geriet.

6

Es war eine heftige Spätschicht. Als hätten alle Frauen Roms die Arbeitswoche brav durchgehalten, um nun am Samstagabend plötzlich schwer krank zu werden. Draußen auf dem Gang saßen fünfzehn Frauen in der Notaufnahme, die darauf warteten, an die Reihe zu kommen. Tanja schlug das Herz bis zum Hals. Sie war hoch konzentriert und funktionierte wie ein Roboter. Am frühen Abend wurde eine Frau eingeliefert, die vor Unterleibsschmerzen nur noch brüllte. Tanja konnte nichts feststellen und überwies die Frau in die Chirurgie. Dort fand man in letzter Sekunde einen zum Platzen gefüllten Blinddarm, der bei der Patientin an einer völlig anderen Stelle saß als bei 99,9 Prozent der Menschheit. Dann schoben Sanitäter eine Patientin mit Eileiterschwangerschaft im fortgeschrittenen Stadium herein, und zum ersten Mal, seitdem sie hier arbeitete, wurde sie am Haustelefon laut, als sie aus der Gynäkologie Verstärkung anforderte, um die inzwischen ohnmächtige Frau innerhalb von Minuten auf den OP-Tisch zu bekommen.

Hastig setzte sie sich an ihr Pult, um die Notaufnahmeberichte neu zu ordnen, die den gesamten Samstagabend über Schlag auf

Schlag auf ihren Tisch geflattert kamen. *Segnalazione rosso,* also rot markierte, heftige Fälle, waren nun keine mehr dabei. Sie fischte zwei Eingangsberichte, *giallo,* gelb, aus dem Zettelstapel und studierte die Befunde.

»Valeria«, sie reichte der Hebamme der Nachtschicht ein Blatt, »bitte schnapp dir einen Rollstuhl und bring diese Patientin direkt in den Kreißsaal. Mit ihren Wehen ist sie da besser aufgehoben als in diesem Tumult hier bei uns. Und du, Nadia, ruf bitte diese Patientin auf.«

Das Telefon klingelte.

»Wagner?«, antwortete sie.

»La Dottoressa Wagner?«, hörte sie Fabios zynische Stimme fragen und bekam zu ihrem Ärger augenblicklich feuchte Hände und trockene Lippen. *Segnalazione rosso,* dachte sie und musste schlucken. Es ärgerte sie maßlos, dass ein Mann sie derart aus dem Konzept bringen konnte.

»Danke für deinen Liebesbrief«, erklärte er.

»Liebesbrief?«, wiederholte sie laut und biss sich auf die Lippen. Nadia kniete neben ihr, um sich aus dem Materialschrank eine Packung frische Latexhandschuhe zu holen, und warf ihr einen verwunderten Blick zu.

»Was … äh, meinst … Worum geht es?«, fragte Tanja, um ein Minimum an Professionalität bemüht, ins Telefon.

Fabio lachte. »War nur ein Scherz, *bella.* Ich meinte dein Überweisungsdokument mit der Diagnose der Eileiterschwangerschaft. Ich habe die Frau operiert und wollte dir sagen, alles gut. War 'ne knappe Sache. Gut, dass du so schnell reagiert hast.«

Tanja spürte, wie ihr die Röte in die Wangen schoss. Eine Mischung aus Erleichterung, Stolz und brennendem Verlangen nach Fabio mit seinen schönen Händen und seinem atemberaubenden Körper überkam sie.

»Da bin ich froh.« Sie hauchte mehr, als dass sie sprach, und räusperte sich, um ihre Stimme in eine selbstbewusste Tonlage zurückzubringen.

»Gehen wir nach der Schicht noch auf einen späten Drink in die Altstadt?«, fragte er, »ganz gepflegt um Mitternacht?«

»Hm.« Tanja überlegte und schaute Nadia an, die immer noch – und damit verdächtig lange – mit den Kartons verschiedener Handschuhgrößen herumhantierte. »Dafür muss ich die nächsten Befunde abwarten und dann entscheiden, welche Schritte einzuleiten sind.«

»Klingt sehr vielversprechend, Frau Doktor.« Fabio lachte durch den Hörer. »Bitte teilen Sie mir mit, welche Schritte Sie gedenken, bei mir einzuleiten. Schicken Sie mir doch einfach Ihren Slip per Hauspost. Das reicht mir als Antwort.«

Tanja konnte ein hysterisches Kichern nicht unterdrücken und legte mit glühendem Gesicht auf. Sie wusste, was er wusste: Er hatte sie, zwei Tage nachdem er sie so unverschämt versetzt hatte, wieder genau da, wo er sie haben wollte.

Unschuldig schaute Nadia zu ihr auf. »Alles okay?«

»Alles bestens«, antwortete Tanja leichthin und schritt dynamisch mit flatterndem Kittel ins Nebenzimmer. Dort überprüfte sie zwei Patientinnen, die wegen vermuteter Frühwehen am CTG lagen, legte einer der beiden einen Zugang für einen bevorstehenden Kaiserschnitt und hängte sich dann erneut ans Telefon, um auch diese Frau möglichst zügig in den OP bringen zu lassen.

Tanja schaute sich um. Die Lage hatte sich entspannt, die schwierigsten Fälle dieses langen Abends schienen unter Kontrolle. Sie trank einen Schluck Wasser aus ihrer Flasche, die sie vor Dienstbeginn an der Bar vorn in der Halle gekauft und die bisher unangerührt auf ihrem Schreibtisch gestanden hatte. Endlich kam sie einen kurzen Moment lang zur Ruhe. Am

Ende des Raumes hinter einem Vorhang vernahm sie Nadias ruhige, warme Stimme, als sie sich mit ihrer Patientin unterhielt. Sie hörte die Patientin erleichtert seufzen und musste lächeln. Worum es dort auch gehen mochte, sie war immer froh, wenn sie ihren Patientinnen ein Happy End versprechen konnte. Wenn Frauen ihr Untersuchungszimmer verzweifelt verließen, was oft genug am Tag vorkam, ließ sie das jedes Mal erschaudern.

Sie blickte auf die Zeitanzeige auf dem Display des Ultraschallgeräts neben sich. Schon gleich halb zwölf. Sie blätterte durch die Eingangsberichte »grün«, ordnete sie nach Zeitpunkt der Aufnahme am Empfang und ging zum gemächlicheren Teil des späten Abends über. Verdacht auf Blasenentzündung, ein Ziepen hier und da – ein Spaziergang verglichen mit dem, was sich ihr bisher geboten hatte. Sie stand auf und öffnete die Tür zum Gang.

»Signora di Veroli, *per favore*«, rief sie laut. Sie sah, dass sich am Ende des Gangs jemand erhob, nahm wieder an ihrem Pult Platz und gab den Namen der eintretenden Patientin im PC ein. Die angelegte Krankendatei öffnete sich, während sich neben ihrem Pult jemand auf den Besucherstuhl fallen ließ.

»So, bitte, *buona sera.*« Tanja drehte sich um und stutzte. Von irgendwoher kannte sie diese Frau.

»Kennen wir uns nicht?«, fragte die prompt, als hätte sie ihre Gedanken erraten. »Waren Sie nicht gestern Mittag bei mir im Café?«

Tanja runzelte die Stirn. »Ach ja!«, rief sie aus. »Sie sind die Barfrau mit der Baustelle vor dem Geschäft.«

Giulia runzelte die Stirn. »Lassen wir das Thema.« Sie winkte frustriert ab. »Noch so ein wunder Punkt in meinem Leben.«

Tanja legte die Fingerspitzen aneinander. »Und der andere wunde Punkt?«, fragte sie. »Womit kann ich Ihnen helfen?«

»Waren wir nicht per Du?«

»Richtig, Giulia, stimmt's? Womit kann ich dir helfen?«

»Ich brauche bitte«, Giulia atmete tief ein, »die Pille danach.«

Tanja nickte und tippte etwas in ihren Rechner ein. »Kein Problem«, sagte sie, ohne aufzuschauen. »Darf ich fragen, wie Sie … wie du sonst verhütest? Nimmst du die Pille?«

»Nein. Sonst bräuchte ich doch jetzt nicht die Pille danach.« Giulia schaute sie irritiert an.

»Na ja«, erklärte Tanja, »hätte ja sein können, dass du bloß die Einnahme vergessen hast.«

»Nein, habe ich nicht«, antwortete Giulia ruhig. »Das war gestern eher eine spontane Aktion.«

»Gestern? Und da kommst du erst jetzt?«

»Ja, achtundvierzig Stunden reichen doch aus, oder nicht? Ich konnte tagsüber nicht kommen; ich musste arbeiten.«

Tanja runzelte die Stirn. Noch so ein Problem in ihrem Job, die Notaufnahme wurde gern von Leuten missbraucht, die tagsüber keine Zeit oder keine Lust hatten, zum Arzt zu gehen.

»Na ja, je eher die Einnahme, desto besser.« Sie musterte Giulia nachdenklich. »Abgesehen davon, dass diese *spontanen Aktionen,* wie du sie nennst, nicht immer ganz gesund sind.«

»Ja, ja, ja«, wiegelte Giulia ab und fügte bockig hinzu: »Ist jetzt aber eben so.«

Tanja nickte und griff nach ihrem Rezeptblock.

»Diese hier«, sie schob ihr einen Zettel hin, »eine am besten noch heute Nacht, die nächste zwölf Stunden später. Falls du dich innerhalb von acht Stunden nach Einnahme der Tablette übergeben solltest, nimm bitte gleich die nächste und komm wieder her, damit ich dir eine neue Packung verschreiben kann.«

»Danke.« Giulia nahm das Blatt und erhob sich. »Was macht das Waschbecken?«

»Ich bin zum Duschen übergegangen.«

»Auch gut.« Giulia lachte. »Wir sehen uns, mach's gut.« Sie ging mit einem entspannt wippenden Gang zur Tür, als käme sie von einer ausgedehnten Shoppingtour.

»Mach's besser«, rutschte es Tanja heraus, und sie ignorierte den verwunderten Blick der Empfangsschwester, die eben eingetreten war, um ihr ein neues Aufnahmeblatt zu überreichen. Rot, schwere Unterleibskrämpfe. Tanja stand auf und eilte hinaus.

7

Jeder zweite Montagmorgen war für Roberta das, was für andere der Freitagabend war: Ruhe, runterkommen, frei haben. Das Wochenende mit Sophia und dazu ihren eigenen Eltern war für Roberta derart nervenzehrend, dass sie am Montag vor Anspannung in sich zusammensank, sobald sie Sophia nach ihrem allmorgendlichen Gezeter erfolgreich in der *scuola materna* abgegeben hatte.

Sie strich durch die Wohnung, machte die Betten und stellte eine Waschmaschine mit dem Sechzig-Grad-Programm an, das ihre Mutter immer benutzte, auch wenn sie selbst fand, dass vierzig Grad völlig ausreichen würden. Sie seufzte. Es war schwer gewesen, zusammen mit ihrer Tochter wieder im Zimmer ihrer Kindheit zu stranden, nachdem sie über ein Jahrzehnt aus dem Haus gewesen war. Schwer für alle Beteiligten. Aber Marios Wohnung gehörte nun mal ihm, und eine eigene konnte sie sich in Rom bei ihrem Teilzeitjob nicht leisten. Dazu war sie auf die Unterstützung ihrer Mutter beim Hüten von Sophia angewiesen, um überhaupt arbeiten gehen zu können.

Sie wusch ein paar Töpfe ab, während sie darauf wartete, dass der Kaffee auf dem Herd heiß wurde. Dann nahm sie sich einen Keks aus der Dose im Regal und lehnte sich kauend an den

Rahmen des geöffneten Fensters. Es war einer dieser Kekse mit Marmelade, einer von denen, die sie nicht mochte, die aber ihr Vater immer haben wollte, stellte sie angewidert fest. Sie müsste ihre eigenen Kekse kaufen gehen, um zumindest in einem Punkt wieder ein Stück Selbstbestimmung zurückzuerlangen. Damit riskierte sie jedoch einen Stellungskampf um den Platz im Regal und die Vorherrschaft über die Familienkeksdose. Ihr war noch allzu gut in Erinnerung, wie sie bei ihrem Einzug Sophias verschiedene Cornflakespackungen auf dem Bord hatte abstellen wollen. Was für ein Theater war das gewesen. Wegen nichts und wieder nichts.

»*Ciao, amorino!*« Roberta lehnte sich vor und schaute aus dem Küchenfenster hinaus in den kleinen Innenhof. Eleonora, die Nachbarin, Ersatzmutter, beste Freundin ihrer Mama und nebenbei Friseurin aus Leidenschaft für die ganze Familie, lehnte sich aus dem Fenster ihrer Wohnung und hängte Wäsche auf eine alte Leine, die quer durch den schmalen Lichthof gespannt war. Die Rädchen, mit denen sie die Leine mit jedem Wäschestück weiterdrehte, quietschten beängstigend.

»Guten Morgen«, rief sie zurück, »*come va?*«

»Geht so, geht, *tesorino mio*«, gab Eleonora zurück, »bin heute wieder etwas düster drauf. Wird Zeit, dass ich raus in die Sonne gehe, um auf andere Gedanken zu kommen. Wo ist Giuseppa?«

»Einkaufen.«

»*Il papà?*«

»Keine Ahnung, *in giro,* irgendwo unterwegs.« Seitdem ihre Eltern in Rente waren, waren sie beschäftigter als in all den Jahren davor.

»Wie war dein Wochenende?«

»Anstrengend. Ich gebe zu, ich freue mich schon fast auf das nächste, wenn Sophia bei ihrem Vater ist, auch wenn ich jetzt schon weiß, dass ich spätestens ab Samstagmittag mit ihrem Teddy auf dem Schoß weinen werde wie ein verlassener Hund.«

»*Eh, le mamme sono così!* So sind sie, die Mamas!« Eleonora nickte und schaute sie liebevoll an. Roberta musste schmunzeln. Eleonora hatte gut reden, sie hatte gar keine Kinder – freiwillig oder unfreiwillig, das hatte sie bis heute nicht rausbekommen. Jedoch hatte es Eleonora sich über all die Jahre wunderbar auch ohne Kinder eingerichtet und ein Leben in Saus und Braus geführt, von dem Roberta nur träumen konnte. Als Eleonoras Mann Ernesto noch gelebt hatte, waren sie fast jeden Monat irgendwohin quer durchs Land gereist, um sich in ganz Italien vorzugsweise Verdi- und Puccini-Opern anzuschauen. Als Ernesto vor fünf Jahren überraschend an einem Herzinfarkt gestorben war und ihr die riesige Eigentumswohnung sowie eine schöne Witwenrente hinterlassen hatte, hatte sie anfangs fürchterlich getrauert. Doch nach ein paar Monaten hatte sie sich geschüttelt und war wie Phoenix aus der Asche wieder ins Leben aufgestiegen. Kurzerhand ergänzte sie von nun an ihr bisher streng italienisches Opernprogramm mit Konzertbesuchen im Ausland, die Roberta für sie im Internet recherchierte und die Eleonora unten in dem kleinen Reisebüro in der Gasse buchte, angefangen von der Zugfahrt bis hin zum Hotel. So reiste sie plötzlich also auch nach Paris, München, Barcelona und einmal sogar bis nach Riga und kam, obwohl sie keinerlei Fremdsprachenkenntnisse besaß, jedes Mal mit dem Kopf voller Reiseanekdoten und Erzählungen über fremde Länder und die Eigenheiten der Einheimischen zurück. Dieses Jahr jedoch war sie, abgesehen von einem kurzen Besuch in Mailand, nicht mehr unterwegs gewesen. »Ich traue mir das nicht mehr zu, Kind«, hatte sie zu Roberta gesagt und sie mutlos angeschaut, »ich werde wohl alt.«

Eleonora hängte zwei riesige hautfarbene BHs auf die Leine und klammerte sie langsam und gewissenhaft fest. »So«, sagte sie dann und drückte ihre Zigarette in einem Alpenveilchentopf aus, »nun will ich mal los. Hab heute Vormittag drei Hausbesuche. Ich freue mich doch immer, wenn ich vor die Tür komme, so geht die Zeit schneller rum.«

Roberta grinste. »Zu mir kannst du auch mal wieder kommen«, meinte sie. »Spitzen schneiden bei mir und bei Sophia hinten den Bob etwas kürzen.« Eleonora war eine exzellente Friseurin. Und auch wenn sie es weder während noch nach ihrer Ehe mit Ernesto nötig gehabt hätte, zu arbeiten, hatte sie sich ihre kleinen, aber feinen Hausbesuche gegen ein geringes schwarzes Entgelt und dazu viel Klatsch und Tratsch aus der Nachbarschaft nicht nehmen lassen.

»Mache ich gern«, sagte Eleonara gutmütig, »wenn ich mich bewege, zittern mir die Hände auch nicht so. Morgen Abend vielleicht?«

»Gern, passt, danke. Dann einen schönen Tag heute für dich!« Roberta schloss das Fenster, nahm die Cafetiere vom Herd und goss sich einen *Espresso doppio* ein, den sie pur hinunterstürzte. Dann ging sie ins Wohnzimmer und nahm das Blatt Papier in die Hand, das oben auf ihrer Handtasche lag.

»Via Catalana«, las sie laut, »dann mal los.«

8

Giulia fokussierte angestrengt den Startknopf der Kaffeemaschine und konzentrierte sich darauf, nicht zu spucken. So kotzübel war ihr schon lange nicht mehr gewesen, vielleicht sogar noch gar nie. Sie lehnte den Kopf gegen das kühle Metall des Regals neben sich, während sie einen Becher mit Milch aufschäumte.

»Einen *caffè* und ein *cornetto, grazie.*« Ein alter Mann im schwarzen Gewand eines Priesters mit kleinem weißem Stehkragen legte das *scontrino* zusammen mit einer Münze als Trinkgeld auf den Tresen und kniff prüfend die Augen zusammen. »Geht es Ihnen nicht gut, Signora?«

Giulia schüttelte den Kopf und richtete sich auf. »Doch, alles bestens, vielen Dank«, wiegelte sie ab und beeilte sich, dem Herrn ein Croissant auf einen Teller zu legen. Wie hatte der sich denn in *dieses* Viertel verirrt? Sie schüttelte verwundert den Kopf, wovon ihr erneut übel wurde, und blickte sehnsüchtig auf die große Wanduhr über der Eingangstür. Kurz nach halb zehn. Mit etwas Glück würde sich der Priester oder Mönch demnächst in die nächstgelegene Kirche zur Montagsmesse verziehen. Damit hätte sie dann vielleicht zumindest für einen kurzen Moment Ruhe, bis die Touristenmassen aufgestanden waren und sich bis in ihre Gegend durchgewühlt hatten.

»Sie sind sehr blass, Signora«, fuhr der Mann hartnäckig fort und legte die Hand auf das Metallkreuz, das an einer Kette um seinen Hals hing. »Sind Sie sicher, dass es Ihnen gut geht? Soll ich Ihnen die *ambulanza* rufen?«

»Um Himmels willen, nein«, sagte sie lauter als beabsichtigt, sodass eine Familie mit zwei kleinen Jungen an einem Tisch weiter vorn im Raum erschrocken aufschaute. »Nein, danke«, flüsterte sie, »ist nur ein bisschen Kreislauf, wissen Sie …« Sie warf ihm einen vielsagenden Blick zu und überlegte kurz, ob sie noch den K.-o.-Begriff *eine Frauensache* hinterherwerfen sollte, mit dem man wirklich jeden Mann jedweder Religion sofort zum Schweigen brachte.

Aber er schien auch so schon begriffen zu haben. »Gut, junge Frau, ich wollte mich nicht aufdrängen, bitte entschuldigen Sie.«

»Ist schon okay.« Erneut unterdrückte sie den Impuls zu würgen und räumte hastig seine leere Tasse ab. »Sie müssen bestimmt los, oder?« Sie machte eine unvertraute Geste des Sich-Bekreuzigens und lächelte ihn an.

»Stimmt, stimmt.« Der Mann stopfte den letzten Rest seines *cornettos* in den Mund. »Ich halte gleich eine Messe in der Santa Maria in Campitelli.« Und während Giulia noch befürchtete, er würde sie zum Gottesdienst einladen, rückte er seinen schwarzen Hut zurecht, verabschiedete sich und stapfte los. Erleichtert atmete Giulia auf.

Und wenn sie doch eben auf die Toilette – mit Finger in den Hals und so? Sie schluckte, es reichte fast schon der Gedanke. Nein, nein, sie musste alles tun, damit sie diese Pille bei sich behielt, die sie letzte Nacht geschluckt hatte. Sie schüttelte den Kopf, goss sich ein Glas Wasser ein und drückte sich Daumen und Zeigefinger gegen die Nasenwurzel. Wenn nur diese Kopfschmerzen nicht wären!

Was um Himmels willen war eigentlich auf Saras Party in sie gefahren, fragte sie sich. War sie denn wahnsinnig gewesen? Sie hatte das nicht geplant, wie auch, wann auch? Es war eine spontane Idee gewesen, eine Eingebung geradezu, dem schönen Knaben im Fahrstuhl mal zu zeigen, wie der Hase lief. Obwohl er ihr zuerst ein bisschen dämlich vorgekommen war, hatte sie ihn dennoch irgendwie sympathisch gefunden. Im Aufzug hatte sie sich dann plötzlich geärgert, so früh nach Hause zu müssen, während alle anderen Menschen Roms die Nacht zum Tag machten. Dazu roch er so gut. So unwiderstehlich gut. Und dann hatte sie einfach gehandelt und die Verblüffung des Schönlings mit allem, was dazugehörte, genossen.

Zurückgeblieben war nun ihr zerrissenes Hanro-Höschen für fünfunddreißig Euro und eine höllische Übelkeit durch die Pille danach. War es das wirklich wert gewesen? Schließlich wurde sie in wenigen Tagen vierzig Jahre alt. Da machte man so einen Mist doch eigentlich nicht mehr. Oder gerade doch? War es vielleicht das, was in den Frauenzeitschriften *Torschlusspanik* genannt wurde, von der sie geglaubt hatte, sie würde sie niemals erfassen?

»Giuli, was ist los mit dir?«, fragte Fabiana von der Kasse aus, wo sie damit beschäftigt war, Schokoladentäfelchen in ein Fach zu stapeln.

Beim Anblick der Schokolade musste sich Giulia wieder die Hand an den Hals halten. Nicht spucken, bloß nicht spucken, beschwor sie sich mantraartig.

»Giuli, was hast du?« Erschrocken kam Fabiana hinter der Kasse hervorgeschossen und hielt sie an den Schultern fest.

Eine junge Frau betrat die Bar und grüßte höflich.

Die Frau aus der *Comune*, durchfuhr es Giulia, auch das noch. »Guten Morgen, Signora …«

»Roberta, ich heiße Roberta«, stellte sich die Frau vor und legte den Adresszettel, den Giulia ihr vergangene Woche geschrieben hatte, vor ihr auf den Tresen. »Ich bin gekommen, um …« Weiter kam sie nicht.

»Ich kann … ich muss …« Giulia schlug sich die Hand vor den Mund, riss sich los und stürzte in die Privaträume hinter der Bar, wo sie es gerade noch schaffte, sich bei offener Tür vor der Toilette auf die Knie zu werfen. Oje, wahrscheinlich drang das einschlägig bekannte Geräusch nach draußen in den Barraum.

Sie übergab sich zweimal, dreimal, würgte ein viertes Mal und legte dann erschöpft ihre Wange an die kühle Fliesenwand neben der Kloschüssel. Sie schloss die Augen, so elend war ihr.

»Mama, was hat die Frau, die weggelaufen ist?«, hörte sie einen kleinen Jungen draußen im Barraum fragen.

»Die Dame hat bestimmt bald auch so einen Engel wie du einer bist«, antwortete die süffisante Stimme einer Frau. Oh, mein Gott. Giulia stöhnte. Einen kleinen Engel. Von dem Typen aus dem Fahrstuhl. Mit viermal spucken war sie diesem Albtraum zumindest ein Stück weit näher gerückt.

Sie saß ein paar Minuten still da. Die Mutter mit dem kleinen Jungen schien gegangen zu sein. Giulia hörte Stühlerücken.

»Könnte ich bitte einen Birnensaft und ein *panino* mit Käse bekommen?«, bestellte im Barraum eine weibliche Stimme bei Fabiana.

Ach ja! Roberta, die war ja noch da. Giulia keuchte. Das durfte doch nicht wahr sein. Nun war sie ganze sieben Mal zum Amt gepilgert, und endlich kam ernsthaft jemand von der Behörde zu ihr, und sie verzog sich kotzend ins Hinterzimmer. Erschöpft rutschte sie mit dem Kopf ein Stück tiefer die Klowand hinunter. Ein paar Minuten brauchte sie hier noch, aber sie war ein Stehaufmännchen. Bestimmt konnte sie in fünf Minuten wieder gerade stehen. Und die Wartezeit konnte die Frau vom Amt ja dazu nutzen, sich die riesige, von Sicherheitsgittern umzäunte, klaffende Baugrube anzuschauen, mit der ihr hübsches Café aussah wie eine Schönheitskönigin mit eingeschlagener Nase.

Zum Kotzen war das, im wahrsten Sinne des Wortes.

Wieder ging die Türglocke. Neue Gäste kamen. Sie musste jetzt wirklich … sie sollte dringend … Erneut stieg Übelkeit in ihr auf. O nein, und die Klotür stand auch immer noch offen.

Giulia spuckte und betätigte die Klospülung.

»Der armen Signora di Veroli bleibt ja wirklich nichts erspart«, hörte sie Roberta vom Amt sagen. Gott, wie peinlich. Giulia robbte mit angezogenen Knien ein Stück um die Toilette herum, um die Tür zu schließen.

»Ist das etwa die Wirtin?«, fragte jemand im Barraum mit unverkennbar deutschem Akzent. Moment mal, diese Stimme kannte sie doch ebenfalls.

»*Sì*, Signora«, bestätigte Fabiana, »das ist sie.«

»Hm, gar nicht gut«, meinte die Frau.

»Nein, es ist schrecklich«, jaulte Fabiana angstvoll, »was meinen Sie, soll ich einen Krankenwagen rufen?«

»Nein, nein«, antwortete die Frau. »Ich bin Ärztin. Erlauben Sie, dass ich mal nach ihr sehe?«

O nein, bitte nicht, dachte Giulia, doch da öffnete bereits jemand vorsichtig die Klotür.

»Hallo? Giulia?«

Giulia hockte immer noch auf dem Boden und wäre am liebsten auf der Stelle auch darin versunken.

»Mein Gott, du bist ja kalkweiß«, sagte Tanja. Sie nahm ein Handtuch vom Haken neben dem Waschbecken, hielt es unter den Wasserhahn und drückte es ihr in den Nacken. Giulia schloss die Augen und stöhnte.

»Was machst du denn hier?«, fragte sie matt.

»Frühstücken, eigentlich«, antwortete Tanja.

»Was für ein Teufelszeug«, hauchte Giulia.

Tanja strich ihr aufmunternd über den Hinterkopf. »Hm, das kriegen wir schon wieder hin.«

»Ich habe alles versucht, um nicht zu kotzen, aber es ging nicht«, flüsterte Giulia. »Was passiert denn jetzt, bin ich nun schwanger?«

»Na, na, uns wird da schon was einfallen, nun komm erst mal wieder auf die Füße.« Sie ging in den Barraum und holte ein Glas Wasser. »Nur einen kleinen Schluck«, mahnte sie, als sie Giulia das Glas reichte.

Giulia verzog das Gesicht. »Weißt du, was ich jetzt gern hätte?«, fragte sie. »Eine Cola.«

»Eine Cola?«

»Ja. Ist das erlaubt?«

Tanja hob die Schultern. »Erlaubt ist, was gefällt. Wenn du Appetit darauf hast, versuch's.«

Sie half Giulia beim Aufstehen und führte sie in den Barraum.

»Setz dich an die frische Luft, Chefin«, rief Fabiana ihr zu. »Ich bringe euch alles raus.«

»Oh, prima«, erwiderte Giulia trocken, »ich nehme den Tisch direkt am Bauloch, dann kann ich gleich wieder kotzen, wenn ich nur da reinschaue.« Ihr Blick fiel auf die Dame von der *Comune*, die unschlüssig an der Bar stand und sichtlich nicht so recht wusste, wohin mit sich. »Und Sie, Signora«, fragte Giulia, immer noch auf Tanjas Arm gestützt, »was machen Sie denn hier?«

* * *

Ein paar Minuten später saßen sie zu dritt vorn an einem der beiden kleinen Holztischchen und ließen sich von Fabiana mit Cola für Giulia sowie Kaffee und *panini* verwöhnen.

»Geht auf mein exzellentes Haus«, erklärte Giulia düster, knabberte vorsichtig eine Salzstange und nippte an ihrem Glas. Dann wandte sie sich Roberta zu.

»Was haben Sie mir denn mitzuteilen«, fragte sie, »sieht die Sache so schlecht für mich aus, dass Sie sogar persönlich vorbeikommen?«

»Heute ist mein freier Tag«, erklärte Roberta leise, »ich bin … privat hier.«

Tanja schaute interessiert, während Giulia endgültig aller Mut verlassen wollte. »Wie privat? Verstehe ich nicht.«

»Ja, weil …«, Roberta knibbelte an einer Serviette, »weil Sie mir leidtaten. Ich dachte … Ja, was dachte ich eigentlich?« Sie zögerte. »Ich finde, dass es uns Frauen viel zu schwer gemacht wird und … ich wollte Ihnen gern helfen«, endete sie schüchtern, »mir die Grube anschauen und Sie ein paar Sachen dazu fragen, bevor ich mich bei Kollegen erkundige. Auf dem kurzen Dienstweg, wenn Sie verstehen, was ich meine.«

»Wie nett«, platzte Tanja heraus. »Das würde da, wo ich herkomme, aber keiner machen. Extra herkommen …«

»Hier auch nicht«, knurrte Giulia. »Das sind Ausnahmen, die die Regel bestätigen, dass die Institutionen an sich nicht funktionieren. Überhaupt gar nicht.«

Roberta zuckte zusammen. »Hm«, sagte sie und rutschte auf ihrem Stuhl herum. »Was ich gerade schon gesehen habe, ist, dass das Bauschild, die *pallina,* fehlt, das normalerweise an den Baugittern angebracht wird. Das könnte dazu führen, dass man diese Aktivität nicht in unseren Daten finden kann«, erklärte sie zögerlich.

»Kann das der Grund sein, warum die vom Bauamt auf keine Ihrer Anfragen reagiert haben?«

Roberta zuckte mit den Schultern.

»Wie nett«, schloss Giulia sarkastisch.

»Haben Sie bemerkt, wann die *pallina* verschwunden ist, oder gab es nie eine?«

»Keine Ahnung«, sagte Giulia, »ich weiß es wirklich nicht.«

»Die Arbeiter, die das Loch hier gegraben haben, waren die von der *Comune?* Hatten die einen offiziellen Rom-Bauwagen?«

»Weiß ich auch nicht«, antwortete Giulia hilflos, »auf so was achte ich leider nicht. Tut mir leid …« Sie legte sich die Hand an den Hals, als würde ihr erneut übel.

»Alles okay?«, fragte Tanja.

»Weiß nicht genau, mein Magen dreht immer noch Pirouetten.« Giulia machte ein klägliches Gesicht.

»Geh besser mal von Cola zu Kräutertee über«, empfahl Tanja und gab Fabiana einen Wink.

»Ich komme auch wirklich ungelegen«, sagte Roberta. »Tut mir leid, wenn ich …«

»Nein, es ist wirklich unglaublich freundlich, dass Sie sich für mich so ins Zeug legen«, unterbrach Giulia sie in bestimmtem Ton. »Sie konnten doch nicht ahnen, dass ich …« Sie suchte nach Worten.

»Eine Magenverstimmung habe?«

»Genau, eine Magenverstimmung.«

»Irgendwas Ungünstiges gegessen?«, erkundigte sich Roberta mitfühlend.

»Genascht, ja, so in der Art«, brummte Giulia.

Tanja senkte den Kopf und rührte konzentriert in ihrem Latte Macchiato herum.

»Kenne ich«, sagte Roberta, »gerade letzte Woche hatten meine Tochter und ich beide, na ja, ihr wisst schon: das volle Programm.« Sie blickte Tanja und Giulia vielsagend an.

»Uuh«, pflichtete Giulia ihr mitfühlend bei und schaute dann auf ihre Armbanduhr. »Ich muss leider wieder rein«, sagte sie, »höchste Zeit, mit dem Mittagessen anzufangen, mehr als zwei Gerichte schaffe ich heute sowieso nicht mehr.« Sie versuchte aufzustehen und verzog das Gesicht, eine Hand auf den Magen pressend.

»Eigentlich gehörst du ins Bett«, stellte Tanja fest.

»Ja, eigentlich«, versetzte Giulia trotzig. »Wenn du wüsstest, wie es ist, ein Lokal zu betreiben!« Sie nahm ihr Glas und machte ein paar Schritte Richtung Tür. »Wie gesagt, das hier alles geht aufs Haus. Und, Roberta, können wir ein anderes Mal weiterreden, kann ich dich anrufen, gibst du mir deine Nummer?« Sie griff in ihre Kellnerschürzentasche und zog einen kleinen Block und einen Bleistift hervor.

»Gern.« Roberta nahm beides und fing an zu schreiben.

»Ach ja, und noch was«, rief Giulia kurz entschlossen. Gerade erst war ihr das eingefallen. »Nächsten Samstag feiere ich in meinen vierzigsten Geburtstag rein. Habt ihr Lust, zu meiner Party zu kommen?«

9

Entspannt bummelte Tanja durch eine kleine Geschäftsstraße nach Hause. Sie hatte keine Eile, in ihre einsame, immer noch chaotische Wohnung zu kommen, um sich dort über die Siestazeit allein und verlassen zu fühlen. Da war sie hier draußen in den Gassen der Altstadt deutlich besser aufgehoben. Was ihre heruntergekommene Wohnung betraf, wartete sie immer noch auf den Rückruf eines Handwerkers drei Straßen weiter, um mit ihm zu besprechen, wie man ihr Zuhause auf Vordermann bringen könnte. Solange dahin gehend nichts geschah, zögerte sie, mit der Einrichtung zu beginnen. So hauste sie nun wie auf der Durchreise mit einem Tisch, drei Stühlen und einem Kleiderständer in der Ecke hinter der Schlafzimmertür und schlief auf dem Klappsofa aus ihrem Ex-WG-Zimmer. Anders ging es derzeit eben nicht.

Tanja dachte an die abgebrannten Kerzen, die leere Weinflasche und die zwei benutzten Gläser, die seit vorgestern auf dem Fußboden ihres Schlafzimmers herumstanden und die sie aus irgendwelchen Gründen immer noch nicht geschafft hatte wegzuräumen. Seit zwei Tagen schon tänzelte sie um die Gegenstände am Boden herum, die dort als eine merkwürdige Mischung aus Trophäen und Mahnmal verharrten.

Der Spät-nach-Mitternachts-Umtrunk, zu dem Fabio sie am Samstag nach ihrer Spätschicht überredet hatte, war wie immer aus dem Ruder gelaufen. Es hatte damit geendet, dass er über Nacht bei ihr geblieben war und ihr altes Klappsofa fast zum Einsturz gebracht hatte.

Sie hatten auf dem Campo di Fiori in einer der zahlreichen Bars nebeneinandergesessen, ein Glas Frascati getrunken und fasziniert dem ausgelassenen Treiben Roms bei Nacht zugeschaut. Da waren die blutjungen Teenager, die ihre Kameraden hysterisch ankreischten, weil sie nicht recht wussten, wie man anders flirten konnte, Straßenmusikanten, die tagein, nachtaus die gleiche Abfolge von Dudelmusik spielten und sich dabei genauso langweilten wie ihre Zuhörer, und dann zur Krönung der Nacht der verrückte Inder, der, wie Fabio ihr erzählte, seinen Lebensunterhalt seit über zwanzig Jahren mit seinen ewig gleichen müden Zaubertricks und lauten *Guarda!*-, Schauther!-Rufen verdiente.

Tanja war todmüde und von dem kühlen Weißwein und der warmen Herbstnacht sofort angeduselt gewesen. Als Fabio die Hand auf ihren Rücken legte und unter ihre Bluse fuhr, lehnte sie sich wie magisch angezogen gegen ihn und ließ sich willenlos von ihm küssen, auch wenn sie sich doch geschworen hatte, keine leichte Beute mehr für ihn zu sein.

Fabio hatte lässig ein paar Scheine auf den Tisch gelegt, die angebrochene Weinflasche genommen und ihre Hand ergriffen. »Lass uns gehen«, flüsterte er. Wieder hatte dieser Hauch von Verbotenem, von Begehren und Spitzbübigkeit in seiner Stimme gelegen, dem sie bisher immer erlegen war.

Sie waren eng umschlungen die wenigen Meter zu ihrem Apartment gegangen, hatten sich die Treppe hochgearbeitet und es dann von der Wohnungstür aus gerade noch bis zu ihrem Sofa geschafft.

Als sie morgens wach geworden war, war Fabio schon weg gewesen. Sie hatte auf die Spur ihrer Kleidungsstücke gestarrt, die sich quer durch den Raum zog und die es Fabio leicht gemacht hatte, sich in umgekehrter Reihenfolge wieder anzuziehen und still davonzuschleichen. Der Gedanke versetzte ihr einen traurigen Stich in den Magen. Da tröstete es kaum, dass er ihr am Sonntag ein paar WhatsApps geschickt hatte, in denen er ihr wieder und wieder versicherte, wie toll er sie fand, *bellissima.* Was half das schon? Sie war wieder einmal einen langen Sonntag allein zu Hause gewesen; das sagte doch alles.

Tanja bog in ihre Gasse ein und seufzte laut. Tatsächlich hatte Fabio vor ein paar Stunden versucht, sie zu erreichen, aber sie war nicht rangegangen und hatte ihrem Handy so lange beim Vibrieren auf der Küchenablage zugeschaut, bis es drohte, von der Kante herunterzufallen.

Valentino hatte das Schaufenster seiner Boutique herbstlich dekoriert. Etwas unbeholfen zwar, aber liebevoll mit ein paar Zierkürbissen und Heidepflanzen neben der neuesten Mode in sämtlichen Herbsttönen von Ocker bis Bordeaux, die nun jeder trug. Sie schlenderte davor herum und schaute sich die Auslage an.

Ihr seltsames Verhältnis zu Fabio war wie ein Tangotanz. Kam sie ihm zu nahe und forderte Liebe ein, zuckte er zurück. Ließ sie ihn in Ruhe, um selbst Ruhe zu finden, rief er sie permanent an. Wie völlig selbstverständlich auch mal mitten in der Nacht um zwei, als sei das die normalste Zeit überhaupt für eine Plauderei am Telefon. Fabio war unglaublich. Er übte eine magische Anziehung auf sie aus, die sie sich nicht erklären konnte. Warum schaute sie ihn überhaupt noch an? Wieso ließ sie das zu? Hing das mit ihrer großen Sehnsucht nach einem Neuanfang zusammen, nachdem sie in Köln das Handtuch geworfen und sich auf einen schlechter bezahlten und noch dazu viel unsichereren Job in Rom gestürzt hatte? Suchte sie das genaue Gegenteil von dem, worin sich Katrin bei Matthias geflüchtet und sie damit im Stich gelassen hatte?

Mit dem Gefühl im Bauch, sich für irgendetwas trösten zu müssen, betrat sie kurz entschlossen Valentinos Geschäft.

Valentino saß an einem gläsernen Tresen hinter der Kasse, den Kopf über das Display seines Tablets gebeugt. Als er sie sah, ging ein Strahlen über sein Gesicht.

»Ciao, *bella*«, rief er fröhlich aus, kam hinter seinem Tresen hervor und auf sie zu, streckte beide Hände aus und küsste sie überschwänglich auf die Wange. »Wie geht es dir?«, fragte er. Er hielt sie mit beiden Händen an den Oberarmen fest, als wären sie alte Verwandte, die sich nach langer Trennung endlich wiedertreffen.

»Gut, danke«, stammelte Tanja, leicht überfordert von diesem herzlichen Empfang, »und dir?«

»Ach, das Übliche, es ginge mir deutlich besser, wenn es bei H&M und Zara einen Großbrand geben würde.«

Tanja lachte. »Zeigst du mir den Pullover aus dem Schaufenster da links?« Sie deutete hinter sich.

»*Certo, cara,* die habe ich in allen Farben da. Todschick sind sie, *wirklich.*« Er flippte durch ein paar Stücke, die auf der Stange hinter ihm hingen. Tanja beobachtete ihn lächelnd. Valentino trug eine tief sitzende Jeans mit Ziernieten, die den Blick auf den Bund von Dolce&Gabbana-Shorts freigab, und dazu ein enges T-Shirt mit V-Ausschnitt, das seine muskulösen Oberarme wunderbar zur Geltung brachte. Er sah super aus, aber die Art, wie er jetzt den Arm hob und die Finger leicht abspreizte, ließ nicht viele Fragen offen. Tanja musste insgeheim grinsen.

»Hier habe ich *was Tolles* für dich«, rief er. In der einen Hand hielt er den Pulli, nach dem sie ihn gefragt hatte, und in der anderen einen grauen, weit geschnittenen Rock aus

Wollstoff, der ohne Zweifel wunderbar zu dem eng geschnittenen Oberteil passte. Ohne ihre Antwort abzuwarten, hängte er beide Stück in eine angrenzende Umkleidekabine und hielt ihr den Vorhang auf. »*Prego!*«, sagte er fröhlich.

Tanja begann sich umzuziehen, während sie Valentino im Geschäft wühlen hörte. »Oooh«, rief er, »hier habe ich noch was Tolles dazu, darf ich?« Ohne eine Antwort abzuwarten, lüftete er den Vorhang, hinter dem Tanja im BH eben dabei war, den Rock an der Hüfte zu schließen. Er präsentierte ihr eine grasgrüne Seidenbluse mit Stehkragen. Mit einer Mischung aus Irritation und Belustigung schaute sie ihn an, was er nur mit einem unschuldig treuen Blick quittierte – er hängte einfach den Bügel auf einen freien Haken in ihrer Kabine und verschwand wieder.

Tanja amüsierte sich. Klarer Fall, für Valentino waren Frauen nichts als bessere Kleiderständer. Sie nahm die Bluse vom Kleiderbügel und probierte sie an.

»*Com'è?*«, fragte Valentino von draußen. Tanja schlüpfte in die Anprobepumps, glücklich, sie für diese Zwecke in der Kabine vorzufinden, und trat hinaus. Valentino betrachtete sie prüfend.

»Du siehst zauberhaft aus, *semplicemente splendido!*« Er trat einen Schritt zurück und betrachtete sie. Etwas in seinem Blick erinnerte Tanja an Katrin, wie sie ihr Baby angesehen hatte. Oder Moment, war es nicht doch eher der Ausdruck, mit dem Fabio sie angeschaut hatte, als sie nackt zusammen auf ihrem Sofa gelegen hatten? Nein, das konnte nicht sein. Sie wollte einen entschärfenden Witz machen, aber ihr fiel keiner ein. Unschlüssig drehte sie sich zum Spiegel und musste sich unwillkürlich selbst zunicken. Valentino hatte recht, sie sah toll aus. Selbst hätte sie sich dieses Outfit so niemals ausgesucht. Sie drehte sich ein paarmal vor dem Spiegel hin und her und betrachtete sich zufrieden.

»Nehme ich«, sagte sie dann, »beide Teile. Und Samstag«, fuhr sie fort, »bin ich zu einer Party eingeladen. Was empfiehlst du mir dafür?«

10

»Ich bin das schönste Einhorn von der ganzen Welt«, sang Sophia und hopste auf Robertas Bett herum.

»Sophia, willst du dir nicht ein paar Spielsachen einpacken, die du fürs Wochenende mit zu Papa nehmen kannst?« Eilig huschte Roberta hin und her, holte einen Stapel rosa Unterwäsche aus einer Kommode hervor und stopfte sie zusammen mit einem jeansfarbenen Bündel in einen kleinen bunten Rucksack, der auf dem Bett stand.

»Nein, ich will nicht zu Papa!« Sophia ließ sich mit einem trotzigen Sprung aufs Bett fallen und versteckte den Kopf unter dem Kissen.

Roberta zog es ihr weg. »Er ist dein Vater und freut sich sehr auf dich.« Sie bemühte sich, resolut zu wirken. »Was möchtest du mitnehmen, dein Plüschpferd oder Matti?«

Matti war Sophias Babypuppe, ohne die sie eigentlich nirgendwo hinging. Nicht einmal in den Kindergarten, wo Matti dann den halben Tag lang im Garderobenfach auf Sophia warten musste.

»Nichts«, Sophia bockte weiter, »ich will nicht zu Papa.«

»Immer dieses Nein«, schimpfte Roberta, lauter als geplant. »Das sagst du doch immer, und hinterher hat's dir gefallen.«

»Ich will nicht zu Papa«, wiederholte Sophia stoisch. »Ich will bei dir bleiben, Mama.«

Roberta ließ sich zu Sophia aufs Bett fallen, drückte sie an sich und wuschelte ihr durchs Haar.

»Übermorgen sind wir wieder zusammen«, flüsterte sie und gab ihr einen Kuss. »Du machst dir jetzt ein schönes Wochenende mit Papa, der viele tolle Sachen mit dir vorhat. Vielleicht geht ihr sogar in den Zoo und anschließend eine Pizza essen.«

Roberta schauderte bei dem Gedanken an die übervollen Pizza- und Fast-Food-Läden zu Wochenendzeiten, in die einsame Väter ihre Kinder zerrten, weil sie ansonsten, in Ermangelung eines gewohnten Alltags, nicht viel mit ihnen anzufangen wussten. Sie dachte an Tausende Kinder, die sonntagabends nach viel zu viel Fernsehschauen mit Zuckerschock zurück in das Leben ihrer alleinerziehenden Mütter kamen, um sich dann am Tag darauf, völlig entgleist, wieder in den Schulalltag einfinden zu müssen. Roberta war froh, montags frei zu haben, um Sophia an diesem Tag des Übergangs ein Stück weit beizustehen.

»Ich mag aber keine Pizza!«

»Klar magst du die«, widersprach Roberta. »Komm, mein Schatz, wir müssen los!« Sie stand auf und zog den Reißverschluss von Sophias Rucksack zu. »Papa wartet bestimmt schon.«

Papa *schimpft* bestimmt schon, dachte sie.

Sie zog eine maulende Sophia vom Bett, bugsierte sie in ihren Anorak und steckte zwei lustlos schlaffe Füßchen in ein paar Turnschuhe mit lila Schnürsenkeln. Dann zog sie das Kind hinter sich her Richtung Treppenhaus und machte die Wohnungstür zu.

Während sie den Wagen mit Sophia auf dem Rücksitz startete, klingelte ihr Handy. Mario.

»Hallo?« Sie setzte den Blinker und beobachtete den Straßenverkehr im Rückspiegel.

»Es ist gleich sieben Uhr«, bellte ihr seine gereizte Stimme ins Ohr.

»Ja, ich weiß, wir verspäten uns etwas, weil …«

»Roberta, das ist *mein* Wochenende! Du stiehlst mir meine Betreuungszeit mit einer Selbstverständlichkeit, die eine Un-ver-schämt-heit ist!«

Roberta warf einen Blick auf Sophia, die in ihrem Kindersitz gedankenverloren mit einem Teddy spielte und leise Brummgeräusche von sich gab.

»Du, ich …« Sie versuchte, ruhig zu bleiben. »Wir sind gleich da. Wir sitzen schon im Auto.«

»Das ist ja toll, dass ihr wenigstens schon im Auto sitzt, wenn du schon einfach seelenruhig eine Stunde zu spät kommst.«

Roberta schwieg und konzentrierte sich auf die Überquerung einer Ampelkreuzung.

»Ich warne dich, Roberta«, zischte Mario wütend, »ich notiere mir deine vielen Querschläge! Ich führe *Buch darüber*. Und eines sage ich dir: Ich schaue mir das nicht mehr lange an, dann werde ich das Jugendamt einschalten, weil du versuchst, mir schleichend meine Tochter zu entziehen.«

Roberta krampfte beide Hände ums Lenkrad. Sie bebte vor Wut und hatte größte Lust, ihn anzuschreien. Ihm zu sagen, wie strohdumm sie ihn fand, wie nervig. Und dass sie sich fragte, wie sie bloß um alles in der Welt mit ihm hatte ein Kind zeugen können. Wie gerne hätte sie ihm gesagt, dass sie sich am liebsten in den Hintern beißen würde, weil sie den Richterbeschluss hingenommen hatte, Mario das Kind zu bringen, statt dass er sich für Sophia quer durch die Stadt quälen musste. Sie wollte ihm ins Gesicht schreien, welche Kämpfe sie jede zweite Woche und jeden Mittwochnachmittag auszustehen hatte, wenn Sophia zu ihrem Vater gehen sollte. Aber mit dem Kind auf dem Rücksitz konnte sie nichts dergleichen sagen.

Sie schwieg zitternd.

»Na? Nicht mal eine deiner müden Verteidigungen parat? Da habe ich wohl den Nagel auf den Kopf getroffen, he?«

»Ich möchte unser Telefonat nun bitte beenden.« Roberta war um den letzten Funken ihrer Beherrschung bemüht. »Ich muss mich auf den Verkehr konzentrieren. Bis gleich.« Sie tippte lange auf den roten Hörer auf dem Display und warf das Handy mühsam atmend auf den Beifahrersitz.

»Wer war das, Mama?«

»Ein Kollege, Mäuschen«, antwortete Roberta.

»War der doof, Mama?«

Roberta schwieg und biss sich auf die Lippen.

»War der doof, Mama?«

Roberta nickte.

»Bist du sauer, Mama?«

»Ja, Süße.« Roberta schluckte. Tränen liefen ihr über die Wangen. Sie schaute angestrengt nach vorn und hoffte, dass Sophia ihr Gesicht nicht sehen konnte.

»Warum bist du denn sauer, Mama?« Wurde dieses Kind eigentlich fürs Fragenstellen bezahlt?

»Wir sind gleich da«, wechselte Roberta das Thema, »sag Teddy, er soll sich bereithalten.«

Erleichtert seufzte sie auf, als sich Sophia tatsächlich ihrem Teddy zuwandte und sich augenblicklich in einen Dialog mit dem Stofftier vertiefte. Sie beneidete Sophia darum. Wie wunderbar musste es sein, wenn man für einen Moment einfach alles vergessen und in eine eigens erschaffene Welt abtauchen konnte?

In Marios Straße bremste sie ab, fand eine kleine Parkbucht für ihren Fiat und stellte den Motor aus.

»Ich will aber nicht zu Papa«, nölte Sophia, als Roberta die Autotür öffnete und das Kind abschnallte. Sie tat, als habe sie Sophia nicht gehört, schob sie vor sich her zum Eingang von Marios Wohnhaus und klingelte. Ohne Marios Nachfrage ging der Türöffner mit einem surrenden Ton, der Roberta wie ein Vorwurf vorkam. Alles an Mario war ein einziger Vorwurf. Sogar seine Haustür.

Sie stiegen in den ersten Stock, wo Mario in albernen Bommelschlappen in der Tür stand.

»Hallo«, brummte er ungeduldig und schaute auf sein Handgelenk, als hätte er eine Stoppuhr am Laufen, »da seid ihr ja.« Sein Tonfall war vorwurfsvoll. »Hallo, Sophia«, sagte er nun freundlicher und ging in die Hocke, um seine Tochter zu begrüßen.

»Hallo, Papa«, rief Sophia erfreut aus und warf sich ihm in die Arme.

»Wie geht es dir, Sophia? Gut?« Er küsste sie auf die Wange, erhob sich und nahm Roberta Sophias Spielzeugtasche und Rucksack aus der Hand. »Gut, dann will ich mal«, fuhr er fort, »wird ja Zeit, dass meine Tochter Abendbrot bekommt.« Er legte eine Hand auf Sophias Schulter und gab ihr einen Wink, in die Wohnung zu gehen. Aber sie drehte sich weg.

»Mama?«, fragte sie. Ihr suchender Blick versetzte Roberta einen Stich ins Herz, und sie räusperte sich.

»So, meine Süße«, gurrte Roberta aufgesetzt, »ich wünsch dir ein ganz tolles Wochenende mit Papa!« Sie bückte sich, um Sophia einen Kuss zu geben.

»Mama, geh nicht weg!« Sophia klammerte sich an sie.

»Mäuschen, ich muss los«, erklärte sie hilflos und versuchte, sich aus Sophias Umklammerung zu befreien.

»Mama, nein, ich will bei dir bleiben!«, schrie Sophia in plötzlicher Panik.

»Sophia, ich …« Robertas Herz begann zu rasen.

»Sophia«, unterbrach Mario sie streng, »wir machen uns jetzt ein paar tolle Tage ohne Mama. Es gibt Würstchen zum Abendbrot und danach Pudding zum Nachtisch.«

Pfui Teufel, dachte Roberta.

»Ich will aber keine Würstchen!«, rief Sophia. »Ich will bei Mama bleiben!« Die Situation drohte zu entgleisen.

»Du bleibst hier«, sagte Mario in bestimmtem Ton, nahm sie an der Hand und schickte sich an, die Wohnungstür zu schließen.

»Mama!«, brüllte Sophia. Hilflos streckte sie ihre kleinen Arme nach ihr aus.

Roberta erstarrte, langsam schloss sich die Wohnungstür.

»Mama!«, kreischte Sophia, »Mama, geh nicht weg!«

Roberta schoss das Adrenalin bis in den letzten Winkel ihres Körpers. Sie hörte das Blut in ihrem Kopf rauschen, ein Ruck durchfuhr sie. Noch ehe sie sich's versah, kam Bewegung in sie. Wie von Sinnen warf sie sich gegen die Wohnungstür, die nur noch Millimeter davon entfernt war, ins Schloss zu fallen. Die Tür flog zurück und prallte mit voller Wucht gegen Marios Stirn. Der schrie vor Schmerz auf und taumelte an die gegenüberliegende Wand. Er sank auf den Boden und hielt sich den Kopf. Roberta sah Blut durch seine Finger laufen, er keuchte mühsam.

»Mama!«, heulte Sophia verzweifelt, ihr Gesicht war krebsrot. Immer noch hielt sie die Arme ausgestreckt nach ihr hoch.

Roberta ergriff das Kind wie auf der Flucht, drückte es an sich und stürzte wie eine Gejagte die Treppe hinunter und aus dem Haus.

Ohne Sophia abzusetzen, griff sie mit einer Hand in ihre Jackentasche, wo der Autoschüssel steckte, und entriegelte den Wagen. Sie warf Sophia auf den Beifahrersitz, startete das Auto, setzte mit quietschenden Reifen zurück, sodass Sophia mit einem Aufschrei in den Fußraum rutschte, und raste davon. Im Rückspiegel sah sie Mario wütend winkend mitten auf der Straße stehen. Mit einer Hand drückte er sich etwas Weißes gegen die Stirn.

11

»Bist du noch bei Trost, Roberta?« Giuseppa stützte sich auf die Tischplatte und hielt sich die freie Hand vor den Mund.

Roberta weinte leise und streichelte immer wieder die schlafende Sophia, die sie auf dem Küchensofa in der Ecke abgelegt und mit ihrem Mantel zugedeckt hatte.

»Ja, Mama, ich meine nein, Mama«, stotterte sie. »Die Antwort ist: Ich weiß es nicht.«

Sie sank mit dem Kopf auf die Sofalehne und schluchzte verzweifelt. Giuseppa setzte sich neben sie, nahm sanft ihren Kopf, legte ihn auf ihrem Schoß ab und strich ihr übers Haar. Roberta spürte sie über sich schwer atmen. Was mochte Mama wohl gerade denken, fragte sie sich. Ihre Mutter tat ihr ebenfalls leid, wegen dem, was sie ihr hier bot. Bestimmt zerriss es sie innerlich, keine Idee zu haben, wie sie ihr und Sophia helfen konnte.

»Vielleicht war es doch besser, dass man sich zu meiner Zeit nicht so einfach scheiden lassen konnte«, seufzte Giuseppa, als hätte sie Robertas Gedanken erraten.

»Wie konnte ich bloß? Wie konnte ich mit diesem Kerl zusammen sein?«, brachte Roberta unter Tränen hervor.

»Immerhin ist Sophia von ihm, und trotz allem ist er ein guter Vater …«

»Er ist ein Arschloch«, jaulte Roberta knapp, die so viel Pragmatismus von ihrer Mutter gar nicht gewohnt war.

»Er liebt Sophia«, widersprach Giuseppa entschlossen, »und es bricht ihm das Herz, nicht mehr mit ihr zusammen sein zu können, wann er will.« Sie strich Roberta die Haare aus dem Nacken und massierte sanft ihre Schulter. »Für ihn ist diese … diese Situation doch auch neu. Alles ist noch so frisch, du musst ihm Zeit lassen.«

Roberta schnaubte verächtlich. »Ich ertrage sein vorwurfsvolles Getue nicht, ständig seine Schuldzuweisungen, als wenn das noch etwas ändern würde.«

»Er will sich damit immer wieder klarmachen, woher seine Misere kommt«, erklärte Giuseppa. »Das ist alles sehr hart für dich und Sophia, aber eben auch für ihn. Für ihn ist nur dieser Seitenspr…, deine … *Sache* mit diesem Franco schuld. Das ist doch ein bisschen verständlich, oder nicht?« Roberta schluckte. Wie immer suchte ihre Mama nach Worten, um den Ehebruch ihrer eigenen Tochter für sich selbst halbwegs erträglich auszudrücken.

»Jetzt fang nicht wieder damit an«, stöhnte Roberta. »Die Sache mit Franco kam nicht von ungefähr. Man bricht schließlich nur aus seinem Leben aus, wenn man sich dort nicht wohlfühlt.«

Denn so war es gewesen. Franco war kein bloßer Seitensprung gewesen. Nicht im klassischen Sinne. Franco war der, der das Licht in ihrem Leben angeknipst hatte. Durch ihn war ihr plötzlich bewusst geworden, dass sie die ganze Zeit davor nur im Dämmerlicht gesessen hatte. Franco hatte sie und die Welt um sie herum zum Strahlen gebracht. Er hatte ihr beigebracht, den Augenblick anzunehmen wie ein kostbares

Juwel. Sie hatte sich mit einem Mal sexy und weiblich gefühlt. Plötzlich nahm sie nun das Leben anders, intensiver wahr. Die Dinge hatten eine neue Farbe bekommen, alles schien zu leuchten. Eines Tages jedoch war Franco wieder weg gewesen. Er war von heute auf morgen nach Australien ausgewandert, um in die Pizzeria seines Onkels in der Nähe von Melbourne einzusteigen. In ihrem unendlichen Schmerz hatte sie dann erkannt, was sie an Franco so fasziniert hatte: seine Art, das Leben mit einer unverbindlichen, genießerischen Leichtigkeit zu nehmen. Mit dieser Leichtigkeit hatte er sie erobert. Und sie dann genauso leicht wieder aufgegeben.

»Gib mir noch ein Taschentuch, Mama«, bat sie und richtete sich vorsichtig auf, um Sophia nicht zu wecken. Immer noch, über ein Jahr später, krampfte sich ihr Herz zusammen, wenn sie an Franco dachte, und vor allem wenn sie sich in Erinnerung rief, wie er sie sitzen gelassen hatte.

Sie putzte sich geräuschvoll die Nase.

Ausgerechnet an dem Wochenende, bevor Franco mit seiner Neuigkeit herausgerückt war, hatte sie Mario alles gestanden. Ihn hatte ihre Affäre wie ein Blitz aus heiterem Himmel getroffen. Er war komplett ausgeflippt, als sie verkündete, dass sie nicht mehr mit ihm zusammen sein wolle, weil er ihr nicht guttue. Dass sie einander nie gutgetan hätten, dass sie nur angenommen hätten, zueinander zu gehören, weil sie irgendwie das gleiche Leben und den gleichen öden Job machten und in derselben Stadt wohnten. In der Stadt, in der sie gemeinsame Bekannte hatten, mit denen man sich an den Wochenenden bequem treffen, etwas unternehmen und hinterher sogar über sie sprechen konnte. Dann war die Hochzeit gewesen, weil Mario sie eben gefragt hatte. Sie war schwanger geworden, und so war ihnen jahrelang nicht aufgefallen, dass sie eigentlich weder echte Gesprächsinhalte noch nennenswerte Gemeinsamkeiten hatten. Bei diesem nun so klaren Gedanken musste Roberta unwillkürlich lächeln. Ein wenig benommen richtete sie sich auf.

»Willst du etwas essen?«, fragte Giuseppa, stand auf, strich ihre Schürze glatt und öffnete den Kühlschrank. Sie schien wieder in ihrem Element. »Ich könnte dir schnell ein paar Hackbällchen in Basilikumsauce machen. Oder …«, sie schaute prüfend ins Innere des Kühlschranks, »*spaghetti alla carbonara?* Eleonora ist heute von ihrer Cousine in Umbrien wiedergekommen und hat frische Eier mitgebracht. Willst du?«

»Gern, danke.« Roberta nickte und schaute ihre Mama dankbar an. Eleonora war Giuseppas beste Freundin, aber da die beiden seit über vierzig Jahren Tür an Tür wohnten, waren sie wie Schwestern und stritten dementsprechend auch oft genug. Nach Ernestos Tod hatten sie ernsthaft über einen Wanddurchbruch zwischen ihren Wohnstuben nachgedacht. Luciano, ihr Vater, hatte dies jedoch vehement abgelehnt und damit gedroht, dann zur Wahrung seiner Privatsphäre neue Wände quer durch die verbleibende Wohnung zu ziehen. Giuseppa hatte sich den Wünschen ihres Ehemanns gefügt, es sich aber nicht nehmen lassen, eine seilbahnartige Leine zwischen ihrem und Eleonoras Küchenfenster zu installieren, über die sie sich mehrmals täglich wahlweise Tomaten, Eier, eine Tasse dampfenden Kaffee oder neulich, als beide wegen einer Magen-Darm-Erkrankung an ihre jeweilige Wohnung gefesselt waren, sogar ein Scrabblebrettspiel mit magnetischen Spielsteinen hin- und herschickten.

Giuseppa setzte Nudelwasser auf, schnitt ein Stück Speck in winzige Würfel, warf sie in eine gusseiserne Pfanne und stellte diese ebenfalls auf den Herd. Dann entkorkte sie mit geübtem Griff eine Flasche Rotwein und füllte den Inhalt in zwei Gläser, die auf dem Abtropfsieb neben der Spüle standen. Sie nahm einen Schluck und reichte Roberta das zweite Glas.

»Die Frage ist bloß: Was machen wir denn jetzt? Du sagst, Mario hat sich verletzt?«

Roberta nickte düster. »Ich weiß nicht, was ich tun soll, Mama«, nuschelte sie und kämpfte erneut gegen einen Schwall Tränen.

»Eine Tür gegen den Kopf ist kein Spaß.« Giuseppa zog die Stirn in Falten. »Jemand muss sich um ihn kümmern. Nicht dass er jetzt mit einer Gehirnerschütterung in seiner Wohnung herumvegetiert.«

Für einen Moment malte sich Roberta aus, wie erleichtert sie wäre, wenn es Mario nicht mehr gäbe. Dann erschrak sie über ihre Gedanken. Schließlich war Mario der Vater ihrer Tochter. Dazu wäre sie im Falle einer tödlichen Verletzung dann seine Mörderin.

»Ich könnte seinen Bruder Sergio bitten, nach ihm zu sehen. Oder soll ich ihm eine SMS schreiben?«, fragte Roberta jämmerlich. Was schrieb man in einer solchen SMS? *Bist du noch am Leben? Bist du bei Bewusstsein?*

»Ich werde ihn anrufen«, antwortete Giuseppa kurz entschlossen und griff nach Robertas Telefon, das auf dem Tisch lag.

»Du?«, hauchte Roberta erschrocken.

»Genau«, erwiderte Giuseppa.

»Mama, du kannst dich da nicht einmischen, wir …«

»Ich habe mich lange genug rausgehalten«, fiel ihr Giuseppa ins Wort. »Vielleicht ist es wirklich an der Zeit, dass sich die Mütter einschalten. Das werde ich ihm auch sagen: Wenn ihr nicht miteinander zur Ruhe kommt, werde ich seine Mama anrufen.«

»Seine Mutter hasst mich!«, stieß Roberta entsetzt aus. »Mama, ich habe ihren Sohn betrogen.« Sie versuchte zu ignorieren, dass ihre arme Mutter ob dieser Untat immer noch zusammenzuckte. »Was willst du denn bei der für uns bewirken?«

»Ich werde ihr erklären, dass sie drauf und dran sind, Sophia zu verlieren.« Giuseppa schaute Roberta traurig an. »Wir haben uns alle Mühe gegeben, was ihren Vater betrifft, neutral zu bleiben, aber wenn die Wellen derart hochschlagen, spürt Sophia das. Sie will nicht mehr zu ihm und ist inzwischen innerlich zerrissen. Wenn wir uns nicht alle zusammenreißen, wird sie so ein traumatisiertes Scheidungskind wie alle anderen da draußen auch. Wenn sie es nicht schon längst ist.«

Ein traumatisiertes Scheidungskind.

Wie ein Faustschlag hallten diese Worte in Roberta nach. Mutlos sackte sie in sich zusammen. Sie war dort angekommen, wo sie niemals hatte sein wollen.

12

»Giulia, ich kann nicht glauben, was du getan hast. Hast du den Verstand verloren?« Sara schien außer sich.

Giulia trat mit dem Handy am Ohr vor die Tür ihres Cafés und zündete sich eine Zigarette an. »Warum den Verstand verloren?« Interessiert beobachtete sie zwei Tauben, die sich mit einem Spatz um ein Stück achtlos auf die Straße geworfenes Brot zankten.

»Giulia«, rief Sara aufgebracht, »Massimo hat mir gestanden, dass ihr es im *Fahrstuhl* getrieben habt!«

»Na und?« Giulia blies den Rauch aus. »Hat der Fahrstuhl irgendwelche Schäden davongetragen?«

Stille. Sie hörte Sara atmen. Der Spatz hatte gewonnen und flog mit dem Brot im Schnabel davon.

»Nein, aber Massimo«, sagte Sara dann.

»Massimo? Wieso der denn?«

»Er ist total verstört, Giulia, ich habe ihn so noch nie erlebt. Ich kenne ihn seit über dreißig Jahren und habe viele Frauen an seiner Seite erlebt, aber glaube mir, so war er noch nie.«

»Warum ruft er mich dann nicht einfach an?« Giulia fragte sich, was sie fühlte. Gar nichts, merkte sie. Keine Aufregung, kein Kribbeln, nichts.

»Weil er deine Nummer nicht hat, Giulia, er kannte nicht einmal deinen Namen! Deshalb hat er mich angerufen. Das hat er noch nie getan, seit ich ihn kenne.« Sara war wirklich aufgeregt. »Aber, Giulia«, fuhr sie fort, »seit wann machst du bitte schön *solche Sachen?*«

»Was für ein Gentleman, *solche Sachen* auszuplaudern …«

»Ich habe ihm nur ein paar Eckdaten aus der Nase gezogen und mir den Rest dann selbst zusammengereimt, ehrlich.«

»Ach so.«

»Und?«

»Wie und?«

»Warum machst du solche Sachen?«

»Sara, ich bin erwachsen.« Giulia presste mit der Wange das Telefon gegen die Schulter und drückte ihre Zigarette im Aschenbecher auf der Fensterbank aus. »Ich muss es nicht erklären, und ich kann es auch nicht erklären. Das ist alles, was ich dazu sagen kann. Es war eine Laune. Mal was anderes, sonst nichts. Und geplant habe ich das auch nicht.«

Sara brummte missbilligend.

»Was geht dich das eigentlich an?« Giulia wurde langsam ärgerlich.

»Erstens bin ich deine Freundin …«

»Eine tolle Freundin bist du. Rufst nur an, um mich anzumotzen.«

»Ich motze nicht! Ich versuche nur, dich zu verstehen. Abgesehen davon, dass ich Massimo nicht glauben wollte, bis ich dich dazu gehört habe.«

»Aha.«

»Außerdem«, fuhr Sara fort, »hat Massimo mich gebeten, ihm deine Telefonnummer zu geben.«

»Hm«, meinte Giulia.

»Darf ich?«

»Hm … ich weiß nicht.«

»Giulia, er ist wirklich durch den Wind«, versicherte ihr Sara. »Zumindest um deinen Namen hat er mich angebettelt.«

»Und, hast du ihm den gegeben?«

»Ja, und ich habe ihm gesagt, wo du wohnst.«

»Aber meine Kontonummer hast du ihm nicht gegeben?«, fragte Giulia aufgeregt.

»War das schlimm? Es tut mir leid, Giuli. Ich wusste wirklich nicht, wie ich reagieren sollte.«

Giulia dachte nach. »Nein, ist nicht schlimm. Schon okay. Ich werde mit dem Schlamassel schon fertig.«

Hatte sie ja schließlich schon einmal geschafft.

»Nun gut, meine Liebe, dann bin ich froh. Tut mir leid, wenn ich dich verärgert habe.«

»Schon gut, schon gut«, wehrte Giulia eilig ab, »lass uns bloß keinen Streit wegen Männern anfangen. Das wäre es wirklich nicht wert.«

»Ach, eine Sache wäre da noch«, warf Sara ein.

»Was denn jetzt noch?«

»Du hast ihm erzählt, du fährst einen Maserati?« Missbilligung lag in ihrer Stimme. »Du Angeberin!«

»Nein, ich habe ihm an dem Abend gesagt, ich sei mit einem Maserati *da*.«

»Ist das nicht das Gleiche?«

»Nein, ist es nicht.«

Sara seufzte. »Also gut.«

»Sehen wir uns heute Abend?«

»Natürlich, oder hast du jetzt gehofft, ich schwänze deine Geburtstagsparty? Und keine Sorge: Ich nehme auch ganz artig die Treppe!«

Lächelnd legte Giulia auf, steckte ihr Handy in die Hosentasche und ging in die Bar zurück.

»Machst du der Dame einen Tee?«, rief ihr Fabiana von der Kasse aus zu und deutete auf eine Frau mit einem wischmoppartigen lila Flatterschal um den Hals und übertrieben pinkem Lippenstift. Giulia nahm eine kleine Teekanne und eine Tasse aus dem Regal. Sie selbst war nun wirklich kein modischer Typ, überlegte sie, trug am liebsten Jeans und irgendwelche weiten Shirts, aber manchmal wunderte sie sich doch über die Klamotten anderer Leute, die sie, ohne zu zögern, direkt in den Müll befördern würde. Sie musste lächeln.

Sie bereitete den Tee zu und stellte ihn vor der Dame auf dem Tresen ab. Dann holte sie versehentlich viel zu kross gegrillte *panini* aus dem Ofen, drapierte die Brote zusammen mit einer Antipastibeilage auf zwei Tellern und brachte sie zu dem kleinen Tisch in der Ecke, an dem ein Mann und eine Frau ohne Zweifel ein Blind Date abhielten. Das kam in letzter Zeit immer häufiger vor. Sie erkannte diese Menschen sofort. Diesen suchenden, hoffnungsvollen Blick, der in Freude, Scham oder gar Entsetzen umschlug, sobald sie ihr Gegenstück jenseits der Webseite *live* in ihrem Café ausmachten. Oft genug schon hatte sie das Gefühl gehabt, sie müsste eingreifen. Ihnen sagen, dass doch die ersten wichtigen dreißig Sekunden schon derart schiefgelaufen waren, dass es besser wäre, man würde sofort getrennter Wege die Bar verlassen. Aber das ging natürlich nicht. Auch jetzt an diesem Tisch nicht, an dem der junge Mann seit über einer halben Stunde auf die hübsche Frau einredete, als wollte er sie hypnotisieren. Ihr anfängliches höfliches Lächeln war inzwischen zu einer Grimasse erstarrt. Ab und zu nickte sie freundlich oder garnierte seine Scherze mit einem Ja oder gar mit *Nein, so was!*

»So, eure *panini!*«, flötete Giulia, so fröhlich sie konnte, und stellte die Teller vor den beiden ab.

»Danke.« Die Frau lachte erleichtert und spielte mit der linken Hand an einer ihrer Haarlocken.

»Ah, hier ist das Essen! Sieht toll aus!«, rief der junge Mann viel zu laut, viel zu aufgesetzt. Er fühlte sich ganz offenbar auch nicht so wohl in seiner Haut. Sein Blick hatte etwas Hilfesuchendes, Ratloses.

»Ja, lecker, nicht?«, fragte Giulia mit aufgesetztem Stolz und stemmte die Hände in die Hüften. Was zur Hölle hätte sie jetzt noch sagen können?

Die Frau schluckte.

»Machen Sie die Antipasti selbst?«, fragte der Mann.

»Klar, hier ist alles hausgemacht, die Auberginen und die getrockneten Tomaten kommen vom *orto* meiner Eltern in der Nähe von Frascati«, erklärte Giulia, erleichtert darüber, dass man ihre halb verbrannten Brote nicht reklamierte.

»Wow, super!«, sagte er und schaute Giulia flehend an. *Sag was, sag noch was,* baten seine Augen.

Die Frau warf einen prüfenden Blick auf ihre Fingernägel.

Giulia schluckte. »Auch der Wein, den ihr da trinkt, kommt aus Frascati, den Winzer kenne ich seit meiner Kindheit.«

»Wie nett«, warf die Frau lustlos ein.

»Passt gut zum Essen«, lobte er.

»Ja, passt wirklich gut«, pflichtete ihm die Frau bei. Ihr Blick war leer. Giulia fragte sich, ob die Frau wohl Rot- von Weißwein unterscheiden konnte.

»Ja, er passt wirklich hervorragend dazu«, plapperte Giulia nach, krampfhaft bemüht, das Gespräch am Laufen zu halten. »Ist ja auch wichtig, dass der Wein zum Essen passt, nicht wahr? Also, wenn ein Wein nicht zum Essen passt …«

»Stimmt ab-so-lut!«, schwadronierte er drauflos. »Nichts ist ärgerlicher als ein gutes Essen und dazu nichts Passendes zu trinken. Weißwein zu Wild oder noch schlimmer: Rotwein zu Seefisch, *terribile!*«

»Jaaa«, pflichtete Giulia ihm bei, »das passt nicht, das passt wirklich nicht.«

»Genau.«

»Ja, passen muss es schon …« Giulia war am Ende ihrer Unterhaltung angelangt. Was interessierte sie eigentlich das Geschwafel anderer Leute? Was fiel ihr eigentlich ein, sich hier zwischen die Fronten zu stellen?

In diesem Moment ging ein Ruck durch die junge Frau am Tisch, sie richtete sich gerade auf und fixierte den jungen Mann. »Stimmt genau, passen muss es«, sagte sie in bestimmtem Tonfall. Giulia schaute sie erwartungsvoll an. »Ganz ehrlich«, fuhr die Frau energisch fort und griff nach ihrer Tasche, die am Boden neben einem Stuhlbein stand, »der Wein mag ja hier zum *panino* passen. Aber du und ich …« – sie schaute dem Mann eindringlich ins Gesicht – »wir sind wie Weißwein und Fisch.«

»Weißwein und Fisch ist doch toll«, antwortete der verblüfft, jedoch überraschend schlagfertig, stellte Giulia fest.

»Ach so, nein.« Die Frau wurde nervös und raffte mit zitternden Fingern ihr Handy und eine Packung Taschentücher zusammen, die auf dem Tisch lagen. »Ich meine Wild und Fisch, verstehst du, Wild und Fisch.«

»Fisch und Rotwein?«, fragte Giulia in dem Versuch zu helfen.

»Wie auch immer«, zischte die Frau ungeduldig und stand auf. »Jedenfalls, er und ich« – sie zögerte eine Sekunde – »sind wie Feuer und Wasser, ja, das meine ich, Feuer und Wasser. Das würde nichts mit uns werden, verstehst du? Bitte nimm's mir nicht übel, aber … leb wohl.« Hastig griff sie mit beiden Händen nach ihrer Tasche und stürzte zur Tür hinaus. Die Bartür knallte mit einem solchen Rumms hinter ihr ins Schloss, dass sich der Flatterschal der Kundin am Tresen aufblähte wie ein wütender Wimpel. Dann Stille. Das einzige Geräusch kam aus Fabianas Ecke, die mit hoch konzentrierter Miene klimpernd Münzen in die Kasse einsortierte.

Der Mann blickte Giulia betroffen an, und sie musste den Impuls unterdrücken, ihn tröstend in die Arme zu schließen.

»Essen Sie noch auf oder soll ich Ihnen die Reste einpacken?«

»Ich würde gern hier essen, sofern Sie gestatten«, antwortete er höflich. Sein Gesicht hatte etwas entwaffnend Offenes, Ehrliches. Und Trauriges.

»Aber natürlich«, beeilte sie sich zu sagen, »Sie bezahlen auch nur die Hälfte von all dem hier. Der Verzehr der Dame geht auf mich.«

13

Als es an der Wohnungstür schellte, kniete Tanja gerade vor ihrem Bidet und putzte sich die Zähne. Sie hatte einen Teppich über die Bodenfliesen im Bad gebreitet, um die Risse zu verdecken, die der Aufprall des Waschbeckens auf dem Badezimmerfußboden hinterlassen hatte. Vor ein paar Tagen hatte sie sich den kleinen Zeh an einer aufgesprungenen Kante aufgeschlagen und trotz dieser nur unbedeutenden Verletzung die Engel im Himmel singen gehört. So schlich sie, auch wenn unten jemand an der Tür wartete, zaghaft durch ihr Bad, als ginge sie auf rohen Eiern.

»Ja?«, fragte sie durch die Gegensprechanlage

»Tanja, Roberta hier«, tönte eine Stimme von unten. »Dein Partyfahrdienst!«

Tanja lachte und öffnete. Kurz darauf hörte sie Roberta im Treppenhaus keuchend die Stufen erklimmen.

»Huh, was für Treppen«, stöhnte sie und gab Tanja zur Begrüßung einen Kuss auf die Wange.

»Danke, dass du mich mitnimmst. Ich bin gleich so weit, komm rein.« Tanja eilte ins Schlafzimmer. »In der Küche habe ich uns einen *aperitivo* hingestellt«, rief sie über die Schulter.

»Ich muss aber *fahren*«, antwortete Roberta, entfernte sich jedoch Richtung Küche und kam mit den gefüllten Gläsern ins Schlafzimmer, wo Tanja sich vor einem Minispiegel am Fenster die Lippen nachzog.

»Wie geht's deiner Tochter, ist sie bei ihrem Vater?«, fragte Tanja, während sie den Lippenstift in die Rocktasche ihres Kleides gleiten ließ und in einem Schminktäschchen herumwühlte.

»Ja und nein«, antwortete Roberta ausweichend und betrachtete interessiert eine Anordnung gerahmter Fotos an der Wand. »Sie bleibt nun doch dieses Wochenende bei mir und meiner Mutter. Aber sie gehen heute zusammen mit meinem Ex… – ich meine mit Sophias Vater – in den Zoo.«

»Wie nett, wenn die zusammen mit dem Kind in den Zoo geht«, sagte Tanja, »das ist ja ungewöhnlich, wenn die Ex-Schwiegermutter sich gut mit dem ehemaligen Schwiegersohn versteht.«

»Gut verstehen«, schnaufte Roberta. Ihre Stimme hatte einen fast höhnischen Klang angenommen, und Tanja blickte überrascht von ihrem Spiegel hoch. »Du kannst dir nicht vorstellen, was davor passiert ist. Meine Mutter musste sich gestern nach einem Zwischenfall einmischen und hat es auf eine für sie untypische, jedoch göttliche Art und Weise geschafft, um Sophias willen einen kleinen Burgfrieden zu erreichen. Und nun gehen sie eben zu dritt in den Zoo. Für mich wäre das ja undenkbar.«

»Nun, immerhin«, entgegnete Tanja, »da werden die bestimmt …« Weiter kam sie nicht.

»Oho«, rief Roberta laut, »hier wird ja renoviert!« Sie hatte das Schlafzimmer verlassen und war nun im Wohnzimmer. »Wow, sogar mit Baugerüst!«

»Muss ja sein, bei den hohen Decken«, erklärte Tanja und folgte ihr. »Da oben wurden schon Deckenstrahler eingelassen, die Rückwand wird grau und der Rest wird gelb lackiert. Ich glaube, es wird toll.« Zufrieden griff sie nach dem Glas in Robertas Hand. »Auf uns«, sagte sie. *»Cin cin!«*

»Gelb lackiert? *Wie* gelb?«

»Sehr gelb, Zitronengelb mit einem Stich ins Neongelb. Lack glänzend.«

»Oh«, sagte Roberta nur, »das wird bestimmt … sehr interessant.«

Tanja lachte unbekümmert. »Ja, das denke ich auch.«

Roberta ging zum offenen Fenster und sah hinaus. »Wie schön«, schwärmte sie und trank einen Schluck. »Ich liebe diese Gegend. Du hast es gut, hier zu wohnen.«

Tanja lehnte sich neben sie an den Fenstersims. Einen Moment lang beobachteten sie einträchtig nebeneinander das Treiben unten auf der Straße, wie zwei alte Freundinnen. In der Pizzeria schräg unter ihnen wurden soeben die Tische für den Abend hinausgestellt, der Metzger von gegenüber führte wortreich ein Streitgespräch am Telefon, und ein zerlumpter Bettler marschierte mit einem Karren durch die Gasse Richtung Piazza, um sich dort für den Abend häuslich einzurichten.

»Fescher Typ da hinten«, sagte Roberta in ihr Schweigen hinein.

»Wer?«

»Der Kerl da mit der Glatze in dem weißen Hemd.«

»Ja, stimmt«, sagte Tanja, »das ist Valentino. Dem gehört die Boutique da links.«

»Nicht zu verachten«, meinte Roberta bewundernd.

»Schwul.«

»Meinst du?« Roberta beugte sich noch etwas weiter vor.

»Hey, nicht so auffällig, wenn er dich sieht!«, zischte Tanja aufgeregt.

»Der ist nicht schwul«, stellte Roberta fest.

»Definitiv homo!«

»Woher willst du das wissen?«

»Das sieht man doch.«

»Ich nicht.«

Beide beobachteten sie Valentino, der sich eine Zigarette angezündet hatte, sein Handy hervorholte und darauf herumtippte.

»Schau doch, wie der allein schon die Zigarette hält«, beharrte Tanja auf ihrem Standpunkt, »der weiß gar nicht, wie er den Arm abwinkeln soll.«

»Du spinnst, der versucht doch bloß, den Rauch aus dem Laden rauszuhalten.«

»Schwul«, bekräftigte Tanja. »Nur Schwule rauchen so.«

In diesem Moment kam Bewegung in Valentino. Er warf die Zigarette auf die Straße, sprang von der Stufe seines Lädchens und rannte die Gasse hinunter.

»Nino!«, hörte Tanja ihn aufgeregt rufen, *»Nino mio!«*

Von der anderen Seite kam ein junger Mann mit ausgebreiteten Armen und einer kleinen Reisetasche über der Schulter angelaufen. Er hatte kurze Haare, die er in die Höhe gegelt hatte, und trug weiße Slipper sowie eine enge schwarze Lackhose mit einem grünen Gürtel.

»Valentiiiinooo!«, flötete er.

Direkt unter Tanjas Fenster fielen sich die beiden in die Arme, drückten sich fest und gaben sich dicke Küsse auf beide Wangen, dann drückten sie sich erneut.

»… und das ist dann wohl die Frau dazu«, meinte Tanja trocken.

»Hm«, nuschelte Roberta, »nun gut.«

Tanja leerte ihr Glas und richtete sich auf. »Komm, lass uns losfahren.« Sie griff nach einer Tüte, die auf dem Tisch lag. »Ich habe ein Geschenk für Giulia gekauft«, erklärte sie. »Wir können es ihr zusammen schenken, wenn du willst.«

»Gute Idee, danke.« Roberta schüttelte missmutig den Kopf. »Ich habe in all dem Trubel zu Hause nicht einmal daran *gedacht,* etwas zu besorgen.«

»Macht doch nichts. Wo steht denn dein Auto?«

»Auto? Ich bin mit dem Motorroller da. Habe auch einen Helm für dich dabei. Hatte ich dir das nicht gesagt?«

14

Giulia flog geradezu durch ihre Wohnung. Eben war der Partyservice da gewesen und hatte Platten mit Minipizzen, Hackbällchen in Tomatensauce und Minibrötchen vorbeigebracht. Sie hatte schon bergeweise Schinken und Salami auf einem Holzbrett angerichtet und machte sich nun daran, Mozzarellawürfel und Minitomaten auf kleine Holzstäbchen zu spießen. Sie ging wieder und wieder die Liste in ihrem Kopf durch. Brot aufschneiden, noch ein paar Gläser aufstellen, und Servietten fehlten auch noch. In diesem Moment schellte es an der Wohnungstür. Giulia zuckte zusammen und blickte in Panik auf die Uhr über dem Küchentisch.

Es war doch erst halb acht und die Party noch längst nicht eröffnet. Wer wagte es, so früh …? Onkel Aldo, der sich wieder zu Hause langweilte und schon mal ohne Tante Francesca losgefahren war? Schließlich hatte er sich heute nur ungewöhnliche zwei Mal in ihrer Bar blicken lassen, bestimmt hatte er Plauderbedarf.

Es schellte erneut. Dazu hörte sie zu ihrem Schrecken ein kurzes Klopfen an der Wohnungstür. Der Feind war also bereits im Treppenhaus. Entsetzt schaute sie an sich herunter. Sie trug ihr schmuddeliges T-Shirt aus der Bar, wollte noch duschen und in ihr neues Kleid schlüpfen, das sie sich für diesen Abend gekauft hatte. Auf Zehenspitzen schlich sie in den Flur und schaute durch den Türspion. Was sie sah, ließ ihr den Schock durch alle Glieder fahren. Es war leider nicht Onkel Aldo. Draußen vor der Tür stand – Massimo.

Erneut spähte sie durch den Spion.

Massimo starrte zurück. Plötzlich verzog sich sein Gesicht zu einem belustigten Grinsen. Er kam näher an die Tür heran und hielt sein Auge an das Guckloch.

Sie schnellte so hastig zurück, dass sie fast mit dem Kopf an den Garderobenschrank geknallt wäre. Sie taumelte und schnappte nach Luft. Konnte man etwa von draußen sehen, dass sie drinnen …? Nicht zu fassen.

Es gab kein Zurück mehr. Er wusste, dass sie es wusste. Sie musste die Tür öffnen. Langsam drehte sie den Schlüssel im Schloss herum und machte die Tür auf. Massimo stand auf der Fußmatte. Im matten Funzellicht der Treppenhausbeleuchtung erschienen seine hünenhaften Umrisse geradezu engelhaft. Mit beiden Händen streckte er ihr einen großen Strauß weißer Rosen entgegen.

»Guten Abend«, sagte er.

Sie nickte unschlüssig.

»Ich weiß, dein Geburtstag ist erst morgen. Aber diese hier wollte ich dir trotzdem gern geben.« Er reichte ihr den schweren Strauß. Unwillkürlich versenkte Giulia die Nase darin und roch den wunderbaren Duft.

»Wie bist du hierhergekommen?«, fragte sie, weil das gerade das Einzige war, was ihr einfiel.

»Die Treppe hoch«, konterte Massimo. »Ich fahre neuerdings nicht mehr Fahrstuhl, weil ich da ein traumatisches Erlebnis hatte.« Er unterdrückte ein Grinsen.

Wider Willen musste Giulia laut lachen. Nein, er war nicht dämlich, diesen ersten Eindruck musste sie definitiv korrigieren. Vielleicht konnte sie ihm sogar ein *Witzig* attestieren, wenn er so weitermachte.

»So, hattest du das?«

Er nickte. »Ja. Aber um auf deine Frage zu antworten: Ich habe beim Bäcker unten gefragt, ob er dich kennt und ob er weiß, in welchem Stock du wohnst. Und bei euch unten war die Haustür nur angelehnt.«

»Und Giovanni verrät fremden Männern, wo ich wohne?«, fragte Giulia ungläubig. Unfassbar. Sie würde ein ernstes Wörtchen mit ihm reden müssen.

»Der Bäckermeister kannte mich«, antwortete Massimo, »er wusste, wer ich bin.«

»Ihr kennt euch?«

»Nein, er kennt *mich.*«

»Der Bäcker kennt dich, aber du kennst ihn nicht?«, fragte Giulia verständnislos.

»Ja, aber jetzt kenne ich ihn auch«, stellte Massimo klar. »Darf ich einen Moment reinkommen?«

Zögernd machte ihm Giulia Platz und bedeutete ihm einzutreten.

»Du gibst eine Party heute Abend, nicht?«, fragte er und deutete auf das aufgebaute Büfett auf dem Wohnzimmertisch.

»Ja, ich feiere rein«, erwiderte Giulia. »Ich werde vierzig.«

Massimo nickte.

»Hm, willst du auch kommen?«, meinte Giulia zögernd. Er war ja schon da, blöde Frage.

»Nein, danke, ich bin nicht eingeladen.«

»Jetzt schon.« Giulia nahm eine Vase aus dem Regal, stellte die Rosen hinein und befüllte sie mit Wasser aus der Karaffe vom Büfett.

»Nein, danke«, sagte er. »Ich wollte nur kurz mit dir reden.«

»Reden?«, fragte Giulia erschrocken und warf erneut einen Blick auf die Uhr. »Weißt du, in einer Stunde kommen meine Gäste, und ich muss mich noch umziehen und duschen …«

»Geh doch duschen«, sagte er. »Ich gucke auch nicht, ich drehe mich um.«

Giulia überlegte angestrengt. Musste sich ein Mann, mit dem sie bereits geschlafen hatte, umdrehen, während sie sich auszog? Konnte man das überhaupt Beischlaf nennen, was mal eben kurz im Stehen in einem Aufzug passiert war? Sie fühlte sich so unwohl in ihrer Haut, dass sie am liebsten aus der Wohnung gerannt wäre.

»Okay, pass auf«, sagte sie, »du wartest hier, ich dusche schnell, und dann stehe ich dir zur Verfügung. Oder äh … ich meine« – er grinste amüsiert – »dann *reden* wir.«

Wie auf der Flucht huschte sie ins Bad, riss sich die Kleidung vom Körper, sprang unter die Dusche und ließ sich den warmen Wasserstrahl über den Kopf laufen. Für ein paar Sekunden, die ihr wie eine entspannte Ewigkeit vorkamen, dachte sie an gar nichts. Dann fiel ihr mit Entsetzen ein, dass sie sich die Haare gar nicht hatte waschen wollen, weil es zum Föhnen viel zu spät war und sie ihre Party nun mit nassen Haaren, etwa so wie ein verregneter Hund, begehen musste. Verzweifelt seifte sie sich unter laufendem Wasser ab, stellte die Brause aus und wickelte sich in ihren Bademantel, um durchs Wohnzimmer zurück in ihr dahinterliegendes kleines Schlafzimmer zu gelangen. Sie war überfordert und sie war wütend. Sie wollte eine tolle Party feiern und konnte jetzt niemanden brauchen, der sie bei ihrem Spagat zwischen Full-Time-Job und nach Hause eilen und eine Party aus dem Boden stampfen störte und völlig aus dem Konzept brachte.

Massimo stand im Wohnzimmer und sah sich mit schief gelegtem Kopf ihre Bücher im Regal an.

»Du, ich …«, setzte Giulia an.

»Giulia, hör zu … Ich will dich überhaupt nicht weiter aufhalten. Ich wollte dich nur kurz etwas fragen.« Er kam näher.

»Was denn?«

»Ich wollte dich fragen, ob du Lust hast, vielleicht mal essen zu gehen.«

»Mit dir zusammen?«

»Wenn du es so vorschlägst – ja, dann wäre ich gern dabei.«

Sie dachte nach. »Vielleicht.«

»Vielleicht klingt gut«, sagte er. »Und dann wollte ich dich fragen, ob ich« – zögernd schaute er sie an – »ob ich dich mal küssen dürfte.«

»Du willst mich küssen?«

»Ja.«

»Warum?«

»Weil ich es komisch finde, mit einer Frau Sex gehabt zu haben, die ich noch nie geküsst habe.«

»Ich glaube, wir haben uns geküsst.«

»Du vielleicht mich, aber nicht wir uns. Geschweige denn ich dich.«

»Und das ist dir so wichtig?«

»Ja.«

»Ich will aber nicht.«

»Warum nicht?«

»Darum.«

Massimo kam auf sie zu, legte ihr beide Hände auf die Schultern und zog sie zu sich. Langsam näherte er sich ihrem Gesicht, schloss die Augen und drückte zärtlich seine weichen Lippen auf ihre. Dann löste er sich von ihr und ließ sie los.

»Und komm mir jetzt nicht mit Nötigung oder sexueller Belästigung oder so ’nem Kram«, sagte er grinsend und erhob wie zur Drohung einen Finger. »Jetzt sind wir quitt.«

Ohne sich umzudrehen, ging er durch den Flur, öffnete die Wohnungstür und war verschwunden. Giulia blickte ihm unschlüssig nach und lief ins Schlafzimmer, wo ihr Party-Outfit vorwurfsvoll wartend auf dem Bett ausgebreitet war. Darauf lag ein kleiner weißer Zettel, auf dem, in einer Männerschrift gekritzelt, eine Handynummer stand. Und darunter in sorgfältigen Druckbuchstaben: *Keine Sorge, ich rufe Dich nicht an.*

15

»Zehn, neun, acht, sieben, sechs«, johlte die angetrunkene Menge, »fünf, vier, drei, zwei, eins – *AUGURIIIII!*«

Giulia wurde herumgereicht wie ein Wanderpokal. »Alles Liebe zum Vierzigsten!«, »Herzlichen Glückwunsch zum Geburtstag!«, tönte es von allen Seiten.

Roberta und Tanja drückten sie und überreichten ihr ein Geschenk – einen Armreif aus geschwungenen Messingbändern, mit bernsteinfarbenen Glasperlen verziert.

»Wir kennen uns ja noch nicht so gut«, stammelte Tanja, »aber wir haben gehofft, der hier könnte dir gefallen.«

»Er ist toll!« Giulia freute sich und küsste beide auf die Wangen. »Vielen, vielen Dank.«

Dann drängelte sich Sara zwischen sie und überreichte ihr eine grüne Geschenktüte, aus der eine orangefarbene Blume ragte.

»Alles Guuute, meine Liebe. Willkommen im Club der Vierziger!«, flötete sie und drückte Giulia fest an sich. »Hat Massimo sich gemeldet?«, flüsterte sie ihr dabei ins Ohr.

»Vielleicht …«, antwortete Giulia vage. Ihr gingen Saras Neugierde und ihr lästiger Verkupplungsdrang nun doch auf die Nerven.

»Wie *vielleicht?*«, hakte Sara düpiert nach. »Was denn nun?«

»*Vielleicht* heißt, dass ich keine Angaben darüber machen möchte«, antwortete Giulia patzig und trat einen Schritt zurück. Roberta und Tanja schauten den beiden unverhohlen interessiert zu.

»Giulia, warum gibst du dich denn so reserviert? Andere Frauen wären begeistert, den berühmten Massimo …«

»Sara will unbedingt, dass ich endlich einen festen Kerl habe«, erklärte Giulia an Roberta und Tanja gewandt. »Sie tut so, als sei ich allein kein kompletter Mensch.«

»Das habe ich nicht gesagt!« Sara lachte und gab ihr mit der Blume aus der Geschenktüte einen leichten Klaps.

»Aber du verhältst dich so.« Flink wich Giulia aus. »Als wäre es das Wichtigste im Leben, seine zweite Hälfte zu finden. Mir geht es gut. Ich komme wunderbar allein zurecht. Alles, was mein Leben derzeit beeinträchtigt, ist ein Bauloch vor meiner Bar.« Sie verdrehte die Augen. »Es beeinträchtigt mich wirklich sehr, auch wenn es, relativ betrachtet, kein weltbewegendes Ding ist.«

»Deine Sorgen möchte ich haben«, schwärmte Roberta, »eine Baugrube vor der Bar. Wo liegt da eigentlich das Problem?«

»Wie, wo liegt das Problem?«, wiederholte Giulia empört. »Daher kennen wir beide uns doch! Ich stand doch nun schon mehrfach heulend vor deinem Schalter, und in der *Comune* kann mir niemand weiterhelfen.«

»Aber das ist doch genau der Punkt«, antwortete Roberta leichthin und fügte leise hinzu: »Wenn wir in der *Comune* dazu nichts in den Unterlagen finden, ist diese Baustelle offiziell vermutlich nicht mehr existent.«

Giulia wurde ernst und neigte den Kopf zu Roberta. »Was meinst du denn damit?«

»Ja, denk doch mal nach.«

Giulia schaute Roberta ratlos an.

»Soll das heißen«, Tanja nahm einen Schluck Rotwein und sah Roberta mit aufgerissenen Augen an, »Giulia könnte das Loch auch einfach selbst zuschütten?«

Roberta machte ein verschwörerisches Gesicht.

»Seid ihr irre?«, zischte Giulia. »Ich kann doch nicht einfach eine Baustelle der *Comune di Roma* schließen.«

»Warum nicht?«, fragte Tanja, »wenn die nicht mal mehr wissen, dass da eine Baustelle ist? Weg damit!« Sie machte eine Handbewegung, als wollte sie eine lästige Fliege verscheuchen.

»Vielleicht geht das in dem Land, aus dem du kommst, aber hier doch nicht.«

»In dem Land, aus dem ich komme, werden ehrlich gesagt keine Baustellen vergessen, die den Fortbestand eines Lokals gefährden. Wenn das passieren würde, würden wir sofort eine Bürgerbewegung gründen oder Unterschriften sammeln.«

»Eine Bürgerbewegung für eine Grube vor einer Bar?« Giulia verstand nun gar nichts mehr.

»Nein«, rief Tanja genervt und fasste sich an den Kopf, »keine Bürgerbewegung. ZU-SCHÜTTEN! *Capito?*«

Roberta grinste schelmisch und nickte Tanja zu.

»Das ist nicht euer Ernst? Das glaubt ihr doch wohl nicht im Traum!«, fuhr Giulia sie an.

Tanja zuckte mit den Schultern. »*Bella,* du bist diejenige, die ein Problem hat, wir bieten nur unsere Hilfe an, nicht wahr, Roberta?«

»Korrekt.« Roberta nickte vielsagend.

Giulia war fassungslos. »Wie soll das denn bitte schön gehen?«, fragte sie geradezu gereizt.

Roberta schaute sich um. »Giulia, ich will dir ja nicht zu nahe treten, aber was man über eure Sippe weiß, ist, dass ihr untereinander enge Netzwerke pflegt. Da wirst du doch wohl einen Bauunternehmer oder so etwas im Bekanntenkreis haben, der mal eben seinen siebenarmigen Kerzenleuchter zur Seite schiebt und dir einen Sack Sand vorbeibringt?«

Tanja lachte laut auf. »Solche Witze wären in meinem Land nun wiederum nicht möglich.«

Doch Giulia hörte ihnen schon gar nicht mehr zu.

»Davide!«, rief sie und winkte jemandem über eine Gruppe von Freunden hinweg, die an zwei Stehtischen in eine Diskussion vertieft waren. Ihr Bruder blickte hoch und bahnte sich den Weg zu ihr.

»Ja?«, fragte er kurz angebunden, als er vor ihr stand.

»Du hast mir noch nicht gratuliert«, sagte Giulia.

»Stimmt, alles Gute!« Er küsste sie auf die Wange.

»Das hier ist mein Bruder Davide«, stellte ihn Giulia ihren beiden Freundinnen vor. »Er hält sich nicht viel mit Nebensächlichkeiten auf, versteht ihr?«

Die beiden nickten.

»Was willst du denn nun?«, fragte Davide, während er Roberta und Tanja die Hand reichte.

»Ich überlege«, sagte Giulia, »die Grube vor meinem Café in Eigenregie zuzuschütten. Und ich frage mich, ob du mir dafür deinen Wagen leihen könntest, um Sand herbeizuschaffen.«

»Meinen Maserati?«, fragte Davide entsetzt.

»Nein!«, rief Giulia ungeduldig, »einen deiner Pick-ups! Sei doch nicht so schwer von Begriff!«

»Die gehören nicht mir, sondern der Firma«, erklärte er unwirsch.

Giulia atmete schwer aus. »Das ist doch das Gleiche!« Langsam wurde sie ungeduldig.

»Nein, ist es nicht!« Davide war offenbar verärgert. »Die Pick-ups gehören zum Unternehmenskapital.«

»Versicherungsgründe und so, ja, das kann ich verstehen.« Tanja nickte. Davide schaute sie dankbar an. »Siehst du, Giulia, deine Freundin hier versteht so was.«

»Die kommt ja auch aus Deutschland, da weiß man vor lauter *precisione* auch nicht, wohin mit sich, aber wir sind hier in Rom, Davide, und du musst mir helfen«, erklärte Giulia eindringlich und legte die Hand auf seinen Arm. »Wir haben wirklich eine geniale Idee.«

Die Baustellengrazien

Roberta hat die Gruppe erstellt
Roberta hat Tanja hinzugefügt
Roberta hat Giulia hinzugefügt

Roberta

Guten Morgen! Ist bei euch schon jemand wach? Ich dachte, ich mache zu unserem Vorhaben heute mal eine Gruppe auf. Wann und wo treffen wir uns genau?

6:15

Roberta

Schlaft ihr etwa immer noch?

7:53

Roberta

Huhu?

9:16

Giulia

Ich hole euch gegen elf zu Hause ab. Bitte schickt mir mal eure Adressen als Standorte, damit ich nicht zu viel denken muss.

Ich bin jetzt schließlich schon 40 …

10:05

Tanja

Okay 🎉

Und Giulia: Happy Birthday, zum Zweiten!

10:07

Roberta

👏

Welche Ehre, dass Giulia ihren Ehrentag mit uns verbringt.

10:07

Tanja

Absolut.

Und uns dafür hart körperlich arbeiten lässt 😀

10:17

Giulia

Hahaha!

Keine Sorge, ich gebe dann noch einen aus!

Bitte teilt noch eure Standorte! Lasst mich nicht im Stich!

10:23

16

Auf den Straßen Roms war sonntagvormittags nichts los. Wer übers Wochenende aus der Stadt wollte, war längst weg, und alle anderen lagen noch im Bett. Und genau da wollte Tanja auch gern wieder hin. Ihr Kopf dröhnte, nur mit Mühe gelang es ihr, die Augen offen zu halten. Giulia war an ihrer Schulter eingenickt, gleich nachdem sie die Innenstadt verlassen hatten und auf die Ausfallstraße gen Norden gefahren waren.

»Genau wie Sophia«, kommentierte Roberta, die im Gegensatz zu ihnen beiden gut gelaunt am Steuer saß, weil sie am Vorabend nüchtern geblieben war, »die schläft auch immer gleich ein, sobald wir im Auto sitzen. Im Auto schlafen Kinder am besten.«

»Nachdem man ihnen Alkohol gegeben hat, oder wann?«, stöhnte Tanja.

»Immer.« Roberta nickte ernst und schien Tanjas Witz gar nicht kapiert zu haben. »Vor allem, wenn es draußen regnet, dann wachen sie gar nicht wieder auf.«

»Dann hoffen wir mal, dass das Wetter gut bleibt«, murmelte Tanja, »sonst bin ich endgültig hinüber. Wie schaffst du das, dermaßen fit zu sein?«, fragte sie. »Du warst doch auch so spät im Bett.«

»Und um halb sieben wieder wach, weil Sophia aufgestanden ist und mit mir Kaufladen spielen wollte«, beendete Roberta Tanjas Satz fröhlich. »Gewohnheit, weißt du. Wenn man Kinder hat, gewöhnt man sich irgendwann daran, mit sehr wenig Schlaf auszukommen.«

»Daher will ich wohl keine«, entgegnete Tanja trocken, »ich finde meine Nachtschichten schon schlimm genug.«

»Du willst keine Kinder?«

»Nee.«

»Warum denn nicht?«

»Weil die einen nicht schlafen lassen und weil meine Schwester schon eines hat, das kann ich vielleicht eines Tages mitbenutzen.«

Vor ihnen schaltete die Ampel auf Rot und Roberta musste etwas heftiger bremsen als beabsichtigt. Die schlafende Giulia wurde mit einem Ruck von Tanjas Schulter gestoßen und unsanft von ihrem Sicherheitsgurt aufgefangen. »Aua!«, rief sie. Hinter ihnen hupte ein Auto.

»Jaja«, schimpfte Roberta, »nimm einfach die andere Spur, ist doch alles frei.«

Giulia rieb sich den Nacken und gähnte. »Alles gut bei euch?«

»Ich will gerade von Tanja wissen, warum sie keine Kinder will.«

»Willst du auch keine Kinder?« Giulia schaute Tanja interessiert an.

Die schüttelte den Kopf.

»Du etwa auch nicht?«, fragte Roberta erstaunt. »Aber Kinder sind doch etwas Wunderbares.«

»Du hast gesagt, dass Sophia dich nicht schlafen lässt«, wandte Tanja ein, »und außerdem …« Sie stockte.

»Außerdem was?«

»Außerdem ist meine Sprechstunde voll mit Müttern, die mir erzählen, dass sie seit Jahren schon keinen Sex mehr hatten.«

Giulia prustete los. »Echt?«, fragte sie. »Wie kommt das denn?«

»Als wenn es darauf ankäme im Leben!«, protestierte Roberta heftig, bevor Tanja antworten konnte.

»Du fühlst dich also angesprochen?«, spottete Giulia.

»Was soll das? Als wenn ihr Singles so viel besser dran wärt!« Roberta schien ernsthaft angegriffen.

»Hm.«

Betretenes Schweigen.

»Also habe ich recht? Wann hattet ihr beiden denn bitte schön das letzte Mal Sex?« Roberta machte ein angriffslustiges Gesicht.

»Letzten Freitag«, sagte Giulia.

»Letzten Samstag«, verkündete Tanja.

Roberta zuckte betroffen zusammen und presste die Lippen aufeinander. Einen Moment lang schauten sie alle angestrengt auf den nicht vorhandenen Straßenverkehr vor sich.

»Tut mir leid, Roberta«, entschuldigte sich Tanja, »das war dumm von mir. Es kommt wirklich nicht nur darauf an. Gerade wenn ich die Frauen im Kreißsaal sehe, die zum ersten Mal ihr Neugeborenes in den Armen halten, weiß ich, dass es durchaus mehr bedeutet, ein Kind zu haben. Aber es ist eben nichts für mich, weißt du …« Sie tätschelte Robertas Arm.

Giulia spitzte die Lippen. »Was mich betrifft, habe ich erstens nicht den passenden Mann dazu, und zweitens kann ich mir nicht vorstellen, meine Freiheit aufzugeben, meine Bar, mein Leben …« Sie zögerte. »Das würde mit Kindern gar nicht gehen.«

Wieder schwiegen sie einen Moment lang.

»Es ist auch nicht einfach«, sagte Roberta mit leiser Stimme, »gerade wenn man praktisch alleinerziehend ist, mit einem Ex-Mann, der einem das Leben schwer macht. Dazu die unendlich teuren Kitaplätze in einer stinkenden Großstadt ohne Spielplätze.«

»Hm, ja, so ist das …«, seufzte Giulia, kurbelte das Fenster herunter und zündete sich eine Zigarette an. »Aber du, Tanja«, fragte sie dann, »du hast also einen Freund hier in Rom?«

Tanja zögerte. »So was in der Art«, nuschelte sie. »Und du?«

Giulia schüttelte den Kopf. »Nein, ich nicht.«

»Und wer war das dann, mit dem du letzte Woche Sex hattest?« Roberta warf ihr ebenfalls einen neugierigen Seitenblick vom Fahrersitz aus zu.

»Och, jemand, der …«, stammelte Giulia, »hm, also wie soll ich sagen, jemand der meinen Weg gekreuzt und dann denselben Aufzug benutzt hat wie ich. Diese Eskapade will ich euch lieber nicht auf die Nase binden.«

»Klingt aber deutlich interessanter als Kaufladenspielen.« Roberta lachte. »Bist du sicher, dass du nicht mehr darüber erzählen willst?«

»Hmm«, grummelte Giulia unwirsch. »Sind wir nicht bald da?«

Roberta nickte. »Die nächste Ausfahrt ist Sette Bagni, ab da musst du mir den Weg zeigen.«

* * *

Wenige Minuten später hielten sie vor einem mit Unkraut überwucherten Sandhügel. Rom war hier zu Ende. Direkt hinter ihnen lagen zahlreiche eilig hochgezogene Wohnblöcke, vor ihnen erstreckte sich nur noch öde Fläche, und dazwischen erhob sich der Sandhaufen einer längst vergessenen Baustelle. Tanja schaute sich um. »Krass«, stellte sie fest, »hinter uns die quirlige Stadt, und danach kommt nichts mehr.«

»Die Stadt frisst sich nach außen in die Landschaft der Umgebung.« Giulia lud die Schaufeln von der Ladefläche des Pick-ups und löste von einer Schubkarre die Gurte, mit denen sie auf dem Wagen festgezurrt war. »Mein Bruder ist Bauunternehmer eines Wohnblocks, der hier entstehen soll. So wie die da hinten.« Sie wies auf eine Reihe anderer gesichtsloser, zehnstöckiger Hochhäuser.

»Wer will denn hier draußen wohnen?«, fragte Tanja erstaunt.

»Viele«, sagte Giulia, »in der Stadt ist das doch inzwischen unbezahlbar.«

»Zumindest wenn man Kinder hat«, fügte Roberta hinzu, und in ihrer Stimme klang so etwas wie Argwohn mit.

»Ich dachte, du wohnst bei deinen Eltern.«

»Ja. Wieder. Leider.« erklärte Roberta knapp und griff hastig nach einer Schaufel, die ihr Giulia hinhielt. »Das hatte ich mir alles einmal anders vorgestellt.«

»So«, Giulia verschränkte die Hände, die bereits in grünblauen Arbeitshandschuhen steckten, »es geht los. Wir brauchen ungefähr zwölf Schubkarren voll Sand. Wir können den Sand direkt auf die Ladefläche schaufeln oder in diese Big-Pack-Taschen hier, die wir dann hochhieven. Aber direkt auf den Wagen ist wohl einfacher.«

»Dann fahre ich den Wagen noch näher heran«, erklärte Roberta geschäftig. »Giulia, wink mich ein.« Sie startete den Motor, setzte langsam zwei Meter zurück und stieg wieder aus.

Alle schauten sich unschlüssig an.

»Okay, dann mal los.« Tanja zog sich ebenfalls ein Paar Arbeitshandschuhe über, griff nach einer Schaufel und stapfte ein paar Schritte auf den Sandhügel hinauf. »Die Mission Anti-Baugrube kann beginnen.«

* * *

Fast fünf Stunden später hockten sie giggelnd wieder nebeneinander auf der Fahrerbank, wie die Hühner auf der Stange, und schoben sich im Schritttempo durch den endlosen Sonntagsverkehr zurück in die Innenstadt. Giulia hatte ihren Kater vom Vorabend zur Genüge auskuriert und saß nun am Steuer. Ungefähr im Zehnminutentakt schimpfte sie allerdings, unter Robertas und Tanjas Gelächter, darüber, dass sie die anderen nach getaner Schaufelarbeit direkt vor Ort zu einem Geburtstags-Mittagessen eingeladen und darüber völlig die Zeit vergessen hatte. Nach einer großen Portion Pasta in einem einfachen, aber netten Lokal vor einem Einkaufszentrum von Sette Bagni hatten sie sich gemütlich mit einem Becher Kaffee in der Hand nach draußen gesetzt, Giulia beim Rauchen zugeschaut und die warme Nachmittagsherbstsonne genossen. Um sie herum herrschte ein so gemächliches Treiben, dass sie sich alle drei die mörderischen Autokolonnen, die sich nur wenige Kilometer von ihnen entfernt nach Rom hineinschoben, schlichtweg nicht hatten vorstellen können. Bis sie nun selbst mittendrin standen.

»Meine Güte, es wird langsam dunkel«, stöhnte Tanja.

»Ich muss zu Sophia«, seufzte Roberta und schaute auf ihre Uhr. »Bestimmt ist Mama mit ihr vom Ausflug mit ihrem Vater zurück.«

»Warum genau unternimmt deine Mutter eigentlich Ausflüge mit deinem Ex-Mann?«, wollte Tanja wissen.

»Weil Sophia am Freitag nicht bei ihrem Vater bleiben wollte, dieses Wochenende aber ›seines‹ ist«, entgegnete Roberta kläglich.

»Warum will Sophia denn nicht zu ihrem Vater?«, wollte Giulia wissen.

»Weil er ein langweiliger Blödmann ist?«, konterte Roberta prompt und schlug sich die Hand vor den Mund. »Nein, entschuldigt, ich meine …«

»Schon klar, schon klar.« Giulia winkte ab. »Die Hälfte meiner Freundinnen ist inzwischen geschieden. Ich kenne diese Geschichten.«

»Was für Geschichten?«, fragte Roberta, ihre Stimme klang lauernd.

»Nun«, antwortete Giulia ungerührt und wühlte mit einer Hand in einem Fach neben dem Lenkrad, um sich erneut eine Zigarette zu genehmigen, »diese Geschichten von Kindern zwischen verkrachten Eltern, Streitereien um Unterhaltszahlungen und Sorgerecht – die klassischen Fälle halt.«

»Es ist kein klassischer Fall bei uns«, widersprach Roberta. »Wir wollen nur das Beste für unsere Tochter.«

»Ach komm«, Giulia winkte ab, »ich weiß ja nicht viel, aber mir reicht schon, zu hören, dass du wieder zu deinen Eltern ziehen musstest und deine Tochter nicht zu Papa will. Das sagt doch alles, oder nicht?« Sie warf Roberta einen vielsagenden Blick zu.

Roberta sackte auf ihrem Sitz zusammen und sagte nichts mehr. Obwohl sie sich doch eigentlich noch nicht lange kannten oder vielleicht gerade deshalb, hatte Giulia offenbar den Nagel auf den Kopf getroffen.

»Wir sind übrigens bald da«, frohlockte Giulia und warf einen Blick auf die endlose, hupende Autoschlange, die nun etwas zügiger am Lungotevere entlang vorankam. »Dann steigst du auf dein *motorino* und düst nach Hause zu deiner Sophia. Aber vor allem«, fügte sie hinzu und legte die Hand auf Robertas Arm, »danke, dass du mitgekommen bist, Roberta« – Giulias Stimme wurde mit einem Mal ganz sanft – »und dir auch, Tanja, vielen Dank.«

Tanja zuckte mit den Achseln. »Ist dein Geburtstagsgeschenk«, meinte sie grinsend.

»Das wird mein bestes Geburtstagsgeschenk überhaupt«, antwortete Giulia, setzte den Blinker und bog auf die andere Seite des Flusses ab.

»Mist«, zischte sie unvermittelt, »es herrscht noch *varco attivo,* wir werden geknipst, wenn wir mit dem Auto in die Altstadt fahren. Der Wagen ist nicht registriert.«

»Was passiert dann?«, fragte Tanja.

»Das gibt einen horrend hohen Strafzettel«, erklärte Roberta. »Die fotografieren dein Nummernschild.«

»Dann müssen wir das Nummernschild eben abdecken«, erklärte Giulia, »ein bekannter Teenagertrick. Roberta, machst du das?« Sie grinste Roberta an. Die nickte gleichmütig, als sei das die üblichste Sache der Welt. Sie schnallte sich ab und kletterte über Tanja hinweg aus dem Wagen. »Ich laufe vor dem Auto her, und du folgst mir im Schritttempo«, befahl sie, zog ihre Jacke aus und schleifte sie nachlässig auf dem Boden hinter sich her.

»Donnerwetter«, staunte Tanja, »das ist doch mal ein waschechter römischer Trick.« Sie rückte zu Giulia auf, um Roberta den Platz an der Tür zu überlassen, sobald sie wieder einstieg. Dabei fiel ihr der Schlüsselbund aus der Tasche und landete scheppernd im Fußraum des Beifahrersitzes. »Verflixt«, murmelte sie angewidert, »wie viele Generationen von Arbeitern haben hier wohl ihre schlammverschmierten Schuhe abgetreten? Und dazwischen meine Schlüssel!«

Giulia murmelte etwas, ohne den konzentrierten Blick von der Straße abzuwenden. Tanja beugte sich mühsam unter das Armaturenbrett, um den Schlüsselbund aufzuheben. »Mein Rücken, ich werde alt«, stöhnte sie, als sie sich wieder aufrichtete. Sie rieb den Schlüsselbund an ihrer Hose ab und konnte noch die letzten Meter bewundern, wie Giulia den Wagen dicht hinter Roberta steuerte, die ihre Jacke so hielt, dass das Nummernschild genau verdeckt sein musste. Gerade hatten sie die Lichtschranke mit Roberta vorneweg passiert, die aussah, als würde sie den Lieferwagen an einer unsichtbaren Schnur hinter sich herziehen. Ein paar Meter weiter stieg sie fröhlich wieder ein.

»*Bravissimo*«, jubelte Giulia, »besser hätte ich es auch nicht gekonnt.«

Roberta nickte stolz. »Ich verbuche dies als großes Lob eines Altstadt-Urgesteins«, verkündete sie.

Tanja klopfte ihr auf die Schulter, und gut gelaunt legten sie die letzten Meter zu Giulias Bar zurück. Inzwischen war es dunkel geworden. Der abendliche Restaurantbetrieb hatte noch nicht begonnen, sodass die Straße wie verlassen dalag. Tanja half Giulia beim Einparken mit dem Heck voraus in Richtung Bar, dann stellte Giulia den Motor ab.

»Jetzt schieben wir nur noch schnell den Sand vom Pick-up direkt ins Loch, werfen die Gehwegsteine drüber, und dann haben wir's!«, rief sie. »Ich kann's kaum glauben!« Sie kletterte auf die Ladefläche und öffnete die Heckklappe. Ein Handy klingelte.

»Oh«, aus Robertas Stimme hörte man nervöse Geschäftigkeit heraus, »bestimmt meine Mutter.« Sie schaute aufs Display und ließ die Schultern hängen. »Mario!«, heulte sie auf.

»Ist das dein Ex?«, fragte Tanja, und Roberta nickte verzweifelt.

»Hier.« Giulia reichte ihr den Schlüsselbund ihres Cafés. »Geh in die Bar, telefonier in Ruhe, und bring uns was zu trinken mit, wenn du wieder rauskommst.«

17

Hastig nahm Roberta die Schlüssel, entriegelte ungeschickt die beiden Türschlösser zu Giulias Bar und trat in das dunkle Lokal ein. Gerade noch rechtzeitig genug, um den Anruf abzunehmen.

»Pronto?«, meldete sie sich, und eine diffuse Angst stieg in ihr auf.

»Roberta«, sagte Mario in einer Stimmlage, die sie nicht deuten konnte.

»Ja?«, erwiderte sie zitternd. Hoffentlich hörten Tanja und Giulia sie nicht.

»Ich muss mit dir sprechen.« Das klang wie eine Drohung. »Ich werde Anzeige gegen dich erstatten, wegen fahrlässiger Körperverletzung.«

Roberta fühlte sich, als habe man ihr ebenfalls eine Tür an den Kopf geschlagen.

»Mario, ich …«, stammelte sie, »es war ein Unfall.«

»Der dir nicht besonders leidgetan und meine Tochter zutiefst verstört hat«, zischte er.

»Doch, ich meine, nein. Mario, hat denn Giuseppa nicht …?« Hatte Mama denn nicht alles geklärt?

»Was interessiert mich deine Mutter?« Marios Stimme war nun erwartungsgemäß zu einem Brüllen angeschwollen. »Mich interessiert meine Tochter!«

Unsere Tochter, dachte Roberta, *leider.* Gab es denn nicht all diese Väter, die sich nach der Trennung nicht mehr für ihre Kinder interessierten? Konnte Mario nicht auch einer von denen sein? Bebend ließ sich Roberta auf den nächstbesten Stuhl fallen, den sie im schummrigen Licht der Straßenlaterne, das von draußen hereinfiel, ausmachen konnte.

»Mario, auch mich interessiert unsere Tochter. Aber wenn sie nun mal nicht zu ihrem Vater will, wenn sein Wochenende gerade dran ist …«

»Was heißt ›nicht zu ihrem Vater will‹? Bist du übergeschnappt? So etwas gibt es gar nicht. Sophia entfernt sich von mir, weil du, ja *du* sie zusammen mit deiner Mutter gegen mich aufhetzt!«, schrie Mario.

»Mario, das ist nicht wahr!« Roberta stützte den Kopf auf und blickte in Schockstarre hinaus zu ihren beiden neuen Freundinnen. Tanja stand im Schein der Außenlaternen auf dem Pick-up und begann gerade voller Elan, den Sand in die Grube zu schieben, während Giulia mit einer Schaufel, in der Grube stehend, die Sandmassen verteilte, die neben ihr herabrauschten. Sie hörte ihr Lachen und wünschte sich, dass sie bei ihnen da draußen wäre. Oder, besser gesagt, sie wünschte sich weit, weit weg von allem. Und hin zu Sophia. Was alles nicht zusammenpasste, das wusste sie auch. Was aber konnte schließlich in der Gefühlswelt einer verzweifelten Singlefrau und Mutter noch logisch und nachvollziehbar sein?

»Das wird Konsequenzen haben«, hörte sie Mario weiterschimpfen, ohne zu wissen, was er eben alles Schreckliches zu berichten gehabt hatte.

Draußen stampfte Giulia den Sand fest, der nun komplett entladen war. Tanja sah ihr, an den Wagen gelehnt, zu und wischte sich mit einem Taschentuch übers Gesicht.

»Mario, wir müssen versuchen, friedliche Eltern zu sein, ganz egal, was zwischen uns ...«

»... indem du handgreiflich wirst und wie eine Terroristin mein Kind entführst?«, brüllte Mario.

Draußen auf der Straße bewegte sich etwas. Roberta hob den Kopf.

»... weggebracht wie Diebesbeute, weil du wusstest ...«, hörte sie aus der Ferne.

Da draußen standen zwei Personen an der Straßenecke. Sie beobachteten Giulia und Tanja. Etwas stimmte nicht.

»... illegal, vor Gericht wirst du ...«

Roberta legte das Handy mit dem wütenden Gebrüll auf der Tischplatte ab und stand auf. Die Personen draußen setzten sich in Bewegung und gingen auf die Frauen zu. Eine Taschenlampe ging an, der gleißende Lichtstrahl wurde direkt auf Tanja gerichtet, die sich erschrocken die Augen zuhielt und dabei mit der Stirn an die Ladekante des Autos prallte. Sie schrie auf.

Von der anderen Seite kamen zwei weitere Männer in Uniform angerannt und riefen etwas. Giulia stieß einen spitzen Schrei aus, stolperte über die Schaufel am Boden und fiel der Länge nach auf den Steinhaufen hinter sich.

»Hände hoch, keine Bewegung!«, brüllte jemand so laut, dass Roberta der Schreck durch alle Glieder fuhr. Der Strahl einer zweiten Taschenlampe fiel direkt auf Giulia, die auf dem Steinhaufen lag und sich den Rücken hielt. Tanja schaute entsetzt nach allen Seiten und suchte einen Fluchtweg, den es aber nicht gab. Sie waren von bewaffneten Polizisten eingekreist.

Mio Dio, entfuhr es Roberta, die unfähig war, sich zu rühren oder irgendetwas zu tun. Sie saß wie gelähmt in der dunklen

Bar und beobachtete einen langsam mit Blaulicht, aber ohne Sirene einfahrenden Einsatzwagen der *Carabinieri.*

Zwei Beamte zogen Giulia wie eine Marionette vom Boden hoch, zwei weitere packten Tanja an den Handgelenken. Beide wurden zum Einsatzwagen geführt und dort von einer Polizistin mit Handschuhen abgetastet.

»Die sind sauber«, hörte Roberta die Frau ihren Kollegen zurufen, die daraufhin die Fondtüren öffneten. Handschellen klickten, zwei Beamte halfen Tanja ins Auto, einer legte ihr die Hand auf den Kopf, wie Roberta es aus Kriminalfilmen kannte. Sie sah Giulias panisches Gesicht, als auch ihr Handschellen angelegt wurden und sie dann zum Auto geleitet wurde.

Zwei der Uniformierten überprüften unterdessen den Lieferwagen. Einer hielt ein kastenartiges Gerät in der Hand, das laute Pieptöne von sich gab. Eine weitere Schockwelle durchfuhr Roberta. Die Beamten suchten nach Sprengstoff! Natürlich. Im Dunkel der Nacht hatten sie mitten im historischen römischen Judenviertel zwei Personen bei Erdarbeiten hochgenommen. Entsetzt fasste sie sich an die Kehle. Und sie hatte das alles angezettelt! Sie, die doch schon genug Ärger hatte und außerdem selbst für die Stadt arbeitete. Um Himmels willen, wie konnte sie bloß?

Ihre Hand bebte und schien nicht mehr zu ihrem Körper zu gehören. Sie hörte ihr Herz wild schlagen, jede Faser ihres Körpers war zum Zerbersten angespannt. Mit letzter Kraft gelang es ihr, nach ihrem Handy zu greifen, das alarmierend leuchtend auf dem Tisch des dunklen Lokals lag. Mit eiskalten Fingern drückte sie den kleinen Ausknopf am Gerät, während sie starr vor Entsetzen, Scham und schlechtem Gewissen unter eine Eckbank glitt. Sie zog die Beine an, legte die Arme über den Kopf und wartete verzweifelt darauf, dass draußen Ruhe einkehrte.

18

»Die haben was?« Davides eben noch so schlaftrunkene Stimme war mit einem Mal wie ausgewechselt. Er blickte sie entsetzt an.

»Deinen Pick-up konfisziert, ja.« Fröstelnd zog Giulia ihre Jacke über der Brust zusammen und hakte sich schutzsuchend bei ihm unter. Sie sah Tanja nach, die gerade in einem Taxi davonbrauste, und bereute, ihren Bruder mitten in der Nacht angerufen zu haben, um sich von der *Questura* abholen zu lassen. Alles, was sie wollte, war, sich schweigend ins Bett zu legen und für ein paar Stunden das Schlamassel zu vergessen, in das sie sich, ihre Freundinnen und ihren Bruder hineingeritten hatte.

»Warum?« Davide machte sich von ihr los und blickte sie fragend an.

»Für weitere Untersuchungen. Unerlaubte Einfahrt ins Centro Storico, illegale Bauarbeiten, Ausschluss eines Bombenattentats – solche Sachen halt …«

»Bombenattentat?« Davide schnaubte. »Giulia, was um alles in der Welt hast du da angestellt?«

»Du wusstest doch, dass ich deinen Wagen brauchte, weil ich endlich die Baugrube vor der Bar schließen wollte.«

»Aber ich habe dir gesagt, dass du auf keinen Fall in die Gassen fahren darfst!«, rief Davide. »Sag mal, Giuli, bist du irre? Ich habe dir zwei Schubkarren mitgegeben und dir ausdrücklich gesagt, dass du den Sand mit der Schubkarre vom Lungotevere …«

»Das wäre doch viel zu aufwendig gewesen«, unterbrach sie ihn. »Weißt du eigentlich, wie viel Sand …«

»Aufwendig? Willst du mich auf den Arm nehmen?« Davide war laut geworden. »Hast du eine Ahnung, wie *aufwendig* das wird, was nun auf mich zukommt? Mein Bauwagen ist konfisziert, Giulia, ich LEBE davon, ich betreibe ein Bauunternehmen!«

»Ja, ich weiß«, flüsterte Giulia.

Davide stöhnte. Ein paar Minuten gingen sie schweigend nebeneinanderher.

»Und dann haben sie euch auf die Wache gebracht, oder wie?«, fragte Davide.

»Hm«, Giulia nickte, »richtig verhört wurden wir. Vom *Maresciallo* der *Carabinieri* persönlich. Der hat uns echt in die Mangel genommen.«

»Was gab's denn da in die Mangel zu nehmen, wenn die euch direkt während der Sache hochgenommen haben?«

»Wir haben abgestritten, dass Tanja beteiligt war. Ich habe versucht, alles auf mich zu nehmen.«

»Wie nett von dir«, stöhnte Davide, »und das hat der euch abgenommen? Die *Carabinieri* sind keine Idioten.«

»Bestimmt nicht«, gab Giulia zu, »aber ich glaube, der *Maresciallo* war so hin und weg von Tanja; der hat jedes Mal, wenn sie den Mund aufgemacht hat, vergessen, dass er im Dienst ist.«

»Na toll«, Davide klang alles andere als begeistert, »das hilft meinem Pick-up aber nicht. Da steht übrigens mein Auto.« Unnötigerweise deutete Davide auf seinen Maserati, der im Dunkel der Nacht im Halteverbot unter einer Laterne geparkt war. »Soll ich dich nach Hause fahren? Oder willst du mit zu uns kommen?«

»Ja, nein. Oder ja. Ich weiß nicht.« Giulia schüttelte den Kopf. »Offen gesagt, morgen nach dem Aufwachen gleich mit deiner Familie am Frühstückstisch zu sitzen, überfordert mich. Aber meine Wohnung mit den trostlosen Resten meiner Party vorzufinden ebenso.« Sie holte tief Luft. Sie war völlig ratlos. »Können wir noch ein paar Straßen weiter zur Bar gehen? Ich will wissen, was da inzwischen passiert ist.«

»Unbedingt, ich muss ja erst in fünf Stunden wieder aufstehen.«

Zehn Minuten später standen sie am Tatort. Es herrschte gespenstische Stille. Irgendwo schlug eine Kirchturmuhr. Giulias Bar lag verlassen da. Der Pick-up samt Schubkarren war verschwunden. Das zugeschüttete Bauloch war zu ihrer Verbitterung von der Stadtpolizei bereits erneut mit einem orangefarbenen Bauzaun abgesperrt und dieses Mal sorgfältig mit einer *pallina* versehen worden. Man konnte auf Italiens Beamte warten, bis man schwarz wurde, die *Polizia municipale,* die Stadtpolizei, war schneller als die streunenden Hunde, wenn es darum ging, ihr Revier zu markieren und Bürger zur Verzweiflung zu treiben. Giulia biss sich auf die Lippen.

An den Fensterscheiben ihres Cafés lehnten ihre beiden Schaufeln, die nun dastanden wie zwei vorwurfsvolle Zeugen. Die Tür war verschlossen. Offenbar hatte Roberta hinter sich abgeschlossen und den Schlüssel mitgenommen. Sie würde Fabiana anrufen müssen, damit sie morgen eher kam und aufschloss. Giulia schluckte. Roberta war aus allem raus, die hatte es gut. Und sie den Ärger! Für nichts und wieder nichts.

Davide stellte sich neben sie und spähte in die neue, alte Baustelle. »Der Sand hat aber exakt gereicht.«

Sollte das jetzt ein Lob sein? Es kam ihr vor wie Hohn.

»Müsste jetzt nur noch richtig festgestampft werden und die Gehwegsteine drauf verlegt«, stellte Davide fachmännisch fest.

»Sag mal, spinnst du jetzt völlig?«

Davide zuckte die Schultern. »Giuli, du sitzt so tief in der Scheiße, da macht es nichts mehr aus, wenn du deine Arbeit hier zu Ende bringst.« Er rüttelte an den Metallstreben, an denen das Baugitternetz befestigt war, und zog eine davon heraus.

»Davide, bist du verrückt?«

Er riss zwei weitere Streben aus dem Boden, holte ein Taschenmesser aus der Hosentasche und schnitt kurzerhand ein Stück des Baunetzes auf.

»Davide«, hauchte Giulia. Angstvoll sah sie sich um. Viel zu stark war die Erinnerung an die razziaartige Festnahme, die hier vor wenigen Stunden stattgefunden hatte und die sie niemals wieder vergessen würde.

Ihr Bruder trampelte auf dem Sand aus Sette Bagni herum, scharrte mithilfe einer Schaufel eine Kante, und ehe sie sich's versah, kniete er am Boden und verlegte in Windeseile ein paar der schwarzen *San Pietrini,* der kleinen schwarzen Steinwürfel, mit denen die halbe Innenstadt gepflastert war und von denen seit Mai ein kleiner Berg neben ihrer Bartür herumlag wie ein überdimensionaler Haufen Hundekot. Dann stand er auf, begutachtete zufrieden sein Werk und steckte den losen Bauzaun wieder fest – rund einen Meter hinter der Stelle, an dem die Stadtpolizei ihn vorhin aufgestellt hatte.

»Bietet bestimmt Platz für zwei Außentische mehr, ohne dass es jemand merkt«, erklärte Davide lapidar. »Der Erlös dieser Tische geht an mich. Für den Verdienstausfall wegen meines fehlenden Wagens.«

Roberta

Lebt ihr noch? Bitte meldet euch …

8:22

Tanja

Bin am Leben. Stehe immer noch völlig unter Schock.

8:23

Roberta

Ich bin auch so entsetzt darüber. Wo haben die euch hingebracht?

8:25

Tanja

Auf die Questura zum Verhör. Es ging so. Man hat uns am Ende laufen lassen. Die hatten wohl vermutet, wir wollten eine Bombe legen oder so was, völliger Quatsch. Jetzt geht es nur noch um Denkmalschutz oder so, weil man keine eigenen Bauarbeiten im historischen Zentrum vornehmen darf.

8:41

Roberta

Ach, so schlimm ist das doch bestimmt nicht.

8:42

Tanja

Mit so was kenne ich mich nicht aus …

Giulia hat allerdings alles auf sich genommen und dem Carabiniere erzählt, ich hätte nichts damit zu tun.

8:50

Roberta

Und das hat funktioniert?

8:52

Tanja

Fürs Erste ja … Mal sehen.

😥

8:54

Giulia

Mädels, morgen gehe ich zum Anwalt wegen der Sache. Wir sollten diese Gruppe lieber dichtmachen und den Chat löschen. Seid froh, wenn ihr aus der Sache raus seid.

Melde mich, Bacio.

8:59

Giulia hat die Gruppe verlassen.

19

Tanja befestigte einen Gurt um den wassermelonengroßen Bauch einer Patientin, schaltete das CTG-Gerät ein und überprüfte die Kurve auf dem Papierbogen, der langsam aus dem Apparat herausratterte. Sie war seit Tagen übelster Stimmung. Das Erlebnis mit den Freundinnen vor Giulias Bar hatte sie in eine Art von Dauerschock versetzt. Die Sorge um Giulia und darum, dass sich doch noch irgendein Staatsanwalt darauf besinnen könnte, auch sie näher unter die Lupe zu nehmen, lähmte sie. Mehrfach am Tag musste sie sich geradezu einen Ruck geben, um nicht in ihren ängstlichen Überlegungen zu versumpfen, sondern sich auf ihren Job zu konzentrieren.

»Gehen wir heute Mittag essen, hast du Zeit?« Laura steckte den Kopf durch die nur angelehnte Tür herein. Tanja nickte dankbar. »Ich *nehme* sie mir. Ich möchte gern mal wieder mittags was essen gehen. Gib mir noch ein paar Minuten.« Sie deutete zu der schwangeren Frau, die die Nase in einen Roman gesteckt hatte und bereits in eine andere Welt versunken schien. »Wo gehen wir hin?«

»Ich dachte, ein Stück Pizza drüben in Trastevere und dann einen Kaffee im *Angeli?*«

»Superidee, ich hole dich ab.«

Während die Patientin weiter in ihrem Buch las, überflog Tanja ein paar Patientenberichte als Vorbereitung für den Gang auf die Station nach der Mittagspause. Alle waren von Fabio unterzeichnet, seine geschwungene, selbstbewusste Handschrift würde sie unter tausenden heraus erkennen können. Sie schnaufte frustriert. Das war die nächste Baustelle in ihrem derzeit wirklich nicht glatt verlaufenden Leben.

Fabios Handy war ausgeschaltet gewesen, als sie Sonntagnacht versucht hatte, ihn zu erreichen. Sie hätte nach der Razzia und dem Verhör auf der Wache dringend jemanden gebraucht, der einfach nur bei ihr war. Mehrfach hatte sie auf seine Mailbox gesprochen und bestimmt zwanzig WhatsApps geschickt. Er meldete sich jedoch erst am nächsten Nachmittag mit der nervtötend lapidaren Frage, was sie nun bloß *wieder angestellt* habe. Sie, seine *kleine Powerfrau.* Keine Worte, die Tanja eine Hilfe waren, sondern sie nur noch tiefer in ihre Sorge versinken ließen.

Seitdem hatte sie ihn nur zwei Mal auf den Gängen der Gynäkologie getroffen, und jedes Mal hatte er ihr in Eile zugerufen, er müsse zu einer dringenden OP, und die Hand zu einer Ich-rufe-dich-an-Geste geformt. Aber ihr Handy war und blieb stumm.

Tanja stellte das CTG-Gerät aus und riss das Blatt ab. »Alles wunderbar bei Ihnen«, erklärte sie der Patientin, die den Finger auf die Stelle legte, an der sie gerade gelesen hatte, und kurz von ihrem Buch aufblickte. »Herztöne prima, Kind kerngesund.«

Sie notierte die Ergebnisse in der Akte der Patientin.

»Und wann kommt das Baby?«, fragte die Frau.

»Das weiß nur Ihr Kind«, gab Tanja zurück und lächelte. »Genießen Sie diese Tage und lesen Sie, so viel Sie können. Sie werden in nächster Zeit nicht mehr so oft dazu kommen.«

20

Giulia stieg eine beeindruckend geschwungene Marmortreppe in den vierten Stock empor. Keuchend oben angekommen, klingelte sie an einer Tür, auf der ein goldenes Schild mit der Aufschrift *Studio Legale Pentini & Parmigiani* prangte. Eine junge Frau mit streng zurückgebundenem Pferdeschwanz öffnete ihr.

»Signora di Veroli?«, fragte sie. »*Prego,* bitte, treten Sie ein. Ich werde Sie anmelden.«

Giulia durchquerte das mit dicken Teppichen ausgelegte Foyer der Kanzlei, nahm in einem bequemen Ledersessel Platz und knibbelte nervös an ihren Fingern. Die Empfangsdame hatte hinter dem Sekretär Platz genommen und bediente das Haustelefon.

»Signora di Veroli wäre jetzt da.« Sie sprach mit leiser Stimme, nahm eine Anweisung entgegen und legte auf. »Der *Dottore* ist gleich für Sie da«, informierte sie Giulia höflich. »Darf ich Ihnen etwas zu trinken bringen? Einen Kaffee?«

»Ein Glas Wasser nur, danke.« Giulia betrachtete das große goldgerahmte Bild, das über dem Sideboard hing. Es zeigte einen Richter in dunkler Robe mit schütterem Haar und durchdringendem, selbstbewusstem Blick. Giulia wusste, dass das

Gemälde den großen römischen Richter Pentini zeigte, dessen Sohn sie gleich treffen würde. Rechtsanwalt Salvatore Pentini sonnte sich in dem Ruf, der Sohn des *giudice* zu sein, und baute unverblümt seinen Erfolg darauf auf. Sie biss sich auf die Lippen, denn sie machte diesen Zirkus auch noch mit und hatte sich einen Anwalt ausgesucht, von dem man glaubte, er habe gute Beziehungen zur Judikative und sei auf den Korridoren der römischen Gerichte ein mehr als willkommener Gast. Nervös nippte sie an ihrem Wasser, das soeben auf einem kleinen Tischchen neben ihr abgestellt worden war.

In diesem Moment ging links von ihr die Tür auf, und ein Mann Ende vierzig in dunkelblauem Anzug, weißem Hemd und grauer Krawatte kam auf sie zu. Rechtsanwaltskluft, langweilig und seriös, aber dafür mit überraschend verwegenem Dreitagebart.

»Signora di Veroli, *buon giorno.*« Er hielt ihr die Hand hin und schaute sie prüfend an.

Giulia zog sich der Magen zusammen. Ein Rechtsanwalt für Zivil- und Strafrecht hatte sicherlich schon viele zwielichtige Gestalten in diesem Türrahmen begrüßt, und sie war nun eine davon, stellte sie verbittert fest. Allein einen Anwalt aufsuchen zu müssen, war bereits die Kapitulation ihres Lebens.

Der Rechtsanwalt bot ihr einen Stuhl vor seinem wuchtigen Eichenholzschreibtisch an, auf dem neben einer kleinen Metalllampe mit blassgrünem Glasschirm nur noch ein antikes Tintenfass und ein zugeklapptes Laptop standen.

»So.« Geschäftig schlug er die Mappe auf, die ihm seine Empfangssekretärin gegeben hatte. Wieder schaute er sie eindringlich an, als wolle er ihr Vergehen an ihren Augen ablesen. »Signora di Veroli, Sie hatten mir das Verhörprotokoll der *Carabinieri* zukommen lassen und mich gefragt, ob ich Sie in diesem Fall vertreten möchte.«

Giulia nickte stumm.

»Da ich den Polizeibericht nun kenne, würde ich Sie bitten, mir das Geschehene noch einmal aus Ihrer Sicht zu schildern.«

»Was würde das ändern?«

Pentini runzelte verblüfft die Stirn. »Nun, es geht nicht darum, etwas zu verändern, sondern es zu verstehen. Erklären Sie mir, warum Sie so vorgegangen sind, was waren Ihre Beweggründe?«

Giulia holte tief Luft. »Ich wurde festgenommen, als ich versuchte, eine vergessene Baugrube der *Comune* zuzuschütten, die vor meinem Café lag, oder liegt …« – sie zögerte – »… und mich den ganzen Sommer über daran hinderte, Außentische aufzustellen. Für die ich übrigens Steuern bezahle.«

Advocato Pentini nickte. »Warum haben Sie nicht bei der *Comune* erwirkt, diese Grube zu schließen? Sie zu schließen, ist doch nicht Ihre Aufgabe. Abgesehen davon, dass Sie das nicht durften.«

»Ich war sieben Mal bei der *Comune*. Die konnten mir nicht helfen, weil die Baustelle nicht in deren Unterlagen auftaucht.«

»Und da kam Ihnen die Idee, die Arbeiten einfach selbst zu beenden?«

»Nee, meine Freundin, die arbeitet bei der Stadtverwalt…« Giulia brach ab. »Es war eine Partyidee, als ich mit meinen Freundinnen darüber sprach, so aus einer Laune heraus«, erklärte sie dann, »und ich war entzückt von der Idee, endlich etwas tun zu können.«

»Verstehe.« Signore Pentini blätterte nachdenklich durch ihre Akte. Er blies Luft aus, verzog das Gesicht und fuhr sich mit der Hand über sein Stoppelkinn. »Da haben Sie sich etwas eingebrockt, Signora.«

Wieder ein Ziehen im Magen, dieses Mal stärker. Giulia fühlte Blut in ihre Wangen schießen. »Was meinen Sie damit?« Sie schluckte mühsam.

»Na ja«, Pentini wiegte den Kopf, klappte seinen Rechner auf und drückte eine Taste, »wir sprechen hier in Ihrem Fall von Sachbeschädigung einer öffentlichen Anlage. Das ist eine ernste Sache und wiegt leider noch schwerer, da Sie die Tat an einem historisch wichtigen und denkmalgeschützten Ort verübt haben.« Giulia wand sich unter den juristischen Schlagworten Pentinis, als hätte sie Prügel bekommen. »Das kann unter Umständen mit einer Haftstrafe von sechs Monaten bis hin zu zwei Jahren bestraft werden«, endete er.

Giulia stieß einen leisen Schrei aus und hielt sich den Bauch.

»Moment.« Der Rechtsanwalt hob die Hand. »Es wird unsere Aufgabe sein, ein angemessenes Strafmaß unter Deutlichmachung Ihrer wirtschaftlichen und, sagen wir, verzweifelten Beweggründe zu erreichen.« Er warf sich in seinem großen Lehnstuhl zurück, der ein schnappendes Geräusch von sich gab. »*Comunque,* das Vergehen, über das wir erst einmal sprechen, ist ebendieses.«

Die Stille lag wie Beton im Raum. Irgendwo knackte eine Heizung, von Weitem war das Hupen einiger Autos auf der Straße zu hören.

Giulia rieb ihre eiskalten Finger. »Ich kann doch nicht für so was in den Bau gehen«, wisperte sie kaum hörbar. »Sie meinen doch wohl nicht ernsthaft, dass ich ins Gefängnis komme.«

Pentini legte wieder den Kopf schief. »Signora, als Anwalt ist es meine Aufgabe, Ihre Beweggründe so darzulegen, dass sie dem Richter bei einer korrekten Entscheidung helfen. Aber Prozesse entscheiden die Richter, nicht wir.«

»Aber Ihr Vater ist doch Richter«, entfuhr es Giulia. Entsetzt biss sie sich auf die Unterlippe und wünschte, sie könnte diese Dummheit zurückholen.

»*E allora?*« Pentini schüttelte verständnislos den Kopf. »Erstens ist er in Rente und zweitens hat er die Gewaltenteilung in Italien nicht aufgehoben. Was denken Sie denn?« Sein Tonfall verriet eine Mischung aus Verärgerung und Überraschung über ihre Bemerkung.

»War nur so ein blöder Gedanke, bitte entschuldigen Sie.« Sie sah ihre Felle davonschwimmen und fühlte sich noch kleiner und hilfloser als zuvor.

»Sie dachten jetzt aber nicht an Richterbestechung, oder?«, fragte Pentini streng. »Dann würde ich Sie nämlich umgehend bitten, meine Kanzlei zu verlassen.«

»Nein, nein«, beeilte sich Giulia zu sagen. Wie hatte sie bloß so dämlich sein können? »Ich wollte damit nur fragen, ob … ähm …« – ja Mist, was hatte sie eigentlich damit sagen wollen? – »ob Sie als Richtersohn denn nicht am besten wissen, welche Art der Verteidigung am ehesten Erfolg hat.« Pfff, müde den Kopf aus der Schlinge geholt, hoffte sie.

»Nebenbei habe ich auch so etwas wie Berufserfahrung und ein Studium hinter mir, Signora«, erwiderte der Anwalt von oben herab, offenbar immer noch verärgert darüber, als Papas Sohn abgestempelt worden zu sein.

»Aha, das ist gut.« Dann nimm doch dieses alberne Bild im Flur ab, dachte Giulia insgeheim verärgert.

»Hm«, machte Pentini, immer noch irritiert.

»Und, wie geht's jetzt weiter?«

»Als Erstes würde ich« – Pentini legte die Fingerspitzen beider Hände aneinander – »der *Questura* kommunizieren, dass ich Sie als Anwalt vertrete, sofern Sie das wünschen.« Er schaute sie prüfend an.

Giulia überlegte, ob er vielleicht hoffte, sie hätte sich gegen ihn entschieden, und machte ein undurchdringliches Pokergesicht.

»Somit würden dann«, fuhr der Anwalt fort, »alle Benachrichtigungen zu diesem Fall zu meinen Händen gehen. Damit würde man mir auch den Gerichtstermin bekannt geben.

Ich vermute, das wird bereits in wenigen Tagen sein, vielleicht sogar noch diese Woche.«

»Diese Woche noch?«

Pentini nickte.

»Aber«, Giulia traute ihren Ohren nicht, »hier in diesem Land dauert doch alles Monate, wenn nicht Jahre. Wie kann es dann sein, dass mein Prozess schon diese Woche stattfinden soll?«

Pentini zuckte die Achseln. »Das ist beim Strafrecht eben so, da ist man schnell. Hinzu kommt, dass Sie bei Ihrer Tat in flagranti erwischt wurden, es also keiner zeitraubenden Untersuchungen mehr bedarf.«

In flagranti erwischt wurden. Giulia ließ diese Worte in sich nachhallen.

»Wie schön«, sagte sie dann und schickte sich an zu gehen, »dann haben wir alles Relevante besprochen, richtig?«

»Wenn Sie mir hiermit das Mandat übertragen möchten, ja«, antwortete Pentini gestelzt.

»Hiermit übertrage ich Ihnen das Mandat.« Am liebsten hätte Giulia die Hände auf die Hosennähte gelegt und die Fersen zusammengeschlagen, aber nach der Sache mit Pentinis Vater verkniff sie sich jede Informalität, über die hier sowieso niemand lachte.

Pentini senkte zustimmend das Haupt. »Gut.« Auch er erhob sich, kam um den Schreibtisch herum und reichte Giulia die Hand. »Dann verbleiben wir so, dass ich Sie anrufe, sobald ich weiß, wann Ihnen der Prozess gemacht wird.«

Dieser Drohung hatte Giulia nichts mehr hinzuzufügen.

Die Baustellengrazien

Roberta hat Giulia hinzugefügt.

Roberta

Auf Giulis Wunsch – sie ist wieder drin. Guten Tag, Mädels!

14:27

Tanja

Giulia, wie kommt's? Hast du keine Angst mehr vor Handy-Beschlagnahmung durch das FBI?

15:03

Giulia

Haha. Nee, ich fand das nett mit dieser Gruppe. Mein Anwalt meint, eine Handy-Kontrolle sei wohl auszuschließen. Nichtsdestotrotz: Es kann sogar Gefängnis auf meine Straftat geben.

15:20

Roberta

Wie bitte?!?!?

15:21

Tanja

Das ist doch absurd!!

15:25

Giulia

Was soll ich sagen? Hat der Anwalt gesagt …

15:29

Tanja

Ihr Lieben, ich verliere euch gleich, ich habe kaum Netz hier draußen.

15:36

Roberta

Wo bist du denn?

15:37

Tanja

Sitze im Bus raus nach Salario. Dort soll es ein riesiges Sanitärgeschäft geben. Ich brauche ein neues Waschbecken, meines ist abgebrochen.

15:41

Giulia

Bei dem Wetter mit dem Bus ein Waschbecken kaufen?! Warum denn das?

15:47

Tanja

Ist mein einziger freier Tag diese Woche. Mein Vermieter tut keinen Handschlag – nützt ja nix. Selbst ist die Frau.

15:52

Roberta

Selbst ist die Baustellengrazie!

15:54

Tanja

👍

15:57

Giulia

Tanja, soll ich dich später dort abholen? Ich habe heute das Auto von meinem Bruder.

16:00

Tanja

Ooooh, ehrlich gesagt: Ja, das wäre toll! Moment, ich rufe dich gleich mal an, wenn ich einen Sitzplatz gefunden habe.

16:05

21

»Dieses Kind scheint einfach keinen Schlaf zu brauchen«, heulte Katrin durchs Telefon. »Weißt du, Tanja, ich bin einfach nur noch …« – sie zögerte – »überfordert. Ich bin überfordert, ich *kann* nicht mehr.« Sie schluchzte leise.

»Och, Katrin.« Tanja bemitleidete ihre Schwester aus tiefster Seele, während sie ein riesiges Industrieregal prall gefüllt mit Waschbecken aller Art abschritt. Sie hatte sich in zwei überfüllten Bussen bis nach Salario in den Norden der Stadt durchgeschlagen, wo das Sanitärfachgeschäft lag, das ihr der Hausmeister des Krankenhauses empfohlen hatte.

Katrin klagte weiter: »Er ist einfach nie müde. Er schläft nicht. Er schläft einfach nicht. Den ganzen Tag robbt er durch die Wohnung, reißt Schränke auf, rollt Klopapier ab und wirft Dinge durch die Gegend. Ich kann überhaupt nicht so schnell aufräumen, wie er eine Schneise der Verwüstung hinter sich lässt. Gestern hat er es geschafft, das Schlüsselbord samt Dübeln aus der Wand zu ziehen.« Tanja hörte das Kind durch die Leitung lautstark vor sich hin brabbeln.

»Wie ist der denn da rangekommen?« Tanja klemmte sich das Handy ans Ohr und angelte ein Maßband aus ihrer Handtasche.

»Matthias hatte ein *name badge* von einem Kongress darangehängt, es hing an einem langen Band.«

»Wie ungünstig.« Sie nahm die Maße eines schlichten, halbrunden Beckens im Regal.

»Ich bin ausgeflippt, Tanja! Und weißt du, was Matthias am Wochenende gemacht hat?« Sie machte eine kleine Kunstpause. »Er hat das Bügeleisen mit hängender Schnur ganz oben im Regal abgestellt. Niklas-Lian hat daran gezogen, und es ist ganz dicht neben ihm auf dem Boden aufgeprallt. Tanja, das hätte ihn *umbringen* können!« Katrin seufzte.

»Oh, mein Gott, das war ja dann Glück im Unglück.« Tanja verdrängte das Bild ihres Neffen mit einem Bügeleisen auf dem Kopf, so gut es ging. Ein Schauer lief ihr über den Rücken, während sie das runde Becken zur Seite schob. Zu klein. Sie neigte den Kopf, um die Exemplare in der zweiten Reihe zu begutachten.

»Das Eisen ist komplett hinüber, die Schiene ist rausgebrochen«, fuhr ihre Schwester fort, und als wollte jemand ihren Worten mehr Ausdruck verleihen, ertönte aus dem Telefon ein zischender Lärm, etwa wie wenn ein Laster eine Tonne Kohle auf der Straße ablädt. »Das war nur die Kiste mit den Bauklötzen«, kam Katrins prompte Erklärung, »die räume ich dann heute zum vierten Mal wieder ein.«

»Immerhin hat Matthias vorher gebügelt.« Tanja wollte der Bügeleisenaktion etwas Positives abgewinnen.

»DER und BÜGELN?«, rief Katrin erzürnt. »Er hatte das Ding nur *beiseite*geschoben, um an seine Skistiefel zu kommen! Das ist ja das Nächste, stell dir vor: Er fährt nämlich Samstag mit seinen Freunden in die Alpen. Eine Männertour. Um sich mal so richtig zu *erholen,* wie er sagt!«

»Dann bist du eine Woche allein mit dem Kind?«

»Mutterseelenallein, im wahrsten Sinne des Wortes. Tanja, ich bin so sauer. Der Kerl führt ein Leben! Geht morgens gemütlich ins Büro, macht sich Kaffee in der Teeküche und geht sogar, ohne gestört zu werden, aufs Klo.«

»Oh, wow …« Das Waschbecken dort in der Ecke war leider definitiv zu breit für ihr Badezimmer.

»Der schiebt eine ruhige Kugel bei der Arbeit, kommt abends nach Hause, legt sich aufs Sofa und sagt, er sei zu geschafft, um Niklas-Lian zu nehmen. Ich könnte platzen vor Wut.«

»Das ist echt rücksichtslos von ihm.« Passte dieses Becken denn wirklich nicht? Tanja gefiel die kantige Form, und außerdem war es reduziert. Sie nahm erneut Maß.

»Ja, *rücksichtslos,* genau. Das sage ich ihm ungefähr dreimal täglich.«

»Was antwortet er dann?« Oder dieses geschwungene Becken hier? Tanja machte einen Schritt zurück und kniff die Augen zusammen. War das weiß oder creme?

»Er wirft mir vor, ich würde nur an mich denken.« Katrins Stimme nahm einen schrillen Ton an. »Er behauptet, ich hätte kein Verständnis für seine Arbeit. Und weißt du, was er ab nächster Woche vorhat, wenn er aus dem Urlaub zurück ist?«

»Was denn?« Cremefarben. Nein, Creme ging nicht.

»Er will in Zukunft nach Feierabend in der Abendkantine essen, weil es bei uns zu Hause ja angeblich nichts mehr zu essen gibt!«

»Er hat eine Abendkantine?«

»Bank halt. Die wissen offenbar immer noch nicht, wohin mit der Kohle«, kam Katrins trockene Antwort.

»Und warum gibt es bei euch nichts zu essen?«

»Weil ich es nicht SCHAFFE, für ihn UND für Niklas-Lian zu kochen«, schimpfte Katrin. »Niklas-Lian bekommt um sechs seinen Brei, dann füttere ich ihn, dann wische ich Möhren-Pastinaken-Geschmiere im gesamten Esszimmer auf, das Baby hat die Windel voll, und dann kommt auch noch

Matthias nach Hause und fragt, ob das Essen schon fertig sei. Kannst du dir das vorstellen?«

»Ähm, nein, nicht so richtig.« Tanja überprüfte das eckige Becken auf eventuelle Risse. Es gefiel ihr einfach zu gut.

»Nee, das kann man sich nicht vorstellen. Letzte Woche hat er seine erste Mittelohrentzündung bekommen. Ich kann dir sagen: HÖLLE. Hölle war das!«

Tanja überlegte kurz, ob sie ihrer Schwester davon berichten sollte, dass sie letzte Woche von den *Carabinieri* auf die Wache abgeführt und verhört worden war, biss sich jedoch auf die Unterlippe. Was bei ihr los war, interessierte Katrin schon lange nicht mehr. Sie seufzte.

»Abends um halb sieben ging's los«, fuhr Katrin fort, »kurz nachdem unser Kinderarzt zumacht. Also, was musste ich machen?«

»Was?«

»Ins Krankenhaus natürlich, weißt du, wie der Kleine geschrien hat? Das kannst du dir nicht vorstellen.« Im Hintergrund flog eine Tür, dann fiel etwas mit einem dumpfen Knall um, ein Kind weinte.

»Niklas-Lian, was ist denn nun scho… O nein, Tanja, ich muss auflegen, mach's gut.« Die Leitung klickte. Tanja blickte auf das Display, das *Anruf beendet* anzeigte. Dahinter das Bild von zwei fröhlich feiernden Schwestern Arm in Arm beim Après-Ski.

Nachdenklich steckte Tanja ihr Handy in die Tasche und durchstreifte ein paar Gänge mit Waschtischen. Als Katrin ihr damals erzählt hatte, dass sie ein Kind bekommen würde, war sie bereits über den dritten Monat hinaus gewesen. »Matthias und ich wollten es den anderen erst sagen, wenn wir ganz sicher gehen können«, hatte ihr Katrin erklärt, als sei Tanja nur eine ferne Bekannte aus der Nachbarschaft. Tanja kam bis heute nicht darüber hinweg, dass sie als Gynäkologin bei Hunderten ihrer Patientinnen die Erste war, die von einer Schwangerschaft erfuhr, und ihre eigene Schwester ein solches Geheimnis wochenlang mit sich herumgetragen hatte. Sie hatte sich nicht erinnern können, jemals so verletzt gewesen zu sein.

Sie betrachtete mit prüfendem Blick ein paar ausgestellte Waschtische in allen Farben. Wer könnte ihr einen solchen Schrank mit Waschbecken obendrauf zusammenbauen? Was, wenn das alles am Ende doch nicht passte? Sie verwarf den Waschtisch wieder. Kurz entschlossen entschied sie sich für das lange, rechteckige Modell, stibitzte einen vergessenen Einkaufswagen und hievte das Waschbecken darauf. Sie hatte nun schon so viel Geld in diese Wohnung gesteckt, da kam es auf ein paar weitere Euro für ein schickes Waschbecken auch nicht mehr an.

Im Verlauf von Katrins weiterer Schwangerschaft war Tanja dann zu einer Art Geburtsberaterin mutiert. Wenigstens teilte ihre Schwester nun wieder ihre Gedanken mit ihr, jedoch hatten sie Katrins Überlegungen über eine Hausgeburt, die Überflüssigkeit einer Rückenmarkspritze und die Verteufelung von angeblich zu hohen Kaiserschnittraten schon bald ermüdet. Und sie hatte keine Lust, das, was sie als leidenschaftliche Ärztin für eine große Errungenschaft der Menschheit hielt, vor ihrer eigenen Schwester verteidigen zu müssen. Sie kam sich vor wie ein Computerspezialist, der mit einem heißblütigen Vertreter von Schreibmaschinen diskutiert. Der Bruch zwischen ihnen beiden war bald kaum mehr aufzuhalten gewesen.

Auf dem Weg zur Kasse zog Tanja noch zwei Handtuchhaken sowie ein Päckchen Schrauben und Dübel aus dem Regal und reihte sich in eine lange Schlange von Kunden ein, die an der einzigen geöffneten Kasse geduldig warteten. Sie stützte die Unterarme auf den Griff ihres Wagens und überlegte weiter.

Als Katrin ihr Baby nach dreiundzwanzig Stunden Wehen per Notkaiserschnitt bekommen hatte, war Tanja das Herz aufgegangen. Sie hätte Nik ewig in den Armen halten können, hatte aber nach wenigen Wochen enttäuscht feststellen müssen, dass sie so etwas wie *raus* war. Katrin war völlig gefangen von der Faszination und auch vom Stress ihrer neuen Mutterrolle und ließ Tanja mit der Zeit spüren, dass sie ihr keine Hilfe war. In der Tat, mit Stilleinlagen und wunden Babypos kannte sie sich als Frauenärztin nicht gut aus. Sie verlor gegen die Hebamme, die monatelang zweimal pro Woche bei Katrin vorbeischaute und für alle Fragen rund um Globuli und Babybodys mit wahlweise kurzen oder langen Ärmeln empfänglich war. Das war die Zeit gewesen, in der Tanja über eine Bekannte ihrer Mutter aus Italien von der freien Stelle in Rom gehört hatte. Sie hatte nur noch weggewollt, um sich so wie ihre Schwester in ein neues, wenn auch völlig anderes Leben zu stürzen. Als Nik drei Monate alt war und im Kölner Stadtpark der Flieder blühte, war sie aufgebrochen.

22

Entschlossen kämpfte sich Giulia in Davides Auto durch den mehr als zähen Feierabendverkehr. Zu allem Überfluss hatte es angefangen, in Strömen zu regnen. Einer dieser ersten heftigen Herbstregen, der sich anfühlte, als käme das Wasser von allen Seiten. Sie brauchte eine volle Stunde, bis sie bei dem Sanitärgroßhandel ankam, zu dem Tanja sie bestellt hatte. Tanja stand bereits wie verabredet am Straßenrand. Mit einer Hand hielt sie sich ihren Mantel am Kragen zu, mit der anderen balancierte sie einen dieser billigen Fünf-Euro-Schirme im Wind, die man auf der Straße von den pakistanischen Verkäufern erstand, die schon beim ersten Regentropfen wie aus dem Nichts plötzlich vor einem auftauchten. Neben sich auf dem Fußweg hatte sie ein dick in braunes Papier geschlagenes und mit viel Klebeband umwickeltes Paket in einer blauen Ikea-Tüte abgestellt. Giulia hupte, und Tanja fuhr erschrocken zusammen. Sie schaute ungläubig, als Giulia vor ihr zum Stehen kam und das Fenster der Beifahrerseite herunterließ.

»Du hast doch gesagt, du kämst mit einem Auto!«, rief sie vorwurfsvoll zur Begrüßung.

»Bin ich doch!« Liebevoll strich Giulia über das Leder des Lenkrades.

»Das ist doch kein Auto!«

»Lass das bloß nicht meinen Bruder hören.«

»Was soll das sein, ein Porsche?« Tanja begutachtete den Wagen kritisch.

»Ein Maserati.«

»Aha. Und du meinst, mein Paket passt in den Kofferraum dieses *Maseratis?*« Das letzte Wort sprach sie aus, als wäre es eine hoch ansteckende Virusinfektion.

»Ähm … na ja«, Giulia maß das Paket mit ihren Blicken ab, »also, ich wusste nicht, dass du vorhattest, eine Badewanne zu kaufen.«

»Sehr schön, ich verstehe.« Tanja klappte den Schirm zu, öffnete die Beifahrertür, ließ sich auf den Sitz plumpsen und zog schnaufend die Tasche auf ihren Schoß. Erneut warf sie Giulia einen vorwurfsvollen Blick zu.

»Freu dich doch, falls dir schlecht wird, hast du die Schüssel gleich vor dir.«

»Ist noch kein Stöpsel drin.«

»Oh, okay, dann lieber nicht.« Giulia setzte den Blinker und fädelte sich in den Verkehr ein.

Eine Weile fuhren sie wortlos durch die einbrechende Dunkelheit.

»Ich bin mit Davides Wagen da, weil ich ihn zur Sammelstelle der polizeilich konfiszierten Fahrzeuge begleitet habe«, erklärte Giulia dann in das Schweigen hinein. »Sie haben seinen Pick-up wieder freigegeben. Ohne Spuren von Sprengstoff oder Waffen gefunden zu haben.«

»Ach nein, wirklich? Na, sieh einer an!«, rief Tanja. »Und sonst?«, fragte sie leise. »Wie ist der Stand der Dinge?«

»Pfff.« Giulia blies Luft durch die geschlossenen Lippen. »Da wird es sehr bald ein Gerichtsverfahren geben. Das Strafmaß kann auch Gefängnis betragen, hatte ich euch ja schon geschrieben.«

»Ja, aber bitte! Du wirst doch für so eine Lappalie nicht einsitzen müssen!«

Giulia zuckte die Achseln. »Ich hoffe nicht, aber du weißt ja, wie Juristen sind: Die drücken sich aus wie wandelnde Gesetzestexte, ohne ihre eigene Meinung preiszugeben. So riskieren sie niemals, am Ende für irgendwas belangt zu werden.«

»Hm, verstehe. Ärzte sind genauso.«

»Aha, danke. Du bist wenigstens ehrlich.«

Wieder schwiegen sie eine Weile. Giulia ließ die Ereignisse vom letzten Wochenende Revue passieren, die sie beide nun zusammenschweißten, obwohl sie sich vor einem Monat noch nicht einmal gekannt hatten.

»Danke, dass du mich da rausgelassen hast«, sagte Tanja.

»Wem hätte das sonst geholfen?«, erwiderte Giulia. »Du wolltest mir doch bloß einen Gefallen tun. Im Grunde hast du wirklich nichts damit zu tun, und dazu hast du dich bei der Befragung geradezu brillant geschlagen.«

»Na ja«, wehrte Tanja ab.

»Doch wirklich, du warst toll«, bekräftigte Giulia, »der *Maresciallo* hat sich die Zähne an dir ausgebissen, als er versucht hat herauszubekommen, ob du auch an der Sache beteiligt warst oder nicht. Du warst so beeindruckend naiv, dass ich am Ende selbst nicht mehr wusste, ob du dabei warst oder nicht.« Sie lachten beide.

»Nichtsdestotrotz, geglaubt hat er uns nicht. Der hat dir nie im Leben abgenommen, dass du die Sache allein durchgeführt hast.«

»Stimmt. Und als du versucht hast, ihm weiszumachen, du seist in Arbeitsstiefeln zufällig zum Plaudern bei mir vorbeikommen, da hat er ein Gesicht gemacht, als würde er dich gleich am Kragen packen und schütteln. Bestimmt hätte er uns eingebuchtet, wenn er gekonnt hätte.« Giulia musste bei der Erinnerung daran kichern.

»Der hat uns kein Wort geglaubt von dem, was wir ihm aufgetischt haben.« Tanja nickte. »Wir hatten so ein Glück, dass er uns hat laufen lassen.«

»Weil er scharf auf dich war.« Giulia grinste.

»Du spinnst doch.«

»Tu ich nicht.«

»Doch.«

»Der fand dich toll, das musst du doch bemerkt haben.«

»Hab ich nicht.«

»Dann bist du naiv.«

»Hm.« Tanja verschränkte die Arme vor der Brust. Giulia sah, dass das mit dem voluminösen Paket auf ihren Knien gerade noch ging.

»Komm schon«, Giulia gab ihr einen Klaps von der Seite, »das war doch ein schicker Typ, oder etwa nicht?«

»Als hätte ich nach dieser Aufregung noch einen Blick für so was gehabt.«

»Na ja, blind wirst du ja wohl nicht gewesen sein. Immerhin haben wir ein paar Stunden dort gesessen. Da hast du ihn in Ruhe begutachten können.«

»Ich war zu geschockt, um darauf zu achten, ob er attraktiv ist oder nicht.« Tanja fing an, am Autoradio nach einem neuen Sender zu suchen.

»Das glaube ich dir nicht.«

»Macht nichts.«

»Das Attribut ›attraktiv‹ hast außerdem gerade du in den Ring geworfen.«

»Na und?« Angestrengt drückte Tanja auf den Tasten des Radios herum.

»Das heißt, du hast sehr wohl bemerkt, dass er ein *Babe* war.«

»Okay, okay.« Genervt richtete Tanja sich auf. »Ja, ich habe bemerkt, dass der *Maresciallo* äußerst attraktiv war. Na und?«

»Er fand dich auch toll.«

»Prima. Und nun? Was soll ich deiner Meinung nach jetzt tun?«

»Nichts, keine Ahnung.« Giulia hob beide Hände vom Lenkrad, um sie sofort wieder zu senken. »Ich meine doch nur. Warum reagierst du eigentlich so empfindlich? Du hast doch keinen festen Kerl, oder doch?«

»Puuh«, stöhnte Tanja, »nächstes Reizthema.« Sie warf sich in ihrem Sitz zurück, und das Paket auf ihren Beinen wankte bedrohlich.

»Warum?«

Tanja schaute sie von der Seite an. »Weil dieser *Kerl* erstens ein Kollege, nein, ein Vorgesetzter ist und zweitens die Sache komisch läuft.«

»Wie komisch?«

»Er ist … sagen wir … unzuverlässig.«

»Inwiefern?« Giulia ließ nicht locker.

»Ich sag's mal so: Hätte eine meiner Freundinnen eine solche Geschichte am Laufen, würde ich ihr raten, den Kerl in den Wind zu schießen.«

»Wie bitte? Und das kannst du mir so abgeklärt mitteilen, ohne den Kerl sofort in den Wind zu schießen?«

»Korrekt. Verrückt, nicht? Ich weiß, es ist verrückt.«

»Warum machst du das?«

»Weil ich ihn toll finde. Der Kerl reizt mich unglaublich. Ich kann's dir nicht beschreiben.« Tanja hielt einen Moment inne. »Er zieht mich wie magisch an, obwohl ich mich über die Hälfte der Zeit über ihn ärgere. Bescheuert, nicht?«

»Ja, verrückt.« Giulia dachte nach. »Oder auch wieder nicht.«

»Du verstehst mich?«

»Ja, ein bisschen.«

»Hattest du jemals etwas mit einem Typen, der dich ständig versetzt und ohne Rücksicht auf dich tut, was ihm gerade Spaß macht?«

»Ja« – Giulia zögerte – »als ich an der Uni war, hatte ich mal so einen Typen.« Sie ließ ihr Fenster einen Spalt runter, angelte eine Zigarette von der Ablage zwischen ihnen und zündete sie an. »Er war«, begann sie und blies Rauch aus, »die Liebe meines Lebens. Manchmal denke ich, ich liebe ihn immer noch. Im Grunde hat er mich jahrelang verarscht, und als dann endlich Schluss war, habe ich nie wieder einen Mann richtig an mich herangelassen.«

»Und die Pille danach neulich?«

»Ich meine nicht Sex. An meine Seele herangelassen, meine ich, an mein Herz. Ich will nie wieder so verletzt werden, verstehst du?«

Tanja nickte langsam. »Das hätte ich jetzt gar nicht von dir gedacht.«

»Was?«

»Na … ich meine … ich habe dich für so abgeklärt gehalten. Ich dachte, du bist einfach tough.«

»Bin ich doch auch.« Giulia hatte zu Ende geraucht und warf das Zigarettenende aus dem Fenster.

»Nein, das ist nicht tough.«

»Ist es doch. Solange ich unverletzlich bin, bin ich tough.«

»Nein, das ist, als wenn ich sagen würde, ich kann gut schwimmen, gehe aber nie ins Wasser.«

»Du bist unfair.«

»Nein, bin ich nicht. Wenn du dich nicht traust, dich zu verlieben, weil du Angst hast, verletzt zu werden, ist das feige. Nicht tough.«

»Hör auf damit!«, rief Giulia lauter als beabsichtigt. Wütend schaute sie zu Tanja hinüber, sodass ihr Auto kurz ins Schlingern geriet und Tanja sich ängstlich an den Haltegriff über ihrem Kopf klammerte.

»Ist aber doch so«, sagte Tanja trocken.

»Und bei dir?«

»Wie, bei mir?«

»Bei dir ist es doch umgekehrt. Du läufst einem Typen nach, der dich nicht liebt. Du willst gequält werden.« Giulia wusste, dass sie nun wirklich provozierte, aber in diesem Moment konnte sie nicht anders.

»Wie bitte? Was soll denn das jetzt?«

»Ist doch so.« Giulia zuckte ungerührt die Achseln. »Was willst du von einem Kerl, der dich ständig sitzen lässt? Glaubst du etwa im Ernst, du wirst ihn bekehren können, bis er eines Tages auf den Knien vor dir herumrutscht, um dich in einer kleinen Kirche auf dem Lande romantisch zu ehelichen?«

»Das geht zu weit«, zischte Tanja. Aus den Augenwinkeln konnte Giulia sehen, dass Tanja das Blut in die Wangen geschossen war. »Wie kannst du so was über mein Leben sagen, nachdem du mich keine fünf Mal getroffen hast?«

»Weil die Sache klar ist, so was habe ich schon tausendmal gesehen«, gab Giulia gelassen zurück.

»Du hackst nur auf mir herum, weil ich dir gerade meine Meinung gesagt habe.«

»Ja, und weil du damit so tust, als seist du *die* Instanz in Liebesdingen schlechthin. Aber ich will dir mal was sagen: Immer diese wimmernden Frauen um mich herum, die sich von ihren Typen an der Nase herumführen lassen und hoffen, es würde noch die große Liebe draus. Seid ihr eigentlich alle doof?«

Tanja klappte den Mund entgeistert auf und wieder zu. Das ging zu weit. Das musste sie sich nicht bieten lassen!

»Was ist so falsch daran, sich andere fesche Knaben anzugucken, wenn dich der eigene am ausgestreckten Arm verhungern lässt?«, fuhr Giulia fort. »Ihr tut alle so emanzipiert, aber wenn es um Männer geht, werdet ihr alle die gleichen unterwürfigen Hühnchen wie vor hundertfünfzig Jahren!«

Tanja schluckte. »Oder wie du, in deiner Unizeit.«

Giulia spitzte die Lippen. »Oder so, ja«, gab sie zu.

»Das heißt, du regst dich so über mich auf, weil du mal genau das Gleiche erlebt hast?«

Giulia zögerte. »Vielleicht«, sagte sie dann.

»Und du findest, dass wir alle wimmernde Hascherl sind, weil du das auch mal warst?«

»Wenn du so willst … ja. Ich kann's nicht ertragen. Schauderhaft. Es macht mich …« – sie suchte nach Worten – »so wütend und aggressiv. Ja genau: Es macht mich aggressiv!«

»Ja, das merke ich gerade, vielen Dank.«

Eine unangenehme Stille entstand. Giulia konzentrierte sich mit zusammengepressten Lippen auf den Verkehr. Sie war zu weit gegangen, das wusste sie. Sie hatte scharf geschossen, weil die Erinnerung an damals sie immer wieder aufwühlte. Nie hatte sie Frieden mit ihrer Beziehung mit Pietro geschlossen, sodass ihre Gefühle auch fünfzehn Jahre später irgendwie noch immer präsent waren.

»Vielleicht liegt der richtige Weg irgendwo dazwischen«, sagte Tanja plötzlich. Sie klang versöhnlich.

Giulia bremste, um an einer roten Ampel anzuhalten, und blickte sie an. »Nämlich?«

»Man muss sich auf die Liebe einlassen, wenn sie kommt, aber aus der Sache rausgehen, wenn sie nicht kommt.«

Giulia dachte darüber nach. »Hm«, meinte sie, »willst du mir damit sagen, du wirst deinen Chef nun doch auf den Mond jagen?«

Tanja zuckte die Schultern und seufzte. »Ich weiß es nicht«, sagte sie, »aber … erzähl mir von dem Typen mit der Pille danach.«

Giulia lachte. »Pah«, machte sie, »das war ein Schönling. Irgend so ein reicher Papa-Liebling, wie sie in Rom tausendfach herumlaufen, weißt du. Aber nett«, gab sie dann zu, »eigentlich war er sogar sehr nett. Und ich glaube, sogar recht schlau.«

»Sieht er gut aus?«

»Blendend.«

»Und meinst du, er fand dich auch gut? Vom Sex mal ganz abgesehen.«

»Er hat mir Blumen gebracht und gefragt, ob wir uns wiedersehen.«

»Wie bitte? Willst du mich veralbern? Worauf wartest du denn noch?«

Giulia schwieg.

»Doch nicht etwa wegen dieser doofen Uniangst, wieder verarscht zu werden? Giulia, das kann nicht dein Ernst sein.«

»Ich weiß nicht so richtig, ob er mein Typ ist.«

»Wie willst du das rausfinden, wenn du ihn nicht triffst?«

Giulia rieb sich das Kinn und grummelte vor sich hin.

»Hör mal«, fuhr Tanja fort, »du kannst mir nicht ernsthaft Vorwürfe über meine verkorkste Affäre machen, wenn du dich nicht einmal traust, mit einem gut aussehenden Kerl, der dich toll findet und mit dem du nebenbei schon im Bett warst, *auszugehen.*«

Giulia wollte gerade widersprechen, dass sie mit Massimo nicht wirklich in einem Bett gewesen war, beschloss aber, dass dies Details waren, die nicht jeder wissen musste. Nachdenklich bog sie in die Via Giulia ein. »Wir sind gleich bei dir«, sagte sie. »Letzte Woche standst du ja hier an der Straßenecke. Wo wohnst du eigentlich genau?«

Die Baustellengrazien

Tanja

Habt ihr am Samstag schon was vor? Da mein Wohnzimmer endlich fix und fertig renoviert ist, würde ich euch gern zu mir einladen und etwas kochen, was meint ihr?

11:07

Roberta

Gern! Sind die Wände jetzt ernsthaft gelb?

🙈

11:09

Tanja

Sehr gelb. Lackiert!

😀

11:09

Giulia

Ich komme gern!

Aber nur, wenn wir nicht wieder über Männer streiten!

(War nur'n Witz)

11:08

Roberta

Ihr streitet euch um einen Mann?!?

11:09

Tanja

Nein! Nicht um nur einen. Wir hatten eine Diskussion über Männer im Allgemeinen.

11:17

Roberta

Oh, mein Gott. Dazu kann ich viel erzählen. Wann am Samstag?

11:19

Tanja

Vielleicht um acht? Passt das? Giulia, geht das schon bei dir, wann schließt du deine Bar?

11:43

Giulia

Passt, freue mich! Bar schließt um sechs.

11:52

Tanja

Sehr gut. Fall nicht ins Bauloch, wenn du zu uns eilst.

12:03

Roberta

Wieso, ist das Bauloch wieder da?!

12:04

Tanja

Nein, Rob, das war auch nur ein Witz.

12:06

Giulia

Ihr könnt euch nicht vorstellen, wie sehr ich gerade darüber lache …

12:10

23

»Mutter?«, rief Roberta, setzte Sophia auf der Bank im Wohnungsflur ab und bat sie, die Schuhe auszuziehen. »Mama, bist du zu Hause?« Mit dem Brief in der Hand, den sie soeben aus dem Kasten gefischt hatte, durchschritt sie eilig die Wohnung. Von Giuseppa keine Spur. Dennoch köchelte auf dem Herd in der Küche eine Hackfleischtomatensoße auf kleiner Flamme vor sich hin, das Radio war angeschaltet und das Fenster stand weit offen.

»Mama?«

»*Nonna?«,* rief Sophia.

»Hier bin ich!«

Roberta beugte sich aus dem Fenster. Kam das von draußen?

»Kind, hier bin ich. Bei Eleonora.«

Giuseppa winkte aus Eleonoras ebenfalls offen stehendem Küchenfenster zu ihr herüber. Sie trug Gummihandschuhe und ihre alte Haushaltsschürze und hielt einen Putzlappen in der Hand.

»Was machst du da? Putzt du etwa Eleonoras Wohnung?«

»Nein, nur ihre Fenster.«

»Wie kommt's?« Das war ungewöhnlich. Eleonora legte immer allergrößten Wert darauf, ihre Wohnung selbst tipptopp zu halten und jeden Schmutzpartikel bereits zu eliminieren, bevor er sich auf ihrem Eigentum niederließ.

Giuseppa schnaufte, legte den Lappen neben sich und stützte sich auf das Fensterbrett. »Sie schafft das nicht mehr so gut«, raunte sie durch den Innenhof, sodass spätestens jetzt alle Nachbarn interessiert zuhörten.

»Sie schafft es nicht mehr, ihre Fenster zu putzen?«

Giuseppa schüttelte den Kopf. »Ja, es macht ihr Probleme, die Arme so hoch zu heben.«

Roberta runzelte die Stirn. »Machst du Witze? Eleonora ist topfit. Eleonora reist allein durch Europa. An ihr können wir uns alle ein Beispiel nehmen.«

Giuseppa schüttelte erneut den Kopf. »Sie reist doch gar nicht mehr, Robi«, sagte sie leise, »sie kann nicht mehr so gut. Ständig tun ihr die Arme weh, und außerdem ist sie auch nicht mehr so unternehmungslustig. Sie ist so düster geworden, ist dir das gar nicht aufgefallen?«

»Doch«, Roberta dachte nach, »eigentlich schon.« Aber ich habe zu viel mit mir selbst zu tun, dachte sie beschämt. Sie hatte Eleonoras Wehwehchen jedes Mal als schlechte Tagesform abgetan und nicht weiter darüber nachgedacht.

Giuseppa beugte sich weiter über das Fensterbrett zu Roberta. »Ich sage ihr schon seit Wochen, sie soll zum Arzt gehen, aber sie will nicht. Sie findet, mit siebzig sei es normal, etwas klapprig und sentimental zu sein. Aber ich finde das nicht!«, wisperte sie herüber und drehte den Kopf, wohl um zu prüfen, ob etwa andere Hausfrauen neugierig an ihren Küchenluken hingen.

»Hm«, machte Roberta.

Giuseppa nahm ihr Tuch wieder auf und machte sich daran, mit energischen Strichen die Innenseiten der Rahmen zu wischen. Roberta sah ihr einen Moment dabei zu.

»Das Jugendamt hat mir geschrieben«, platzte sie dann heraus und hielt den Brief hoch, den sie noch immer in den Händen hielt. Giuseppa zuckte zusammen und musterte erneut mit prüfendem Blick alle Fenster zum Hof ringsum. »Mario hat gemeldet, er wolle den Umgang mit Sophia neu regeln.«

»Ich muss mal«, schallte Sophias Stimme aus dem Inneren der Wohnung.

»Ich komme«, rief Roberta zurück.

»Wie, den Umgang neu regeln? Was meint er denn damit?« Giuseppa blickte verständnislos.

Roberta zuckte die Schultern. »Offenbar will er sie mehr sehen als bisher. Ich weiß es nicht.«

»Mama! Ich muss mal!«, meldete sich Sophia erneut brüllend aus dem Flur.

»Geh schon mal vor, ich komme gleich!«

»Was soll das? Immerhin wollte er dieses Wochenende tauschen, und wir haben sofort Ja gesagt. Er kann sie doch sehen, sooft er will. Aber sie wohnt bei dir. Ist doch klar, dass ein Kind bei der Mutter lebt.« Ihre Mutter sah die Lage vermutlich sehr viel naiver als das Jugendamt.

»Hoffentlich«, erwiderte Roberta und holte tief Luft. »Stell dir mal vor, er will, dass sie zu ihm zieht.«

»Das ist doch absurd«, rief Giuseppa entrüstet aus und klatschte ihren Lappen geräuschvoll aufs Fensterbrett. »Ein Kind gehört zur Mutter!«

»Mario findet, ein Kind braucht einen Vater«, erklärte Roberta entmutigt. »Ich habe Angst, Mama.« Sie flüsterte nun.

»Mama, fertig!«

»Ich komme gleich, Süße.«

»Hab keine Angst, Robi. Papa und ich halten zu dir.«

»Mama, fertig!«, rief Sophia ungleich energischer als vorher.

»Ich komme!«

»Du gehst doch heute Abend aus, oder?«

»Ja.«

»Mit dieser Jüdin zu der Deutschen von der Baustelle?«

»Wenn du sie so nennen willst: ja.«

Giuseppa runzelte die Stirn und seufzte tief. »Immer dieser Ärger mit dir, Kind. Wirst du denn nie erwachsen?«

»Ich arbeite daran, Mama. Und ich bin dir dankbar, wenn du solange auf mein Kind aufpasst. In einer Stunde muss ich nämlich los.«

24

Giulia wischte über die Theke, auf der Onkel Aldo soeben seinen Kaffee verschüttet hatte, als die Tür aufging. Ein Mann in Tweedsakko und Cordhose kam herein. Sie kniff die Augen zusammen. Es war unmöglich, dass sie sich an alle Kunden erinnerte, die tagtäglich bei ihr ein und aus gingen. Aber dieser hier kam ihr bekannt vor.

Und wirklich. Er suchte ihren Blick, kam vorsichtig an den Tresen und stellte sich neben Aldo, der ihn argwöhnisch von Kopf bis Fuß musterte.

»Wissen Sie noch?«, fragte der junge Mann leise und sah sich verstohlen nach der geselligen Runde um, die unter lautem Gelächter direkt neben ihm ein Glas Wein im Stehen trank. »Ich hatte hier doch letzte Woche eine … ja, nennen wir es *Verabredung* mit einer Frau.«

»Kann ich denn bitte einen neuen Espresso bekommen?«, fragte Aldo dazwischen.

»Ach, jetzt weiß ich wieder!« Giulia schlug sich die Hand vor die Stirn. »Das Blind Date neulich.«

»Pssst!« Der Mann zuckte zusammen, als wäre er geschlagen worden. »Ich bitte Sie, nicht so laut.«

»Blind … was?«, fragte Aldo.

»Oh, Entschuldigung«, entgegnete Giulia dem jungen Mann. »Und heute? Kommen Sie nun allein einen Kaffee trinken?«

»Nee«, raunte er und drehte sich erneut kontrollierend um, dieses Mal jedoch Richtung Tür. »Ich habe heute ein neues Treffen. Wenn Sie verstehen, was ich meine.« Er warf ihr einen vielsagenden Blick zu.

»Schon wieder?«, platzte Giulia heraus. »Und wieder in meiner Bar?«

Er nickte. »Es ist so schön hier, zentral gelegen, nicht so teuer.«

»Aber man wartet ewig auf seinen Espresso«, maulte Aldo.

»Doch ich warne Sie«, flüsterte Giulia dem jungen Mann zu, »bei mir können Sie nicht hinten aus dem Klofenster flüchten, wie sie es in den amerikanischen Filmen immer tun. Da landen Sie im Lichthof zwischen den Mülltonnen. Und die sind abgeschlossen.«

Er lachte. »Gut, dann weiß ich Bescheid«, erwiderte er, blickte sich erneut um und zog mit verschwörerischer Geste ein rotes Tuch hervor, das er sich in die Brusttasche seines Tweedjacketts stopfte. Ein Zipfel des Tuchs hing herunter wie eine welke Blume und erschien Giulia wie ein Wink des Schicksals. Dann schaute er an ihr vorbei zur verspiegelten Regalwand, fuhr sich durch seine Ponytolle und grinste Giulia zufrieden an.

»Übrigens, ich bin Luigi.« Er streckte ihr die Hand hin.

»Giulia, angenehm. Und viel Glück!« Sie lehnte sich über den Tresen und erwiderte seinen Händedruck. »Eines musst du noch wissen: Wir schließen bald. Samstags mache ich immer schon um sechs zu.«

»Reicht ja auch! Am Sabbat …«, sagte Aldo.

»Ich weiß«, sagte der junge Mann.

»Das weißt du?«

»Ja.«

»Und warum verabredest du dich hier dann so spät?«

»Das ist die Idee dahinter. Eine Stunde bringt man irgendwie rum. Und wenn man sich gut versteht, kann man ja noch weiterziehen.«

»Verstehe!« Giulia schnalzte anerkennend mit der Zunge. »Guter Plan.«

»Steht alles auf der Webseite.«

»Was?«

»Na, auf der Online-Dating-Webseite. Die geben Tipps fürs erste Date und so.«

»Die schlagen vor, in eine Bar zu gehen, die gleich schließt?«

»Nicht so direkt, aber sie raten einem, sich vorab Exit-Strategien zu überlegen, falls das Date nicht gut läuft.«

»Exit-Strategien? Mio Dio!« Giulia war beeindruckt. Sie gab ihm einen Wink, einen Moment zu warten, und beeilte sich, Aldo seinen Espresso zuzubereiten. Sie servierte ihn weit abgelegen auf der anderen Seite des Tresens, was Aldo ärgerlich nuschelnd hinnahm.

Giulia schnappte sich ein leeres Glas, stellte es in die Spüle und trat zurück zu ihrem Blind-Date-Gast. »Findest du das nicht …«, fragte sie, »irgendwie *unmenschlich?* Das mit der Exit-Strategie?«

»Nein, wieso? Die geben einem ja auch Tipps für den Einstieg. Worüber man sich unterhalten könnte und so. Man muss Aufmerksamkeit und aufrichtiges Interesse zeigen und das Gespräch in Balance halten.« Er klang, als habe er diese Ratschläge auswendig gelernt.

»Verstehe. Und worüber willst du dich mit der unterhalten, die gleich kommt?«

»Nun«, Luigi fasste in die Innentasche seines Jacketts und zog sein Handy hervor, »wir haben viele Gemeinsamkeiten.« Er strich über die Oberfläche des Displays. »Wir sind beide sehr sportlich, verreisen gern und mögen Musik.«

»Welche Musik denn? Und wohin verreist sie denn gern?«

Luigi verzog den Mund. »Als *Backpackerin.* Nach Kambodscha und Burma, in solche traurigen Ecken.«

»Und du?«

»Ich gehe lieber wandern. Am liebsten in den Alpen, in Molise oder um den Gran Sasso herum. Das ist nicht so weit weg, und ich muss nicht fliegen.«

Giulia biss die Zähne zusammen und schaute Luigi entgeistert an. »Ihr *reist* also beide gern«, sagte sie gedehnt, »na, ich weiß nicht …«

In diesem Moment ging die Bartür auf. Eine schlanke Frau Ende zwanzig in einer grünen weiten Leinenhose und einer bunten Wolltunika betrat den Raum. Sie hatte ihre Haare zu einem ungeordneten Knoten am Hinterkopf aufgetürmt und trug allerhand Ketten und Bänder, sowohl um den Hals als auch um beide Handgelenke. Ihre Füße steckten in ausgetretenen Leinenschuhen mit Bastsohle. In der Hand hielt sie – ein kleines rotes Tuch.

Als Luigi sie sah, kam Bewegung in ihn. »Bring mir bitte zwei Proseccos an den Tisch dort«, raunte er eilig und ging auf die junge Frau zu. Mit einer verschwörerischen Geste deutete er auf das Tuch in seiner Brusttasche und streckte ihr jovial die Hand entgegen, wie er es zuvor bei Giulia getan hatte. Die Frau nahm sie zögernd und betrachtete ihn eingehend.

In Windeseile entkorkte Giulia eine Flasche, füllte mit geübtem Schwung zwei Gläser, und ohne noch Zeit damit zu verlieren, sie auf einem Tablett zu arrangieren, nahm sie beide Gläser am Stiel und marschierte dienstbeflissen zu den beiden Reiseliebhabern. Der Alpenwanderer schlug der Burmafrau soeben vor, an demselben Tisch Platz zu nehmen, an dem er auch beim letzten Mal gesessen hatte.

Erwartungsvoll blickte Giulia die beiden mit den Gläsern in der Hand an. »Soll es dieser Tisch sein?«, fragte sie fröhlich.

Die Burmafrau wandte ihren Blick langsam von Luigi ab und schaute Giulia direkt in die Augen. Ihr Blick hatte irgendetwas zwischen freundlicher Neugierde und dieser – wie Giulia empfand – erleuchtet erhabenen Attitüde der New-Age-Anhänger, die glauben, die Welt mit allen ihren Deppen darauf überwunden zu haben.

»Soll ich die Gläser dort auf dem Tisch abstellen?«, fragte sie erneut.

Die Weitgereiste setzte einen Gesichtsausdruck auf, wie ihn Giulia zuletzt auf einem Foto des Dalai-Lama gesehen hatte. Dann zog sie langsam die Lippen schmal und legte zu Giulias grenzenlosem Erstaunen beide Hände vor der Brust aneinander.

»Nein«, sagte sie ruhig, aber bestimmt.

»Ähm, nein? Wohin dann?«

»Ich trinke keinen Alkohol«, sagte sie freundlich, »und ich gehe wieder.«

»Aber«, stammelte Luigi, »du kannst ja auch etwas anderes trinken, es gibt hier doch au…«

»Nein.« Sie lächelte milde. Alle Bewegungen wirkten bei ihr wie in Zeitlupe. Giulia überkam plötzlich eine irre Lust, ihr das Glas ins Gesicht zu kippen. »Es hat nichts mit dem Getränk zu tun. Es ist deine Aura.«

Luigi sagte gar nichts.

»Die Ausprägung deiner Doshas, weißt du?« Sie lächelte mitleidig. »Ich bin ein reiner Pitta-Typ, während du …« – sie schaute ihn noch einmal eindringlich an, als würde sie ein Buch studieren – »eher Kapha-Vata bist.«

Luigi strich sich nachdenklich über seine Bartstoppeln am Kinn und schwieg weiter. Er war eindeutig sprachlos.

Die Pittafrau machte eine entschuldigende Geste. »Schade«, sagte sie, als würde sie eine alte Spardose zurück in die Grabbelkiste eines Flohmarktstandes legen, »trotzdem dir alles Gute – und *Namaste.*« Wieder legte sie die Hände an der Brust zusammen. Dann drehte sie sich auf dem Bastschuhabsatz um und schlenderte zur Tür hinaus.

Erst jetzt nahm Giulia die Stille wahr, die sich neben ihnen ausgebreitet hatte. Das Weingrüppchen hatte offenbar alles mit angehört und schaute betroffen zu ihnen herüber. Auch Aldo hinten in seiner Ecke machte ein Gesicht wie ein alarmierter Hase.

»Mach dir nichts draus«, rief der Älteste des Weingrüppchens, »die wär im Bett sowieso nichts gewesen, so was sehe ich sofort.«

»*Raimondo!*«, schimpfte die Dame neben ihm vorwurfsvoll. Zweifellos seine mehr als brüskierte Ehefrau.

»Ja, ist doch so«, verteidigte sich der mit entschuldigendem Augenaufschlag.

Giulia hielt Luigi, der aussah wie ein im Regen vergessener Pudel, den Prosecco hin. »Zum Wohl, Luigi. Jetzt erst recht.«

25

»Salz, Nudeln, Currypulver, Sahne, drei Flaschen Wein.« Tanja verglich den Inhalt ihres Einkaufswagens mit der Liste in ihrer Hand. »Jetzt brauche ich noch einen Bund Petersilie, und dann können wir zur Fischtheke rübergehen.«

Fabio schmollte, als habe sie ihm vorgeschlagen, ihn für immer in diesem Supermarkt festzubinden. Tanja sah ihn stirnrunzelnd an und wandte sich dann mit der Petersilie in der Hand so interessiert wie möglich dem Spülmittelregal zu. Sie hörte Fabio entnervt ausatmen. Für einen Moment betrachtete er seine Hände, lümmelte sich auf den Griff des Einkaufswagens und schob ihn gelangweilt ein Stück weiter.

»Apfelduft, Meeresfrische, sensitiv, antibakteriell«, las Tanja leise vor sich hin.

»Hast du's bald?«

Darauf hatte sie gewartet. »Was meinst du denn?«, fragte sie betont unschuldig.

»Wie lange müssen wir hier noch herumstehen?«

»Ich stehe hier nicht herum, ich kaufe ein. Ich bekomme Gäste.«

»Ja, meine Güte, da ruft man beim Krämer an, lässt sich das Zeug von einem Philippiner vorbeibringen, und wir könnten was Sinnvolles machen. Ich habe wirklich keine Lust, wenn ich mal Zeit habe, dass wir hier …« Weiter kam er nicht.

»Wenn du endlich mal Zeit hast, nicht wahr?«, brauste Tanja auf, sodass Fabio zusammenzuckte. »Wenn der große Fabio die Güte hat, sich ein Zeitfenster für ›etwas Sinnvolles‹ mit mir einzurichten, muss ich springen? Ins Bett, oder wohin?«

Ein älteres Ehepaar schaute interessiert vom Joghurtregal zu ihnen herüber.

»Jetzt mach hier nicht so eine Szene«, raunte er, richtete sich auf und blickte peinlich berührt im Laden umher. »Was soll das denn jetzt?«

»Was das soll?«, fauchte Tanja böse und ging ganz nah an ihn heran. »Über eine Woche lang hast du praktisch so getan, als würdest du mich nicht kennen, und dann stehst du plötzlich mit einem jämmerlichen Blumenstrauß vor meiner Tür und denkst, ich hätte nichts anderes getan, als auf dich zu warten?«

Das ältere Ehepaar lungerte nun bei den Cornflakes ein paar Meter weiter herum.

»Hey, komm schon, Tanja. Ich musste arbeiten. Dir muss ich doch wohl nicht erklären, wie stressig unser Job ist.«

»Ach, hör doch auf! Das ist genau der Punkt: Ich kenne deinen und meinen Job ganz genau, und es gibt wirklich keinen Grund, meine Anrufe nicht zu beantworten. Das solltest du nämlich gerade noch hinkriegen.«

»Tanja, ich…«

»Was machst du eigentlich immer so Wichtiges? Der tolle Fabio! Der Arzt, dem die Frauen vertrauen. Dass ich nicht lache!« Wütend versetzte sie dem Einkaufswagen einen Tritt. Eine Wagenkante knallte Fabio in die Hüfte, nur knapp an seinem Gemächt vorbei.

»Tanja, bist du verrückt geworden?«, brüllte er erschrocken.

»Ach, wolltest du deinen Schwanz heute noch benutzen, oder was?«, höhnte sie. »Aber nicht mit mir. Da hast du dich wohl zu früh gefreut.«

»Tanja!« Er packte sie grob am Arm und schüttelte sie.

»Lass mich!« Sie riss sich los, warf ihm die Petersilie ins Gesicht und stürmte aus dem Supermarkt. Fabio kam hinter ihr her.

»Was soll das?«, rief er draußen, als er sie eingeholt hatte, und packte sie erneut am Arm. »Bist du von allen guten Geistern verlassen?«

Tanja keuchte, ihr Gesicht war krebsrot. Ihr Auftritt im Supermarkt war zwar mehr als peinlich, aber dafür ebenso überfällig gewesen. Sie hatte sich lange genug von diesem Typen ausnutzen lassen. Tränen der Wut stiegen ihr in die Augen.

»Warum bist du nur so zu mir?«, stieß sie hervor.

»Wie?«

»Dieses Hin und Her. Mal bist du da und dann wieder weg. Was soll das eigentlich?«

»Was ist denn dabei? Wir sind schließlich nicht verheiratet und haben viel Spaß zusammen. Ich dachte, du seist 'ne coole Frau«, erklärte er, »eine, die was auf dem Kasten hat, und keine, die einem Mann ständig jammernd am Hals hängt.«

»Jammernd am Hals?«, zischte Tanja böse. »Ich hänge dir am Hals? Sag mal, hast du sie noch alle? Was ich hier tue, ist, dir zu sagen, dass ich keine Lust mehr habe, mich von dir *ausnutzen* zu lassen!«

Fabio sah verärgert an sich herunter und zupfte sich ein Petersilienblatt vom Ärmel. »Tanja«, sagte er dann und legte ihr beschwichtigend die Hände auf die Schultern, »lass uns zu dir gehen und über alles in Ruhe reden.«

»*Reden* willst du? In meiner Wohnung?«, spottete Tanja. »Das wär ja mal was ganz Neues. Kannst du das überhaupt?«

»Ach, hör doch auf!«

Das Ehepaar vom Joghurtregal kam mit Tüten beladen aus dem Supermarkt.

»Wir haben Ihren Einkaufswagen gleich vorn neben der Kasse abgegeben«, informierte der alte Herr sie freundlich und tippte sich an den Hut, bevor seine Frau sich bei ihm unterhakte und beide langsam davonspazierten.

»Weißt du was?« Tanja schaute den beiden nach. »Das ist es, was ich will.« Sie deutete auf das Ehepaar. »Jemanden, auf den ich mich stützen kann. Jemanden, der einfach für mich da ist. Aber ich glaube«, sie lachte bitter, »das kannst du gar nicht. Zu tieferen Gefühlen bist du gar nicht fähig.«

Fabio blickte sie ratlos an und schluckte. Tanja wandte sich ab und ging langsam zurück in den Supermarkt zu ihrem Einkaufswagen. Gleich vorn neben der Kasse.

26

Gegenüber der Bar di Veroli ließ Marina vom Kurzwarengeschäft mit lautem Getöse die eiserne Jalousie herunterpoltern. Sie ließ einen letzten Spalt offen, sodass man nur noch ihre Beine knieabwärts sehen konnte, löschte innen die Lichter und ging dann tief in die Hocke, um unter der *serranda* hindurchzukriechen und ihren Laden komplett dicht zu machen. Als sie sich wieder aufrichtete und zu Giulia schaute, die im Dämmerlicht allein mit Luigi in der Bar saß und Sekt trank, winkte sie ihnen zu.

»Oh, meine Güte, schon so spät, Marina macht den Laden zu.« Giulia bemühte sich, nicht zu lallen. »Ich muss gleich los, ich bin bei einer Freundin zum Essen eingeladen.«

Luigi leerte sein Glas. »Das war mein schönstes Blind Date bisher«, stellte er gutmütig fest. »Wie kann das sein?«

»Vielleicht, weil es kein Date war, sondern einfach nur ein entspanntes Beisammensitzen?«, meinte Giulia freundlich.

Luigi nickte. »Vielleicht hast du recht, Giulia. Ich hab's eigentlich so satt …«

Sie saßen inzwischen seit fast drei Stunden in ihrer Bar an dem kleinen Tisch am Fenster zusammen und redeten. Giulia empfand die Atmosphäre zwischen ihnen als so vertraut und ausgelassen, dass Außenstehende denken mussten, zwei alte

Freunde hätten sich nach langer Zeit zufällig wiedergetroffen. Im Grunde jedoch hatten sie und Luigi sich deshalb so viel zu sagen, weil sie sich beide die Geschichten des anderen anhörten und unvoreingenommen kommentieren konnten. So hatten sie gemeinsam auf ihrem Laptop ein nächstes Date für Luigi organisiert, nachdem er sich auf der Webseite seiner Partnervermittlung angemeldet und sichergestellt hatte, dass Giulias Rechner seine Zugangsdaten nicht speicherte. Giulia riet ihm zu einer Frau mit langen dunklen Haaren, Ende zwanzig mit fröhlichen Augen und Lachfältchen. Sie gab über sich an, das Leben zu nehmen, wie es eben käme, und Giulia meinte, so jemand würde zu Luigi passen.

»So eine ist unkompliziert«, sagte sie, »da weißt du, woran du bist.«

Im Gegenzug bestand Luigi darauf, dass Giulia »den Mann aus dem Fahrstuhl« anrief, wie er ihn nannte. Hier und jetzt, und zwar sofort! Er stand auf und brüllte diesen Befehl, betrunken wie er war, mit erhobenem Zeigefinger und dem Sektglas in der Hand durch den mittlerweile leeren Raum. Selbst Fabiana hatte schon seit einer Stunde Feierabend.

Giulia kramte den Zettel mit der Nummer, den Massimo ihr aufs Bett gelegt hatte, aus ihrer Tasche und tippte die Nummer unter Luigis Ansage in ihr Handy. Sie war aufgeregt, als es in der Leitung klingelte, und fragte sich, ob das an ihr lag oder ob Luigis Euphorie einfach nur ansteckte. Es klingelte und klingelte, und gerade, als sie auflegen wollte, nahm Massimo ab. Er klang außer Atem.

»*Pronto?«,* hauchte er.

»Massimo? Hier ist Giulia.« Für einen Moment herrschte Stille, in der Giulia sich entsetzt fragte, ob er vielleicht gar nicht mehr wusste, wer sie überhaupt war – und das war das Peinlichste, was sie sich vorstellen konnte. Was hätte sie da sagen sollen? Hey, ich bin die Frau aus dem Fahrstuhl? Ich bin die Frau, der du weiße Rosen nach Hause gebracht hast?

»Hallo«, rief Massimo dann, und er klang so erfreut, als würde ein Wunder wahr werden, »schön, dich zu hören!«

Giulia fiel ein Stein von Herzen.

»Ich … ich wollte dir sagen«, stammelte sie schließlich, irritiert von den anfeuernden Gesten Luigis, »dass ich gern mit dir essen gehen würde, wie du es letzte Woche vorgeschlagen hast. Vorausgesetzt, die Einladung besteht noch.«

»Ja, sehr gern«, sagte Massimo fröhlich. »Aber heute kann ich leider nicht und morgen auch nicht. Heute Abend habe ich noch Trainingsbesprechung und morgen ein Spiel.«

»Was für ein Spiel?«

»Ein Fußballspiel.«

»Fußball? *Bravo,* ich sollte auch dringend wieder mehr Sport machen«, erwiderte Giulia.

Sie verabredeten sich für Mittwochabend, und Giulia hängte ein.

»Der Typ spielt Fußball?«, erkundigte sich Luigi.

»Ja, morgen.«

»Der hat Nerven.« Luigi schüttelte ungläubig den Kopf. »Morgen auf irgendeinen staubigen Kickerplatz rauszufahren, während am Nachmittag Lazio gegen Roma im Stadion antritt.«

Sie erhoben sich von ihren Stühlen und zogen ihre Jacken an. Luigi räumte die Gläser und die leere Flasche hinter die Theke, während Giulia in die hinteren Räume ging, um alle Geräte auszuschalten und den Luftschacht zu schließen. Dann traten sie ins Freie, Luigi hielt ihr die Tür auf, Giulia schloss ab.

»Dann bis morgen um drei«, sagte er.

»Dein Tisch ist reserviert, ich bin bereit.« Sie lächelte ihn verschwörerisch an und kreuzte zwei Finger. Dann machte sie sich auf den Weg zu Tanja.

27

Tanja war wie gelähmt. Stumm saß sie auf ihrem Sofa und trank ab und zu einen Schluck Wasser. Sie betrachtete ihre Einkaufstüten, die im Flur auf dem Boden standen. Dort hatte Valentino sie abgestellt. Er war ihr in ihrer Gasse entgegengelaufen, als er sie mit den schweren Tüten und hängenden Schultern heranschleichen sah. Er war so lieb und besorgt um sie gewesen, hatte sich mehrfach erkundigt, ob auch wirklich alles okay mit ihr sei, aber sie hatte niemanden sehen und schon gar nicht darüber reden wollen, dass sie mit Fabio … Ja, was eigentlich? Schluss gemacht hatte? Konnte man das sagen? Waren sie denn überhaupt so etwas wie ein Paar gewesen? Sie für ihren Teil war zumindest am Anfang bis über beide Ohren in ihn verliebt gewesen. Dies war zwar nach den ständigen Enttäuschungen über ihn ein bisschen abgeebbt, hatte jedoch die Faszination, die er auf sie ausgeübt hatte, nicht geschmälert. Vielleicht hatte Giulia recht, und sie hatte wirklich gehofft, ihn eines Tages bekehren zu können, bis er heiß verliebt vor ihr auf die Knie gegangen wäre. Das war nun nicht passiert. Sie hatte völlig ungeplant die Reißleine gezogen, nachdem er allzu sehr hatte heraushängen lassen, dass er doch eigentlich nur mit ihr ins Bett gehen wollte. Doch war das wirklich alles, was er von ihr gewollt hatte? Sie verstand es immer noch nicht.

Seufzend stand sie auf. Roberta und Giulia würden gleich kommen, und sie hatte mit dem Kochen noch nicht einmal begonnen. Schnell wusch sie sich in der Küche die Hände. Ihr Waschbecken war immer noch nicht angebracht. Der Klempner, den sie damit beauftragt hatte, hatte eine Stunde nach dem Termin mit der Begründung abgesagt, ihm sei am helllichten Tag mitten auf der Via Nomentana sein Montagewagen geklaut worden. Er hatte sehr aufgeregt geklungen, aber ob sie ihm glauben sollte, wusste sie nicht.

Sie packte gerade die Einkaufstüten aus, als ihr Handy fiepte. Valentino. *Come va?,* fragte er per Kurznachricht. Unwillkürlich musste sie lächeln. Es war wirklich rührend von ihm gewesen, wie er auf der Straße sofort verstanden hatte, dass etwas nicht stimmte. Er hatte ihr einfach die Tüten abgenommen und hochgetragen.

Tanja ging ins Schlafzimmer, öffnete das Fenster und beugte sich hinaus. Mit Schrecken sah sie ihre Wäsche auf der Leine draußen vor dem Fenster flattern, die hatte sie total vergessen. Seit wann hing die schon da? Seit Mittwoch womöglich? Da konnte sie die Sachen gleich abnehmen und direkt wieder in die Maschine stecken.

»Vale!«, rief sie hinunter auf die Straße und beugte sich noch etwas weiter vor.

Valentino stand wie so oft auf der Schwelle seiner Boutique, rauchte und spielte mit seinem Smartphone herum. Er hob den Kopf und schaute hoch. Mit ihm auch die Jungs von der Pizzeria, die die Tische für den Abend eindeckten.

»Danke noch mal«, rief sie.

Valentino nickte und grinste. »Geht's dir besser?«

Sie wiegte den Kopf hin und her. »Geht so«, antwortete sie, »wird schon.« Sie winkte ihm zu, schloss das Fenster und lief wieder in die Küche zu ihren Einkäufen, die aufgereiht auf der Spüle lagen. Sie kniff die Augen zusammen und glich die Speisefolge in ihrem Kopf mit den Lebensmitteln ab. Nudeln, Gemüse und … und?

Der Fisch!

»Verdammter Mist«, zischte sie. Sie hatte den Hauptgang vergessen.

* * *

»Mein Prozess ist übernächste Woche«, informierte sie Giulia und schnitt sich ein Stück ihrer Pizza Capricciosa ab.

»O Mann«, seufzte Tanja. Sie schlug die Hände aneinander und schaute zum Himmel. Es war eine sternenklare Nacht, aber doch so mild, dass sie sich für einen Außentisch der Pizzeria entschieden hatten.

»Schon?«, fragte Roberta.

»Nein, nicht schon, sondern erst«, korrigierte Giulia sie. »Mein Anwalt hatte schon wenige Tage nach der Aktion damit gerechnet. Er versteht selbst nicht, warum sich das verzögert, aber er sagt, das habe nichts mit mir oder mit der … Tat zu tun.« Sie räusperte sich. »Wie sehr ich das Wort ›Tat‹ hasse, jetzt, da es mich selbst als vermeintliche Kriminelle betrifft.«

»Wir kommen zur Verhandlung, Roberta und ich, nicht wahr?« Tanja blickte Roberta fragend an. »Wir feuern dich an.«

»Feuer habe ich genug, vielen Dank«, nuschelte Giulia kauend, »bei mir brennt's richtig.«

»Bei mir auch.« Roberta füllte allen Wein nach und stellte die leere Flasche zurück auf den Tisch. »Mein Ex macht Druck mit dem Jugendamt. Ich habe Angst, dass er mir Sophia wegnehmen will.«

»Und ich habe eben mit meinem Typen Schluss gemacht«, verkündete Tanja düster.

»Na, das ist doch mal 'ne wirklich gute Nachricht«, meinte Giulia.

Tanja brummte etwas und schaute sie niedergeschlagen an, und Roberta und Giulia schauten niedergeschlagen zurück.

Wie aus dem Nichts tauchte der Kellner an ihrem Tisch auf. »Drei so schöne Frauen und so traurig!«, rief er. Er schnappte sich die leere Flasche vom Tisch, klemmte sie sich unter den Arm und hielt eine neue in die Höhe. »Wen von euch dreien darf ich als Erste glücklich machen?« Er schaute Beifall heischend in die Runde und erntete nur vernichtende Blicke von ihnen. »Verstehe«, sagte er. Ohne ihre Gläser zu füllen, stellte er die Flasche schnell auf der Tischmitte ab und trollte sich.

»Ich habe Angst«, flüsterte Roberta, und ihre Augen füllten sich mit Tränen.

»Ich auch«, hauchte Giulia.

Tanja schalt sich inzwischen zum wohl zehnten Mal, ihre beiden Freundinnen nicht bei sich oben in der Wohnung bewirtet zu haben. Und das alles wegen Fabio. Es tat ihr unendlich leid, dass beide Frauen hier in einem Lokal zur besten Ausgehzeit auf der Straße saßen und versuchten, ihre Tränen zu unterdrücken. Sie biss sich auf die Lippen und verschränkte die Finger ineinander.

»Wieso sollte er dir Sophia wegnehmen?«, fragte sie Roberta. »Du bist doch eine gute Mutter.«

Die zuckte mit den Schultern. »Ich weiß es nicht.« Sie drückte sich die karierte Stoffserviette an die Augen und atmete schwer. »Ich weiß es wirklich nicht.«

»Ist er denn in der Lage, das Kind so zu betreuen, wie du es tust?«

Sie schüttelte den Kopf. »Eigentlich nicht. Er hat die Wohnung behalten und muss dafür voll arbeiten gehen, um den Kredit tilgen zu können – aber was weiß denn ich, was in seinem verrückten Kopf vorgeht. Der Kerl ist irre, sage ich euch, irre. Er ist …«, sie suchte nach Worten, »ein solcher *Arsch!*« Sie schluchzte.

Giulia legte den Arm um sie und drückte sie über die Tischecke an sich. »Pssst, meine Liebe, das wird alles gut werden. Ich habe so viele geschiedene Frauen um mich herum, denen hat noch keiner das Kind weggenommen.«

»Und dann die Sache mit dir«, heulte Roberta weiter, »das ist alles meine Schuld! Wie habe ich dir zu so einem Mist raten können?« Jetzt weinte sie. »Wenn du bestraft wirst … ich … ich meine, du … Ich würde meines Lebens nicht mehr froh werden. Und zum Dank hältst du mich auch noch raus aus der Sache. Das habe ich gar nicht verdient.« Sie verschränkte die Arme vor der Brust und schluchzte.

Der Kellner brachte eine neue Flasche Wasser, öffnete den Drehverschluss mit einer Geschwindigkeit, als ginge es um sein Leben, und stellte sie schleunigst neben dem Wein ab, während er schon wieder davonrannte.

Tanja drehte den Heizpilz neben ihrem Tisch höher. Scheiß auf die Erderwärmung, ihr war so unheimlich kalt.

»Man kann bis zu zwei Jahre Haft dafür bekommen«, erklärte Giulia düster, als Roberta etwas ruhiger geworden war.

»Was?«, heulte Roberta ungläubig auf.

»Das glaube ich nun, ehrlich gesagt, nicht, aber es ist nicht ganz ohne. Wer weiß, welcher Richter schlechte Laune hat und meine Nase nicht mag.«

Für einen Moment senkten sie alle drei das Haupt und widmeten sich ihren inzwischen kalten Pizzen. Ein junger Mann in weißen Jeans und einem grün schimmernden taillierten Blouson ging eilig an ihrem Tisch vorbei. Roberta und Tanja warfen sich einen Blick zu. »Ist das nicht …?«

Der junge Mann machte vor Valentinos Boutique Halt, um sich mit einem letzten entschlossenen Hüpfer von der Gasse durch die Ladentür zu bewegen.

»Ciao, Vale!«, rief er.

»Nino!«, hörte Tanja Valentinos überrascht freudige Stimme aus dem Inneren des Ladens rufen. »Muss Liebe schön sein«, brummte sie, legte den Kopf in den Nacken und schaute traurig in den sternenklaren Nachthimmel.

28

Eine Welle der Erleichterung überkam Tanja, als sie am Morgen nach dem Aufstehen in die Küche kam. Sie hatte sich den Vormittag für einen ausgiebigen Abwasch nach dem Abendessen mit ihren Freundinnen frei gehalten, denn in ihre kleine Küche hatte kein Geschirrspüler mehr gepasst. Der Abwasch wenigstens war nun gegen eine saftige Rechnung unten in der Trattoria weggefallen. Fabio sei Dank. Im weitesten Sinne. Sie seufzte laut, setzte Teewasser auf und schlurfte ins Bad, um zu duschen. Seit sie kein Waschbecken hatte, duschte sie morgens und abends. Sie fand, dass es kein guter Start in den Tag war, sich auf dem Boden kniend über dem Bidet das Gesicht zu waschen. Diese demütige Haltung direkt nach dem Aufstehen deprimierte sie zu sehr.

Unter dem warmen Wasserstrahl überlegte sie, was sie nun mit dem freien Vormittag bis zur Spätschicht anfangen könnte. Sie hätte zum Frühstück in Giulias Café gehen können, beschloss dann aber, die Bar auf der Piazza aufzusuchen und zur Abwechslung mal wieder eine Zeitung zu lesen.

Sie rubbelte ihren Körper trocken, schlüpfte in Jeans und T-Shirt und zog den blauen Jumper über, den ihr ihr Ex-Freund Sascha vor vielen Jahren einmal geschenkt hatte. Eigentlich hasste sie diese Funktionskleidung, die Sascha, wenn er gekonnt hätte, auch nachts noch getragen hätte. Sie hatte nie verstanden, wie man sein Outfit von dreimal im Jahr stattfindenden Trekkingtouren dominieren lassen konnte, um tagtäglich so auszusehen, als sei man gerade aus einem feuchten Zelt gekrochen. Nachdem sie sich von Sascha getrennt hatte, hatte sie sich nach einem Mann mit einem … *urbaneren* Auftreten umgeschaut. Und in dieser Hinsicht hatte es bei Fabio nichts, aber auch gar nichts zu beanstanden gegeben. Fabio war ein Mann mit Charme und Stil, mit Chinohosen, Tod's und Jacketts ohne Wolfstatze. Aber auch der war nun Vergangenheit. Geblieben von ihren letzten Eskapaden waren nur ein ewig langer WhatsApp-Chat mit Fabios Machoversprechungen sowie der Funktionspullover von Sascha in leuchtendem Königsblau. Kurz entschlossen zog sie den Jumper wieder aus und stopfte ihn in eine Tüte für die Altkleidersammlung. Sie würde sich nie wieder etwas überstülpen lassen, was sie nicht wirklich wollte. Wie hatte ihr das eigentlich passieren können? Und wie hatte sie eigentlich jemals annehmen können, Männer irgendwann auf ihren Kurs ummünzen zu können? So etwas funktionierte niemals. Menschen veränderten sich schließlich nicht, und schon gar nicht für jemand anderen.

Sie stellte den Herd ab, schnappte sich Geld, Schlüssel und einen anderen Pullover und marschierte zur Bar an der Ecke. Auf der Piazza draußen herrschte bereits reges Treiben. Die Sonne schien, Straßenmusikanten dudelten um die Wette, und Touristen schlenderten an den sonntäglichen Nippesständen herum. Tanja steuerte auf die Eckbar zu, in der sie hin und wieder nach der Arbeit einen Espresso trank. Der Barbesitzer hieß Santino, war bestimmt hundertsiebenundzwanzig Jahre alt und verströmte Ruhe und Gelassenheit, die immer guttaten, wenn man gerade einen anstrengenden Tag hinter sich hatte. Als Tanja die Bar betrat, versorgte Santino gerade zwei

Markthändler mit Espresso. Sie setzte sich an einen Tisch gleich neben dem Eingang.

»*Buon giorno Signora, come va?*« Der alte Mann war an ihren Tisch herangetreten und strahlte sie fröhlich an. Wie immer nannte er sie ehrerbietig Signora, sodass Tanja sich fühlte, als habe sie soeben in den heiligen Hallen eines Sternekochs Platz genommen. Sie liebte die kurzen, belanglosen Plaudereien mit Santino, sei es übers Wetter, über die Müllabfuhr oder was gerade so in den Gassen der Gegend los war. Natürlich hätte sie sich ihren Kaffee auch zu Hause kochen können, doch wer würde sie dort mit der ausgewählten Höflichkeit eines alten Butlers behandeln? Früher hatte er als Hausdiener einer Adelsfamilie in einem Palazzo an der Via Vittorio Emmanuele gearbeitet. Einem dieser Palazzi, wie er ihr einmal erzählt hatte, die von außen aussahen, als wären sie unbewohnt. Innen jedoch hauste der alte Adel, hinter verschlossenen Gardinen, mit weißen Tüchern über den Möbeln, um sich selbst und all die alten Dinge um sich herum für ein Morgen zu bewahren, von dem er keine Ahnung hatte, wie es aussehen und wer all das noch brauchen würde.

»Wissen Sie, ich hatte Angst, mit denen gemeinsam zu verstauben, verstehen Sie, Signora? Zu ver-stau-ben!«, hatte Santino erklärt. »Ich musste da weg, zurück ins Leben. Ich bin erst achtundsiebzig.« Dabei schaute er sie an, als hätte er achtundzwanzig gesagt, und beförderte dann mit Schwung eine Portion Kaffeesatz in den Mülleimer. »Es musste noch mal etwas Neues her!«

Tanja konnte ihn gut verstehen. Für einen Neuanfang war es nie zu spät, da gab sie ihm recht. Dazu war er heute die perfekte Gesellschaft in ihrem Leben, das von nun an zumindest in Liebesdingen anders laufen sollte. Sie bestellte Toast, Orangensaft und Tee und schaute Santino beim Zubereiten ihres Frühstücks zu.

»*Come andiamo, Signora?*«, fragte er beiläufig. »Wie geht's denn so?«

»Hm« – auf die Frage hatte sie gewartet – »ich habe mich gestern von einem Mann getrennt.«

»Oh.« Ganz der Butler alten Adels schob er den äußersten Teil seiner Augenbraue fast unmerklich und doch ausdrucksvoll wenige Millimeter in die Höhe. Dann nahm er mit bedachter Geste zwei Brotscheiben aus dem Toaster, wickelte sie in eine weiße Stoffserviette und legte sie auf einen Teller neben ein Stück Butter. »Signora wird ihre Gründe gehabt haben«, sagte er, kam um die Theke herum und stellte den Teller vor ihr ab.

Tanja dachte nach. »Ja, die hatte ich«, sagte sie. Ja, gewichtige Gründe waren es gewesen. Er liebte sie nicht. Vielleicht liebte Fabio niemanden außer sich selbst. Warum war ihr das in dieser Klarheit eigentlich nicht früher aufgefallen? Sie war doch sonst nicht so blöd. »Er hat mich nicht geliebt«, erklärte sie also.

Wieder das Heben des Winkels einer Augenbraue. Ansonsten Stille. Santino machte sich daran, hinter seinem Tresen Orangen für sie auszupressen, während Tanja Toast mit Butter bestrich und abbiss. Während sie kaute, beobachtete er sie nachdenklich.

»Darf ich mir ein privates Wort erlauben, Signora?«

Sie zuckte die Achseln. »Klar«, meinte sie gewollt lässig. Santino beherrschte die Kunst, dezent, fast unterwürfig daherzukommen, dabei aber außerordentlich respekteinflößend zu sein. Dazu hatte er sich bisher noch nie *ein privates Wort* ihr gegenüber erlaubt. Tanja war also in Habachtstellung.

»Eine so wunderschöne Frau wie Sie hat es nicht verdient, an der Seite eines Mannes zu verkümmern, der sie nicht anbetet.«

Hatte er wirklich *anbetet* gesagt? Das wäre dann in der Tat mehr, als sie für die Liebe fordern würde.

»Wissen Sie, Signora«, fuhr Santino fort, »ich bin mein Leben lang unverheiratet geblieben und habe dies auch nicht bereut, aber darf ich Ihnen verraten, weshalb nicht?« Tanja legte ihren Toast ab und nickte neugierig. Derart aus dem Innersten seines Lebens hatte Santino bisher wirklich noch nie geplaudert. »Die Frauen, mit denen ich zusammen war, waren zu leicht zu haben.«

Beinahe verschluckte sie sich. »Wie bitte?« Hustend hielt sie sich die Serviette vor den Mund.

»Signora, ich weiß, es klingt komisch, aber auch wenn die Frauen schon an meiner Seite waren – ich habe sie immer wieder neu erobern wollen. Aber das haben sie nicht zugelassen.«

»Sondern?«

Santino zuckte mit den Schultern und hob nun erkennbar beide Augenbrauen bis zum Anschlag. »Wenn ich erst einmal mit ihnen zusammen war, haben sie sich … ja, sie haben sich fast *angebiedert.*«

Er sprach das letzte Wort aus, als wäre es ansteckend. Tanja zuckte zusammen und rührte nachdenklich in ihrem Tee.

»Santino, das ist *Liebe*«, sagte sie mühsam, »wenn eine Frau mit Ihnen zusammen war, war sie in Sie verliebt. Sie musste und wollte nicht mehr erobert werden, sie wollte mit Ihnen *zusammen* sein.« Sie wusste nicht, ob sie erschrocken oder empört über seine Ansichten sein sollte.

Santino wiegte nachdenklich sein graues Haupt. »Aber dafür sind Frauen doch da. Um erobert zu werden. Jeden Tag neu. Stattdessen binden sie sich eine Kittelschürze um und fangen an, über Kinder zu reden.«

»Santino!« Entsetzt überlegte Tanja, ob sie für Fabio auch ein Stück Kittelschürze gewesen war.

»*Mi scusi, Signora,* wenn Sie das erschreckt. Aber Ihnen wollte ich das gern erzählen, Sie sind eine bezaubernde Frau. Ich könnte mir vorstellen, dass viele Männer auf Sie fliegen, die so denken wie ich. Allerdings Männer, die etwa halb so alt sind wie ich.« Er schmunzelte. Ein kleines Funkeln umspielte seine Augen.

Tanja musste unwillkürlich lächeln. »Ich werde darüber nachdenken«, versprach sie.

Für einen Moment schauten sie einträchtig zur Tür hinaus auf das Treiben auf der Piazza. Eine Frau fuhr auf dem Fahrrad vorüber. Ein Mann zerrte einen kleinen, zerzausten Hund hinter sich her, und ein paar Meter weiter hielt ein Taxi im Halteverbot. Der Taxifahrer stieg aus und öffnete den Kofferraum, während eine Person auf dem Rücksitz hastig ihre Sachen zusammensuchte. Santino und Tanja beobachteten den Fahrer dabei, wie er ein paar Reisetaschen in allen Formen und Größen auslud und dann einen schlachtschiffartigen gefalteten Kinderwagen auf dem Boden abstellte.

»So ist *La Padrona* auch immer gereist«, erklärte Santino, auf den Gepäckberg deutend. »Wahrlich, ich sage Ihnen: ein *Umzug* war das jedes Mal.«

Nun griff der Taxifahrer nach einem Regenschirm, dazu nach einem turmartigen Gefäß, das einer Thermoskanne für eine Kompanie glich, und förderte zuletzt ein zusammengeklapptes Babyreisebett aus den Untiefen seines Wagens. Er öffnete die Hintertür der Beifahrerseite und nahm ein kleines, in Mütze und Schneeanzug gepacktes Kind entgegen, das ihm von innen gereicht wurde. Dann stieg eine schlanke Frau mit roten Haaren aus dem Wagen, die sich suchend um die eigene Achse drehte. Wieder verschluckte sich Tanja.

»Das darf nicht wahr sein!«, rief sie. »Das ist meine Schwester.«

29

Giulia war so aufgeregt, als fände hier heute ihr eigenes Blind Date statt. An diesem Nachmittag war ihre Bar gut gefüllt. Der Laden brummte. Gruppenweise kamen und gingen die Gäste, die in Scharen auf Sonntagsspaziergängen unterwegs waren, um die ungewöhnlich warme Novembersonne zu genießen. Eine Kundin hatte ihr erzählt, sie habe sogar Frauen im Bikini auf der Tiberinsel liegen sehen, die es sich zum Ziel gesetzt hatten, ihre sommerliche Bräune möglichst bis in die Weihnachtszeit hinein zu erhalten.

Im Trubel der Bar machte sich der schönste Tisch am Fenster mit dem unübersehbaren *Reserviert*-Schild wie ein Fremdkörper aus. Familien stoben ins Café und steuerten auf den Tisch zu, Pärchen, eng umschlungen, die sich vergnügt auf die freien Plätze plumpsen lassen wollten – alle blickten ungläubig auf das Schildchen, um sich dann enttäuscht einen möglichst guten Stehplatz zu suchen.

Gleich war es drei Uhr, ständig schaute Giulia auf, wenn die Tür ging. Wo blieb Luigi nur? Giulia ließ die Espressomaschine dampfen, verteilte Becher mit Wasser, Cola, Säften aller Art und rief ihren beiden Aushilfen hinten in der Küche zu, welche *panini* gerade wieder ausgegangen waren.

»Einmal heiße Schokolade mit Sahne.« Die befehlsartige Bestellung kam von einer barockgeformten Frau ihres Alters, die ihr mit einer saloppen Geste das *scontrino* auf den Tresen warf. Sie nahm sich einen mit Vanillecreme gefüllten Windbeutel von dem überdachten Tablett auf der Theke und biss direkt hinein. Die Vanillecreme quoll zwischen ihren Zähnen und aus beiden Mundwinkeln hervor. Giulia bemühte sich, ihr nicht ins Gesicht zu schauen, reichte ihr eine Serviette und machte sich daran, die heiße Schokolade zuzubereiten. Sie goss warme Milch in eine Tasse, rührte das Schokopulver hinein und stellte den Becher vor der immer noch eifrig kauenden Dame ab.

»Sagen Sie stopp?« Sie deutete auf den Sahnespender, schüttelte ihn kurz und fing an zu sprühen. Und zu sprühen. Die Barockdame schaute zufrieden kauend zu. Giulia setzte ab. »Also mehr passt da aber nicht rein«, mahnte sie.

»Dann geben Sie mir doch bitte noch etwas Sahne auf einen Extrateller«, verlangte die Dame kurz angebunden, fuhr sich mit der Hand durch ihren kurzen Bob, um eine Haarsträhne hinters Ohr zu klemmen, und fing dann an, in ihrer Tasche zu kramen.

Giulia tat, wie ihr geheißen, sprühte eine Extraportion Hüftgold auf ein Tellerchen und reichte es über den Tresen. Doch die Kundin achtete schon gar nicht mehr auf sie. Sie war zu sehr damit beschäftigt, sich ein rotes Tuch um den Hals zu knoten und dieses mit prüfendem Blick in den Spiegel hinter dem Bartresen um ihr Doppelkinn zu drapieren.

Das rote Tuch. Giulia schnappte entsetzt nach Luft. Luigis altmodisches Erkennungszeichen in Zeiten von Smartphones. Das war sie also, die Frau, auf die sie hier warteten? Sie spürte einen kalten Schauer über ihren Rücken laufen. Kraftlos ließ sie den Sahnespender in die Spüle sinken und verschränkte beide Hände im Nacken. Um Himmels willen, das konnte nicht sein! Wie hatte sie das Foto …?

Weiter kam sie mit ihren Überlegungen nicht. Luigi, das rote Tuch bereits in der Brusttasche seines Jacketts, betrat die Bar und steuerte zielsicher auf seinen kleinen Ecktisch zu. Ganz selbstverständlich entfernte er das *Reserviert*-Kärtchen und steckte es unter die Schale mit den Zuckertütchen auf dem Tisch. Zufrieden schaute er sich suchend im Raum um. Er sah Giulia, winkte fröhlich zu ihr hinüber und zeigte ihr ein Daumen-hoch. Giulia setzte einen warnenden Gesichtsausdruck auf, versuchte, ihm mit unauffälligen Handbewegungen ein Zeichen zu geben, doch da hatte ihn die Kakaofrau auch schon erspäht. Sie ließ ihr Gebäck mitten in die Sahne auf dem Teller fallen und drängelte sich, den Becher Schokolade gefährlich vor sich herbalancierend, durch die Anwesenden zu Luigi durch. Sie setzte ihren Becher mit einem fröhlichen Klappern auf seinem Tisch ab, zupfte an ihrem roten Halstuch und lächelte ihn erwartungsvoll an.

Luigi erhob sich, die Augen starr vor Schreck, und hielt ihr mechanisch die Hand zur Begrüßung hin. Giulia konnte ihre Worte nicht hören, jedoch erwiderte die Kakaofrau seinen Handschlag nicht, wies auf ihre Hände, zum Tresen und wieder auf ihre Hände. Offenbar wollte sie ihm klarmachen, dass sie sich vorher schon den Tag mit Sahne und Vanillecreme versüßt hatte. Luigi machte ein zutiefst überraschtes Gesicht. Es war schwer, ihm anzusehen, was er empfand, aber Freude war es nicht.

Nun ließ sich die Sahnefrau auf dem Stuhl gegenüber Luigi nieder und redete auf ihn ein. Auch Luigi nahm wieder Platz und starrte sie an, als wollte er sie hypnotisieren. Giulia stand wie angewurzelt hinter ihrem Tresen und überlegte angestrengt, was sie tun könnte.

»Kann ich denn nun bitte zwei Kaffee bekommen?«, riss eine Stimme sie aus ihrer Trance.

»Wa… wie bitte?«

»Signorina, ich habe Sie schon drei Mal gerufen, sind Sie krank?« Ein Herr mit Hut und Mantel stand vor ihr und klopfte ungeduldig auf die Tresenplatte.

»Nein, nein, ich … Entschuldigung!« Sie schüttelte sich, nahm zwei kleine Tässchen und stellte sie unter die Düsen der Kaffeemaschine. Unablässig spähte sie zu Luigi hinüber, der mit halb offenem Mund einen Redeschwall über sich ergehen ließ. Giulia nahm die Tässchen und stellte sie vor dem Kunden ab. Was könnte sie jetzt bloß tun?

Sie hörte die Windbeutelfrau laut und aufgesetzt lachen. Verstand sie dies etwa unter »das Leben zu nehmen, wie es eben käme«? Konnte das Foto im Internet ernsthaft von ihr sein – auch wenn es inzwischen bestimmt fünfzehn Jahre alt war? Dann war ihr die Zeit dazwischen definitiv nicht gut bekommen.

Giulia bediente ein vierköpfiges Grüppchen mit Limonade, Crodino und Bier und schielte zwischendurch so gut sie konnte immer wieder zu dem Tisch am Fenster. Luigi war aufgestanden. Er machte ein betretenes Gesicht. Sie sah, wie er zum Reden ansetzte und langsam und bemüht sprach. Langsam veränderte sich ihr Gesichtsausdruck. Ihr aufgesetztes Lächeln wandelte sich zu einer enttäuschten, verletzten Grimasse. Plötzlich tat sie Giulia unendlich leid.

Die Frau schaute auf ihre Hände, die sie auf dem Schoß hielt. Luigi biss sich auf die Unterlippe und verschränkte peinlich berührt beide Arme vor der Brust. Giulia unterdrückte den Impuls, auf beide zuzustürmen und sie mitleidig in die Arme zu schließen. Es gab hier gerade nur Verlierer.

Langsam stand die Frau auf. Alles an ihr schien traurig zu hängen, so wie Giulia es vor Jahren einmal bei einem verlassenen Orang-Utan-Baby im Zoo gesehen hatte. Es zerriss ihr das Herz.

Die Frau griff langsam nach ihrer Handtasche, zog das Tuch vom Hals und ließ es in der Tasche verschwinden. Sie nickte Luigi zu und trottete durch die Tür hinaus in den trüben Novembernachmittag.

Luigi starrte für einen Moment auf die Tischplatte, wandte dann den Kopf und schaute zu Giulia herüber. Ihre Blicke trafen sich, Giulia schluckte und machte sich daran, ein Tablett *tramezzini* in die Auslage zu sortieren.

Dann bereitete sie zwei Tassen Tee, bat die Aushilfe in der Küche, sie abzulösen, und setzte sich zu Luigi an den Tisch.

»Es tut mir leid«, sagte sie und schob ihm eine Tasse Tee zu.

»Es ist nicht deine Schuld.«

»Auch für sie tut es mir leid.« Giulia zuckte mit den Schultern. »Sie wird ihre Gründe gehabt haben, ein Foto aus alten Zeiten ins Netz zu stellen.«

»Ja, die Gründe haben wir ja gesehen«, schnaubte er, »diese Gründe wiegen mindestens dreißig Kilo.«

»Vielleicht leidet sie an einer Erkrankung der Schilddrüse.«

»Pah!« Verärgert verzog er das Gesicht. »Über ein paar Kilo kann ich ja hinwegsehen, doch was soll ich mit einem Menschen, der von Anfang an bescheißt und dazu charakterlich in den ersten zehn Sekunden durchfällt?«

»Hmm.«

»Sie hat mich in Grund und Boden gequatscht!«

»Hm.«

»Sie *lacht* zu laut. Es war überhaupt nichts komisch! Warum lacht ein Mensch so laut, wenn es nichts zu lachen gibt? Kannst du mir das mal sagen?«

»Nein, kann ich nicht.«

Luigi atmete genervt aus, drückte den Teebeutel durch sorgsames Wickeln um den Löffel aus und nahm einen Schluck Tee.

»Aber wenigstens habe ich jetzt noch Zeit für das Spiel«, sagte er und fischte sein Handy aus der Jackentasche.

»Welches Spiel?«

»Oh, die Aufstellung ist schon raus«, rief Luigi begeistert.

»Die was?«

»Brantani hat die Aufstellung der Mannschaft veröffentlicht. Da hat heute ganz Italien drauf gewartet …« Aufgeregt tippte und wischte er auf dem Display des Geräts herum und quittierte das ein oder andere Bild mit Missfallen oder anerkennender Zustimmung.

»Was guckst du dir denn da an?« Giulia fühlte sich von ganz Italien ausgeschlossen.

»Das ist die App vom *Corriere dello Sport*«, erklärte Luigi und reichte ihr sein Handy. »Hier kannst du genau sehen, wer mitspielt.« Er flippte durch ein paar Bilder und zeigte ihr ein grünes Feld, auf dem eine Reihe bunter T-Shirts abgebildet war. »Wenn du auf eines hier drauftippst« – er klickte auf ein orangefarbenes Trikot – »öffnet sich der Spieler mit allen Daten zu seinen Toren, seiner Vita und so weiter.«

»Wow!« Giulia nickte höflich. War ihr doch egal.

»Ich kann zum Beispiel eine Ansicht aufrufen, die zeigt, wer die meisten Ballkontakte pro Spiel hatte. Ich kann alles vergleichen, alles, was ich will.« Zufrieden wie ein kleiner Junge mit seiner neu aufgebauten Modelleisenbahn zeigte er ihr eine Ansicht der Spieler auf einer Art Treppchen.

Giulia sah ihm höflich interessiert zu. Sie war froh, dass er nach der verpatzten Windbeutel-Nummer auf andere Gedanken gekommen war.

»Hier, kannst selbst mal gucken«, forderte er sie auf.

Gehorsam fuhr Giulia mit dem Finger über das Display, erleichtert darüber, mit der App umgehen zu können. Ihr waren diese Anwendungen oder gar Handyspiele immer noch fremd, und sie wusste nie, wo sie tippen musste. Wie bei einem

Flipperautomaten konnte man mit einem Handstreich die Spielerfotos durchrauschen lassen, und auch wenn Giulia sich noch nie für Fußball interessiert hatte, machte das hier gerade richtig Spaß. Sie stoppte die Flipperbox. Die Fotos rotierten langsamer, zwei, drei Stück rutschten noch in Zeitlupe an ihr vorbei und blieben dann bei einem dunkelhäutigen Spieler mit Irokesenschnitt stehen.

Giulia hielt wie erstarrt Luigis Handy vor sich, und beinahe hätte sie es fallen lassen. Ihr wurde gleichzeitig heiß und kalt.

»Wie geht das zurück?«, hauchte sie, schnappte nach Luft und fummelte hektisch auf dem Display herum. »Luigi, mach das zurück!« Ungeschickt fuhr sie über eine Tabellenansicht aus Zahlen, die zu einem überdimensional großen Drei-zu-Zwei wurde und nicht das war, was sie sehen wollte.

»Was meinst du denn?« Luigi warf ihr einen ratlosen Blick zu.

»Geh zurück! Mach die Bilder zurück, da wo ich gerade war«, rief Giulia laut.

»Aber woher soll *ich* denn wissen, was du dir gerade angeschaut hast?«

»Nun mach schon! ZURÜCK!«

Verständnislos scrollte Luigi in die andere Richtung. »Das sind die Mittelfeldspieler der Roma«, erklärte er achselzuckend.

»Stopp!«, brüllte Giulia und riss ihm das Handy aus der Hand. Sie zitterte so, dass sie das Gerät kaum halten konnte.

»Das ist er!«, wisperte sie. »Ich fasse es nicht.«

»Wer denn? Was meinst du denn bloß?« Luigi klang leicht verzweifelt.

»Der da! Das ist er. Der Mann aus dem Fahrstuhl!«

Die Baustellengrazien

Tanja

Ihr glaubt nicht, was passiert ist! Meine Schwester ist gekommen.

14:27

Roberta

Echt? Völlig überraschend?

14:41

Tanja

Ja, stell dir vor! Plötzlich stieg sie unten auf der Piazza aus dem Taxi.

14:43

Roberta

Aber die hat doch auch ein kleines Kind, oder?

14:45

Tanja

Ja, Nik, den hat sie dabei. Wir sind jetzt zu dritt.

14:51

Roberta

Wie schön für dich, oder?

14:54

Tanja

Weiß gerade nicht, bin etwas überfordert.

14:56

Roberta

Ich finde es toll, dass deine Schwester einfach so zu dir kommt. Ich bin noch nie allein irgendwo hingeflogen. Geschweige denn ins Ausland!

14:59

Tanja

Dann mach's doch mal

👍

16.05

Roberta

😀

Du hast Ideen! Weißt du, was der Vater meiner Tochter mit mir macht, wenn ich spontan mit Sophia wegfliege? Bestimmt jagt er mir ein Rollkommando hinterher!

15:09

Tanja

O Mann, meinst du, so schlimm?

15:10

Roberta

Schlimmer. Heute ist Sophias Geburtstag.

15:12

Tanja

Stimmt, hattest du erzählt. Alles Gute für die Kleine!

Gibt es eine Feier?

15:15

Roberta

Ja, allerdings bei Mario zu Hause. Wir sind gerade angekommen, stehe in der Küche.

15:17

Tanja

Oh. In der Höhle des Löwen sozusagen?

15:17

Roberta

Ganz genau.

15:17

Tanja

Warte mal ab. Bestimmt wird es total nett. Papa will doch sicher eine Bella Figura machen!

15:18

Roberta

Würde mich freuen, wenn du recht hast. Die Stimmung hier ist bisher so na ja. Immerhin hat er Sophia ein schönes Geschenk gekauft. Sie ist ganz glücklich.

15:21

Tanja

😀

@Giulia, bist du da?

15:22

Roberta

Die war seit Stunden nicht online. Bestimmt hat sie heute viel zu tun.

15:23

Tanja

Verstehe. Schade.

15:23

Roberta

Tesoro, entschuldige, aber ich leg das Handy weg, muss die Party vorbereiten!

15:24

Tanja

Klar, viel Spaß!

15:24

30

Luigi half ihr in den Mantel und hielt ihr die Tür auf. Zum Abschied warf Giulia Fabiana einen entschuldigenden Blick zu, auf den diese mit einem tapferen Lächeln reagierte. Sie hatte es zuerst für einen Witz gehalten, als Giulia ihr erklärt hatte, sie müsse *äußerst dringend weg,* und sie nun zur absoluten Stoßzeit allein hinter dem Tresen lassen wollte.

Aber Giulia wollte mit eigenen Augen sehen, was sie auf Luigis Telefon entdeckt hatte. Das hatte absolute Priorität.

»Wahrscheinlich finden wir nur noch ein superteures Eintrittsticket auf dem Schwarzmarkt für dich«, bemerkte Luigi, als sie in der hoffnungslos überfüllten Tram zum Stadion standen.

»Hast du denn schon eine Eintrittskarte?«, fragte Giulia und trat konzentriert von einem Bein auf das andere, um sich von einem beginnenden klaustrophobischen Anfall abzulenken.

»Ich besitze eine Dauerkarte.«

»Und das Spiel heute hättest du dir für das Date entgehen lassen, wenn es nicht dieses Debakel gegeben hätte?«

Luigi zuckte unschlüssig die Schultern.

»Ja«, antwortete er, »ich hätte das Spiel *gern* sausen lassen, wenn ich dafür eine tolle Frau getroffen hätte. Eine, die zu mir passt. Eine, die mich nicht ausnutzt und mir nicht vorwirft, ich sei *zu nett.*« Er trat zur Seite, um einen Schwarm Fahrgäste aussteigen zu lassen, und rückte zu Giulia an die gegenüberliegende Waggontür auf. »Zu nett, pah! Früher dachte ich, Frauen werfen den Männern vor, es ginge ihnen immer nur um Sex, und jetzt sagen sie mir, ich sei zu nett. Manchmal glaube ich, ich verstehe die Welt nicht mehr.« Er verzog das Gesicht.

Giulia drückte seinen Arm. »Du bist ein super Typ, Luigi. Du *bist* nett. Und es gibt ganz viele tolle Frauen da draußen, die das zu schätzen wissen. Pass auf, wir finden die Eine noch für dich!« Sie versuchte zu lächeln, obwohl ihr wegen der schlechten Luft im Abteil langsam schwummrig wurde.

Luigi nickte nur und blickte an die Waggondecke. Dann deutete er auf den Straßenbahnplan. »Die nächste müssen wir raus.«

Am Olympiastadion war die Hölle los. Dicht an dicht drängelten sich die Menschen im Schritttempo vorwärts zu den Eingangstoren. Dazwischen unzählige *motorini,* die irgendwie versuchten, sich einen Weg wohin auch immer zu bahnen, während die Kommunalpolizei fleißig Strafzettel verteilte und das Gelände gegen Parksünder absperrte.

Luigi gelang es, von einem schwarz gekleideten Typen mit streng zurückgegeltem Haar eine Eintrittskarte in der gleichen Kurve zu ergatchen, für die er selbst seine Dauerkarte besaß. Giulia schnaubte erschrocken über den Schwarzmarktpreis, der ein Vielfaches über dem Preis am Schalter lag, bezahlte jedoch ohne Murren. Zum ersten Mal in ihrem Leben interessierte sie sich für Fußball. Was war nur in sie gefahren?

31

Gleich würden die Gäste kommen. Fünf kleine Mädchen zwischen drei und vier Jahren. Bis abends um sieben wollten sie bleiben, bis die Eltern sie wieder abholten. Roberta klebte vor Aufregung schon jetzt das Shirt schweißnass am Rücken. Mario hatte durchgesetzt, dass Sophias Geburtstag in diesem Jahr in seiner Wohnung gefeiert wurde. »Denn das ist die Wohnung ihrer Kindheit«, hatte er in bestimmtem Ton hinzugefügt, als sei Sophia mit vier Jahren nun schon ausgewachsen.

Für Roberta hatte Marios Wohnung eher den Charme eines Tatorts. Jahrelang hatten sie hier ihre glücklose Beziehung geführt, Sophia gezeugt, sich immer heftiger gestritten, bis sie hilflos verstummt war und sich dann irgendwann heimlich für ihre Treffen mit Franco im Badezimmer die Beine rasiert hatte. Ganz zu schweigen von ihrem letzten Auftritt an der Wohnungstür, als sie Mario die Tür gegen den Schädel gerammt hatte. Roberta schauderte.

»Warum hat Sophia nicht das Kleid an, das ich ihr gekauft habe?«, maulte Mario hinter ihr, als sie in den Küchenschränken nach Tassen suchte. Umgeräumt hatte er. So viel Veränderung passte gar nicht zu ihm, dachte sie in einem Anflug spöttischer Anerkennung. Kurz überlegte sie, ob eine andere Frau dahinterstecken konnte, verwarf den Gedanken jedoch gleich wieder. Es würde sich im Leben bestimmt keine zweite mehr finden, die so blöd war wie sie.

»Welches Kleid?«, fragte sie.

»Das rosafarbene, das ich ihr an der Porta Portese gekauft habe«, erklärte er. Missbilligung lag in seiner Stimme.

»Das ist in der Wäsche«, antwortete sie. Und würde dort auch für immer bleiben, dieses selbst schwitzende, an der Taille eingerissene Polyesterteil. Sie nahm sechs Tässchen aus dem Schrank und reihte sie auf ein Tablett. Dann holte sie eine Packung Milch aus der Einkaufstasche, die sie mitgebracht hatte, und machte sich auf die Suche nach einem Topf.

»Aha«, sagte er bloß. Offenbar gab er sich mit der Kleiderfrage zufrieden. »Was machst du denn da jetzt?« Der Kontrollfreak aus ihren Ehejahren war zurück.

»Kakao«, gab sie gewollt gleichmütig zurück, füllte die Milch in eine Kasserolle und schaltete den Herd ein.

»Ich habe aber für heute andere Getränke eingeplant.« Jetzt klang er feindselig.

Sie schaute auf. »Was denn?«

»Ich finde nicht, dass ich dir erklären muss, was in meiner Wohnung getrunken wird. Aber wenn du es genau wissen willst: Im Kühlschrank stehen ein paar Flaschen.«

Ohne zu fragen, öffnete Roberta die Kühlschranktür und starrte auf drei Zweiliterflaschen Cola, drei Packungen Eistee und eine Flasche Limonade in einem geradezu fluoreszierenden Rotorange. »Mario … soll das ein Witz sein?« Sie versuchte unter Aufbietung aller Kräfte, ruhig zu bleiben.

»Kinder mögen das«, antwortete er und griff nach drei Flaschen, um sie offenbar ins Wohnzimmer zu tragen, wo sie aus Sophias altem Kindertisch mithilfe einer rosa Papiertischdecke die kleine Kuchentafel aufgebaut hatte. Roberta schmiss die geleerte Milchpackung ins Waschbecken und rannte ihm hinterher.

Die Prinzessinnentorte, ein Konstrukt aus aufgestellten Biskuitrollen und Eiswaffelhütchen, thronte inmitten der bunten Dekoration. Sophia saß bereits mit einem Krönchen auf dem Kopf am Tisch und spielte mit einem Plastikpony mit gelber Mähne, das Mario ihr zum Geburtstag geschenkt hatte.

»Du wirst die nicht auf den Geburtstagstisch stellen«, fauchte sie. Sophia schaute erschrocken zu ihr hoch.

»Das werde ich wohl!« Stur platzierte er die Flaschen mitten auf dem Tisch. Die Colaflasche klemmte dem Pony den Schweif ab.

»Papa!«, rief Sophia und zog an dem Pferd, während Roberta im letzten Moment die ins Trudeln geratene Flasche am Verschluss zu packen bekam.

»Die Cola bleibt auf dem Tisch!«, brüllte Mario, machte einen Satz auf sie zu und wollte ihr die Flasche entreißen.

Sie hielt sie jedoch mit beiden Händen fest. Sie wand sich, Mario zog, die Flasche entglitt ihr und landete mit einem dumpfen Platschen mitten auf der Prinzessinnentorte.

»Aaah!«, schrie sie. Ein Raketeneinschlag hätte seine Arbeit kaum wirksamer verrichten können. »Oh, mein Gott.«

»Meine Geburtstagstorte!«, schrie Sophia. Wie angewurzelt saß ihr schockiertes Kind da, verzog den Mund und fing an, aus vollem Herzen zu weinen. Roberta blutete das Herz.

»Scheiße!«, stieß sie verzweifelt hervor. Sie hob die Flasche aus dem Matsch aus Biskuit, Sahne und Waffelbröseln und versuchte mit den Händen, irgendwelche turmartigen Figuren zu formen, die jedoch umgehend wieder in sich zusammenfielen. »Scheiße!«, rief sie noch mal, nur lauter. »Mario du, du …!« Du gottverdammte Missgeburt, hatte sie sagen wollen, besann sich aber und hielt wütend den Mund. Mario war der Vater ihrer Tochter. Der Vater des Mädchens, das nun vor ihr auf dem Boden vor seinem eigenen Geburtstagstisch kniete, in den Händen ein sahneverschmiertes Plastikpony mit verklebten Haaren, und verzweifelt schluchzte.

Mario stand daneben und ruderte hilflos mit den Armen. Roberta ging in die Hocke und nahm die Kleine, so gut es eben mit zwei tortenbesudelten Händen ging, in die Arme. Zitternd vergrub sie ihren Kopf am Hals des Mädchens, das sie doch eigentlich trösten sollte und nicht umgekehrt.

»Das habe ich nicht gewollt«, sagte Mario stumpf, und vielleicht war das zum ersten Mal so etwas wie eine Entschuldigung von ihm.

»Ich auch nicht. Ich habe das alles auch nicht gewollt«, flüsterte Roberta durch Sophias Locken hindurch und fragte sich, welche Facetten ihres durcheinandergeratenen Lebens sie wohl beide damit meinten.

Einen Moment lang verharrten sie reglos. Der Raum war erfüllt von Sophias atemlosem Weinen. Ein verzweifeltes Kinderweinen über eine ruinierte Torte, über einen katastrophalen Start in ihren Geburtstag und – Roberta stöhnte bei dem Gedanken – bestimmt auch über ihre unerträglichen Eltern.

»Was ist das für ein Geruch?«, fragte Mario zwischen ihren Schluchzern. »Die Milch!«

Wie von der Tarantel gestochen preschte er in die Küche. »Ach, du Schande!«, tönte es zu ihnen herüber. »Mein Herd, die Milch ist übergekocht, du hast …« Roberta hörte es scheppern, Wasser laufen, Fenster schlagen. Die Dunstabzugshaube wurde mit lautem Getöse angestellt. Garniert mit Marios Flüchen.

Langsam ließ Roberta Sophia los, die klebrigen Hände unbestimmt in Richtung Decke haltend. »Es tut mir alles so leid, mein Herz«, wisperte sie, »so unendlich leid.« Langsam stand sie auf und schlich mit hängenden Schultern in die Küche.

32

Giulia blickte auf die Uhr. In fünf Minuten begann das Spiel. Sie wunderte sich darüber, wie nervös sie war. Schließlich musste nicht sie stundenlang vor siebzigtausend grölenden Fans kilometerweit auf einem glitschigen Rasen herumlaufen und versuchen, einen viel zu kleinen Ball über so ein riesiges Spielfeld zu bringen. Außerdem wusste Massimo gar nicht, dass sie hier war. Wenn sie es nicht wollte, würde er es auch niemals erfahren. Aber sie wollte ihn sehen. Auf dem Spielfeld. Den Mann, den sie zwar für zumindest attraktiv und später auch für amüsant, aber ansonsten für ein erfolgloses Papasöhnchen gehalten hatte. Von *erfolglos,* das hatte ihr Luigi inzwischen erklärt, konnte keine Rede sein.

»Was du für Fragen stellst!«, hatte Luigi aufgeregt gerufen. »Massimo di Donato ist *die* Institution bei allen Meisterschaften! Hast du denn die Werbung für Braticella-Pasta noch nie gesehen? Wie kann es denn sein, dass du so etwas nicht mitbekommst?«

Giulia hatte mit den Schultern gezuckt. »Weiß ich auch nicht.« Sie hatte nicht einmal versucht, sich zu verteidigen. »Sportnachrichten interessieren mich so was von gar nicht, da sind Namen Schall und Rauch für mich.«

»Nicht zu fassen.« Luigi hatte den Kopf geschüttelt. »Donato ist der wichtigste Spieler des Vereins. Und das, obwohl er schon so alt ist.«

So alt war gerade mal fünfunddreißig Jahre. Ebenso alt wie Saras Bruder Stefano, der für sie gefühlt immer noch der Kleine war. Es ging Giulia gegen den Strich, etwas mit einem jüngeren Mann zu haben. In solchen Fragen war sie altmodisch.

Inzwischen hatten sie auf ihren Plastiksitzen in der Südkurve Platz genommen. Luigi hatte Bier und Chips gekauft und erkundigte sich im Fünfminutentakt, ob sie bequem saß und sich wohlfühlte.

»Wohlfühlen ist was anderes, aber dafür kannst du nichts«, gab Giulia sarkastisch zurück.

Luigi lachte. »Bist du aufgeregt?«, fragte er.

»Nein«, log sie.

Um sie herum erhob sich ohrenbetäubendes Gebrüll. Unten auf dem Platz rannten die Mannschaften in ihren gelbroten und blau-weißen Trikots auf den Rasen und stellten sich in einer Reihe auf, jeder mit einem kleinen Jungen vor sich. Eine Filmkamera zeigte jeden Spieler einzeln auf einer großen Leinwand über den Tribünen. Zuerst war Lazio an der Reihe. Dann Roma. Giulia bemühte sich, ruhig zu atmen.

»Gleich kommt er dran«, zischte Luigi, und Giulia versuchte, ein möglichst undurchdringliches Gesicht aufzusetzen.

Mann für Mann ging die Kamera die Spieler durch. Giulia hatte aufgehört zu zählen. Dreizehn Spieler mussten es sein, oder? Zwölf plus der Schiedsrichter. Oder war das der Torwart?

»Vielleicht ist er doch nicht dabei?«, zischte sie Luigi zu.

»Giulia, er ist der *Mannschaftskapitän.*«

»Was bedeutet das?« Ob Kapitäne auch mitspielten, oder standen die beratend am Rand?

»Er steht ganz auß…«

Da war er. Giulia fühlte sich, als habe man ihr eine Faust in den Bauch gerammt. Die Menge um sie herum jubelte, als hätte sich der neue Papst persönlich am Balkon gezeigt. Giulia hielt den Atem an. Die Kamera verharrte für einen Moment auf dem Mann, von dem sie dachte, ihm im Fahrstuhl mal so richtig die Leviten gelesen zu haben. Wie zur Hölle konnte es sein, dass ihr Sara nie gesagt hatte, wer dieser Massimo eigentlich war? Ach doch, Sara hatte öfter einmal erzählt, VIP-Karten für Fußballspiele über einen Spielerfreund von Stefano ergattert zu haben. Sie hatte bloß nie richtig zugehört. Ihr Hirn stellte sich stets einfach ab, wenn sich andere über Sport unterhielten.

Aber wie konnte es sein, dass sie Massimo nicht aus irgendwelchen Klatschblättern oder Fernsehauftritten kannte, sondern nur ein diffuses Gefühl gehabt hatte, ihn schon mal irgendwo gesehen zu haben? In welcher abgeschiedenen internet- und medienfreien Welt hatte sie sich da in ihrer Bar eigentlich all die Jahre verkrochen?

Das Spiel begann. Ein paarmal flog der Ball hin und her. Da unten wollte gleich zu Spielbeginn jeder jedem zeigen, wer hier die Nase vorn hatte. Jemand schoss den Ball, der Schiedsrichter pfiff und gab ein Zeichen, die Menge murrte.

So in der Art ging es weiter. Ein paar Torchancen verstrichen, verbissen kämpften sich die Mannschaften durch die erste Halbzeit.

»Da muss aber echt noch mehr Dampf in den Kessel.« Luigi unterhielt sich mit den Sitznachbarn neben und hinter sich. Giulia staunte, wie die drei Männer eine Meinung zu jedem einzelnen Schuss haben konnten und für jeden Spieler eine Idee parat, wie der den Ball jeweils sicher hätte ins Tor bringen können.

Genau das erklärte ihnen der Trainer im Pausenraum dann wohl auch. Die zweite Hälfte verlief noch kämpferischer als die erste. Es dauerte nicht lange, und Roma schoss ein Tor. Die

Südkurve versank im Freudentaumel. Für genau drei Minuten, bis das Gegentor fiel.

Ab dann gab es kein Halten mehr. Die Menge brüllte, stand auf ihren Stühlen. La-Ola-Wellen rauschten durchs Stadion, die Stimmung war prächtig.

»Abseits!«, kreischte Luigi und fuchtelte wild mit den Armen umher. Giulia schaute erstaunt zu ihm auf.

»Abseits bedeutet …«, begann Luigi in väterlichem Ton.

»Schon gut, schon gut.« Giulia winkte ab. »Ich kenne die Regeln.«

Auf Luigis ungläubigen Blick reagierte sie mit einem energischen Nicken. Sie hatte es vierzig Jahre ohne diesen Firlefanz ausgehalten, da würde es auch noch die nächsten vierzig gehen, ohne dass sie sich mit Abseitsregeln auskannte.

Unten ging das Spiel ungebremst weiter. Massimo mit dem Ball unter dem Arm stellte sich nervös an den Rand des Spielfelds. Er brüllte seinen Kollegen Befehle zu. Dann schoss er den Ball. Seine Kollegen nahmen an, spielten ihn gekonnt vor und zurück, verloren ihn dann jedoch unter lautem Protest der Menge an die Gegner. Es folgten mehrere Torchancen für beide Seiten, die die Zuschauermenge in geradezu wilde Ekstase versetzten.

Siebenundachtzigste Minute.

Auf dem Feld rannten die Mannschaften um ihr Leben. Und siebzigtausend Trainer jagten sie brüllend übers Spielfeld. Die Massen brodelten, schrien, kreischten. Banner wurden gehisst. *Lazio vai a casa!*, stand hier, *Roma fa schifo!* auf der nördlichen Stadionseite.

Einundneunzigste Minute, Verlängerung. Ein Spieler von Lazio steuerte auf das römische Tor zu. Zwei Spieler der Roma warfen sich ihm in den Weg, verfehlten ihn aber. Der Laziospieler drehte ab und wollte den Ball an einen Kollegen hinter sich abgeben, doch da war Massimo. Der griff den Ball ab und sandte ihn mit einem kraftvollen Schuss weit über die Mittellinie auf die andere Seite des Spielfeldes. Die Menge jubelte.

»Yeah!«, brüllte Luigi. »*Dai, dai, daiii!* Lauf, Massimo!«

»Massimo!«, brüllten die Massen.

»Massimo!«, brüllte Giulia. Sie schlug sich entsetzt auf den Mund. Was war denn in sie gefahren?

Massimo rannte.

Auf der anderen Seite des Feldes schlug der Ball vor einem Romaspieler auf, der ihn zu seinem Kollegen dribbelte. Massimo hatte aufgeholt. Im letzten Moment konnten sie ihm, bevor beide von drei Lazioverteidigern eingekesselt wurden, den Ball zuspielen. Massimo lief.

»Mas-si-mo, *fai un goal!*«, brüllte die Menge mantraartig.

»Mas-si-mo, *fai un goal!*«, hörte sich Giulia rufen.

Massimo, nun ebenfalls von Gegnern umringt, gab den Ball an einen Spieler ab. Der, den Ball direkt vor den Füßen, holte aus und schoss den Ball zurück zu Massimo, der sich freigelaufen hatte und in perfekter Schussposition vor dem Tor stand. Hoch kam der Ball auf ihn zugeflogen.

»Ja, Massimo, mach ihn rein!«, brüllte Luigi.

»Mach ihn rein, Massimo!«, schrie Giulia wie von Sinnen und reckte die Faust in die Luft.

Die Monitore des Stadions zeigten für einen Moment den mit entsetztem Blick dastehenden Torwart, der sich Massimo direkt gegenübersah. Wie in Zeitlupe vernahm Giulia das Toben und Schreien der Menge. Gebannt blickte sie zu den Bildschirmen. Massimo sprang ab, um den Ball per Kopf ins Tor zu befördern und …

Den Spieler der Gegenmannschaft hatte Giulia nicht kommen sehen. Wie aus dem Nichts war er aufgetaucht. Mit hochgestrecktem Bein sprang er auf den Ball zu, auf den Monitoren konnte sie die gelbe Sohle und die Stollen des Schuhs erkennen, die Massimo zu ihrem Entsetzen mit voller Kraft am Kopf trafen.

Die Wucht, mit der Massimo zu Boden ging, ließ ihn wie einen Gummiball erneut in die Höhe schnellen, dann prallte er auf dem Rasen auf, drehte sich ein paarmal um die eigene Achse und blieb regungslos liegen. Die Kamera verharrte auf dem verletzten, blutenden Bündel am Boden, bis sie endlich abgedreht wurde und ziellos ein Stück vom Himmel und dem Stadiondach filmte. Ein entsetztes Raunen ging durch die Zuschauermenge, Sanitäter liefen auf den Platz. Giulias Knie wurden weich. In ihrem Kopf war nur noch Rauschen und Pochen.

33

Roberta strich über das Gesicht ihres schlafenden Kindes und fuhr sich dann müde durchs Haar. Sie fühlte sich ausgelaugt, bleischwer. Es war viel passiert heute. Viel zu viel. Ihr schlechtes Gewissen Sophia gegenüber nagte an ihr wie ein unermüdlicher Holzwurm. Sie fühlte sich als Versagerin. Sie hatte es nicht geschafft, ihrer Tochter die Geborgenheit eines Elternhauses zu geben, wie sie sie selbst von ihren Eltern bekommen hatte. Roberta wusste, dass Sophia still vor sich hin litt und sich nur selten beschwerte, und genau das zerriss ihr das Herz. Vielleicht hatte Sophia mit vier Jahren auch noch keine Worte für das, was sie fühlte, aber kurz vor dem Einschlafen hatte sie gefragt: »Ziehen wir denn bald wieder zu Papa?« Für sie war offenbar der sprachlose, ohnmächtige Burgfrieden, der während der Kinderfeier zwischen ihr und Mario geherrscht hatte, ausreichend für ein glückliches Familienleben. Sophia klammerte sich an alles, was nicht wie ein handfester Streit aussah, und hoffte, die Dinge würden wieder ins Lot kommen. Und Mama und Papa wieder zusammen.

Roberta seufzte schwer und stand auf. Wenn sie doch jetzt bloß mit jemandem reden könnte. Sie hätte eine Schulfreundin anrufen können, eine befreundete Mutter aus dem Kindergarten, Tanja oder Giulia, aber das war nicht das, was sie gerade brauchte. Eine Schulter zum Anlehnen. Sie wollte sich bei jemandem ausheulen, der sie liebte. Aber so jemand gab es nicht. Warum zum Teufel war sie eigentlich so schrecklich allein?

Sie überlegte, zu ihren Eltern ins Wohnzimmer zu gehen. Aber das war das Letzte, was ihr jetzt helfen würde, nachdem ihre Mutter ihr diese schreckliche Sache über Eleonora erzählt hatte. Das war ein weiterer harter Schlag nach einem fürchterlichen Tag gewesen.

Sie ging an ihren Schreibtisch und fuhr den Rechner hoch. Dann surfte sie ein wenig durch ihren Facebook-Account, kommentierte das neue Tattoo eines Schulfreundes hier und einen Priesterwitz dort und unterschrieb eine Petition zur Rettung eines Straßenhundes auf Mallorca.

Als sie vor gut einer Stunde völlig erschöpft mit Sophia an der Hand mit Taschen und Tüten beladen von dieser nervenaufreibenden Kinderparty zurückgekommen war, hatte sie ihre Mutter weinend am Küchentisch vorgefunden. Ihr Vater stand neben seiner Frau und strich ihr hilflos über die Schulter.

»Oma«, rief Sophia erschrocken.

»Was ist denn hier los?«, fragte Roberta. Sie erinnerte sich beschämt, wie genervt sie gewesen war. Eigentlich hatte sie von ihrem Tag erzählen und sich trösten lassen wollen.

Ihr Vater schaute sie nur traurig an und zuckte mit den Schultern.

»Was ist denn?«, fragte sie erneut.

Sophia lief zu Giuseppa und drückte sich an sie. Giuseppa legte einen Arm um sie und weinte weiter.

Roberta ließ ihre Taschen fallen, setzte sich zu ihrer Mutter an den Tisch und sagte gar nichts mehr. Vor ihnen stand eine Flasche mit selbst gemachtem Rotwein von irgendwelchen Verwandten auf dem Land, daneben ein halb mit Wein gefülltes ehemaliges Senfglas. Sie nahm das Glas, setzte es an und leerte es in einem Zug. Der kräftige Wein schmeckte bitter und brannte, als er ihre Kehle hinunterlief, aber das passte zur Situation.

»Es ist …«, brachte ihre Mutter dann endlich unter Tränen hervor, »Eleonora …« Sie brach ab und weinte wieder.

»Was ist mit Eleonora?« Erschrocken beugte sich Roberta vor und packte ihre Mutter am Arm. »Was ist mit ihr?« Giuseppa weinte jedoch nur. »Papa, sag du es mir«, rief Roberta angstvoll.

»Eleonora hat Parkinson, sagen die Ärzte«, war Lucianos Erklärung. »Sie hat das schon länger befürchtet, aber es uns erst heute erzählt.«

»Mama, was ist Backinsen?« Sophia hielt ihr gelbes Pony ängstlich an sich gedrückt.

Roberta schluckte. »Ich … ich weiß es nicht so recht«, flüsterte sie, zog Sophia zu sich heran und hob sie auf den Schoß.

Giuseppa nahm eine Serviette vom Tisch und putzte sich die Nase. »Das ist die Schüttelkrankheit«, brachte sie dann hervor.

»Kann man daran …« Roberta brach ab, die unaussprechliche Frage lag in der Luft.

Luciano hob die Hand. »Na, na«, sagte er, »nun mal mit der Ruhe. Wir stehen erst am Anfang. Wir warten jetzt erst einmal ab, was die Ärzte über die nächsten Untersuchungen sagen.« Dann klopfte er Giuseppa mit beiden Händen auf die Schultern, als wolle er sagen: »Und damit Ende der Diskussion, genug geheult.«

Roberta seufzte wieder. Mit Gefühlsausbrüchen war ihr Vater stets überfordert, weshalb es ihm immer lieber war, man redete nicht über Probleme.

Sie googelte Parkinson. Was das Web jedoch zu der Krankheit ausspuckte, verstand sie nicht. Sie hatte keine Ahnung von Vorgängen im Gehirn und wusste weder, was ein Thalamus noch was Dopamin war. Aber es machte ihr Angst. Sie klickte die Seite weg, überflog eine Eilmeldung über einen schwer verletzten bekannten Fußballspieler aus Rom und flippte durch ein paar Bikinifotos amerikanischer Promis. Die hatten es gut. Schön, schlank, erfolgreich, von allen bewundert und geliebt. Sie schnaubte wehmütig, während sie durch die Webseiten klickte. Ein Werbefenster öffnete sich blinkend und aufdringlich quer über dem Monitor. *Bist du auch allein?,* fragte die grellbunte Schrift. Ärgerlich versuchte sie, das Fenster zu schließen. *Hier findest du den Partner, der zu dir passt!,* sagte ein neues Bild, das eine lachende Frau mit blonden, im Wind wehenden Haaren zeigte. Sie hatte die Arme von hinten um die Taille eines Mannes geschlungen, der verklärt in die Ferne schaute – in eine zweifellos total glückliche Zukunft zu zweit.

»Weg mit diesem Mist«, fluchte Roberta und fuhr mit der Maus über das Fenster, um das Kreuzchen zum Wegschalten zu finden.

Finde dein Glück. Kostenlos und unverbindlich! Das Banner blinkte weiter.

Roberta schnalzte verärgert mit der Zunge.

Tausende Singles sind ebenfalls auf der Suche!

Angucken schadete vielleicht nicht. Sie klickte auf den Link. *350 000 registrierte Männer!,* stand auf der Homepage. Immerhin. Da sollte doch einer für sie dabei sein, oder nicht? Sie gab ihr Alter ein, klickte auf *weiblich* und *ja,* sie suchte einen Mann, und los ging's.

Sophia wälzte sich unruhig in ihrem Bett herum. Sie wimmerte im Traum, rief etwas Undeutliches und knirschte fürchterlich mit den Zähnen. Roberta ging zu ihr, streichelte ihren Rücken, stopfte die Decke fester um sie herum und setzte sich wieder vor den Rechner. *Profil erstellen,* stand da. Aufgeregt klickte sie sich durch die Seiten. *Was macht dich glücklich?,* wurde sie gefragt und *Wo möchtest du gern in drei Jahren sein?*

Bestimmt nicht mehr im Kinderzimmer meines Elternhauses, dachte sie. Sie schlich in die Küche und holte sich die Rotweinflasche. Dazu nahm sie sich eine Packung Cracker aus dem Wandschrank, stülpte das Senfglas, das auf der Spüle zum Trocknen stand, über den Flaschenkopf und tappte auf Zehenspitzen zurück in ihr Zimmer. Im Wohnzimmer hörte sie ihre Eltern leise reden. Ihre Mutter klang mutlos und traurig. Eigentlich hätte sie zu ihnen gehen müssen. Ihrer Mutter Mut zusprechen, für sie da sein. Aber sie konnte nicht. Sie wollte an sich denken und nach vorn schauen, es zumindest versuchen.

Zurück am Rechner gab sie ein, wie der Mann sein sollte, den sie suchte. Nicht kleiner als 1,70 Meter und auf keinen Fall Raucher. Sie schenkte sich Rotwein ein und versuchte, sich auf den Seiten zurechtzufinden. Es war ein bisschen wie auf einer Auktionsseite – solche Webseiten kannte sie gut aus der Zeit, als sie Sophias Babysachen verkauft hatte. Auch hier gab es Status, Umkreissuche, Nachrichten – und sogar noch einen Knopf, um ganz automatisch unerwünschten Kandidaten abzusagen, ohne selbst über einen Text nachdenken zu müssen. Bewertungen der Kandidaten selbst gab es nicht, darüber atmete sie auf. Es war schon schwer genug für sie gewesen, wenn die Babysachen-Käufer hinterher online schrieben, der erstandene Strampler sei arg mit Karotte verschmutzt gewesen. Solche Kritiken hatten sie noch tagelang beschäftigt. Wie gut, dass das hier offenbar nicht möglich war.

Nun zu ihr. Wer war sie? *Figur.* War sie schlank oder müsste sie ehrlicherweise *ein paar Pfunde zu viel* anklicken? Fünf, wenn nicht gar sieben Kilo müssten wirklich weg. Nahm die Webseite das so genau? Sie wählte *schlank* und fühlte sich mutig und selbstbewusst. *Kinderwunsch.* Nein, sie hatte schon eines. Sie nahm einen Schluck Wein und lehnte sich zurück. Stimmte das so? Hatte sie nicht früher immer davon geträumt, von einem Rudel fröhlicher Kinder umringt zu sein, wenn sie nach Hause kam? Am Herd zu stehen und in einem riesigen Topf Pasta für alle zu kochen, die dann draußen im Hof an der großen Tafel unter einer alten Eiche mit fröhlichem Gejohle verspeist wurde? Nachdenklich kaute sie auf einem Kräcker herum. Wie lange hatte sie an diesen Traum eigentlich nicht mehr gedacht? Die Wunschbilder ihrer Zukunft waren mit der Zeit völlig verblasst unter Liebeskummer, Existenzängsten und dem ständigen Antrieb, Sophia so gut durchzubringen, wie sie eben konnte.

Sie klickte auf *Ja, ich hätte gern Kinder.*

Wenn du ein Kunstwerk sein könntest, welches wärst du?, lautete die nächste Frage.

Sie schnaubte. Der Schrei von Munch? Geraubte Beutekunst, mitgenommen, zerfleddert und nicht mehr restaurierbar? So fühlte sie sich. Erneut trank sie einen Schluck Rotwein und starrte auf den Bildschirm. Sie war nicht immer so gewesen. Sie hatte einmal große Pläne gehabt, hatte frei sein wollen, etwas mit Menschen machen und eine Arbeit haben, die sie forderte und glücklich machte. Aber nach dem Studium hatte sie feststellen müssen, dass Italien nicht wirklich auf sie wartete. Sie hatte froh sein können, eine Anstellung im öffentlichen Dienst zu finden. Einen Job, den sie nach einer Woche draufhatte und der ihr ab da nicht mehr viel Neues bot. Die ständigen Beschimpfungen, Probleme und Beschwerden der Bürger an ihrem Schalter hatten sie mürbe gemacht. In Mario hatte sie einen Mann gefunden, mit dem sie gemeinsam über ihren Job hatte lästern können, weil er beruflich mindestens ebenso eintönig unterwegs war wie sie selbst. Über diese Gemeinsamkeit hatte sie vergessen, dass sie sich stattdessen jemanden hätte suchen müssen, mit dem sie hätte schwärmen und träumen können.

Das Bild einer Blume würde sie gern sein. Eine, die sich nach der Sonne richtet, das Licht genießt und blühen will. Die es zu entdecken, zu schützen und ein bisschen zu bewundern galt.

Claude Monet, schrieb sie, *Der Seerosenteich.*

Die Baustellengrazien

Tanja

Wie geht es euch? Länger nichts gehört.

10:15

Roberta

Frag nicht. Der Kindergeburtstag war eine einzige Katastrophe. Bin immer noch fix und fertig.

10:17

Tanja

Doch so schlimm?

10:17

Roberta

Was haben wir gestritten! Das arme Kind. Dazu hat unsere Nachbarin, die wie eine zweite Mutter für mich ist, offenbar Parkinson.

10:19

Tanja

O nein, das tut mir leid! Wollen wir uns mal treffen, am Wochenende oder so?

11:03

Roberta

Unbedingt. Dann komme ich raus hier!

11:05

Tanja

Ich ebenfalls. Es ist recht eng hier bei mir zu dritt …

11:07

Roberta

Bei uns in der Wohnung sind wir zu viert … Bringst du deine Schwester auch mit?

11:08

Tanja

Weiß ich nicht, ich frage sie.

11:30

Giulia

Hallo Mädels, darf ich mitkommen? Ich habe auch riesige Sorgen, aber das würde ich euch gern persönlich erzählen.

12:27

Tanja

Klar! Stichwort?

12:36

Giulia

Der Typ, wegen dem ich bei dir in der Sprechstunde war.

12:42

Tanja

Oha, bin gespannt …

12:42

Roberta

Weiht ihr mich ein? :-(

12:43

Giulia

Es geht um einen Mann, Rob. Kann ich dir das alles am Wochenende erzählen? Die Sache ist sehr kompliziert.

12:50

Roberta

Klar. Wann und wo am Wochenende?

12:50

34

Seit vier Tagen okkupierte Katrin nun schon ihr Wohnzimmer. Tanja seufzte resigniert, während sie die Abschlussberichte ihrer Morgenvisite auf der Gynäkologie durchsah. Als die Oberärztin sie gestern gefragt hatte, ob sie für eine Doppelschicht einspringen könnte, hatte sie mit Kusshand zugesagt. Es war ihr zu eng zu dritt bei sich zu Hause. Aber was hätte sie machen sollen – Katrin war zu ihr geflohen, und natürlich hätte Tanja sie niemals abgewiesen. Im Gegenteil, sie hatte sich gefreut und gehofft, Katrin wieder eine Zeit für sich zu haben, alte Zeiten wieder aufleben zu lassen. Aber irgendwie gelang ihnen das nicht mehr.

Tanja gähnte.

»Na, Doppelschicht, Tanja?«, fragte ihre Kollegin Arianna, die wie aus dem Nichts aufgetaucht war und nach einer Patientenmappe in der Halterung an der Wand griff.

Tanja hielt sich wie ertappt die Hand vor den Mund und schüttelte den Kopf. »Nee, das ist es nicht«, gab sie zurück, »bloß nicht gut geschlafen.« Sie dachte an das Theater in der Nacht, als Katrin einen heulenden Niki stundenlang durch die Wohnung getragen und dabei von Hunger und Durst über Blähungen und Zähne sämtliche fachmännischen Erklärungen parat gehabt hatte.

»Vielleicht ist er nur müde«, hatte Tanja gemutmaßt, »und möchte ins Bett gelegt werden.« Doch damit hatte sie sich bloß einen vernichtenden Blick eingefangen. Was war nur aus ihrer Schwester geworden, mit der sie früher nächtelang um die Häuser gezogen war? Sie hatten einmal den gleichen Musikgeschmack, die gleichen Ansichten und ähnliche Träume gehabt, und nun war ihre Schwester zu einer Glucke mutiert, mit der kein normaler Dialog mehr möglich schien.

Tanja begann langsam zu ahnen, weshalb Matthias fremdgegangen war, auch wenn sie sich für diese Gedanken schämte.

Es war die Wahrheit, dass Matthias eine Woche in den Skiurlaub hatte fahren wollen, um ein wenig auszuspannen. Was nicht stimmte, war, dass er mit seinen Freunden fuhr, wie Katrin ihr berichtet hatte. Als Matthias am Samstagvormittag, nur Stunden vor seiner Abreise, hoch auf den Speicher gestiegen war, klingelte sein Handy, das er im Flur abgelegt hatte. Katrin, einerseits in Sorge, dass Niklas-Lian von dem Klingelton geweckt werden könnte, und andererseits überrascht, dass Matthias überhaupt mal eine Minute ohne sein Handy in der Hosentasche unterwegs war, hatte das Telefonat, ohne groß nachzudenken, angenommen. Eine junge Frau meldete sich, stellte sich fröhlich als Franzi vor und wollte Matthias sprechen. Sie bat Katrin freundlich, Matthias auszurichten, dass er doch keinen Dachgepäckträger mieten müsse, weil sie einen von Freunden ausborgen konnte. Da hatte Katrin bereits geahnt, dass etwas nicht stimmte, aber der große Schlag kam erst noch: Franzi erkundigte sich, ob sie wohl Katrin sei, Matthias' Schwester, die Mutter von Niklas-Lian.

Unter Tränen hatte ihr Katrin in Santinos Bar mit Nik auf dem Schoß alles erzählt. Niemals hätte Tanja Matthias das zugetraut. Und Katrin ihm erst recht nicht. Wie hatte ihr das alles nicht auffallen können, wie hatte sie nur so dumm sein können?, fragte sie sich ein ums andere Mal.

Die entsetzte Stille in der Leitung, nachdem sie Franzi erklärt hatte, nicht Matthias' Schwester, sondern seine Ehefrau zu sein, hatte ihre schlimmste Befürchtung bestätigt. Franzi hatte nicht gewusst, dass Matthias verheiratet war. Sie hatte sogar angefangen zu weinen, hatte von ihren Treffen mit Matthias an Samstagen auf dem Wochenmarkt erzählt, mit anschließendem Besuch in einem Straßencafé, wo er manchmal auch das Kind dabeigehabt hatte, das er ihr als seinen Neffen verkaufte.

Da hatte es Katrin den Atem verschlagen, sie fühlte sich einer Ohnmacht nahe. Ja, die legendären Samstagseinkäufe von Matthias. Wenn er großzügig anbot, ihr das Kind abzunehmen, damit sie mal Zeit für sich hatte. Da hatte Matthias seine heimliche Geliebte getroffen. Mit ihrem gemeinsamen Sohn im Schlepptau. Den er verleugnet hatte. Es war nicht zu fassen.

Gerade als Katrin dieser Franzi erklärt hatte, dass sein »Neffe« ihr gemeinsames Kind war, erschien Matthias mit seinen Skiern in der Wohnungstür. Die Sache war sofort klar. Matthias hatte seine bezeichnenderweise bereits gepackten Koffer genommen und war gegangen.

Katrin hatte umgehend ihren Rechner hochgefahren und für den nächsten Morgen einen Flug nach Rom gebucht.

Tanja atmete schwer. Sie beherbergte nun eine traumatisierte Mama-Schwester und ein zehn Monate altes Baby, ohne zu wissen, wohin das führen und wie lange das gehen sollte. Mit solchen verzweifelten Familienangehörigen zu Hause war ihr neues Projekt, zukünftig einen selbstbestimmten Weg zu gehen, vorerst auf Eis gelegt. Warum war Katrin eigentlich nicht zu ihren Eltern in die Eifel gefahren, um sich von denen trösten zu lassen? Oder zu ihrer Oma nach Bozen? Das wäre doch für das Kind auch viel schöner gewesen.

Verärgert ließ sie ihren Kuli zurückschnappen, steckte ihn in die Brusttasche und ging ins Behandlungszimmer, wo ein paar angemeldete Privatpatientinnen sie erwarteten. Die Arbeit nahm sie in Beschlag und lenkte sie von ihren Gedanken und von ihrer Müdigkeit ab. Als sie mit einer Patientin die Details zur Krebsvorsorge durchsprach, klingelte ihr Haustelefon.

»Giovanna hier«, schnaufte ihre Chefin, »wir haben einen Blasensprung reinbekommen. Fünfunddreißigste Woche, Kindstöne nicht hörbar und nicht genügend freie Leute, die stehen alle schon bei anderen Patientinnen im OP.«

»Ich komme!« Tanja sprang auf und ließ die verdutzte Patientin mit einem »Schwerer-Notfall-tut-mir-leid« sitzen. Sie stürzte die Treppe hinauf in die Entbindungsstation und rannte den Gang hinunter. Dort traf sie auf die OP-Schwester.

»Hier entlang«, rief Chiara ihr zu und hielt ihr im Laufen einen grünen Kittel hin. »Laura ist schon da, ich assistiere.«

Im Operationssaal surrte es wie in einem Bienenstock. Zwei Schwestern beendeten mit hoch konzentrierten Mienen soeben die Vorbereitungen für den Notkaiserschnitt. Der Rolltisch mit den Instrumenten stand bereit, und die Patientin lag unter grünen Tüchern verborgen auf dem OP-Tisch. Ihr Kopf war durch ein paraventartiges Tuch verhängt, nur ihr Schluchzen war zu hören, ihr Körper bebte. Claudio, der Anästhesist, war gerade dabei, die Nadel für die Vollnarkose anzusetzen.

»Ich leite jetzt ein«, sagte er wie zum Gruß und deutete mit dem Kopf auf die Frau. Sie schlief in Sekundenschnelle ein, während ihr eine Krankenschwester über den Kopf strich. Alessandro, der Kinderarzt, schob einen Inkubator-Kasten in den Raum. Er ging damit geräuschlos bis zur hinteren Wand, wo er wie parkend verharrte und sich mit hochgezogenen Augenbrauen zu fragen schien, ob es am Ende dieser OP wohl etwas für ihn zu tun geben würde. Laura stand mit gezücktem Skalpell vor dem unbedeckten Rechteck auf dem Bauch der Patientin und blickte Tanja fragend an. Die desinfizierte sich die Hände, zog sich in Windeseile Mundschutz und Handschuhe an, die eine Schwester ihr reichte, und schnappte sich ein Skalpell vom Tablett.

»Okay«, sagte Tanja, »ich bin da.« Für einen blitzschnellen Moment schauten sie und Laura sich tief in die Augen. Tanja hatte Angst. Ein totes Baby aus einem Mutterleib zu schneiden, war der Horror eines jeden Frauenarztes. Es kam selten vor, aber die wenigen Male, die es passierte, vergaß man nie.

Tanja machte einen ersten tiefen Schnitt, während Laura die Hautschicht zurückhielt. Tanja setzte mit zwei Fingern an und dehnte die Bauchdecke der Patientin. Sie schauten sich an, Laura nickte. Mit geübtem Griff weitete Tanja die darunterliegende Schicht und arbeite sich Stück für Stück vor. Durch die letzte Schicht hindurch konnte man das zusammengekauerte, bewegungslose Kind erkennen, dessen Herztöne das CTG nicht mehr hörbar machen konnte. Tanja nahm erneut das Skalpell, tat einen winzigen Schnitt und zog dann vorsichtig das letzte Stück Haut wie eine Verpackungsfolie beiseite.

»Kopf entwickeln«, flüsterte sie Laura zu. Die fasste nach, um das Kind hervorzuholen. Sanft zog sie an den Schultern des Babys und schnalzte mit der Zunge. Das Köpfchen des Kindes steckte im Becken fest. Schweigend rüttelte Tanja an seinen Schultern und versuchte, die Finger zwischen das Becken der Mutter und den Kopf des Kindes zu bekommen. »Komm schon, komm schon«, wisperte sie beschwörend. Dann hatte sie es. Es war blau und leblos. Alessandro und zwei Schwestern stürzten wortlos herbei, um das Kind zu nehmen, das sie ihnen hinhielt, während Laura es in Lichtgeschwindigkeit abnabelte.

Alessandro drückte verschiedene Punkte am Rücken des Kindes, während eine Schwester Mund und Nase des Babys absaugte. Schnell wurde es in den Inkubator gelegt und an die Sauerstoffversorgung angeschlossen. Die Anspannung war grenzenlos. Nur das Brummen des Inkubators erfüllte den Raum. Tanja, die sich kaum zu atmen traute, begann routineartig, die

Schließung des offenen Bauches der Patientin vorzubereiten. Hinter sich hörte sie die eiligen Handgriffe der Kinderschwestern und dann – einen Babyschrei. Das Kind lebte.

»*E vai*«, jubelte Alessandro selig.

»*Auguroni!*« Laura schaute über das Paraventtuch zur schlafenden Patientin hinunter. »Das Kind ist gerettet!«, rief sie. »Vielleicht hört sie mich ja im Unterbewusstsein«, meinte sie mit entschuldigendem Augenaufschlag zu Tanja, die mit den Tränen der Erleichterung kämpfte. Wie gern hätte sie sich jetzt einen Moment hingesetzt und tief Luft geholt. Stattdessen befand sie sich noch mitten in einer Bauchoperation, die all ihre Konzentration erforderte. Sie blickte zu Laura, die sichtlich bebte vor Erschöpfung und Freude.

»Weiter geht's«, flüsterte sie ihr zu, zwang sich zu einem aufmunternden Lächeln und warf Chiara, die ihr die Instrumente auf einem kleinen Tablett hinhielt, einen dankbaren Blick zu. Alessandro schob den Inkubator mit dem Kind aus dem OP, während sie mit Laura Hautschicht um Hautschicht der Mutter wieder zunähte.

»Wir starten nun mit der Hauptnaht«, meldete Laura laut.

»Okay, Ausleitung läuft«, gab Claudio zurück und kontrollierte den Tropf sowie ein paar Apparate. »Narkosezufluss gestoppt. In wenigen Minuten ist die Patientin wieder da.«

Tanja nickte und nahm die Nadel an, die Laura ihr reichte. Hinter sich vernahm sie, dass die OP-Tür leise geöffnet wurde. Sie hob für den Bruchteil einer Sekunde den Blick. Fabio, in OP-Kittel, Haube und Mundschutz, war hereingetreten. Sein Gesicht hinter der Maske wirkte grau, seine Augen waren gerötet.

»Alles unter Kontrolle«, murmelte sie, verwundert über den nervösen Auftritt des gestandenen Oberarztes. »Das Kind lebt, Ausleitung läuft, wir schließen gerade.«

Fabio kam langsam auf sie zu, warf einen kurzen Blick auf die Naht und machte ein paar Schritte weiter hinter das Tuch, das das Gesicht der Patientin vom OP-Geschehen trennte. Er flüsterte etwas, und plötzlich hörten sie das erschrockene Schluchzen der erwachten Patientin.

»Mein Baby«, wimmerte die Frau, »wie geht es dem Baby?«

»Ihrem Kind geht es gut, Signora«, schaltete sich Chiara ein, »es wird auf der Kinderstation versorgt.«

»Wir nähen Sie gerade zu, Signora«, erklärte Tanja hinter ihrem Tuch, ohne von der Arbeit aufzusehen. »Es ist alles gut gelaufen. Sie werden Ihr Kind schon ganz bald in die Arme schließen können.«

Die Patientin schluchzte erneut. »Fabio«, wisperte sie in einem Ton, der Tanja stutzen ließ, »wo bist du denn die ganze Zeit gewesen? Ich hätte fast unser Kind verloren.«

Es folgte eine atemlose Stille, die Tanja endlos vorkam. Dann erwiderte Fabio leise etwas, was Tanja nicht verstand. Ihr wurde beinahe schwarz vor Augen, in ihren Ohren rauschte es, während die Patientin in heftiges Weinen verfiel. Geistesgegenwärtig hielten Laura und Chiara mit den Händen die bebende Bauchdecke der Patientin und warteten darauf, dass es Fabio gelang, die schluchzende Mutter seines Kindes notdürftig zur Ruhe zu bringen. Das verschaffte Tanja ein paar Sekunden zum Kräftesammeln, um das hier irgendwie bis zum Ende durchzustehen.

35

»Il cliente che Lei ha chiamato non è al momento raggiungibile. La preghiamo …«

»… di chiamare più tardi«, beendete Giulia den Satz und nahm ihr Telefon vom Ohr. Dieser Anschluss war und blieb zurzeit nicht erreichbar. Was hatte sie auch dieses und all die Male davor, die sie versucht hatte, Massimo anzurufen, erwartet? Um etwas über seinen Gesundheitszustand zu erfahren, brauchte sie ihn nicht persönlich zu fragen. Jede Zeitung bellte es ihr in dicken Lettern von der Titelseite entgegen. Massimos Gehirnerschütterung schien das Land ungefähr so in Atem zu halten wie die verheerenden Stürme im Norden oder die schlimmen Waldbrände im Jahr davor. Ja, sie musste zugeben, dass ihr Massimos Unfall näherging als vieles andere zuvor. Was hatte das zu bedeuten, dass sie die letzten fünf Nächte vor Sorge praktisch nicht geschlafen hatte? War sie vielleicht tatsächlich verliebt in ihn?

Schnaufend stapelte sie Kisten mit Brot und Milch sowie Kartons mit Kaffee und anderen Lebensmitteln in dem kleinen Lagerraum hinter ihrer Bar. Sie war dazu übergegangen, sich die Lebensmittel für ihr Geschäft liefern zu lassen, auch wenn das um einiges teurer war. Fünf bis sechs Tage in der Woche schon morgens um halb sieben hinter dem Tresen zu stehen, forderte sie zu sehr, als dass sie noch die Kraft übrig gehabt hätte, sich auf dem Großmarkt um den Ressourcennachschub für ihren Betrieb zu kümmern.

Sie nahm ein paar Packungen mit frischem Mozzarella und eingelegten Auberginen aus einer Kiste und legte sie auf ein Wägelchen, um die Ware in die Küche zu bringen.

Mit Schaudern erinnerte sie sich mehrmals am Tag an den Moment, als Massimo zu Boden gegangen war. Im Stadion war es für eine Sekunde mucksmäuschenstill gewesen. Dann ging der Schock wie ein Rauschen durch die Massen. Das Spiel war lange unterbrochen worden, und die Spieler wurden vom Platz geschickt, um die Landung des Rettungshubschraubers auf dem Fußballfeld vorzubereiten.

Nach dem Spiel waren die Zuschauer wie in Trance nach Hause gegangen. Es hatte ein Polizeiaufgebot vor den Hauptausgängen gegeben, um im Falle wilder Schlägereien zwischen den Fanparteien sofort eingreifen zu können. Aber nichts dergleichen war geschehen. Der Verkehr vom Stadion in die Stadt war so friedlich gewesen wie selten zuvor. Niemand hupte, niemand drängelte. Alle hingen gebannt an ihren Autoradios und beugten sich über ihre Smartphones, in der Hoffnung, das Neueste über den Zustand des verletzten Superspielers zu erfahren. Es war zu diesem Zeitpunkt nicht klar, ob Massimo überhaupt noch am Leben war.

Giulia öffnete Tüten und schnitt den Käse in möglichst feine Scheiben, um die *panini* für den Abend vorzubereiten.

Wie die Nachrichten berichteten, hatte Massimo auf der Intensivstation wegen der Schwere seiner Kopfverletzung immer wieder das Bewusstsein verloren. Als sein Zustand nach zwei Tagen endlich als nahezu stabil bezeichnet werden konnte, ging ein Jubeln durchs ganze Land und ebenso durch Giulias Bar, in der seit dem Fußballspiel ein Fernseher neben dem Tresen aufgestellt war. Giulia hatte sich weinend vor Erleichterung einige Minuten lang im Bad versteckt, wo sie sich mit Luigi eine Glückwunsch-Nachricht nach der anderen hin und her schickte, als sei Massimo ihr gemeinsamer Sohn.

Giulia nahm frische Weißbrotscheiben aus einer Tüte, belegte sie mit Mozzarella, Auberginen, Basilikum und getrockneten Tomaten, streute Salz und Pfeffer darüber. Zum Abschluss begoss sie die belegten Brotscheiben mit Olivenöl und klappte über jedes Stück eine weitere Brotscheibe. Dann drapierte sie die *panini* auf ein Tablett und stellte dies in die Tresenauslage des Barraums. Es herrschte die Ruhe der trägen Nachmittagsatmosphäre: Der Andrang nach der Siesta war vorbei, während die Zeit für den *aperitivo* noch nicht angefangen hatte.

Giulias Handy vibrierte. Das Display zeigte eine römische Festnetznummer an, die sie nicht kannte.

»*Pronto?«,* meldete sie sich.

»Signora di Veroli?«, antwortete eine tiefe Stimme, die sie schon mal irgendwo gehört hatte.

»Ja?«, bestätigte sie.

»*Maresciallo* Coppola von der *Questura* Farnese hier.«

»Oh«, hauchte Giulia, auch das noch. Coppola hieß der Beamte, der sie und Tanja nach der Festnahme vor ihrer Bar verhört hatte.

»Signora«, fuhr der *Maresciallo* fort, »zu Ihrem Prozess nächste Woche hat mir die Staatsanwaltschaft noch ein paar Fragen übermittelt, zu denen ich Sie bitte, erneut auf der Wache zu erscheinen.«

»Oh.« Giulia fühlte, wie ihr Mund trocken wurde. Ihr Herz hämmerte.

»Könnten Sie morgen Vormittag kommen?«

»An einem Samstag?«, fragte Giulia erstaunt.

»Ja«, antwortete der *Carabiniere,* »da arbeiten wir.«

»Verstehe …«, antwortete Giulia gedehnt. Sie fragte sich, ob Fabiana es schaffen würde, sie mit den beiden Aushilfen an einem Samstagvormittag zu vertreten.

»Ach so, Signora …« Der *Maresciallo* klang plötzlich defensiv. »Da fällt mir ein … Ich meine«, er zögerte, »wenn ich Sie an Ihrer *Religionsausübung* hindern sollte …«, er klang, als formuliere er den Begriff zum ersten Mal im Leben, »könnten wir den Termin natürlich auch auf Montag verlegen.«

»Nein, nein«, beeilte sich Giulia zu sagen, »ich … ähm, ich arbeite samstags ebenfalls. Ich betreibe eine Bar.«

»Das ist mir in der Tat bekannt.«

»Ach ja.« Giulia schlug sich vor den Kopf. »Ist gut. Also, morgen geht. Ich werde kommen.«

»Um zehn Uhr?«

»Ja.«

»Gut, Signora, dann bis morgen.« Er legte auf.

Giulia legte ihr Handy beiseite und stützte sich erschöpft auf dem Rand des Spülbeckens ab. Das hatte ihr jetzt noch gefehlt. Die Staatsanwaltschaft hatte noch ein paar Fragen übermittelt. Was hatte das zu bedeuten? Ratlos ließ sie ihren Blick nach draußen schweifen. Sie schaute auf die vier kleinen Außentische, die von Touristengrüppchen und zwei alten Herren aus dem Viertel in Gesellschaft von Onkel Aldo besetzt waren. War ihr Bruder eigentlich wahnsinnig gewesen, die Absperrung zu versetzen? Warum hatte sie ihn nicht daran gehindert? Wenn das nun auch noch herauskam? Giulia spürte, wie es ihr die Kehle zuschnürte. Eine mächtige Mutlosigkeit und blanke Angst überkamen sie, und die Müdigkeit der letzten Tage tat ihr Übriges.

»Giuli? Können wir zahlen?« Aldo riss sie mit seiner Frage aus ihren Gedanken. »Wir müssen los, der Sabbat fängt gleich an!«

»Ich komme«, antwortete sie und eilte nach draußen zu den Herren. Aldos Freund erwartete sie schon mit einem kleinen Stapel Münzen in der Hand.

»Ich übernehme.« Er nickte seinen protestierenden Freunden zu, die beide versuchten, das Geld für ihren Espresso bei Giulia abzuladen. »Ihr könnt euer Geld ja gleich in der Almosenbüchse loswerden.«

Alle lachten und standen von ihren Stühlen auf. Aldo förderte aus seiner Hosentasche eine zerknautschte Kippa zutage, glättete sie grob mit der Hand und setzte sie sich auf den Hinterkopf.

»Dann mal los«, riefen sie sich zu, »der Gottesdienst fängt gleich an.« Sie verabschiedeten sich von Giulia und gingen, die Hände auf dem Rücken verschränkt, gemächlich davon.

Giulia sah ihnen hinterher und seufzte. Sie räumte die Tassen ab und griff nach ihrem Handy.

Die Baustellengrazien

Giulia

Es gibt Neuigkeiten. Keine guten: Ich bin morgen erneut bei den Carabinieri vorgeladen.

15:48

Roberta

O nein! Warum?

15:50

Giulia

Der Maresciallo sagt, die Staatsanwaltschaft habe ihm noch ein paar Fragen geschickt, die er mir stellen muss.

15:52

Tanja

Und was hat das zu bedeuten?!

15:53

Giulia

Ich habe keine Ahnung …

15:53

Tanja

Kann dein Anwalt mitkommen?

15:55

Giulia

Gute Idee, ich frag ihn mal, ob er am Samstag für seine Klienten aktiv werden würde.

15:58

Tanja

Wenn nicht, kann vielleicht dein Anwalt versuchen, den Termin zu verschieben?

16:02

Giulia

Ich frage ihn, danke.

16:03

Roberta

Wenn das stattfindet, Giuli, lass uns hinterher unbedingt treffen! Wir warten auf dich und drücken alle Daumen, die wir haben, oder, Tanja?

16:18

Tanja

Mindestens, o Giulia …

16:19

36

»Auch das noch.« Tanja atmete tief aus und ließ ihr Smartphone in ihre Brusttasche gleiten. Seufzend strich sie ihren Arztkittel glatt, putzte sich die Nase mit einem Stück Mullbinde und warf es in den Abfalleimer unter ihrem Schreibtisch. Am liebsten wäre sie geflohen. Nach Rio. Oder nach Honolulu. Weg von dem Ganzen hier. Weg von der Sache mit der Baustelle, weg von allem, was mit Fabio zu tun hatte, und eigentlich … weg von ihrer Schwester. Einfach irgendwohin. Das wäre schön gewesen. Stattdessen musste sie dringend los zur Abendvisite, alles andere musste sie schlicht beiseiteschieben.

Entschlossen zog sie den Stapel Patientenakten zu sich heran. Ganz obenauf lag die Mappe, auf deren Einstecketikett *Patrizia Denaro* stand. Ein Schauer lief ihr über den Rücken. Es war ein üblicher Vorgang, dass der Arzt, der eine Patientin operiert hatte, auch ihre Visite übernahm, wenn es mit den Dienstzeiten und Patientenzahlen vereinbar war. Ihr selbst war es normalerweise sehr wichtig, die Frauen noch einmal zu sehen, die sie davor auf dem Operationstisch liegen gehabt hatte. Dass ihre Chefin Giovanna ihr jedoch wie selbstverständlich die Akte der Signora Denaro zugeschanzt hatte, kam ihr wie eine Bedrohung vor. Nachdenklich schnalzte sie mit der

Zunge. Sollte sie die Patientin gleich zu Beginn oder lieber ganz am Schluss ihres Rundganges aufsuchen? Sie konnte sich nicht entscheiden. Was würde sie mehr lähmen – das Wissen, gleich auf diese Frau zu stoßen, oder die Gedanken, die sie nach dem Gespräch mit ihr beschäftigen würden?

Kurz entschlossen zog sie einen Euro aus der Hosentasche, warf ihn in die Luft und … verpasste, ihn aufzufangen. Scheppernd rollte die Münze unter einen Aktenschrank an der Wand neben der Tür. Sie fluchte leise und ging auf die Knie, um das Geldstück mithilfe eines langen Lineals unter dem Schrank hervorzuholen. »Zahl am Schluss, Kopf zu Beginn«, flüsterte sie sich zu, um sich nicht über ihre eigenen Spielregeln hinwegsetzen zu können und schließlich doch noch einen wie auch immer gearteten inneren Schweinehund siegen zu lassen. Vorsichtig zog sie am Lineal, das den Euro mit einem kleinen Schubs über den blank gewienerten Linoleumboden gegen ihr Bein rutschen ließ. Kopf! Leonardo da Vincis Zeichnung schaute ihr Mitleid heischend entgegen. Die Arme weit ausgestreckt wie der leidende Jesus am Kreuz, in einem Kreis eingeschlossen wie in einem Hamsterrad. Tanja stöhnte.

»Bringen wir's also hinter uns …«, murmelte sie mühsam, raffte ihre Sachen zusammen und trat auf die Station hinaus.

Das Zimmer von Patrizia Denaro lag in der Mitte, und Tanja war froh, dass sie niemand bei einem so unsystematischen Rundgang beobachtete. Sie klopfte kurz und drückte die Türklinke herunter. Die junge Mutter lag mit dem Baby im Arm auf dem Bett im hinteren Teil des Raumes, das vordere war unbesetzt. Sie versuchte ein erschöpftes Lächeln und schaute Tanja erwartungsvoll an.

»Signora Denaro.« Sie spürte ihre Aufregung beim Sprechen. »Ich bin *Dottoressa* Wagner, ich habe sie gestern operiert. Wie geht es Ihnen?«

Die Frau nickte. »Wunderbar«, sagte sie, »und schlecht.«

Tanja musste unwillkürlich lächeln. »Eine völlig normale Antwort für eine glückliche Mutter nach einer solch schweren Operation. Haben Sie Schmerzen?«

»Ja«, antwortete die Frau, »starke.«

»Darf ich die Narbe mal sehen?« Behutsam schob Tanja die Bettdecke beiseite, hob das Hemd der Patientin an und tastete vorsichtig den Bauch ab. Er war weich, die Narbe unter dem Mulltuch war sauber und gut vernäht.

»Es ist alles in Ordnung, Signora. Die Erschöpfung und die Schmerzen sind so kurz nach dem Kaiserschnitt absolut normal.« Sie klappte die Bettdecke zurück und betrachtete die Frau, wie sie mit dem Kind im Arm dalag. Es war ein kleines Mädchen, ganz in Rosa gekleidet. Tanja wusste, dass man ihr erst heute Morgen das Kind gebracht hatte, nachdem man sicher gewesen war, dass die Kleine ihre Temperatur halten konnte. Tanja versuchte, Fabios Züge im Gesicht des Babys zu entdecken, konnte aber keine Ähnlichkeit feststellen. Sie schnaufte. Was würde das auch ändern?

»Klappt es denn mit dem Stillen?«, fragte sie weiter.

Die Frau zuckte mit den Schultern und senkte den Blick. »Ich hab sie ja erst seit ein paar Stunden.«

»Haben Sie die Kleine denn angelegt?«

»Ja.«

»Und klappt das?«

»Ich weiß es nicht.« Erneut zuckte die Frau mit den Achseln. Tränen traten ihr in die Augen. Eine Strähne ihrer tiefbraunen, glatten Haare fiel ihr ins Gesicht. Sie hatte ein markantes, trotz der Jahreszeit leicht gebräuntes Gesicht, und war ein völlig anderer Typ als Tanja. Was um alles in der Welt hatte Fabio eigentlich von ihr gewollt?, fragte sie sich verwundert und biss sich auf die Lippen.

»Es ist«, begann die Frau und schniefte, »alles so viel, irgendwie. Ich weiß, das klingt komisch.«

»Nein, das klingt überhaupt nicht komisch. Sie haben sehr viel erlebt in den letzten vierundzwanzig Stunden. Ich kann gut verstehen, dass Sie überfordert sind. Aber bitte, wenn Sie Hilfe brauchen, klingeln Sie nach einer Hebamme oder einer Kinderkrankenschwester. Wir helfen Ihnen gern.«

»Mein Mann ist ja auch Arzt hier«, erklärte die Frau. Ein ratloser Unterton lag in ihrer Stimme.

Ihr *Mann?* Fabio war verheiratet? Tanja krampfte sich der Magen zusammen. »Ja, ich … habe sie zusammen gesehen«, erwiderte Tanja stockend. »Ich wusste gar nicht, dass unser Oberarzt verheiratet ist und Vater wird.« Krampfhaft rang sie sich einen neutralen Blick und ein freundliches Lächeln ab.

»Ja, wir haben geheiratet, als ich schwanger wurde«, erklärte die Frau. »Es kam alles sehr plötzlich. Ich weiß auch nicht, ob er das Kind wirklich …« Sie brach ab, schluckte und presste die Lippen zusammen. »Ich will Sie mit diesen privaten Sachen auch nicht belästigen.« Sie zog das Baby fester an sich und schaute ins Leere.

»Oh, äh, gar kein Problem, ich …« Tanja überlegte, ob sie solche abgedroschenen Phrasen wie *Wir sind immer da für die Sorgen unserer Patientinnen* sagen sollte, hielt sich dann aber zurück, um die arme Frau nicht bloß aus Neugierde über Fabio auszuhorchen. Sie versenkte die zitternden Hände in ihrem Kittel. »Ich bin gern für Sie da«, murmelte sie nur.

Die Frau schenkte ihr ein ratloses Lächeln. In diesem Moment ging die Tür auf. Tanja fuhr herum. Fabio stand in der Tür. Als er sie sah, erstarrte er.

»*Dottore* Merlo«, begrüßte Tanja ihn kalt, »kommen Sie gern dazu. Ich führe gerade die Visite bei Ihrer Frau durch.«

Langsam, den Blick nervös über Tanja hinwegschweifen lassend, ging er auf seine Frau zu, gab ihr einen Kuss auf die

Stirn und setzte sich zu ihr auf den Bettrand. Sie reichte ihm das schlafende Kind, das er behutsam in den Arm nahm.

»Welche Überraschung, dass Sie Vater geworden sind«, erklärte Tanja. »Das wusste hier niemand im Kollegium. Aber umso schöner, dass wir nun die Ehre haben, die Frau unseres Oberarztes betreuen zu dürfen.«

»Sie ist als Notfall eingeliefert worden, falls Ihnen das noch nicht bekannt war«, murmelte Fabio, ohne sie anzuschauen.

»Ich war beim Einkaufen, als meine Fruchtblase platzte«, fügte seine Frau hinzu. »Der Krankenwagen hat mich zufällig hierhergebracht. Eigentlich sollte ich das Baby in einer Privatklinik bekommen.«

»In einer Privatklinik?«, fragte Tanja, um einen unschuldigen Tonfall bemüht. »Warum denn das?«

»Mein Mann meinte, ich sei dort besser aufgehoben und die Ärzte hätten mehr Erfahrung dort«, erwiderte die Frau unsicher und schaute zwischen ihnen beiden hin und her. Fabio schien unterdessen mit dem Baby im Arm die Rillen im Bodenbelag zu zählen.

»Mehr Erfahrung?« Tanja gab sich überrascht und entrüstet. »*Dottore* Merlo, wie kommen Sie denn darauf? Rein zahlenmäßig sind die städtischen Einrichtungen den privaten doch weit überlegen, wissen Sie das denn nicht?« Ihre Stimme war laut geworden. Die Antwort lag sowieso auf der Hand: Fabio hatte sichergehen wollen, dass keiner seiner Kollegen mitbekam, dass er eine Frau hatte, die noch dazu ein Kind erwartete, überlegte Tanja verbittert. Was für ein Schwein. Was für ein RIESEN-Schwein! Sie sah ihn kopfschüttelnd an, ihre Lippen hatten sich zu einem dünnen Strich zusammengepresst. Wie hatte sie auf einen solchen Mann hereinfallen können? Seine vage, unverbindliche Art, seine Unzuverlässigkeit. Wieso war sie nie auf die Idee gekommen, dass er liiert sein könnte? Darauf, dass sie nichts als eine Zwischendurchgeliebte, ein Zeitvertreib in einer womöglich etwas ermüdenden Ehe mit einer hochschwangeren Frau war? Tanja ballte die Hände in den Taschen zu Fäusten. Sie war für Fabio das, was diese Franzi für Matthias war. Ein egoistischer Seitensprung.

Fabio hob den Kopf, ihre Blicke trafen sich. Etwas Bittendes lag in seinen Augen. *Mach mir das hier nicht kaputt,* schienen sie zu sagen. Vernichtend starrte sie ihn an. Am liebsten hätte sie ihm ins Gesicht gespuckt.

»Na ja«, sagte Tanja dann und machte eine Geste des Aufbruchs. »Der Ruhe Ihres Kindes zuliebe will ich Sie mit weiteren Fragen verschonen«, meinte sie und warf Fabio noch einen bitterbösen Blick zu, um sicherzugehen, dass er die Doppeldeutigkeit ihrer Bemerkung verstanden hatte.

Der schluckte. »Ich danke Ihnen, *Dottoressa*«, flüsterte er und nickte. »Danke.« Er hatte verstanden.

Tanja drehte sich auf dem Absatz um und verließ grußlos den Raum. Sie stapfte auf das kleine Pult auf dem Flur zu, um ihre Unterlagen und ihre Gedanken zu ordnen. Zu ihrer Verwunderung spürte sie plötzlich eine große Ruhe und Zufriedenheit. Sie fühlte keinerlei Hass oder Rachegelüste und war erleichtert darüber. Sie würde die Geschichte mit Fabio vergessen, beschloss sie. Ob und wie diese kleine Familie auf tönernen Füßen ihren Weg in die Zukunft finden würde, brauchte sie nicht weiter zu interessieren.

Geradezu beschwingt durch ihren mentalen Schlussstrich und mit einer Leichtigkeit, als habe sie sich endlich von einer alten Last befreit, führte sie ihre Visite fort. Sie hörte sich die Klagen und Freuden von rund einem Dutzend Patientinnen im Wochenbett an, besprach die Übergaben für die Nachtschicht und machte pünktlich um acht Uhr Feierabend.

Auf dem Weg über die Tiberbrücke überprüfte sie ihr Telefon und schaute nach, welche Meldungen in den letzten drei Stunden eingegangen waren. Neben zwei Nachrichten von

Katrin hatte es einen Anrufer in Abwesenheit vom römischen Festnetz gegeben, der keine Nachricht hinterlassen hatte.

Sie klickte auf *Rückruf* und presste das Gerät ans Ohr. Schon nach dem ersten Klingeln meldete sich ein Mann. Sein *Pronto* klang dynamisch und selbstbewusst, und Tanja musste kurz darüber staunen, wie viel Souveränität manche Menschen in der Lage waren, in einem einzigen Wort auszudrücken.

»*Pronto?«,* fragte sie. »Sie hatten mich angerufen?«

»Ich rufe viele Menschen am Tag an, Signora. Wer sind Sie?«

»Das fragen mich viele Menschen am Tag, aber die hinterlassen eine Nachricht, wenn sie mich anrufen. Wer sind *Sie?*«

»Ah, ich verstehe«, gab der Mann zurück, und man konnte hören, dass er gegen ein belustigtes Lachen ankämpfte. »Signora Wagner?«, fragte er dann in einem gewollt strengen Ton.

»Ja, Sie wünschen?«

»Ich bin *Maresciallo* Coppola, von der *Questura* Farnese.«

»Uuh.« Ein missbilligender Ton entfuhr ihr, und sie schlug sich die Hand vor den Mund.

»Ich habe Sie angerufen«, fuhr er fort, »um Sie zu bitten, morgen um zehn auf die Wache zu kommen, damit ich Ihnen weitere Fragen zu dem Tathergang vorletzte Woche in der Via Catalana stellen kann.«

»Aber morgen um zehn treffen Sie sich ja schon mit Signora di Veroli.« Während sie es aussprach, wusste sie bereits, dass sie zu viel gesagt hatte.

Und in der Tat schwieg der *Maresciallo* für einen Augenblick. »Ah, Sie sind darüber informiert?« Seine Stimme klang abwartend, zum Sprung bereit.

»Ja«, gab sie vorsichtig zu. Jetzt bloß keine Fehler machen, halt einfach die Klappe, beschwor sie sich.

»Haben Sie schon gemeinsam besprochen, was Sie mir morgen erzählen wollen?«

»Nein«, antwortete Tanja wahrheitsgemäß. Die hilflosen Gedanken in ihrem Kopf drehten sich. Sogar der absurde Gedanke, das Handy einfach über die Tiberbrücke zu werfen.

»Dann werden Sie das wohl heute noch tun, nicht wahr?«

Ja, wollte sie sagen, aber dieses Mal konnte sie ihr vorlautes Mundwerk noch rechtzeitig stoppen. »Nein«, antwortete sie stattdessen langsam, »wir haben nichts zu verbergen und werden Ihnen unsere Geschichte so berichten, wie sie sich zugetragen hat.«

»Ich freue mich darauf, Signora.« Coppola klang nun belustigt. »Wir sehen uns dann morgen um zehn auf der *Questura.*«

Tanja steckte ihr Handy weg und schnaufte kampfeslustig. Sie war mit Fabio fertiggeworden, sie würde auch mit Coppola fertigwerden.

Die Baustellengrazien

Tanja

Ich korrigiere: Bin morgen ebenfalls vorgeladen.

Mich hat er auch angerufen.

20:20

Giulia

Wer? Coppola?

20:25

Tanja

Jipp …

20:26

Roberta

Mist! Ihr glaubt gar nicht, wie schlecht ich mich fühle …

20:27

Giulia

Das muss ich meinem Anwalt sagen, der kommt morgen auch mit.

20:29

Tanja

Ich lasse mein Handy zu Hause und lösche auch den Chatverlauf.

Nicht dass der plötzlich auf doofe Ideen kommt.

20:33

Giulia

Pentini sagt, das ginge gar nicht.

20:34

Tanja

Trotzdem.

20:34

Roberta

Bitte gebt mir sofort Bescheid, wenn ihr da raus seid, ich komme dann zu euch.

20:45

Tanja

Ich schicke eine Brieftaube.

20:45

Giulia

Rob, ich melde mich bei dir.

20:46

37

»*Wohin* gehst du?« Katrin starrte sie erstaunt an, während sie Niklas-Lian auf ihrem Schoß einen hellblauen Plastiklöffel mit Getreidebrei in den Mund schob.

»Du hast richtig gehört, ich bin nachher zu einem erneuten Verhör bei den *Carabinieri* vorgeladen.« Tanja schenkte Katrin und sich Tee ein und stellte die Kanne auf das altmodische Stövchen auf dem kleinen Frühstückstisch. Weit genug weg, sodass Nik nicht darankommen würde. Sie setzte sich hin, kaute an einem Fingernagel und schaute ihre Schwester resigniert an.

»Warum denn? Erneut sagtest du?« Katrin brauchte sichtlich ein paar Sekunden, um sich zu sammeln. Nur das zufriedene Schmatzen des Babys erfüllte den Raum. »Was ist denn passiert?«

»Ich bin vor zwei Wochen mit einer Freundin festgenommen worden«, erklärte Tanja ausdruckslos. »Wir haben vor ihrem Geschäft herumgegraben.«

»Festgenommen, herumgegraben?« Katrin drückte Nik den Kinderlöffel in die Hand, der selig daran herumnestelte, beugte sich vor und ergriff den Arm ihrer Schwester. »Tanja, warum um alles in der Welt *weiß* ich nichts davon?« Sie war erschrocken, ihr Blick sorgenvoll.

Tanja zuckte mit den Schultern. »Weil wir nicht dazu gekommen sind, in Ruhe zu sprechen.«

»Aber wir reden doch die ganze Zeit, wenn du zu Hause bist.«

Sie zuckte mit den Schultern. »Nicht richtig«, sagte sie vage.

»Tanja, wir sind Schwestern, ich bin seit Tagen bei dir. Wie kann es sein, dass du mir solche Sachen nicht erzählst?«

»Weil es nie um mich geht«, erklärte Tanja ernüchtert. »Es hat sich bisher keine Gelegenheit ergeben, glaub mir«, fügte sie traurig hinzu und trank schlürfend einen Schluck Tee.

»Aber das ist doch Quatsch, ich bin sicher, wenn du gewollt hättest, hätte es genug Momente gegeben, in denen … Nein, Niklas-Lian, nicht die Tasse, die gehört Mama, hier ist deins.« Energisch schob Katrin ihre Teetasse in Richtung Tischmitte und drückte dem Kind ein Plastikfläschchen mit roten Griffen in die Hand.

»Weißt du, es gibt einiges, was mich in meinem Leben beschäftigt«, begann Tanja und fing geistesgegenwärtig das Fläschchen auf, das Nik im Begriff war, auf den Boden zu werfen. »Die Sache mit der Festnahme ist noch längst nicht alles, aber« – sie schluckte – »du hast keine Zeit, mir zuzuhören.«

»Ach, das ist doch nicht wahr.« Katrin warf sich gegen die Rückenlehne ihres Stuhls. Nik geriet ins Schwanken und klammerte sich erschrocken an sie. Sie dachte einen Moment nach. »Ich verstehe nicht, warum hast du mich nicht angerufen, als das … diese *Festnahme* passiert ist?«

»Ich hab's versucht«, sagte Tanja, »aber man kann mit dir nicht in Ruhe reden. Du bist immer abgelenkt. Mit dem Kind.« Sie stockte, vielleicht hätte sie das nicht hinzufügen sollen. Schließlich reagierten Mütter bei allem, was auch nur nach Kritik an ihrem Kind roch, hochgradig emotional.

»Nun schieb das nicht auf Niklas-Lian, das ist nicht seine Schuld!«

»So ist es aber.« Tanja schluckte. »Ich komme nicht mehr zu dir durch. Weißt du, ich will dir meine Sorgen nicht zwischen Tür und Angel zurufen. Deshalb warte ich immer darauf, dass sich ein passender Moment bietet, aber« – sie zögerte – »irgendwie kommt nie einer, verstehst du?« Sie versuchte, Katrins aufmerksamen Blick zu deuten. Nik warf seinen Löffel unter den Tisch, doch zu Tanjas Überraschung reagierte Katrin nicht darauf. Für einen Moment herrschte Stille im Zimmer.

»Und wovon wolltest du mir noch erzählen, neben der Verhaftung?«, flüsterte Katrin. Unendliche Resignation lag in ihrer Stimme. Traurig starrte sie auf die Tischplatte, auf der Nik seine in roten Socken steckenden Füßchen abgelegt hatte.

Wieder nahm Tanja einen Schluck Tee. »Von einem Mann«, sagte sie, »Fabio.«

Katrin schaute sie erwartungsvoll an. »Und?«

»Ich bin betrogen worden, genau wie du«, erklärte Tanja, »stell dir das mal vor. Oder vielmehr«, sie lachte verbittert, »so wie diese *Franzi.*«

»O nein.« Katrin atmete schwer aus. »Der Kerl hatte auch Frau und Kind?«

Tanja nickte. »Ja, so ungefähr.«

»Und du hast nichts davon gewusst?«

Tanja schüttelte den Kopf. »Nichts, gar nichts. Dumm, oder?«

Katrin blickte resigniert auf. »Nein. Das könnte man meinen, aber dafür passiert das wohl zu oft. Es scheint, die Kerle sind einfach zu schlau für uns.«

»Oder wir zu ehrlich, um auf solche Sachen zu kommen.«

»Keine Ahnung, Tanja, keine Ahnung.« Katrin schien nachzudenken. Nik zappelte juchzend am Tisch herum und versuchte nun, mit den Füßen Katrins Tasse zu erreichen. »Vielleicht hätte ich ahnen müssen, dass Matthias mir etwas vormacht. Diese Geheimnistuereien, von Anfang an. Nie durfte man irgendwem irgendwas sagen.« Sie stöhnte. »Die Höhe seines Gehalts war geheim, seine Handy-PIN sowieso, was unser Auto gekostet hat, und sogar die Urlaubspostkarten seiner Eltern sollte ich nicht lesen. Ich bin da so reingerutscht. Irgendwann kam es mir auch normal vor, so zu leben, nichts mehr preiszugeben, dass alles *vertraulich* ist. Das klingt ja auch so wichtig: *ver-trau-lich.*« Katrin seufzte tief. »Bis ich dann selbst Opfer seiner Heimlichkeiten geworden bin. Und mit uns unser Kind.« Ihre Stimme brach ab, und ihre Augen füllten sich mit Tränen. Sie schniefte.

Tanja schluckte, rückte ihren Stuhl um das Tischchen herum und legte den Arm um ihre Schwester. Die rang noch einen Moment um Fassung, lehnte sich dann endlich an sie, Nik fest an sich gepresst, und ließ ihren Tränen freien Lauf. Tanja schnappte nach Luft. Auch sie hatte plötzlich einen riesigen Kloß im Hals. So viele Gedanken wirbelten ihr durch den Kopf. Fabio, Katrin, ihr Leben in Rom mit all den Aufregungen, die sie zu meistern hatte. Es war viel für sie gewesen in letzter Zeit, und nun, mit Katrin im Arm, begann auch sie leise zu schluchzen. Nik quengelte und wand sich in Katrins Armen. Ohne auf sein Gejammer einzugehen, ließ Katrin das protestierende Kind vorsichtig auf den Boden gleiten, legte beide Arme um Tanja und drückte sie an sich.

Sie weinten zusammen über die verlorenen Monate, über ihre Trennung voneinander, über enttäuschte Gefühle und die Sorge über das, was jetzt auf sie zukommen mochte. Nach einer Weile blickten sie sich mit verweinten Augen an. Katrin strich Tanja liebevoll eine Strähne aus dem Gesicht. Tanja nahm das Küchenhandtuch von der Stuhllehne, putzte sich geräuschvoll die Nase und rang sich ein Lächeln ab.

Katrin grinste verheult zurück und strich ihr über den Arm.

»Wo ist denn mein Kind?«, fragte sie plötzlich.

Von Nik war keine Spur mehr zu sehen. Der Küchenboden war leer. In Panik sprangen sie auf.

»Aber er kann doch noch gar nicht richtig krabbeln«, japste Tanja, als sie aus der Küche stürzten.

»Dann hat er's wohl gerade gelernt«, stellte Katrin fest. Sie stürmte ins Bad, Tanja ins Wohnzimmer.

Aus dem Schlafzimmer hörte sie ein Brabbeln, dann ein schepperndes Geräusch. »Die Stehlampe, er spielt an der Stehlampe hinter meinem Bett«, rief Tanja entsetzt. Mit einem Satz waren sie beide im Schlafzimmer. Hinten in der Ecke sah Tanja ihren monströsen Deckenfluter bedrohlich wanken. Niks Kopf tauchte auf, er versuchte, sich an der Lampe hochzuziehen.

»Nik, neiiin!«, brüllte Katrin und machte einen Satz über das Bett. In diesem Moment fiel die Lampe um. Sie traf Katrin am Kopf. Sie jaulte auf und rollte sich fluchend, mit einer Hand das Gesicht bedeckend zur Seite.

Tanja rannte ums Bett herum, wo Nik unbeschadet auf dem Boden saß und sie verdutzt anschaute. Dann ließ sie sich aufs Bett neben Katrin fallen und betrachtete ihr Gesicht.

»Alles okay?«, fragte sie atemlos. Katrin nickte, nahm langsam die Hand von der Nase und betrachtete sie.

»Ich blute«, stöhnte sie.

»Lass mal sehen«, sagte Tanja und tastete vorsichtig Katrins Nase ab. »Scheint nichts gebrochen zu sein.«

»Na, dann geht's ja«, meinte Katrin sarkastisch.

»Du hast ihn Nik genannt«, sagte Tanja und lachte.

»Was habe ich?«

»Ach, vergiss es.« Tanja blickte zu Nik, der sich fröhlich krähend am Bett hochzog und sie anlachelte. »Deine Nase hat meine Achthundert-Euro-*Artemide* gerettet«, erklärte sie. »Wäre die Lampe auf dem Boden aufgeschlagen, wäre sie hin gewesen.«

»Es war mir eine Ehre«, stöhnte Katrin und tupfte sich das Gesicht mit Tanjas Nachthemd ab, das neben dem Kopfkissen gelegen hatte.

Tanja richtete sich auf, zog Nik zu sich hoch aufs Bett und ließ sich mit ihm im Arm auf die Kissen fallen. Der Kleine jubelte begeistert. »Ach«, seufzte sie dann und strubbelte Nik durchs Haar, »Kinder geben einem so viel.« Die Ironie in ihrer Stimme war nicht zu überhören.

»Es kommt so viel zurück«, spottete Katrin.

»Der wahre Sinn des Lebens.« Tanja kicherte.

»Sie kitten jede Beziehung.«

»Sie helfen im Haushalt.«

»Sie sind respektvoll und dankbar.«

»Sie schlafen viel.«

»Sie treiben einen zur Weißglut.«

»In den Wahnsinn.«

»Das ist es alles wert«, sagte Katrin und drückte Tanjas Hand über Niklas' Bauch hinweg. »Ich lieb ihn so.«

»Ich auch«, sagte Tanja und erwiderte ihren Händedruck, »ich auch. Ich wäre gern mehr für ihn da und mit ihm zusammen gewesen.«

Katrin schwieg einen Moment und schaute hoch zur Decke. »Du bist vor mir nach Rom geflohen, nicht wahr?«

Tanja schüttelte den Kopf. »Nein, nicht so richtig.«

»Doch, das bist du, weil ich so abgetaucht war. Es war alles so neu für mich, mit Matthias, zu dritt, mit dem Kind plötzlich, das ständig krank war, dazu noch Matthias' ständig schlechte Laune.« Sie seufzte. »Ich hab dich im Stich gelassen.«

Ihr letzter Satz hing einen Moment lang schwer im Raum. Nik spielte mit Tanjas Nachthemd und brabbelte unbeeindruckt vor sich hin.

»Na ja«, Tanja zögerte, »im Stich gelassen ist vielleicht etwas übertrieben.«

»Doch, das hab ich«, flüsterte Katrin, »und es tut mir leid.«

»Schwamm drüber«, flüsterte Tanja zurück.

»Aber nun hab ich dich so weit weg an Rom verloren.«

Tanja drehte den Kopf und grinste sie an. »So weit weg, dass du mit Sack und Pack vor meiner Tür aufgetaucht bist, ohne dass du auch nur angerufen hast?«

Katrin lachte. »Auch wieder wahr«, entgegnete sie und sah mit einem Mal wieder irgendwie glücklich aus. »Du entkommst mir nicht.«

38

Maresciallo Coppola lehnte sich in seinem Bürostuhl zurück und angelte nach dem Memo der Staatsanwaltschaft. Er studierte das Schreiben eingehend, legte es dann wieder beiseite und stützte die Ellenbogen auf. Giulia schluckte und rieb ihre kalten, feuchten Hände aneinander. Ihr war klar, dass der *Maresciallo* auf Zeit spielte, um sie nervös zu machen. Und dies gelang ihm leider hervorragend.

»Signora di Veroli.« Coppola blickte sie an. Giulia saß eingekeilt zwischen ihrem Rechtsanwalt Pentini, diesem wortgewandten Schnösel, und Tanja, die heute verweint aussah. Im Beisein Pentinis hatte Giulia sie vor der Tür noch nicht fragen können, weshalb. Auch das bedrückte sie. Hatte Tanja sie womöglich schon aufgegeben? »Die Staatsanwaltschaft ist auf meinen Vermerk eingegangen«, erklärte Coppola, »in dem ich angezweifelt habe, dass Sie bei dieser Straftat allein vorgegangen sind. Sie weist uns an, Sie hierzu erneut zu befragen, um gegebenenfalls ein Gruppenvergehen in Betracht zu ziehen oder auszuschließen.«

»Hm«, machte Giulia. Sie schluckte, drückte den Rücken gerade durch und versuchte, genauso stark zu sein, wie sie es sich die ganze durchwachte Nacht lang vorgenommen hatte.

Pentini lehnte sich auf der Bank zurück, verschränkte beide Arme vor der Brust und schlug in ausladender Geste das rechte Bein über das Knie des linken, wobei das Hosenbein ein Stück hochrutschte. Zum Vorschein kamen zu Giulias Verblüffung bunt geringelte Socken, die, wie sie fand, für einen erwachsenen Menschen absolut untragbar waren. Trotz aller Anspannung musste sie grinsen. Solche Socken hätte sie diesem Spießer gar nicht zugetraut. Das fand Tanja offenbar auch, die sich dezent ein Stück vorbeugte und neugierig zu dem Anwalt hinüberschielte.

»Signora di Veroli«, hob Coppola wieder an, »schildern Sie mir doch bitte noch einmal, weshalb sie beschlossen hatten, am Tag ihres Geburtstages allein durch die Gegend zu fahren, um eine Tonne Sand ins Stadtzentrum zu transportieren.«

»Weil ich das Bauloch vor meiner Bar schließen wollte«, antwortete Giulia so lapidar wie möglich.

»Warum ausgerechnet an Ihrem Geburtstag?«, hakte Coppola nach.

»Jeder Tag ist ein guter Tag«, erklärte sie vielleicht einen Hauch zu neutral. Nun fing sie doch an zu zittern und hoffte, ihr Gegenüber würde es nicht bemerken.

»Hatten Sie denn am Tag nach einer Party in der eigenen Wohnung nichts anderes zu tun?«

»Doch, aber ich musste mich nach meinem Bruder richten und danach, wann er mir seinen Pick-up ausleihen konnte.«

»Warum haben Sie Ihren Bruder nicht gebeten, Ihnen zu helfen?«

»Weil er an den Wochenenden keine Lust auf Bauarbeiten hat. Er ist Bauunternehmer und froh, sonntags zu Hause zu sein.«

»Sonst hätten Sie das getan?«

Giulia zuckte die Achseln. »Vielleicht.«

»Weil Sie gern Hilfe gehabt hätten?«

»Weiß ich nicht.« Was sollten diese Fragen eigentlich? Wollte er sie mürbe machen?

»Weil diese Arbeiten für einen allein doch etwas zu viel sind, oder?«

»Das führt aber nun ein wenig zu weit, Herr Kollege!« Endlich schaltete sich die streberhafte Stimme Pentinis ein. »Das sind Mutmaßungen, und die haben mit der Faktensammlung bei einer Befragung nichts zu tun.«

Giulia nickte erleichtert. Es wurde tatsächlich Zeit, dass Pentini sich einmischte, dafür bezahlte sie ihn schließlich.

Coppola verzog kurz den Mund und dachte offenbar nach.

»Signora Wagner!« Aha, er wechselt sein Opfer, dachte Giulia, als er sich Tanja zuwandte. »Woher wussten Sie, dass Ihre Freundin Giulia di Veroli am Sonntagabend bei sich in der Bar sein würde?«

»Das hatte sie mir gesagt«, erwiderte Tanja.

»Wann?«

»Auf ihrer Geburtstagsparty am Vorabend.«

»Und worüber hatten Sie davor gesprochen?«

»Wie bitte?«

»Worüber hatten Sie gesprochen, als das Gespräch darauf kam, dass Ihre Freundin am folgenden Tag abends in ihrer Bar sein würde.«

»Das kann ich Ihnen nicht sagen«, antwortete Tanja, und Giulia runzelte die Stirn. Sie wusste es ebenfalls nicht mehr. Hatte sie nicht kurz davor den Geschirrspüler eingeräumt, um frische Gläser für die Party zu haben? Wie waren sie noch mal auf das Thema gekommen?

»Aha«, machte Coppola, und mit Genugtuung registrierte Giulia, dass er sich ärgerte. Er hatte Tanja und sie mit seinen Fragen durcheinanderbringen wollen, ganz bestimmt. Wie im Krimi, wo die Kriminalpolizei dem Verdächtigen Fragen ohne Ende stellte, bis sich der Täter irgendwann im Netz seiner erfundenen Geschichten verfing. Seine eigenen Lügen vergaß man nämlich leicht.

»Denken Sie also nach!«, forderte Coppola Tanja auf. »Kommen Sie – *so* lange ist das alles nicht her.«

»Ich kann mich aber nicht erinnern«, nuschelte sie. Nein, auch Tanja würde ihm dieses Verhör-Highlight nicht gönnen, stellte Giulia zufrieden fest. Lieber doof stellen.

»Wie kann es dann sein, dass Sie sich am Tag nach der Party daran erinnern konnten und losgegangen sind, um Ihre Freundin zu besuchen?« Sein Gesicht hatte jetzt etwas Feixendes.

»Was hat denn das damit zu tun?«, fragte Tanja. »Sie haben mich doch gefragt, was wir besprochen haben, *bevor* Giulia mir sagte, dass sie am nächsten Abend in der Bar sein würde.«

»Aber das ist doch das Gleiche. Worum ging es also?«

»Nein, das ist nicht das Gleiche.« Tanja schüttelte ihre roten Locken. »Ich weiß nicht, worüber wir *davor* geredet hatten.«

Der *Maresciallo* verzog das Gesicht, stand auf und schritt den Raum ab. Die Absätze seiner Stiefel knallten auf den Holzboden seiner Amtsstube. Pentini rückte sich auf seinem Platz zurecht und wechselte die Beinhaltung. Giulia stutzte. Der Strumpf, der nun an seinem anderen Fußgelenk zu erkennen war, war rot-braun-blau gestreift. War der Kerl farbenblind? Oder bekloppt? Oder war dies seine Taktik, einen *Carabiniere* aus dem Konzept zu bringen, wenn ein Fall für die Beklagten besonders hoffnungslos erschien? Ein Schauer lief ihr über den Rücken. Hätte der kleinliche Staatsanwalt über Coppolas Zweifel daran, dass sie die Tat allein durchgeführt hatte, nicht einfach hinweglesen können? Es passierten tagtäglich unsagbar viele Verbrechen in Italien, gab es da nichts Wichtigeres zu tun?

Der *Maresciallo* blieb stehen und kniff entschlossen die Augen zusammen. So als habe er beschlossen, nun seinen letzten Trumpf auszuspielen. Auch Tanja neben ihr schien das zu spüren, denn sie setzte sich aufrecht hin.

»Signora di Veroli, Sie haben, als Sie mit dem Pick-up ins Stadtzentrum gefahren sind, auf illegale Weise das *varco attivo* überfahren.« Er musterte sie streng.

Ach, du Schande! Die Adrenalinwelle, die Giulia durchspülte, drohte sie von der Bank zu werfen. Ihr Kopf rauschte. Sie schluckte. Daran, das musste sie sich mit grenzenlosem Entsetzen eingestehen, hatte sie nicht mehr gedacht.

»Wie Sie wissen«, fuhr der *Maresciallo* fort und fixierte sie geradezu raubtierartig, »sind die Kontrollpunkte mit Kameras ausgestattet.«

Coppolas Worte hallten durch den Raum. Giulia krallte ihre eiskalten Finger ineinander und blickte zu Boden. Selbst wenn sie gewollt hätte – jetzt brachte sie kein Wort mehr heraus. Pentini scharrte mit seinen farbenfroh bestrumpften Füßen. Auch er hatte offenbar daran nicht gedacht, sonst hätte er sie längst nach den Verkehrskameras gefragt und sie auf diesen Punkt vorbereitet. Verflucht noch mal, dachte Giulia, hätte das nicht das Erste sein müssen, was ein guter, innenstadtnaher römischer Anwalt von einem Klienten in Erfahrung zu bringen hatte?

»Wir haben zurückgerechnet«, fuhr der *Maresciallo* sichtlich zufrieden fort, »und die Stadtpolizei um alle Aufnahmen der *varchi attivi* in Ihrer Gegend kurz vor Ihrer Festnahme gebeten. Auch die mit verdeckten Kennzeichen. Und siehe da« – langsam schritt er zurück zu seinem Pult, nahm bedächtig Platz und ein Blatt Papier von seiner Unterlage, das bis eben verdeckt auf dem Tisch gelegen hatte – »es gibt da ein schönes Foto von Ihnen. Von Ihnen beiden.« Sein Blick wanderte zwischen ihr und Tanja hin und her. Tanja, das konnte Giulia sehen, hielt die Hände so verkeilt, dass ihre Fingerknöchel weiß hervortraten.

»Zeigen Sie es uns«, sagte Pentini.

Coppola verharrte einen Moment.

Gespannte Stille. Giulia schaute von ihrem Anwalt zum *Carabiniere* und wieder zurück. Ihr Körper bebte.

»Zeigen Sie es uns«, insistierte Pentini.

»Das Kennzeichen ist nicht erkennbar, da in diesem Moment eine Passantin durchs Bild läuft, aber man kann den Pick-up samt Fahrerin gut erkennen. Ebenso die Umrisse einer *zweiten* Person«, sagte Coppola langsam und starrte Tanja fest ins Gesicht. Die schnappte leise nach Luft.

»Darf ich?« Pentini beugte sich vor und streckte die Hand aus. Langsam, wie in Zeitlupe, reichte ihm der *Maresciallo* das Blatt über den Tisch. Pentini drehte es in den Händen und betrachtete es eingehend, während er es ein Stück zu Giulia hinüberstreckte.

Giulia konnte vor Angst kaum den Kopf drehen. Es war, als wäre ihr Nacken aus Beton. Angstvoll fixierte sie das Blatt, bereit, ein Star-Foto von sich neben Tanja in der Fahrerkabine des Pick-ups zu sehen.

Aber dem war nicht so. Die Welle der Erleichterung, die in ihr hochstieg, ließ sie laut aufglucksen, viel zu laut. Sie hielt sich die Hand vor den Mund, während sich Tanja über sie beugte, um ebenfalls auf das Blatt zu schauen, das Pentini ihnen hinhielt. Auch Tanja lachte leise auf und ließ sich gleich wieder gegen die Rücklehne ihrer Bank sinken.

»Ich kann nur *eine* Person auf dem Bild erkennen«, erklärte Pentini. Sein Pokerblick und sein verkniffener Mund verrieten jedoch, dass er doch etwas mehr auf dem Foto sah, als man ihnen vor Gericht jemals würde beweisen können.

»Und links neben der Fahrerin, was sehen Sie dort?«, fragte Coppola ungeduldig.

Pentini blickte auf das Blatt, verzog den Mund und schüttelte den Kopf. »Keine Ahnung«, sagte er unschuldig, »etwas Rundes. Vielleicht einen Stapel Decken oder etwas Ähnliches?«

»Es ist der entzückende Rücken von Signora Wagner, die sich bückt, um der Fotokamera zu entgehen«, verkündete Coppola laut.

Pentini sah ihn ausdruckslos an und schüttelte bedächtig den Kopf. »Das ist eine reine Mutmaßung, Signore *Maresciallo*. Nicht mehr.« Als sei die Diskussion damit beendet, reichte er Giulia das Blatt, die krampfhaft versuchte, nicht über das ganze Gesicht zu grinsen.

Coppola lehnte sich zurück, verschränkte die Arme vor der Brust und verdrehte düpiert die Augen. »Okay«, sagte er wie jemand, der weiß, dass er die Schlacht verloren hat. »Ich nehme also zu Protokoll, dass Sie behaupten, auf dem Bild nur Signora di Veroli zu erkennen?«

Giulia und der Rechtsanwalt nickten. »Korrekt«, sagte Pentini, »ich danke Ihnen.«

»*Capito.*« Der *Maresciallo* legte die Fingerspitzen aneinander und drehte sich ein paarmal auf seinem Stuhl hin und her. »Dann können Sie jetzt gehen.«

Sie erhoben sich, nickten ihm zu und gingen auf so auffällig leisen Sohlen zur Tür, wie man es nur mit schlechtem Gewissen tut. Giulia drückte vorsichtig die Klinke herunter, als wäre sie aus Glas. Beim Schließen der Tür erhaschte sie einen letzten Blick auf den *Maresciallo* hinter seinem Schreibtisch. Ihre Blicke trafen sich. Seine Miene hatte etwas Wissendes, Spöttisches, aber auch Souveränes. Sie wusste, dass er wusste, dass Tanja neben ihr im Pick-up gesessen hatte. Nichtsdestotrotz war diese Runde eindeutig an die Beschuldigten gegangen.

39

»Kein Wort«, knurrte Pentini, als sie am Pförtner vorbei durch das Portal der Wache schritten, »sagen Sie nichts, bis wir um die nächste Straßenecke sind.« Giulia blickte schuldbewusst zu ihm auf. »Aber dann gnade Ihnen Gott!«

Draußen auf der Piazza zog er seinen Schal enger um den Hals und schloss einen Knopf seines grauen Jacketts. »Gehen wir dort hinten in das Café«, befahl er, »da können wir reden.«

Eine Frau mit Kinderwagen kam auf sie zugestürmt. »Wie ist es gelaufen?«, rief sie.

Giulia schaute verblüfft auf. »Tanja, deine Schwester sieht ja aus wie du«, rief sie lachend.

Die nickte. »Katrin, das ist Giulia und das ihr Rechtsanwalt Salvatore Pentini«, stellte sie die Truppe einander vor.

»*Piacere*«, sagte Katrin und drückte beiden die Hand. Pentini lächelte. »Ganz meinerseits«, erwiderte er. »Wie kommt es, dass Sie beide Italienisch sprechen und dabei aussehen wie Irinnen?«

»Unsere Mutter kommt aus Südtirol«, antwortete Katrin, »aber aufgewachsen sind wir in Köln.«

»Eine römische Kolonie.« Pentini nickte. Sie waren an der Bar, die er vorgeschlagen hatte, angekommen. Er hielt ihnen die Tür auf. »Dann bedeutet Rom ja keine große Umstellung für Sie.«

Die beiden Schwestern lachten. Auch Giulia wagte es, kurz zu lächeln, angespannt wegen der Standpauke, die ihr gleich bevorstand.

»Der Tisch dort hinten vielleicht?«, schlug Pentini vor und wies auf einen Ecktisch neben einem hell erleuchteten Flipperautomaten.

»Ich schreibe Roberta eine Nachricht«, flüsterte Giulia Tanja zu, während sie Platz nahmen, »die sucht uns nämlich.«

»Und jetzt, Signora di Veroli«, sprach Pentini, und seine Stimme war ernst geworden, »will ich alles – verstehen Sie? –, *alles* über den Tathergang wissen. Wäre das möglich? Wenn Sie mich noch einmal so vorführen wie eben, lege ich mein Mandat nieder. Haben Sie mich verstanden? Ich lasse Sie notfalls auch mitten im Gerichtssaal stehen.« Seine Worte duldeten keine Widerrede. Er hatte die Arme auf den Bistrotisch gestützt, strahlte ungebrochene Autorität aus und nahm den Raum ein, als gehöre der ganze Laden ihm. Tanjas Schwester, die das Kind aus dem Buggy geholt hatte, verschwand mit dem Kleinen, eine Entschuldigung murmelnd, in Richtung WC. Tanja duckte sich und flüsterte dem Kellner, soviel Giulia verstehen konnte, die Bitte zu, vier Espressi zu bringen.

Giulia machte sich ganz klein, am liebsten hätte sie sich auf der Stelle in Luft aufgelöst.

»Es ist«, brachte sie mühsam hervor, »genau, wie Sie vermuten. Tanja war von Anfang an dabei, aber ich habe sie nicht mit reinziehen wollen. Wir hatten Glück, dass sie in dem Moment, in dem die Polizei auf uns aufmerksam geworden war, eine Verschnaufpause vor meiner Bar gemacht hat und man ihr so nichts nachweisen konnte. Aber die Kameras habe ich …«, sie fuhr sich stöhnend mit den Händen übers Gesicht, »die habe ich total vergessen. Daran habe ich wirklich überhaupt nicht gedacht.«

Pentini verzog das Gesicht, schien jedoch zumindest halbwegs besänftigt zu sein. Er nahm seine Aktentasche vom Boden, ließ die Schnalle aufschnappen und zog das Foto hervor. »Das sieht wirklich ein Blinder, dass da noch jemand neben Ihnen sitzt«, murmelte er. »Aber wenn Sie sich schon bücken, um der Kamera zu entgehen«, sagte er zu Tanja, »warum denn dann bitte schön nicht *richtig?*«

»Ich habe mich nicht vor den Kameras gebückt«, erklärte Tanja und rückte ihren Stuhl zur Seite, um ihrer Schwester mit dem Baby auf dem Arm Platz zu machen. »Ich hatte mich gebückt, weil mir etwas runtergefallen war«, sagte sie, »meine Schlüssel, glaube ich.«

»Wie bitte?« Pentini schaute sie überrascht an. »Signora di Veroli, Sie fahren mit Ihrer Freundin durch einen *varco attivo* und weisen sie nicht an, sich zu verstecken? Sie sind doch Römerin, wie konnten Sie das vergessen? Wenn Sie schon so – bitte verzeihen Sie den Ausdruck – *bekloppt* sind, durch eine Lichtschranke zu fahren.«

»Na ja, es war ja …«, stotterte Giulia, »es ging ja, ich meine …« Sie stockte. Er hatte ja recht. Leider.

»Und dann auch noch das Glück mit der Passantin vor Ihrem Auto«, fuhr Pentini fort. Plötzlich lag so etwas wie Hochachtung in seiner Stimme. »Meine Mutter sagte in solchen Fällen immer ›Gott ist mit den Dummen‹. Die Frau hier vor Ihrem Auto«, er tippte auf das Foto, »steht mit ihrer Jacke in der Hand ausgerechnet da, wo Ihr Nummernschild sitzt.« Er verstummte, als der Kellner den Kaffee brachte. Pentini legte das Blatt beiseite, nahm sich ein Tütchen Zucker von seiner Untertasse und nestelte dran herum.

»Also wissen Sie, meine Damen« – plötzlich grinste er – »Sie hatten bei der ganzen Aktion solch ein geradezu naives *Glück,* dass es eigentlich hätte gut ausgehen müssen, finde ich. Oft ist das ja so in solchen Fällen.« Nun lachte er.

»Aaah, da seid ihr ja.« Keuchend, wie aus dem Nichts, stand plötzlich Roberta in der Tür. »Wie schön, dass ich euch gefunden habe. *Ciao, ciao.*« Eilig winkte sie in die Runde, zog sich einen Stuhl vom Nebentisch heran und ließ sich schnaufend daraufplumpsen, als schien sie den Anwalt an Giulias Seite überhaupt nicht wahrzunehmen. »Also, ihr müsst mir alles haarklein erzählen. Wie war es?«

Giulia starrte sie versteinert an. Auch Tanja schien es die Sprache verschlagen zu haben. Pentini, der eben an seinem Kaffee genippt hatte, betrachtete Roberta interessiert. Dann zog er die Augenbrauen zusammen, senkte den Kopf Richtung Tischplatte, auf der die Fotografie lag, und schaute wieder hoch zu Roberta.

Am Tisch herrschte einige Atemzüge lang betretenes Schweigen.

»Was ist denn los?« Unsicher blickte Roberta von einer zur anderen. »Gibt es Probleme?«

Giulia biss sich auf die Lippen.

»Habe ich was falsch gemacht?«, fragte Roberta verlegen.

Schweigend reichte Pentini ihr das Blatt. »Echte Freunde sind etwas Schönes«, fügte er hinzu. Er trank seinen Kaffee aus, stellte die Tasse ab und griff nach seiner Aktentasche. »Wir sehen uns dann nächste Woche vor Gericht.« Er sah Giulia mit einem schwer zu deutenden Blick an, irgendwo zwischen beeindruckt, belustigt und resigniert. »Wenn Ihnen noch weitere Neuigkeiten oder Komplizen zum Tathergang einfallen, dann rufen Sie mich bitte an.«

Er reichte ihr die Hand.

»Das werde ich tun, *avvocato*«, flüsterte Giulia. »Danke.«

40

Giulia steckte einem Bettler, der mit seinen drei verlausten Hunden in der Via dei Giubbonari auf einer Apfelsinenkiste saß, einen Fünfeuroschein zu und wünschte ihm einen schönen Tag. Menschen, die ihre Nächte im Freien verbringen mussten, rührten sie neuerdings noch mehr an als früher – seit sie sich nun hin und wieder ausmalte, wie es wohl wäre, im *Carcere di Rebibbia,* dem römischen Frauengefängnis, den herannahenden Winter verbringen zu müssen. Sie fühlte sich schwer und leicht zugleich. Bestimmt war der Prosecco daran schuld, den Tanjas Schwester ausgegeben hatte, um darauf anzustoßen, dass zumindest Tanja – und Roberta sowieso – endgültig aus der Sache raus waren. Zumindest das erleichterte Giulia ungemein.

Sie warf einen Blick auf ihre Armbanduhr. Gleich ein Uhr. Der Gottesdienst in der Synagoge war längst vorbei, und sicherlich wimmelte es in ihrer Bar von Menschen, die sich vor dem Mittagessen noch einen *aperitivo* mit den Freunden gönnen wollten.

Sie ließ eine Straßenbahn vorbeifahren und eilte hastig über die rote Fußgängerampel der Via Arenula. Nach einem zweiten Gläschen und viel Gelächter waren sie, nachdem Pentini gegangen war, in ihrem Gespräch von den *Carabinieri* im Speziellen zu Männern im Allgemeinen übergegangen. Die Stimmung war dann etwas gekippt. Roberta hatte erzählt, wie furchtbar einsam sie sich fühlte, und Giulia ging es da nicht besser. Sie erwähnte vage, dass sie ein Mann beschäftigte, mit dem sie nun schon länger keinen Kontakt mehr gehabt hatte. Was hätte sie auch mehr erzählen sollen? Tanja hatte berichtet, dass sie in einer Notoperation Frau und Kind ihres Ex-Lovers hatte retten müssen, von deren Existenz sie bis dato nicht einmal etwas gewusst hatte. Und nach den Andeutungen von Tanjas Schwester war dieser offenbar gerade ganz Ähnliches passiert.

Giulia schüttelte ungläubig den Kopf. Was war nur los mit der Liebe in ihrer aller Leben? Warum war das alles bloß so kompliziert? Im Grunde wollten sie alle das Gleiche, und doch verletzte, belog und betrog man sich. In den meisten Fällen jedenfalls. Und wenn alles gut ging, saß man mit siebzig wie ihre Eltern zu Hause und zickte sich den lieben langen Tag gegenseitig an. Und meistens über die jeweiligen Macken des anderen, die doch eigentlich jeder schon seit Schulzeiten hatte. Giulia seufzte. Das war irgendwie auch nicht das Leben, das ihr vorschwebte.

Sie marschierte die letzten Meter hinunter zu ihrem Café. Das Gewimmel dort drinnen konnte sie schon von Weitem erkennen. Die Menschen drängten sich im Innenraum, die vier Tischchen draußen waren voll besetzt, und darüber hinaus hatten sich einige Gäste ihre Gläser und Tassen mit vor die Tür genommen und standen in Grüppchen plaudernd auf der Piazza herum. Giulia verzog das Gesicht. Zwar war ein solcher Andrang wunderbar fürs Geschäft, aber dieser De-facto-Ausschank auf der Straße konnte streng geahndet werden, wenn die *Polizia Municipale* eines Tages beschließen sollte, über die Menge der Gäste nicht weiter hinwegzusehen. Es spielte Giulia in die Hände, dass die Stadtpolizei um diese Zeit im Viertel alle Hände voll damit zu tun hatte, die Sicherheitslage im Auge zu behalten, da sich jeder zweite Jude Roms in ein und demselben Gebäude befand.

Giulias Handy klingelte. Umständlich und fluchend tastete sie die vielen Taschen ihres Anoraks ab. Eilig angelte sie das Gerät hervor und blickte aufs Display.

Es war Massimo.

Für einen Moment vergaß sie zu atmen. In Windeseile rannte sie ein Stück weiter, an ihrer Bar vorbei, hoffend, dass Fabiana sie nicht sah, und flüchtete sich in eine kleine Gasse. Eine Katze, die an einem Regenrohr herumgeschnüffelt hatte, sprang erschrocken auf und lief weg.

»*Pronto?*« Schnaufend nahm Giulia das Telefonat an. Gott, lass ihn nach viermal klingeln bitte noch dran sein.

»Giulia? Ich bin's, Massimo.« Seine Stimme klang angestrengt.

»Ich weiß«, nuschelte sie. »Ich bin so glücklich, von dir zu hören.« Hatte sie das wirklich gesagt? Das war ihr so rausgerutscht. So weit waren sie doch eigentlich noch gar nicht, oder doch?

»*Bella*«, Massimo hörte sich plötzlich fast fröhlich an, »ich hatte in den letzten Tagen siebenunddreißig Anrufe in Abwesenheit von dir. Grenzt das nicht an *Stalking?*« Sein Sarkasmus war trotz seiner müden Stimme unüberhörbar. Er war der Alte geblieben. Giulia atmete auf.

»Unbedingt«, wisperte Giulia. »Ich wollte dich sprechen. Ich *muss* wissen, wie es dir geht.«

»Bitte entschuldige, dass ich so lange nicht zurückgerufen habe. Ich war verhindert. Sehr verhindert.«

»Ich weiß. Ich hab das alles gesehen. Ich war im Stadion.«

Massimo schwieg für einen Moment. »Das tut mir leid«, sagte er dann, und Giulia war sich nicht sicher, was er damit meinte.

»Mir auch«, antwortete sie. »Ich wünschte, das wäre alles nicht passiert. Es war schrecklich. Ich habe mir fürchterliche Sorgen gemacht.« Wie ganz Italien, wollte sie scherzhaft hinzufügen, verkniff sich das aber. »Wie geht es dir denn nun?«, fragte sie endlich.

»Besser«, antwortete Massimo langsam. »Die Ärzte haben mich tagelang beobachtet, bis sie sicher waren, dass mein Kopf intakt geblieben ist, auch wenn ich dachte, er würde zerspringen. Inzwischen sind die Schmerzen schwächer. Aber ich bin bereits zweimal an der Schulter operiert worden.«

»Hm.« Giulia nickte. In Wirklichkeit wusste sie das alles schon. Tag für Tag hatte sie sich über jedes Detail seines Schädeltraumas und seines zerschmetterten Schlüsselbeins in den Zeitungen informiert. »Und wie geht es dir sonst?«, fragte sie. »Bist du besorgt, dass du, ich meine … Machst du dir Sorgen?«

Massimo zögerte einen Moment. »Meinst du, Sorgen darum, nicht mehr spielen zu können?«

»Ja, das meine ich.«

Er lachte bitter. »Das Thema ist durch, Giulia, allein die Reha wegen der Schulter wird Monate dauern. Und mich dann wieder fit für den Profifußball zu kriegen … Dafür bin ich zu alt.«

»Das tut mir wirklich schrecklich leid, Massimo.«

»Jipp, mir auch.« Giulia staunte über seine souveräne Antwort. Oder war er froh darüber, dass es vorbei war? Dass ihm die Entscheidung abgenommen worden war, wann es an der Zeit wäre, seinen Beruf an den Nagel zu hängen?

Einen Moment schwiegen sie beide. Die kleine Katze war zurückgekommen und strich Giulia schnurrend um die Beine.

»Darf ich …«, begann Giulia schüchtern und ärgerte sich im selben Moment über sich selbst. »Soll ich dich mal besuchen kommen?« Sie versuchte, so beiläufig wie möglich zu klingen.

»Giulia, deshalb rufe ich an«, antwortete Massimo. »Es würde mir sehr viel bedeuten, wenn du vorbeikämst. Ich würde mich wirklich freuen.«

»Ich komme gern«, erwiderte Giulia hastig. »Ich würde mich auch riesig freuen …« Schön nachgeplappert, ärgerte sie sich. Wo war ihre Schlagfertigkeit geblieben? Wütend starrte sie die Katze zu ihren Füßen an, als könnte die etwas dafür.

»Aber ich muss dich warnen«, fuhr Massimo fort, »ich bin gerade nicht derjenige, den du vor ein paar Wochen kennengelernt hast. Ich kann kaum allein aufstehen. Geschweige denn – Fahrstuhl fahren.«

Giulia lachte laut auf.

»Ich nehme die Treppe«, antwortete sie. »Ich will dich nicht überanstrengen.«

»Da bin ich froh«, sagte er und fügte eilig hinzu: »Also, damit meine ich nicht, dass ich generell etwas dagegen hätte.«

»Ich auch nicht.«

»Alles zu seiner Zeit.«

»Jetzt komme ich dich erst mal besuchen«, erwiderte sie ausweichend und merkte, wie ihr Gesicht heiß wurde. Gut, dass er das nicht sehen konnte.

»Das ist doch ein Anfang, oder?«

»Massimo?«

»Ja?«

»Ich will dir … noch etwas sagen«, stotterte Giulia und suchte nach Worten. »Ich will dir sagen, also …, solche Sachen mache ich nicht alle Tage, weißt du? Also eigentlich *sonst nie!*«

»Einen Krankenhausbesuch?«

»Nein!«, rief sie. Wollte er sie auf den Arm nehmen, oder hatte er sie tatsächlich nicht verstanden? »Solche Sachen wie die im Fahrstuhl, meine ich.«

»Ah«, sagte er, »verstehe. Schade.«

Giulia stöhnte. Eigentlich hatte sie ihm nur sagen wollen, dass er ihr wichtig war, dass er etwas Besonderes für sie war. Aber ihr fiel vor Aufregung nicht ein, wie sie das lässig genug verpacken könnte.

»Ich komme dich besuchen. Morgen!«, rief sie. »Ich freue mich!«

Sie legte auf, ging in die Knie und strich der Katze über den Rücken. Sie hatte bernsteinfarbenes, flauschiges Fell und schmiegte sich zufrieden an sie.

»Komm mit rüber, Katze«, flüsterte sie und stand auf, »ich geb dir ein Tässchen Milch aus.« Als hätte das Tier sie verstanden, lief es hinter Giulia her, die selig lächelnd zum Lieferanteneingang der Bar hinüberschlenderte. »Ich bin verliebt«, gestand sie dem Kätzchen seufzend. Und es fühlte sich richtig und wunderbar an.

Die Baustellengrazien

Giulia

Er hat angerufen!!!

13.23

Roberta

Juhu!!!

13:24

Tanja

Was sagt er?!

13:24

Giulia

Dass er mich sehen möchte! Morgen treffen wir uns! Ich freue mich soooo!!

13:26

Roberta

Das ist wunderbar!

13:26

Tanja

👍

13:26

41

»Nächste Woche kommt Iaio und hilft Papa, die Küchenwand zu Eleonora rüber wegzubrechen«, verkündete Giuseppa. Sie befüllte einen Teller mit *fusilli al sugo* und stellte ihn so unauffällig vor Roberta auf den Tisch, als versuchte sie, die Schlagkraft ihrer Verkündung hinter der Schlichtheit dieser Geste zu verstecken.

»Wie bitte?« Roberta stellte ihr Glas ab und schaute fassungslos in die Runde. Ihre Eltern blickten sie so selbstverständlich an, als unterhielten sie sich über den Wetterbericht. Eleonora machte ein Gesicht, das Roberta nicht so recht zu deuten wusste. Sophia zappelte auf ihrem Hochstuhl und versuchte, ihr mit den Fingern Nudeln vom Teller zu mopsen. Roberta drückte ihr eine Gabel in die Hand und beugte sich vor. »Ihr wollt also die Wohnungen zusammenlegen?«, fragte sie.

»Na ja«, Eleonora wehrte ab, »nein, ihr wohnt hier, und ich wohne dort. Es ist ja nicht so, dass ich nicht mehr klarkäme. Aber deine Mutter will …«

»Eleonora braucht jetzt unsere Hilfe«, unterbrach Giuseppa sie resolut. Sie trocknete sich die Hände an ihrer gestreiften Kittelschürze ab und ließ sich auf ihrem Platz in der Nähe von

Herd, Fenster und Kühlschrank nieder, wo sie die letzten zweiundvierzig Jahre gesessen hatte. »Sie kann nicht mehr lange allein bleiben. Und ich kann nicht mehrfach am Tag durchs Fenster rufen, um zu wissen, ob es ihr gut geht. Außerdem« – geradezu trotzig griff sie nach ihrer Gabel und begann, auf ihrem Teller nach Pasta zu stochern – »koche ich sowieso jeden Tag, da kann Eleonora ebenso gut dazukommen. Darauf, einen Teller mehr oder weniger abzuwaschen, kommt es ja nun wirklich nicht an.«

»Ich werde abwaschen«, verkündete Eleonora. Sie machte Anstalten, nach ihrem Wasserglas zu greifen, doch als sie bemerkte, wie stark ihr die Hand zitterte, verbarg sie sie hastig wieder unter dem Tisch auf ihrem Schoß. Wie selbstverständlich nahm Giuseppa das Glas und hielt es Eleonora an den Mund.

So weit sind wir schon, dachte Roberta entsetzt. Schweigend schauten sie zu, wie Eleonora das Gesicht verzog, einen Schluck Wasser trank und dann trotzig den Kopf zur Seite drehte, was vermutlich heißen sollte, dass sie keinen Durst mehr hatte.

Roberta kannte dieses Gebaren aus der Zeit, als Sophia zwar noch nicht sprechen konnte, jedoch durchaus in der Lage war, allen klarzumachen, was sie wollte. Au verflixt, durchfuhr es sie, jetzt werden sie alt. Sie werden wieder wie Kinder. Sie senkte den Kopf und konzentrierte sich auf ihr Essen. Was würde sie machen, wenn eines Tages auch ihre Eltern nicht mehr so fit sein würden? Sie hatte bisher nie darüber nachgedacht. Dass alte Leute gebrechlich oder sonderbar werden konnten, war für sie bisher einfach noch zu weit weg gewesen. Aber nun war das Alter da und würde in Zukunft durch eine gemeinsame Großküche herein- und hinausschleichen. Noch kümmerte sich ihre Mutter darum, aber was passierte, wenn auch sie abbaute? Oder sie sogar selbst von einer dieser tückischen Krankheiten heimgesucht würde, die Eleonora erleiden musste? Roberta verschluckte sich und musste husten.

»Gesundheit, Mama!«, rief Sophia und schlug ihr mit einer solchen Kraft auf den Rücken, dass sich der Verschluss ihres BHs in ihre Wirbelsäule bohrte. Roberta schrie auf und blickte Sophia fuchsteufelswild an. »Aua, was machst du denn?«

»Tschuldigung, Mama«, sagte die Kleine und guckte betroffen.

»Das hat sie doch nicht mit Absicht getan«, bemerkte Giuseppa beschwichtigend, hob den Arm über den Tisch und strich Sophia über den Kopf.

Roberta schnaufte und schwieg. Für einen Moment aßen sie, ohne ein Wort zu sagen. Nur Sophias Schmatzen und das Klappern von Eleonoras Besteck waren zu hören. Umständlich versuchte sie, Pasta aufzuspießen, die ihr immer wieder von der Gabel fiel.

»Lass dir doch helfen«, sagte Giuseppa in die Stille und wollte Eleonora die Gabel abnehmen.

»Lass mich!«, rief diese überraschend heftig. »Ich kann das!«

»Nein, das kannst du nicht«, entgegnete Giuseppa. »Die Ärzte haben gesagt …«

»Die Ärzte haben gesagt, ich soll das tun, was mir guttut.« Eleonora war plötzlich erzürnt. »Und es tut mir nicht gut, wenn du mich in allem, was ich tue, kontrollieren willst.«

»Ich will dich doch nicht kontrollieren«, protestierte Giuseppa verblüfft, »ich will doch nur helfen.«

»Helfen, helfen«, äffte Eleonora sie nach, »aber nicht gegen meinen Willen!«

»Wieso gegen deinen Willen? Den Wanddurchbruch willst du doch auch.«

»Da bin ich mir nicht mehr so sicher. Wenn du mich jetzt in allem, was ich tue, bevormundest.«

»Aber ich bevormunde dich doch nicht!« Giuseppa warf ihr Besteck auf den Teller. »Darum geht es doch gar nicht.«

»Doch, genauso ist es!«, rief Eleonora erbost. »Immer springst du um mich herum und sagst mir, was ich zu tun oder zu lassen habe.«

»Das ist nicht wahr. Ich will doch nur dein Bestes. Du *kannst* eben nicht mehr so wie früher.«

»*Ich* entscheide, was ich kann und was nicht!«, schrie Eleonora. Sie wollte aufspringen, stemmte sich aber nur mühsam von der Tischplatte hoch und schnaufte heftig. Dann unternahm sie einen Versuch, sich umzudrehen und nach ihrem Gehwagen zu greifen, den sie hinter sich an der Wand geparkt hatte, doch – sei es vor Aufregung, sei es wegen ihrer Krankheit – ihr sackten die Beine weg.

Roberta sprang auf und packte sie gerade noch rechtzeitig, bevor sie hinfallen konnte.

»Lass mich«, rief Eleonora, »lass mich los!«

»Eli« – Roberta hielt sie fest – »du fällst, wenn ich dich …«

»Lass mich los!«, kreischte Eleonora. Tränen traten ihr in die Augen. »Ich will in meine Wohnung gehen. Allein.«

»*Zia* Eli«, rief Sophia, »warum weinst du?«

»Ich weine nicht«, schnauzte Eleonora und senkte den Kopf. »Ich will nur mein eigenes Leben leben. Ich bin schließlich nur krank, nicht tot.« Sie warf einen funkelnden Blick in Giuseppas Richtung.

»Jetzt reicht's mir aber!« Giuseppa sprang auf. »Das habe ich nicht verdient. Ich … ich sorge mich schließlich um dich!« Ihre Stimme versagte, sie brach ab und starrte auf die Tischplatte.

Luciano, der bis dahin wie gewohnt schweigend dagesessen und sie hatte gewähren lassen, erhob sich. Er griff Eleonora am Oberarm, schob ihr mit der anderen Hand den Gehwagen zu und legte behutsam ihre Hände auf die Griffe.

»Es wird keinen Wanddurchbruch geben«, erklärte er ruhig. »Wenn Iaio kommt, werden wir eine Zwischentür einbauen. Eine, die man auf-, aber auch zumachen kann, je nachdem, was du gerade brauchst, Eli, nicht wahr, Giusi?« Er schaute seine Frau an, die sich wieder hingesetzt hatte. Sie war bleich im Gesicht und nickte nur stumm.

»Das ist eine gute Idee, Papa«, sagte Roberta und unterdrückte den Impuls, sich auf ihren Vater zu stürzen, um ihn zu umarmen. »Das wird es uns leichter machen, sich an das alles hier …« – sie stammelte – »… zu gewöhnen, denke ich.«

»An das alles hier«, wiederholte Eleonora schnaubend, und Roberta glaubte, noch nie so viel Resignation in so wenigen Worten gehört zu haben. »Bis ich nur noch zitternd in der Ecke sitze, meint ihr.«

Giuseppa verbarg ihr Gesicht in einem Küchenhandtuch und begann, still zu weinen.

»Nein, das meinen wir nicht«, widersprach Luciano bestimmt. »Wir meinen gar nichts. Weil wir uns mit Parkinson ebenso wenig auskennen wie du. Wir meinen nur, dass wir jetzt alle ein Stück enger zusammenrücken, weil es dir schlecht geht. Genauso wie wir es letztes Jahr für Roberta getan haben, als sie zurück nach Hause kam.«

Roberta zuckte zusammen. Ach ja, richtig. Sie und Sophia hatten ihre Eltern ja ebenso auf dem Buckel. Ein Ende war nicht absehbar, und wer wusste, ob sie eines Tages sogar dableiben musste, weil ihre Eltern *sie* dann brauchen würden wie jetzt sie ihre Eltern. Langsam ließ sie sich wieder auf ihren Stuhl nieder und stützte den Kopf in die Hand. Sophia krabbelte auf ihren Schoß und drückte ihre Wange an ihren Hals. Giuseppa schluchzte leise.

»Komm, ich bringe dich jetzt rüber«, sagte Luciano leise und hielt Eleonora am Arm. »Das ist alles sehr aufregend für uns, aber wir werden schon einen Weg zusammen finden.«

Eleonora nickte mühsam. Den Mund verkniffen und den Blick starr auf den Boden gerichtet, ließ sie sich von Luciano hinausführen. Man konnte die beiden durch den Hausflur schlurfen hören, dann den gewohnten Klang von Eleonoras Schlüsselbund, als sie sich an ihrer Wohnungstür gegenüber zu schaffen machte. All die Jahre war das so gegangen, in guten wie in schlechten Zeiten hatte jedes Beisammensein, jedes Festessen und so manch traurige Stunde damit begonnen und geendet, dass Eleonora drüben ihr Türschloss dreimal energisch klacken ließ. Wenn sie auf eine ihrer Reisen gegangen war oder von einer zurückkam, hatte man dazu noch das laute Schnappen des Sicherheitsschlosses gehört. Aber das war nun schon lange nicht mehr der Fall gewesen.

Roberta und Giuseppa schauten sich an.

»Ich meine es doch nur gut mit ihr«, flüsterte Giuseppa unter Tränen.

»Aber das weiß ich doch, Mama. Und Eleonora weiß das auch.«

»Mama, darf ich eine Cola haben?«, fragte Sophia.

»Da bin ich mir nicht so sicher«, schniefte Giuseppa und wischte sich mit dem Handrücken über die Augen. »Weißt du, je mehr sich ihr Zustand verschlechtert, je mehr sie auf Hilfe angewiesen ist, desto böser wird sie zu mir. Manchmal habe ich mich schon gefragt, ob sie mir die Schuld für ihre Krankheit gibt.«

»Aber das ist doch absurd.«

»Mama, ich will Cola«, rief Sophia.

Giuseppa schüttelte den Kopf. »Nein, glaub mir, an Tagen, an denen es ihr schlecht geht, ist sie besonders aggressiv zu mir. Und seit vorletzter Woche«, sie zuckte mit den Schultern, »ist sie mir gegenüber manchmal geradezu feindselig. Als könnte ich etwas dafür, dabei versuche ich doch bloß …«

»Cola, Mama. Oma, darf ich Cola haben?«

»Mutter, das ist alles neu für Eli, und gerade in Momenten, in denen sie auf Hilfe angewiesen ist, wird ihr das bestimmt noch deutlicher bewusst. Und dann wird sie besonders wütend. Mit dir hat das gar nichts zu tun.«

»Mama, Cola!«

»Sophia, Ruhe!«, brüllte Roberta.

Sophia machte sich los und marschierte durch die Küche.

»Aber ich bin in diesen Momenten *da*«, schimpfte Giuseppa. »Du hast sie doch gerade reden hören. Mir tut das *weh!* Sie ist wie eine Schwester für mich, verstehst du?«

Sophia hatte den Kühlschrank geöffnet und machte sich an den oberen Fächern zu schaffen.

»Mama, sei nicht … Sophia, was machst du denn da?«

»Ich hole mir Cola.«

»Das wirst du nicht tun!« Roberta sprang auf.

»Doch!« Sophia bekam eine Flasche am unteren Ende zu fassen, die daraufhin bedrohlich schwankte.

»Sophia!« Mit einem Satz war Roberta bei ihr, griff nach der Flasche, zog das Kind zur Seite und stieß die Kühlschranktür zu. »Was fällt dir ein?«

Sophia schob die Unterlippe vor, fing laut an zu heulen und stampfte mit dem Fuß auf.

»Ich will aber!«, rief sie wütend.

»Weißt du, ich kann es nicht ertragen, dass sie so mit mir spricht«, redete Giuseppa leise weiter, als ginge sie der Tumult um sie herum nichts an. »Es macht mich fertig.« Wieder begann sie leise zu weinen.

Roberta sah gestresst von Sophia zu ihrer Mutter. Sie öffnete den Kühlschrank, nahm die Flasche heraus, füllte ein Glas randvoll mit Cola und reichte es ihrer Tochter. Dann öffnete sie den Kühlschrank erneut, holte eine Flasche Amaretto heraus und goss ihrer Mutter und sich einen großzügigen Schluck wahllos in zwei leere Gläser, die zwischen Tellern und Töpfen auf dem Tisch herumstanden.

»Wir schaffen das, Mama«, flüsterte sie, rückte ganz dicht an ihre Mutter heran und legte einen Arm um sie. »Genau wie Papa sagt: Wir machen das schon irgendwie.«

42

»Und als er dem Anwalt dann endlich das Foto gegeben hatte, musste ich mich zügeln, um nicht laut loszujubeln.« Tanja gluckste auch Stunden nach dem Verhör noch fröhlich vor sich hin. »Du hast es ja gesehen: Ich bin nicht zu erkennen. Weil ich mich genau in diesem Moment gebückt habe. Es ist einfach unglaublich!«

»Ja, es ist wirklich fantastisch!«, erwiderte Katrin zustimmend, drehte den Schraubverschluss von Niks Breigläschen zu und stellte es zusammen mit dem Löffel und einem Trinkbecher in der Spüle ab. »Endlich Feierabend«, seufzte sie und machte eine Geste Richtung Schlafzimmer, aus dem seit einigen Minuten kein Mucks mehr zu hören war. »Würde es dich stören, wenn ich zur Feier des Tages eine rauche?«

»Nicht schon wieder!«, stöhnte Tanja. »Aus dem Alter bist du doch raus.«

»Ja, leider. Eigentlich.« Katrin kramte in ihrer Handtasche. Sie holte ein Päckchen amerikanischer Ökozigaretten hervor, steckte sich eine an der Flamme der Kerze auf dem Küchentisch an und lehnte sich ans geöffnete Küchenfenster zum Innenhof. »Das waren noch Zeiten, als ich früher auf Partys gepafft habe«, fuhr sie fort. »Ich war so unbeschwert. Alles war so einfach.«

»Vielleicht sind wir jetzt einfach nur erwachsen«, überlegte Tanja, goss sich ein Glas Rotwein ein und lehnte sich, auf dem Tritthocker sitzend, gegen die Wand. Ein Holzbrettchen, das über ihr an einem Haken hing, baumelte gegen ihren Kopf. Sie nahm es ab und legte es auf den Tisch.

»Du meinst, man merkt, dass man wirklich erwachsen ist, wenn die Dinge nicht mehr so einfach sind wie früher?«

Tanja zuckte mit den Schultern. »Ich glaube, ja. Ich mache mir viel mehr Gedanken als früher. Mir erscheint alles teurer, komplizierter und schwieriger. Und jede Tafel Schokolade, die ich esse, legt sich mir direkt auf die Hüften. Früher konnte ich so viel essen, wie ich wollte. Apropos essen …« Sie streckte den Arm aus, öffnete den Kühlschrank und wühlte darin herum.

Katrin lachte leise. »Frag mich mal«, brummte sie, »ich glaube, alles, was ich vor der Schwangerschaft in den Brüsten hatte, ist mir direkt auf den Bauch gerutscht.«

»Aber du hast wenigstens ein hübsches Kind, das du dir vor den Bauch halten kannst, dann sieht es keiner«, witzelte Tanja aus den Untiefen ihres Kühlschrankes. Sie förderte ein Päckchen Mozzarella zutage, das sie vorhin auf die Schnelle in der Via dei Baullari erstanden hatte, und legte es auf das Brettchen. Dann langte sie, ohne von ihrem Hocker aufzustehen, nach einem Glas Oliven und einer weißen Papiertüte auf der Ablage, der sie ein großes Stück Focaccia entnahm.

»Hm«, schwärmte Katrin, »ich liebe deine Küche. Fehlt nur noch, dass einem die gebratenen Tauben direkt in den Mund fliegen.« Sie drückte ihre Zigarette in einem Blumentopf aus. »Du hast ein schönes Leben hier, Tanja. Ich bin neidisch auf dich.«

»Ein schönes Leben?«, fragte Tanja. »Na ja, also, geht so.«

»Bei dir passiert wenigstens noch was, bei dir ist noch alles offen, du hast alle Optionen. Du gehst mal eben ins Ausland, um ein neues Leben anzufangen, und« – sie machte eine ausschweifende Armbewegung durch die Küche – »siehe da, es gelingt.«

»Ich bin nach Rom gekommen, weil ich es nicht mehr ausgehalten habe, dass du so … so angekommen warst und ich wie herrenlos danebenstand«, widersprach Tanja leise.

»Ach, das ist doch Quatsch!«, rief Katrin. »Du hast alles richtig gemacht. Die, die herrenlos gestrandet ist, bin ich.« Sie senkte den Blick, griff nach Tanjas Glas und nahm einen großen Schluck Rotwein.

»Du bist doch nicht gestrandet, du hast vielleicht gerade eine kleine Lebensweg-*Pause.*«

»Pause nennst du das? Tanja, meine Ehe ist ruiniert. Aus und vorbei.«

Tanja biss sich auf die Lippen. »Wollt ihr das nicht wieder in Ordnung bringen?«, fragte sie. »Nik zuliebe?«

Katrin schüttelte den Kopf. »Wie soll das gehen? Der Vertrauensbruch ist so riesig. Er ist ja nicht nur für eine Nacht fremdgegangen, das wäre schon schlimm genug gewesen. Aber systematisch zwei Frauen an der Nase herumzuführen? Ich würde ihm nie wieder auch nur ein Wort glauben.«

»Würde mir auch so gehen.«

»Das Schlimme ist«, fuhr Katrin traurig fort und stocherte dabei mit einer Gabel im Olivenglas herum, »ich kann ihn ja auch ein bisschen verstehen. Weißt du, als Niklas-Lian auf die Welt kam, waren wir im Ausnahmezustand. Ich habe Matthias ständig angefahren, weil er mir nichts recht machen konnte, was das Baby betraf. Wir haben nicht mehr geschlafen, miteinander sowieso nicht, nicht mehr ordentlich gegessen, unsere Wohnung sah aus wie ein Schlachtfeld, und gebügelte Hemden waren Vergangenheit. Es war die stressigste Zeit meines Lebens. Und ist es heute immer noch.« Sie steckte sich eine Olive in den Mund. »Aber ist das ein Grund, jemanden zu belügen? Hätte er nicht einmal mit mir reden können?«

Tanja nahm sich ein Stück Mozzarella und baute sich auf einem Teller einen Brot-Käse-Oliven-Turm. »Hätte das etwas ändern können?«

Katrin dachte nach. »Nein, hätte es nicht«, gab sie zu. »Ich war Mama, nur Mama. Aber weißt du was?«

»Was?«

»Das hätte er einfach mal aushalten müssen!«, rief sie plötzlich wütend. »Ohne sich zu verpissen und die Nächste zu belügen. Niklas-Lian – sein Neffe, pah!« Sie schnaubte böse. »Nein, Tanja, das mit Matthias ist aus und vorbei.«

»Dann bist du jetzt eine der berühmten alleinerziehenden Mütter?«

Katrin zuckte die Achseln. »Erst mal, ja«, sagte sie. »Wird schon irgendwann ein Neuer kommen. Einer, der auf ›gebrauchte‹ Frauen steht.«

»Ach, hör doch auf«, Tanja gab ihr einen Knuff in die Seite, »jetzt verkauf dich nicht unter Wert.«

»Ist doch so.«

»Ist es nicht.«

Einen Augenblick lang hingen sie beide ihren Gedanken nach.

»Weißt du noch, wie wir damals dieser Junggesellengruppe aus München den Kopf verdreht haben?«, fragte Katrin in ihr Schweigen hinein.

Tanja nickte grinsend. »Wir hätten sie alle haben können, selbst den Bräutigam, wenn wir gewollt hätten.« Sie mussten beide lachen.

»Oder an Karneval vor drei Jahren, als deine Wohnung renoviert wurde und du die Nacht mit diesem Spiderman bei mir …«

»O Gott, hör auf!«, rief Tanja lachend. »Als du plötzlich nachts um drei mit diesem Piraten aufgetaucht bist?«

»Meine Güte, das waren Zeiten.«

»Allerdings.« Tanja kratzte sich am Kopf. Sie wusste immer noch nicht so recht, ob sie beim Gedanken an diese wilde Nacht vor Scham rot anlaufen oder einfach nur lachen sollte.

»Lass uns das doch wieder machen«, schlug Katrin vor.

»Was?«

»Na, wieder um die Häuser ziehen, als gäbe es kein Morgen. Einfach nur Spaß haben!«

Tanja wiegte den Kopf hin und her. »Gern«, antwortete sie, »aber wer passt auf Nik auf?«

»Stimmt«, brummte Katrin. »Kontakte zu Babysittern hast du hier in der Stadt wohl eher weniger.«

»Stimmt, habe ich nicht.«

»Schade. Wie gern würde ich mal wieder ausgehen. So richtig, verstehst du? So in Pumps, in engen Sachen und voll geschminkt.«

»Dann mach das doch.«

»Wie meinst du das?«

»Ich meine, für den Anfang machst du allein Rom unsicher, und ich bleibe heute Abend bei Nik.«

»Ohne dich ist das doof.«

»Ach, komm schon. Rom ist noch besser als Köln. Wenn du hier allein in eine Bar gehst, bist du nach spätestens drei Minuten mit zehn Leuten im Gespräch. Und wenn du dich unwohl fühlst, kommst du einfach wieder nach Hause, und wir suchen uns fürs nächste Mal einen Babysitter.«

»Meinst du wirklich?« Katrin runzelte die Stirn.

»Ja.«

»Ich habe gar nichts Schickes anzuziehen.«

»Ich schon.«

»Ich müsste mir erst die Haare waschen.«

»Fließend Wasser ist da.«

»Und wenn etwas mit Niklas-Lian ist, rufst du mich sofort an?«

»Sofort!«

»Abgemacht«, stimmte Katrin fröhlich zu. »Ich gehe heute mal ’ne Runde vor die Tür. Mal sehen, ob ich das noch kann.«

»Ist wie Fahrrad fahren«, erklärte Tanja, »man kommt sofort wieder rein.«

43

Sie haben fünf neue Nachrichten, verkündete ihr Dating-Account. Roberta staunte. Fünf? Ganze fünf Männer hatten ihr geschrieben, obwohl sie nichts weiter getan hatte, als sich auf diesem Portal zu registrieren? Was wollten die von ihr? Sie kannten sie doch gar nicht.

Aufgeregt klickte sie auf eine der Nachrichten. *Ciao, schöne Seerose,* schrieb jemand, der sich *Sunnyboy* nannte. *Ich finde es einfach superschön, was du über dich in deinem Profil erzählst. Wollen wir uns kennenlernen?* Roberta kniff die Augenbrauen zusammen. Was war bitte schön an ihrem Profil so toll, dass man sie gleich kennenlernen wollte? Aber nun gut, schließlich war das hier ein Dating-Portal. Irgendwie musste man ja ins Gespräch kommen. Aber warum bitte Sunnyboy? Sie hatte sich schlicht Roberta genannt. Warum musste er sie nun Seerose nennen? Sie fühlte sich überfordert. Sie atmete tief aus und klickte durch die verbleibenden Nachrichten. Zu ihrem Erstaunen waren sich die Texte der … – ja, wie sollte sie sie nennen, Bewerber? – ziemlich ähnlich. Bis auf ein Anschreiben, in dem *Rocco* schlicht *Trombiamo?, Wollen wir ficken?* fragte. Roberta fragte sich angewidert, ob dies einer der Fälle war, die man dem

Portalbetreiber zu melden hatte, der einen Eskalationslink für unliebsame Zuschriften unter jeder Nachricht gleich mitsandte.

Roberta schloss ihr Postfach und fuhr sich mit den Händen über den verspannten Nacken. Sie war sich nicht sicher, ob sie das alles so wollte. Oder eher: Sie wusste, dass ihr diese Art, jemanden kennenzulernen, ganz und gar nicht gefiel, aber noch mehr hatte sie es satt, allein zu sein. Und wo sollte sie jemanden treffen, der zu ihr passte, wenn nicht im Internet? Noch einmal bei der Arbeit, wo sie Mario kennengelernt hatte? Nein, danke. Oder auf dem Spielplatz oder im Kindergarten, wo man in der Tat hin und wieder auf den ein oder anderen Vater traf, der den Eindruck machte, sich über mehr als nur das Wetter unterhalten zu wollen. Aber sie würde niemals etwas mit einem verheirateten Mann anfangen. Sie wollte nicht noch eine Familie zerstören, wie sie es mit ihrer eigenen getan hatte. Sie hatte schon genug Scherben aufzulesen.

Frustriert klickte sie erneut auf *Partner suchen* und scrollte unschlüssig auf der Seite herum, die sich öffnete. Ja, was suchte sie denn überhaupt? Es war ihr ziemlich egal, wie groß er war oder welche Augen- und Haarfarbe er hatte. Sie war erstaunt darüber, dass man seine Zielperson sogar auf *gelockt oder nicht* eingrenzen konnte. Wer um alles in der Welt würde das tun? Nur um nicht als völlig wahllos dazustehen, sortierte sie Männer unter hundertsechzig Zentimeter aus. Ja, zumindest auf Augenhöhe sollte man sich wohl begegnen, beschloss sie. *Verheiratete Männer auf der Suche* schieden ebenfalls aus, dazu die mit dem Attribut *vollschlank.* Erdrückt werden wollte sie schließlich auch nicht, sollte sich jemals wieder ein Mann zu ihr ins Bett gesellen. Ach ja, und in Rom sollte er leben. Bei drei Millionen Menschen in der Stadt sollte doch bitte schön einer für sie dabei sein.

Sie klickte auf den – wie sie fand, lächerlich betitelten – Button *LOVE GO.* In Sekundenschnelle ratterte der Rechner eine Liste mit Singles herunter. Die meisten mit Foto. Dazu Vorname, Alter und irgendwelche Sprüche über ihr Leben, die Roberta allesamt nicht ansprachen. Sie konnte der Idee zwar nichts abgewinnen, sich selbst in einen einzigen Satz zu verpacken, aber zumindest lieferte das einen ersten Anhaltspunkt. Den Rest könnte man ja herausfinden, wenn man sich träfe. Ihr Magen krampfte sich zusammen. Traute sie sich das überhaupt? Irgendwohin zu gehen und einen fremden Mann zu treffen, um zu klären, ob man mit ihm sein Leben verbringen wollte? Roberta schluckte. Ja, zumindest versuchen sollte sie es, das machten Tausende andere Menschen ja auch so.

Sie klickte zurück zu ihrem Postfach und beschloss, vier ihrer fünf Interessenten eine nette Mail zurückzuschreiben.

44

Tanja spürte einen starken Druck auf ihrem Bauch, der sich blitzschnell in Richtung ihres Brustraums hochrollte, dazu einen spitzen Gegenstand, der sich ihr schmerzhaft in die Nase bohrte. Mit einem Schlag war sie wach und fuhr erschrocken hoch.

Nik hockte auf ihr und strahlte sie an. Sein Gesicht war direkt über ihrem, während er versuchte, seinen Zeigefinger erneut in ihre Nase zu stecken.

»Mäuschen, lass das.« Sie packte seine Hand und schaute sich suchend um. »Katrin?«

Keine Antwort.

»Wo ist Mama?«, fragte sie Nik, der sie weiterhin freundlich anlächelte. Tanja setzte sich auf und strich ihm über die Wange. Er trug noch seinen Schlafsack, so wie sie ihn gestern Abend, als Katrin aus- und sie schlafen gegangen waren, zu sich ins Bett geholt hatte. Sie konnte sich vage erinnern, ihm mitten in der Nacht sein Fläschchen aus der Matratzenritze in den Mund gesteckt zu haben, als er unruhig wurde, ansonsten hatte sie mit Nik im Arm geschlafen wie er – wie ein Baby.

Sie angelte nach ihrem Handy, das ausgeschaltet auf dem Nachttisch gelegen hatte. »Keine gute Idee«, schimpfte sie nervös, während sie den PIN-Code eingab. Was wäre, wenn Katrin versucht hatte, sie anzurufen, sie womöglich gebraucht hatte? Gewohnheitsmäßig hatte sie das Gerät, seit Fabio sie ab und an mitten in der Nacht angerufen hatte, vor dem Schlafengehen abgestellt. Angespannt starrte sie auf das Display, während das Handy hochfuhr und sein Netz suchte. Nik machte Anstalten, es ihr aus der Hand zu nehmen, weshalb sie das Gerät hoch zur Decke hielt und dabei versuchte zu erkennen, was darauf passierte. Es piepte. Noch mal. Und wieder.

Katrin hatte zweimal versucht anzurufen und gegen zwei Uhr nachts eine Nachricht geschickt: *Tanja, auch wenn ich dich nicht erreiche, tue ich es jetzt einfach: Ich bleibe heute Nacht weg. Alles gut.*

Tanja schnappte entsetzt nach Luft. Wie, sie blieb über Nacht weg? Wo denn? Und mit wem? Von wegen »alles gut«! Eilig wählte sie Katrins Nummer. »Gott, lass sie ihr Handy angeschaltet haben«, betete sie. »Lass sie nicht vergessen haben, dass sie ihr Baby bei mir gelassen hat.«

Und wirklich. Es tutete. Erleichtert atmete Tanja auf.

»Tanja?« Nach dem fünften Klingeln war Katrin endlich dran. Sie klang tief verschlafen, geradezu verkatert. »Ist was mit Niklas-Lian?« Jetzt schien sie plötzlich hellwach.

»Nein, der ist lieb«, gab Tanja zurück, »aber wo in Herrgottsnamen steckst du?«

»Ach, Tanja.« Katrin kicherte leise. »Er heißt Jean-Pierre und schläft noch.«

»Wie bitte?«

»Ein Franzose aus Lyon«, erklärte Katrin. »Er arbeitet in Rom bei der Welthungerhilfe.«

Das konnte nicht ihr Ernst sein.

»Und es gab Brot für die Welt, speziell für dich, oder was?«

Katrin lachte. »So kann man es auch nennen.« Sie brummte genüsslich.

»Katrin, sag mal, spinnst du? Du bist *Mutter.*« Tanja betonte das letzte Wort besonders vorwurfsvoll.

»Kein Grund, sich lebendig zu begraben.«

»Katrin!«

»Tanja, jetzt hör mir mal zu: *Du* hast mich vor die Tür geschickt, das habe ich vollends ausgekostet, und ich werde dir dafür immer dankbar sein. Aber jetzt will ich das hier anständig zu Ende bringen, bevor ich nach Hause komme. Und dazu gehört ein *Café au lait* ans Bett, ein Baguette und eine warme Dusche. Okay?«

»Okay.« Tanja schwankte zwischen Fassungslosigkeit und Bewunderung. Wie schnell Katrin Nägel mit Köpfen machte, hatte sie immer schon beeindruckt. Allerdings hatte sie angenommen, Katrin hätte diese Eigenart in der letzten Zeit abgelegt. Aber nein: Da war sie wieder. Ob ihr das heute gefiel oder nicht.

»Gut«, fuhr Katrin fort, »wie spät ist es jetzt?«

»Wie bitte?«

»Wie spät ist es?«

»Ähm, keine Ahnung. Halb sieben vielleicht?«

»Aha. Dann komme ich so … ich weiß nicht. Irgendwann halt.«

»Klingt toll …« Ob Katrin ihren Sarkasmus bemerkte? Und wenn schon, interessieren würde es sie gerade sowieso nicht. »Dann weiterhin viel Spaß mit dem Franzosen und seinem … *Baguette!*«, sagte Tanja schnippisch und legte auf.

Nik war damit beschäftigt, sich umständlich vom Bett zu schieben. Tanja konnte ihn gerade noch am Beinchen packen, damit er nicht kopfüber auf den Boden purzelte.

»Ihr seid beide verrückt«, schimpfte sie. »Ihr stürzt euch in die tollsten Sachen.«

Sie nahm ihn auf den Arm und trug ihn ins Bad, wo sie ihn wickelte und ihm frische Kleidung anzog. Zum Abschluss kämmte sie ihm seine drei Haare zur Seite, wie sie es täglich auf der Entbindungsstation sah. Sie hatte sich immer gefragt, warum man Babys überhaupt kämmen sollte, heute jedoch gab es ihr die Sicherheit, alles richtig zu machen. Sie blies die Backen auf.

»Was mache ich jetzt bloß mit dir?« Sie war noch nie mit dem Baby allein gewesen. Jedenfalls nie länger als eine halbe Stunde und stets mit einer breiten Auswahl an Fläschchen und Breidöschen sowie haufenweise Anweisungen, was zu tun wäre, wenn die Welt unterginge. Nun hatte sie bereits, ohne es gewusst zu haben, die ganze Nacht allein mit dem Kind verbracht. Aber es lebte noch, und dazu: Santino würde gleich seine Bar öffnen. Zwar war er nur ein Mann, doch in all den Jahren seines langen Lebens war er doch wohl mal dabei gewesen, als andere ein Kind erfolgreich großgezogen hatten.

Umständlich wusch sie sich und zog sich an. Dreimal konnte sie erfolgreich verhindern, dass Nik an der Klobürste knabberte oder den Duschvorhang herunterzog. Dann klemmte er sich die Finger in der Tür des Badezimmerschränkchens ein, als Tanja, für wenige Sekunden abgelenkt, ihre Haarbürste im Einsatz hatte. Niks entsetztes Brüllen ließ ihr den Schweiß zwischen den Schulterblättern hinunterlaufen. Sie hätte alles darum gegeben, ihr verschwitztes und von Nik verrotztes T-Shirt zu wechseln, an dem er wieder und wieder das nasse Gesichtchen rieb, aber nun konnte sie den weinerlichen Kleinen nicht mehr aus den Armen lassen. Hastig stopfte sie Wimperntusche und einen Lippenstift in die Hosentasche, vielleicht könnte sie sich schminken, wenn sie Nik unten im Buggy verstaut hatte. Sie war stolz darauf, an Hausschlüssel und Handy gedacht zu haben, und rauschte schnaufend aus der Wohnungstür.

Es war kurz nach sieben, als sie den Buggy über die leere Piazza schob. Ein paar Filipinos bauten ihre Sonntagsmarktstände mit Nippes auf, der alte Mann, der im Haus gegenüber lebte, führte einen in die Jahre gekommenen grauen Hund spazieren, doch ansonsten war niemand zu sehen.

Santino stand mit einem kleinen roten Putzeimer hinter der Theke und wischte die Arbeitsfläche. Er sah Tanja entgegen, als käme ein rosa Elefant mit drei Beinen auf ihn zu. »Was macht die Signora denn schon hier?«, fragte er höflich, und Tanja sah, dass er vor Verwunderung die Stirn runzelte. Er beugte sich zu Nik herab und strich ihm über den Kopf. »Und die Signora hat ihren süßen *nipotino* dabei«, fuhr er gerührt fort. »*Ma quanto sei bello!*«, rief er aus. »Was bist du süß! Wo ist denn seine Mutter?«

»Die … ähm, schläft noch«, antwortete Tanja wahrheitsgemäß. »Können wir bei Ihnen frühstücken?«

Santino breitete die Arme aus und deutete auf die Auslage im Tresen vor sich. »Alles zu Ihrer Verfügung, Signora. Was darf es denn sein?«

»Was könnten wir dem Kleinen geben?«, fragte sie.

Santino spitzte die Lippen. »*Un cornetto alla crema* und eine heiße Schokolade?« Er blinzelte Nik verschwörerisch zu, der freundlich zurücklächelte. Tanja sah sich hektisch auf der Piazza um, ob nicht doch schon irgendein Obststand aufgebaut war, der ihr eine Banane für das Kind verkaufen würde. Gebäck und Schokolade, das wusste sie genau, würde Katrin nicht gutheißen.

»Hm«, meinte sie zögerlich.

Santino war bereits hinter seiner Theke verschwunden und hantierte mit Milchtöpfen und Tässchen herum. »*Cappuccino per la Signora?*«, fragte er.

»Danke, ja.«

»Und sonst so, Signora? Wie geht es Ihnen?«

»Gut.« Sie zuckte mit den Schultern. »Sehr gut, eigentlich. Es hat mir gutgetan, dass meine Schwester nach Rom gekommen ist. Außerdem bin ich aus der Sache mit der Strafanzeige raus.«

»Wie bitte, welche Strafanzeige?« Santino hielt in seiner Arbeit an der Kaffeemaschine inne und blickte sie erschrocken an.

»Oh!« Tanja schlug sich auf den Mund. »Das hatte ich Ihnen ja noch gar nicht erzählt.«

Santino stand da wie festgewachsen. »Was haben Sie getan, Signora?«

»Ach, so eine doofe Sache, ich wollte einer Freundin helfen, eine Baugrube vor ihrem Café zuzuschütten. Bis die Polizei kam.«

»Signora!« Santino schüttelte tadelnd den Kopf. Belustigung umspielte seinen Mund. »Sie wollten eine städtische Baustelle schließen?«

Tanja winkte ab. »Ja, ich weiß, war keine gute Idee.«

»Doch, doch.« Santino hielt die Metallkanne unter die Düse, ließ diese laut aufzischen und drehte das Ventil wieder zu. »So etwas ist eine wunderbare Idee, Signora.« Er goss Milchschaum in einen kleinen, bunten Becher mit Tierchenmotiven, den er aus den Untiefen unter der Theke hervorgekramt hatte, und gab reichlich Zucker und Kakaopulver dazu. »Wenn das alle machen würden, wäre unsere Stadt endlich wiederhergestellt.«

»Wie meinen Sie das?«

Santino hob den Kopf. »Überall diese Schlaglöcher und angefangenen Baugruben in der Stadt, die niemals fertig und repariert werden – wenn jeder Römer nur eines davon beseitigen würde, wären wir einen großen Schritt weiter. Und alle Römer kann man schließlich nicht verhaften. Wo sollte man hin mit denen?« Er schmunzelte.

Tanja lachte. »Auch keine schlechte Idee, wenn man es mal so betrachtet.«

Santino kam mit einem kleinen Tablett hinter der Bar hervor und setzte sich, was er zuvor noch nie getan hatte, zu Tanja an den Tisch. Er stellte den Cappuccino vor ihr ab und wandte sich Nik zu, der erwartungsvoll in seinem Buggy saß und wild mit Armen und Beinen strampelte.

»Und jetzt, mein Kleiner, gibt's für dich einen Kakao von *nonno* Santino, den du dein Lebtag nicht vergessen wirst.« Er begann, Löffel für Löffel Niks kleinen geöffneten Mund zu füttern. Dabei stellte er sich erstaunlich geschickt und geduldig an und wich Niks Griffen nach dem Löffel jedes Mal aus, ohne Kakao zu verschütten.

»Ich bin beeindruckt«, sagte Tanja, »wie Sie das machen.«

»Nicht wahr?« Santino nickte zufrieden. »Ich habe fünf jüngere Geschwister. Und die haben längst wieder Kinder und Enkelkinder.«

»Und Sie nicht?«

Santino schüttelte den Kopf. »Ich liebe Kinder«, erwiderte er. Ein schelmisches Grinsen breitete sich langsam auf seinem Gesicht aus. »Aber ich liebe sie auch, wenn ich sie wieder bei meinen Verwandten zurücklassen und einen gemütlichen Spaziergang allein am Tiber machen kann.«

»Ich weiß genau, was Sie meinen«, gab sie zu. »Sie sind süß, aber sie rauben einem den Verstand.« Tanja zog ihren Lippenstift und die Wimperntusche aus der Tasche, und während Santino schweigend den kleinen Nik fütterte, legte sie mithilfe des spärlichen Spiegelbilds der Eingangstür etwas Kontur auf, in der Hoffnung, damit nicht mehr ganz so wie aus dem Bett gefallen auszusehen. Dann nahm sie einen Schluck Cappuccino, setzte die Tasse vorsichtig auf dem Unterteller ab und spitzte die Lippen. Neben ihrem Gedeck hatte Santino wie immer den kleinen Kassenbon mit der Schrift nach unten auf einem Tellerchen abgelegt. Tanja tastete nach Schlüssel und Telefon in ihrer Hosentasche und ließ die Schultern sinken. »Ich habe mein Portemonnaie vergessen«, jammerte sie, »Verflixt!«

Santino grinste freundlich. »Das kenne ich Signora, das geht allen Müttern so, die zu mir kommen. Irgendwas ist immer. Aber was Sie betrifft« – er griff nach einer Serviette und wischte Nik damit liebevoll über den verschmierten Mund – »sind Sie und Ihr wunderbarer *nipotino* heute meine Gäste.«

Die Baustellengrazien

Roberta

Frühstückt jemand mit mir?

9:23

Tanja

Ich habe schon gefrühstückt, aber ein zweites Frühstück am Sonntag geht immer.

9:27

Roberta

Super. Bringst du Katrin mit?

@Giuli, bist du da?!

9:30

Tanja

Nein, Katrin kann nicht. Aber Nik bringe ich mit.

9:37

Roberta

Prima. Wohin gehen wir?

9:39

Tanja

Zu Giulia in die Bar di Veroli?

9:44

Roberta

@Giuli, bist du da?

9:44

Tanja

@Giuli, bist du online oder bist du schon unterwegs zu deinem Traummann?

😀

9:45

Roberta

Bar di Veroli ist gut. Sophia und ich machen uns jetzt auf den Weg. Wer zuerst kommt, kommt zuerst!

@Giulia, du entkommst uns nicht.

😀

Wir kommen!

9:48

45

»Sophia, beeil dich, Tanja wartet bestimmt schon auf uns!« Roberta lief ein paar Schritte zurück und nahm Sophia bei der Hand, die damit beschäftigt war, auf den unteren Knöpfen des Fahrkartenautomaten der Tram herumzudrücken. Der Automat piepte und klackte, und Roberta befürchtete, dass Sophias unkoordiniertes Spiel nicht nur die Automatentechnik außer Gefecht setzen, sondern dass ihr vor allem jemand dabei zusehen könnte. Seit der Sache mit der Baugrube vor Giulias Bar sah sie nur noch Denunzianten und Kontrolleure um sich herum.

»Mama, nein«, quengelte Sophia und riss sich los, »ich will hier etwas machen.«

»Was willst du machen?«

»Ich muss was gucken.«

»Das ist ein Fahrkartenautomat, da gibt's nichts zu gucken.« Roberta packte erneut Sophias Hand und zog sie hinter sich her. Eine Kirchturmuhr in der Nähe schlug zehn Uhr. Tanja wartete sicher schon. Roberta bog in eine kleine Gasse, die von der Via Arenula abzweigte, und fand sich augenblicklich in dem anderen Rom abseits des geschäftigen Treibens der Großstadt wieder, wo es sich fast wie in einem Dorf anfühlte. Aber es roch unangenehm. In einer Hausecke sah sie ein paar Tiere um eine Reihe Mülltonnen wuseln und drehte schnell den Kopf weg, um in dem Glauben bleiben zu können, es handele sich bloß um kleine Katzen.

»Mama, hier stinkt es«, meldete Sophia.

»Ich weiß, Süße.«

»Warum, Mama?«

»Weiß ich nicht.«

»Hat hier jemand hingemacht, Mama?«

»Ich fürchte, ja …«

»Warum, Mama?«

»Willst du einen Birnensaft oder einen Aprikosensaft trinken, wenn wir im Café sind?« Roberta versuchte, sie abzulenken.

»Cola.«

Wieder dieses leidige Thema. Hörte das denn nie auf?

Sie bogen erneut um eine Hausecke. Die Straße wurde breiter und führte direkt auf Giulias Bar zu.

Roberta öffnete die Eingangstür zur Bar di Veroli. Das Lokal war gut besucht, es herrschte das gemütliche Treiben eines Sonntagvormittags. Giulia war nirgendwo zu sehen, und Tanja war auch noch nicht da. Roberta wandte sich an die Servicekraft, die sie bisher fast jedes Mal hier gesehen hatte.

»Entschuldige, ist Giulia da?«

Das Mädchen schüttelte den Kopf. Es war ihr anzusehen, dass sie darüber nicht erfreut war. »Tut mir leid, Giulia ist unterwegs«, lautete die Antwort. »Da ist aber noch jemand, der sehnsüchtig auf sie wartet.« Sie deutete zu einem jungen Mann in einem Tweedsakko, der verloren am Tresen stand.

Roberta musterte ihn neugierig.

Er nickte ihr schüchtern zu.

»*Salve*«, sagte er.

»*Salve*«, erwiderte sie. Sie schluckte. War er das? War das der Mann, von dem Giulia so schwärmte? Den sie heute treffen wollte, und nun war er hier, aber Giulia nicht? Sonderbar. Roberta runzelte die Stirn. Unter einem Mann für Giulia hätte sie sich einen anderen Typen vorgestellt. Sie fand auf den ersten Blick nicht, dass dieser hier so recht zu Giulia passte.

»Sind Sie eine Freundin von Giulia?«, wollte der Mann wissen.

»Ja, noch nicht lange, aber … ja, bin ich«, antwortete Roberta hastig. Der Typ siezte sie! Das taten in Rom höchstens die Kunden bei ihr am Schalter. Und noch nicht einmal alle von denen. »Und Sie?«, fragte sie also.

»Ich … ähm, ja. Sagen wir, ich bin auch ein guter Bekannter von ihr«, stotterte er verlegen.

Aha. Ein guter Bekannter. Also in der Tat: eine Bettbeziehung. Nun war Roberta alles klar.

»Tja, schade, dass sie nun nicht hier ist.« Sie schaute ihn mitleidig an. Merkwürdig, er schien Giulia doch so wichtig gewesen zu sein. Wo war sie bloß?

Der Typ blickte verunsichert zurück. »Ja«, antwortete er schlicht.

In diesem Moment tauchte Tanja draußen vor der Scheibe auf. Sie schob das Kind ihrer Schwester im Buggy vor sich her.

»Ich geh dann mal«, sagte sie zu dem Mann und deutete mit dem Kopf nach draußen.

»Natürlich, natürlich, Signora, bitte entschuldigen Sie, wenn ich Sie aufgehalten habe.« Er machte ein paar eilige Schritte durch den kleinen Barraum, rempelte dabei fast eine junge Frau an, öffnete die Eingangstür und trat beinahe überschwänglich beiseite.

»Bitte, Signora.« Er lächelte sie an.

Roberta beäugte ihn erneut. Sie konnte nichts Ironisches oder gar Spöttisches in seinen Augen erkennen. Er wollte ihr ernsthaft nur die Tür aufhalten und einfach nur nett sein.

»Bitte schön, hübsche kleine Prinzessin«, sagte er ebenso höflich zu Sophia, die sich hinter Roberta herumdrückte, ihn aber neugierig beobachtete.

»Sophia, sagst du Danke?«, forderte sie ihre Tochter auf, die prompt ein Schmollgesicht aufsetzte.

»Hat sie, hat sie. *Ich* hab's jedenfalls gehört«, beeilte sich der junge Mann zu sagen. »Nicht wahr, wir beide haben das gehört, oder?« Er zwinkerte Sophia zu, die nun eifrig nickte.

»Schön, wenn Sie beide sich so gut verstehen«, scherzte Roberta und winkte Tanja zu. Diese stand mit dem Kinderwagen so ungeschickt vor der Eingangstür, dass niemand mehr die Bar verlassen oder betreten konnte.

»Guten Morgen«, rief Tanja außer Atem. »Bitte entschuldige, dass ich zu spät bin, ich musste ihn plötzlich noch mal wickeln, weißt du.« Sie sah aus wie eine gestresste Mutter, und Roberta musste lachen. »Hast dich offenbar in deiner Rolle gut eingelebt.«

»Das hier ist Sophia.« Sie zog ihre Tochter hinter ihren Beinen hervor.

»Hallo Sophia, ich freue mich, dich kennenzulernen!« Tanja strich ihr über den Kopf. »Und du?«, fragte sie Luigi. »Bist du ein Freund von Roberta?«

»Nein«, rief Roberta lauter als gewollt, »er ist nicht mein Freund, er ist …«

»Gestatten, meine Damen, ich bin Luigi«, erklärte er mit einer ganz leichten Verbeugung. »Und ich bin … also, ich *kenne* Giulia.«

»Er *kennt* Giulia, verstehst du?« Roberta schaute Tanja vielsagend an, und ein kleines Lächeln umspielte deren Mundwinkel.

»Verstehe. So ist das also.« Tanja nickte schmunzelnd, und Roberta kontrollierte eilig, ob Luigi ihre weibliche

Verständigung auch bloß nicht mitbekommen hatte. Der jedoch versuchte gerade, einer Familie Platz zu machen, die sich an Tanjas Kinderwagen vorbeischob und die Bar verlassen wollte.

»Ist das also der Typ, den mir Giulia neulich im Auto als ›blendend aussehend‹ beschrieben hat?«, raunte Tanja ihr zu. »Also … er scheint ja ein netter Kerl zu sein, vielleicht sogar zu nett. Aber blendend aussehend?« Sie spitzte die Lippen und wiegte verwundert den Kopf.

»Wollen wir uns nicht setzen?« Roberta wandte den Kopf, um nach einem freien Tisch Ausschau zu halten. Und tatsächlich, ein Tisch war noch unbesetzt, und an einem weiteren war gerade ein junges Paar am Gehen. »Es ist sogar Platz für uns alle, und das bisschen Regen hat auch aufgehört. Luigi, setz dich doch mit zu uns.«

»Äh, ja gern, also, wenn ich nicht störe.« Er blickte sie unschlüssig an.

»Nein, du störst überhaupt nicht, ich würde mich sehr freuen, Giulias Freund kennenzulernen«, entgegnete Roberta. »Übrigens, ich heiße Roberta.« Sie hielt ihm die Hand hin.

»Ich bin aber nicht …«

»Mama, ich hänge fest!«, brüllte Sophia, die sich mit ihrem Anorak an der Rückenlehne eines Bistrostuhls verfangen hatte und wie ein wildes Tier in die falsche Richtung zerrte, sodass der Stuhl bedrohlich ins Kippen geriet.

Eilig machte Roberta ihr Kind los und nahm bei den beiden Platz. In diesem Moment kam schon die Kellnerin an ihren Tisch.

»Was darf es sein?«, fragte sie.

Roberta bestellte einen Espresso, Luigi ebenfalls, Tanja einen Tee, und Sophia rief wieder mal nach Cola.

»Es gibt keine Cola«, entschied Roberta.

»Ich will aber Cola«, maulte Sophia. Solch eine Szene bot sich der Kellnerin bestimmt fünfmal am Tag, denn sie trat ungeduldig von einem Bein aufs andere.

»Cola«, Luigi winkte ab, »ist was für Babys. Du solltest lieber«, er machte eine kunstvolle Pause, »*Elfenlimonade* trinken.«

»Elfenlimonade?«, hauchte Sophia überrascht.

Luigi nickte wichtig. »Natürlich«, sagte er, »kennst du das etwa gar nicht?«

Sophia schüttelte bass erstaunt den Kopf. Ihr war anzusehen, dass eine solche Option genau nach ihrem Geschmack war.

Luigi wandte sich an die Kellnerin. »Darf ich kurz zu Ihnen an die Bar kommen, dann erkläre ich Ihnen das?«

Sie zuckte mit den Schultern. »Klar«, meinte sie und marschierte, gefolgt von Luigi, ins Lokal.

Tanja blickte ihm hinterher. »Der Kerl ist wirklich nett!«, nuschelte sie Roberta zu.

»Das habe ich auch gerade gedacht.« Roberta wurde unwillkürlich melancholisch. Warum hatte Giulia so einen Typen? Der passte doch gar nicht zu ihr. Ein tadelloser Gentleman, ein Kinderversteher. War es das, was Giulia wollte? Roberta schluckte. Eigentlich war er eher genau ihr Typ …

»Aber was will der hier, wenn Giulia nicht im Laden ist?«, fragte Tanja.

Roberta schüttelte den Kopf. »Ich habe keine Ahnung«, erwiderte sie. »Das habe ich mich auch schon gefragt.«

Luigi kam zurück an ihren Tisch. In der Hand hielt er ein hohes Longdrinkglas mit Strohhalm, Zuckerrand und Zitronenscheiben.

»Hier kommt die Elfenlimonade für die kleine Sophia«, rief er und setzte mit großer Geste das Glas vor ihr ab. Die beäugte das Gebräu interessiert. Es schien eher ein schlichtes

Mineralwasser mit ausgepresster Zitrone zu sein, aber Sophias Gesichtsausdruck nach zu urteilen, sah sie viel mehr darin.

»Elfenlimonade«, wiederholte die Kleine stolz und betastete den Zuckerrand am Glas.

»Mit Glitzerrand«, meinte Luigi.

Roberta warf ihm einen amüsierten Blick zu. Woher kannte dieser Kerl Sachen, die bei kleinen Mädchen zogen, und hatte dazu auch noch die Fantasie, sein Wissen anzuwenden? Dieser Mann war grandios.

Luigi schien ihren dankbaren Blick zu bemerken und lächelte sie an. Schnell wandte Roberta sich ab. Schließlich war er besetzt. Er gehörte zu Giulia und war damit ein absolutes Tabu für sie.

»Wo ist denn deine Schwester?«, fragte sie Tanja, um das Thema zu wechseln.

»Ach, lassen wir das lieber.« Tanja winkte ab, wirkte aber eher amüsiert als genervt. »Katrin geht heute ihre eigenen Wege.« Sie wandte sich dem Baby zu, das in seinem Wagen schlummerte, und kicherte. »Sagen wir mal: Katrin hat frei.«

»Wie nett von dir, dass du den Kleinen nimmst.« Roberta nickte anerkennend. »Das würden nicht so viele tun.«

»Doch, klar, ich …«, Tanja stockte kurz, »ich hätte mich schon immer gern mehr um ihn gekümmert. Aber das war nicht möglich. Es war ein Grund für mich, von zu Hause weg und nach Rom zu gehen.«

»Verstehe.« Roberta verstand gar nichts und überlegte, was sie dazu fragen könnte, ohne bohrend zu wirken.

»Wo kommst du denn her?«, fragte Luigi.

»Aus Köln. Ich bin erst seit einem halben Jahr hier.«

»Ich bin auch nicht von hier«, erzählte Luigi. »Zwar komme ich nicht von so weit her wie du, aber es fühlt sich trotzdem wie eine andere Welt für mich an.«

»Und deine alte Welt, wo ist die?«

»Campobasso in Molise.«

»*Bello!*«, rief Roberta inbrünstig und verdrehte schwärmerisch die Augen. »Wunderbar, so auf dem Land. Die Gegend ist wunderschön, einfach nur wunderbar.«

»Du kennst Campobasso?«, fragte Luigi. Er schien überrascht und erfreut zugleich. »Du bist eine der Ersten, die die Gegend kennt. Da zieht es wenige Italiener hin, die verreisen ja alle nur ans Meer.«

»Ja, zum Glück!«, rief Roberta aus, »dann hat man dieses wundervolle Fleckchen Erde für sich! Das Essen, die Berge, die bodenständigen Menschen in diesen hübschen kleinen Ortschaften da. Ich liebe es, dorthin zu fahren! Meine Eltern sind oft mit mir nach Molise gereist. Aus dem einfachen Grund, dass wir uns die Preise am Meer nicht leisten konnten.« Sie lachte. »Aber für mich war es immer wie nach Hause kommen, wenn wir nach Molise gefahren sind.« Sie lehnte sich in ihrem Stuhl zurück und dachte an die wundervollen Ferientage ihrer Kindheit und Jugend. Bis sie Mario kennengelernt hatte, war sie fast jedes Jahr dort gewesen. Mario hatte schließlich Sommerferien an der Adria durchgesetzt. Sie schauderte bei dem Gedanken an die überfüllten Strände, das Radiogeplärre an billigen Pizzaständen und an die Großfamilien, die in Schlappen und mit Sonnenschirmen, Klappstühlen und aufblasbaren Wassertieren bepackt zeternd durch die Straßen Richtung Wasser pilgerten. Da Mario stets den größten Teil der Reisekosten beigesteuert hatte, hatte sie sich seinem Willen gefügt.

»Ja, Molise ist wie nach Hause kommen«, wiederholte Luigi nachdenklich. Er sah mit einem Mal sehr ernst aus. »Das wäre schön … nach Hause kommen.«

Die Kellnerin kam mit einem Tablett und servierte die Getränke zusammen mit einer Schale Kekse.

»Dürfte ich«, fragte Luigi unvermittelt und schaute in die Runde, »die beiden Damen zur Feier des Sonntags auf ein Gläschen aus meiner Region einladen?« Er wandte sich mit Kennermiene an die Bedienung. »Wie ich weiß, habt ihr einen hervorragenden *Biferno Bianco* im Lager.«

Die Bedienung zog die Stirn in Falten. »Oh, das weiß ich gar nicht, aber ich gehe nachschauen.«

»Also, ich wäre dabei«, warf Tanja ein.

»Und ich erst!« Roberta bedachte Luigi mit einem glücklichen Blick und fügte gut gelaunt hinzu: »Ich sage zu nichts Nein, was aus Molise kommt!«

Luigi blickte auf. »Ja, äh …, wie schön … Da komme ich ja her. Wie gesagt …« Ein peinlicher Moment der Stille entstand.

Tanja prustete los. Roberta legte erschrocken die Hand an den Hals. Was hatte sie da gesagt? War sie denn von allen guten Geistern verlassen? Sie merkte, dass ihr Gesicht rot wurde. Was um alles in der Welt war bloß in sie gefahren?

»Ich dachte, ich meinte nur …«, stammelte sie.

»Schon gut, schon gut« – Tanja legte ihr den Arm um die Schulter – »wir haben verstanden. Und alles andere saufen wir jetzt unter den Teppich.«

46

Giulia hatte sich die Privatklinik, in der Massimo lag, um einiges mondäner vorgestellt als das, was sie vorfand. Der trostlose Sechzigerjahrebau erinnerte sie eher an eine Fassade aus alten Mussolinifilmen und sah ganz und gar nicht nach *dem* Genesungszentrum der römischen Hautevolee aus. Sie durchschritt eine Empfangshalle, die vor einigen Jahrzehnten einmal modern gewesen sein mochte, heute jedoch vom selben Geldmangel betroffen schien wie alle anderen Krankenhäuser auch.

Massimo hatte ihr seine Zimmernummer genannt, sodass sie nicht an der Rezeption um Auskunft bitten musste. Man hätte sie ihr für einen solch prominenten Patienten sicherlich auch nicht gegeben. Sie stieg in den dritten Stock hinauf und betätigte die Klingel vor einer verschlossenen Glastür zur Station. Eine mürrische Krankenschwester mit einem akkurat festgesteckten Häubchen auf dem Kopf ließ sie eintreten. Zu Giulias Erleichterung hatte Massimo ihren Besuch offenbar angekündigt, sodass sie sich nicht lange erklären musste, sondern ihr die Richtung zu seinem Zimmer gewiesen wurde.

Mit einem mulmigen Gefühl im Bauch klopfte Giulia an seine Tür und wartete einige Sekunden. Sekunden, die ausreichten, um plötzliche Panik und den Drang nach schleuniger Flucht in ihr auszulösen. Was würde sie erwarten? Sie besuchte einen immer noch schwer verletzten Mann, den sie erst zweimal gesehen hatte. Worüber würden sie reden? Was um Himmels willen sollte sie ihm sagen?

Ein energisches *Avanti* aus dem Inneren des Raumes ließ sie zusammenzucken. Es gab kein Zurück mehr. Vorsichtig öffnete sie die Tür. Der Geruch von Desinfektionsmittel, Mullbinden und Aftershave schlug ihr entgegen. Und da war er. Massimo saß aufgerichtet in seinem Bett, den Kopf in einen turbanartigen Verband gehüllt, das rechte Auge blutunterlaufen. Ein riesiges Hämatom zog sich bis zur Mitte der Wange hinunter. Giulia stöhnte unwillkürlich auf, unfähig, sich aus dem Türrahmen zu bewegen.

Massimo grinste. »Was hast du denn erwartet, *bella?*«, fragte er. »Ich habe von einem Profisportler einen Tritt gegen den Kopf bekommen. Du hast es doch selbst gesehen.«

»Guten … Morgen«, stammelte sie. Langsam ging sie auf Massimo zu und musterte sein demoliertes Gesicht. Erst jetzt sah sie, dass sein linker Arm in einer Schlinge hing. Sie gab ihm einen scheuen Kuss auf die Wange, ließ sich vorsichtig auf die Bettkante nieder und starrte ihn an. Massimo sah blass, ja sogar etwas eingefallen aus. Der Unfall und die Operationen hatten deutliche Spuren an ihm hinterlassen. Sie schluckte, streckte die Hand aus und streichelte seinen gesunden rechten Arm.

»Komm schon, *bella*«, sagte Massimo lässig, »wenn du jetzt auch anfängst zu heulen wie meine Mutter, hole ich die Krankenschwester und komplimentiere dich hier raus. Ich brauche Aufmunterung, verstehst du?« Aus seinem Blick sprach Ironie, aber auch etwas Flehendes. Bitte kein Mitleid, schien er zu sagen.

»Na, ob die Schwester dir wohl helfen würde, mich hier rauszuwerfen, ist äußerst fragwürdig.« Giulia war froh, zu ihrer gewohnten Schlagfertigkeit zurückgefunden zu haben. »Besonders engagiert schien die mir nicht zu sein.«

Massimo deutete ein Nicken an, mehr ließ sein lädierter Kopf wahrscheinlich nicht zu. »Stimmt, der Terrier würde mir nicht helfen. Ich bin dir also ausgeliefert, wieder mal.« Er grinste erneut, diese Rolle schien ihm zu gefallen.

Giulia unterdrückte ein Lachen. »Erzähl mir, was du jetzt vorhast. Du hast gesagt, du wirst nicht mehr Fußball spielen können?«

»Doch, mit meinen Enkeln auf dem Hof schon.«

»Haha.«

»Nun ja.« Massimo verzog geradezu schmollend das Gesicht. »Der Profifußball ist Vergangenheit. Daran besteht kein Zweifel. Ob ich meine Schulter je wieder so bewegen kann wie früher, ist äußerst fraglich.«

»Das tut mir wahnsinnig leid …« Giulia überlegte krampfhaft, ob ihr denn keine intelligentere, witzige, aufbauende Bemerkung einfallen wollte. Dass Massimo di Donato von einer Sekunde auf die nächste dem italienischen Profifußball abhandengekommen war, wurde da draußen von den Medien als Staatstragödie gewertet. Da war jeglicher Trost rar. »Aber was hast du denn jetzt vor?«, fragte sie, nur um irgendetwas zu sagen.

Massimo neigte leicht den Kopf. »Das Übliche«, erwiderte er. »Gesund werden, Reha und solche Sachen.«

Giulia schmunzelte. »Nein, ich meinte beruflich«, sagte sie. »Hast du schon irgendwelche Pläne?«

Massimo drehte im Zeitlupentempo den Kopf hin und her, was bei seiner Gehirnerschütterung vermutlich *Nein* bedeuten sollte. »Weißt du, es ist so«, das spitzbübische Grinsen machte sich wieder auf seinem Gesicht breit, »ich habe ein wenig vorgesorgt: Für den Ernstfall ist ein wenig Geld vorhanden.«

Giulia lachte laut auf. »Na, dann ist es ja gut. Aber trotzdem: Wer will sich schon mit Mitte dreißig zur Ruhe setzen?«

»Ich habe zum ersten Mal in meinem Leben beides zusammen: Geld und Zeit«, erwiderte Massimo schlicht. »Das gab's für mich noch nie. Ich werde mich bestimmt nicht langweilen. Außerdem will ich endlich mein Studium zu Ende bringen.«

»Aber der Fußball wird dir fehlen, oder?«

»Bestimmt, ab und zu.« Massimo rutschte auf seinem Bett herum, als versuchte er, eine neue Sitzposition zu finden. Giulia stand auf, stopfte ihm behutsam ein großes Kissen in den Rücken und legte ihm ein Polster bereit, auf dem er seinen Arm ablegen konnte.

»Weißt du«, fuhr Massimo fort, »irgendwie bin ich auch froh, dass es so zu Ende gegangen ist. Ohne diese großen Ankündigungen wie ›Di Donato hört auf‹, ›Heute ist sein letztes großes Spiel‹ oder solche Sachen. Dann steht man tierisch unter Druck, noch mal was reißen zu müssen, irgendetwas geht schief, und am Schluss trollt man sich vom Platz wie Zinédine Zidane. Das wäre ein echter Albtraum.«

Giulia wusste nicht, wer Zinédine Zidane war, wollte sich jedoch keine Blöße geben. Außer Diego Maradona war ihr eigentlich kein Fußballspieler ein Begriff. Und Lionel Messi. Oder war der von der Formel 1?

»Außerdem«, Massimo lehnte den Kopf in die Kissen und blickte hoch zur Decke, »bin ich froh, mich nicht mehr mit Fußballspielern umgeben zu müssen. Und mit deren Ehefrauen.« Er grinste gedankenverloren. »Weißt du, das ist so wie in anderen Jobs auch: Du bist den ganzen Tag mit Leuten zusammen, die du dir freiwillig nicht ausgesucht hättest. Das war nicht immer meine Welt …«

Giulia hörte interessiert zu. Von dieser Seite hatte sie den Profisport noch nie betrachtet. Sie kannte, wenn überhaupt, nur die Bilder, auf denen sich Sportler feiernd in den Armen lagen. Nie war ihr die Idee gekommen, dass sich die Fußballspieler in einer Mannschaft unter Umständen gar nicht mochten.

»Hm, verstehe.« Sie schaute ihn nachdenklich an.

»Und bei dir?«, fragte Massimo plötzlich. »Was hast du in letzter Zeit so gemacht?«

»Oh.« Giulia winkte ab. »Es ist einiges passiert, seitdem wir uns das letzte Mal in meiner Wohnung gesehen haben. Die Rosen, die du mir geschenkt hast, sind inzwischen verdorrt. Ich musste sie wegwerfen. Um mal mit dem Einfachsten anzufangen.«

»Verstehe, ich werde dir neue schicken lassen. Mache ich gleich nächste Woche.«

»Nächste Woche muss ich vor Gericht.«

Massimo betrachtete sie prüfend. »Das heißt, du kannst dann keine Rosen annehmen?« Wieder dieser ironische Ausdruck in seinem Gesicht.

»Wenn ich ins Gefängnis komme, nicht.«

»Giulia, was soll das? Was ist passiert?«

Giulia blickte aus dem Fenster in den kleinen Park des Krankenhauses. »Wollen wir eine Runde spazieren gehen?«, fragte sie. Draußen hatte es aufgehört zu regnen. »Ich schiebe deinen Rollstuhl. Dann brauche ich dir auch nicht ins Gesicht zu sehen, wenn ich erzähle.«

Massimo grinste. »Ich laufe selbst, danke. Meine Schulter brauche ich dafür nicht. Und ich will der Kriminellen in die Augen schauen, wenn sie mir ihre Verbrechen gesteht.«

47

»*Che amore che sei. Sei bellissimo!*« Valentino küsste Nik zum wohl fünfundzwanzigsten Mal auf sein blondes Köpfchen und drückte ihn wieder und wieder an sich. Nik strampelte fröhlich, machte ein paar gurgelnde Laute und untersuchte mit seinen kleinen Fingerchen den blitzenden Brillantstecker an Valentinos Ohr.

»Pass auf, dass er ihn dir nicht abreißt«, warnte Tanja, »der Kleine ist schnell!«

»*Ma no, amorino mio!* Du willst mir doch nicht etwa das Ohr abreißen? Willst du mir das Ohr abreißen?«, gurrte Valentino ungerührt weiter und kitzelte das jauchzende Baby am Kinn.

Tanja lehnte sich gegen die hohe Schaufensterscheibe und streckte die Beine auf die Straße aus. Sie hatten es sich auf der kleinen Stufe, die zu Valentinos Boutique hochführte, bequem gemacht und guckten in die Luft. Tanja war gern mit Valentino zusammen. Es war alles so entspannt mit ihm. Sie hatte nach ihrem Spaziergang mit Roberta keine Lust gehabt, allein mit dem Baby in ihre Wohnung hinaufzugehen, und sich umso mehr gefreut, Valentino vor seinem Lädchen anzutreffen. Nun saßen sie zu dritt wie eine kleine Musterfamilie auf dem Pflaster und warteten auf Kundschaft, die sich nach der sonntäglichen Siestazeit bald wieder zurück ins Stadtzentrum verirren würde.

»Sag mal, wo bleibt deine Schwester eigentlich?«, fragte Valentino nun schon zum wiederholten Mal. »Die muss sich doch mal um ihr Küken kümmern.«

»Katrin hat frei«, antwortete Tanja. »Nik und ich kommen sehr gut allein klar.«

»Aber wo ist sie denn? Sie kennt doch gar keinen hier, oder doch?«

»Inzwischen offenbar schon.«

»Was soll das denn heißen?«

»Weiß ich nicht.«

»Hä?«

»Genau.«

Valentino runzelte die Stirn und musterte sie von der Seite.

»Und wo ist der Vater von Nik?« Valentino gab wirklich nicht so schnell auf.

»Nächste Frage bitte.«

»Was macht *ihr* eigentlich für komische Sachen?«

Tanja verzog den Mund. Meinte er mit »ihr« Heteros im Allgemeinen? Und welche komischen Sachen meinte er, die seine Zunft nicht ebenso gut betreffen könnten? Außer Kinder in die Welt zu setzen vielleicht.

»Macht ihr solche komischen Sachen etwa nicht?«, konterte sie daher.

»Nein, denn ich habe keine Kinder«, gab Valentino zurück. »Und wenn ich ein soo süüüßes Baby hätte wie dich«, gurrte er Nik zu, während er ihn auf die Wange küsste, »würde ich dich nie, niiiemals allein lassen.« Er hob ihn hoch in die Luft und Nik lachte glücklich.

»Pah«, schimpfte Tanja, »du wärst nach wenigen Tagen genauso genervt wie alle anderen Männer auch!« Sie wusste nur zu gut, wovon sie sprach. Wie viele überforderte und von den dazugehörigen Müttern zurechtgestutzte Väter hatte sie bereits auf Entbindungsstationen angetroffen. Und das, obwohl die Kinder dort erst wenige Tage oder gar Stunden auf der Welt waren. Ihr konnte keiner was erzählen, sie wusste Bescheid.

»Stimmt doch gar nicht!«, protestierte Valentino.

»Stimmt doch.«

»Nein!«, rief Valentino. Liebevoll strich er Nik über den Rücken. »Ich hätte so gern Kinder!«, sagte er so ehrlich und voller Inbrunst, dass etwas in Tanja sich unwillkürlich zusammenzog. Mitfühlend berührte sie seinen Unterarm. Ja, das Thema Homosexuelle und Kinderwunsch war ihr ebenfalls bekannt. Wie oft hatte sie Frauen behandelt, die gemeinsam mit ihrer Partnerin auf der verzweifelten Suche nach einem Spenderpapa waren. Immerhin waren lesbische Paare von der Natur her schwulen Paaren ein Stück überlegen, aber auch hier gestaltete sich die Lage oft genug mehr als kompliziert.

Sie spürte Valentinos Blick auf sich. »Du auch?«, fragte er.

»Was?«

»Möchtest du auch Kinder haben?«

Tanja schoss das Blut in die Wangen. *Vorsicht jetzt,* pass auf, was du sagst. Sonst fragt er dich als Nächstes, ob du für ihn und Nino zur Leihmutter werden willst.

»Äh, wie jetzt, ähm, warum?«, stammelte sie.

»Wieso *warum?*« Valentino drehte Nik auf seinem Schoß herum, sodass der Kleine zur Straße gucken konnte, und gab ihm seine Trinkflasche. »Was ist denn an dieser Frage kompliziert?«

»Hm«, machte Tanja zögernd, »erst mal müsste man den richtigen Partner dafür haben, mit dem man einen solchen Schritt wagen könnte. Aber eigentlich glaube ich … eher nicht.«

»Nein? Aber warum denn nicht?« Valentino schien beunruhigt. »Das ist doch schade, das ist doch …«, er suchte nach Worten, »geradezu eine *Verschwendung* der Natur, wenn eine so tolle Frau wie du keine Kinder bekommt!«

»Das sagt mir genau der Richtige«, brummte Tanja.

»Außerdem dachte ich, du hättest einen Mann.« Valentino hatte den Kopf schief gelegt und machte ein alarmiertes Gesicht.

»Das ist vorbei.«

»Warum?«

Tanja stutzte. Diese unverhohlene Neugierde erlaubten sich wirklich nur Schwule. Nur die stellten Frauen solch intime Fragen und nutzten ihre Position damit weidlich aus.

»Weil«, sie atmete tief aus, denn sie brauchte all ihre Kraft, um das Unaussprechliche auszusprechen, »weil ich im Kreißsaal die verheimlichte Mutter seines Kindes kennengelernt habe.«

Valentino brauchte ein paar Sekunden, um zu begreifen, was sie gesagt hatte. »Du machst Witze!«, rief er dann. »Das gibt's doch nicht.«

»Du glaubst gar nicht, was es alles gibt«, entgegnete Tanja leise. »Und um auf meine Schwester zurückzukommen, nach der du gefragt hast: Der ist fast das Gleiche passiert.«

»*Terribile*«, seufzte Valentino kaum hörbar und schwieg für einen Moment. »Und wo ist deine Schwester nun?« Er suchte immer noch einen Grund für ihre Abwesenheit. Tanja schmunzelte.

»Sagen wir: Sie ist auf Rachefeldzug.«

»Aha!«, rief Valentino. Ein breites Grinsen zog sich über sein Gesicht. »Jetzt verstehe ich endlich! Sag das doch gleich.« Er kicherte amüsiert.

»Na ja, es geht ja eigentlich niemanden etwas an.« Tanja schämte sich, weil sie ihre Schwester verpetzt hatte, auch wenn sich Valentino ganz offensichtlich über die neue Faktenlage alles andere als echauffierte.

»Ich muss jetzt eine rauchen«, verkündete er und drückte ihr das Kind auf den Schoß. Er stand auf, entfernte sich ein paar Schritte und zündete sich auf der anderen Seite ihrer kleinen

Gasse eine Zigarette an. Nachdenklich blies er ein paar Kringel in die Luft und lehnte sich an die Hauswand.

»Alles nicht so einfach mit der Liebe, oder?«, meinte er und blickte sie an. Etwas Trauriges, fast Bittendes lag in seinen Augen.

»Nein«, gab Tanja zu, »das ist es wirklich nicht.« Wieder schwiegen sie eine Weile. Nik wurde unruhig. Sein Fläschchen flog scheppernd auf die Straße, und Valentino bückte sich, um es aufzuheben. Er warf seine aufgerauchte Zigarette weg und setzte sich wieder neben sie.

»Weißt du«, begann er und schaute sie treuherzig an, »als ich dich das erste Mal sah, da dachte ich …«

»Hallooo!«, brüllte jemand die Straße hoch. Valentino zuckte zusammen. Katrin kam atemlos angerannt, machte vor ihnen Halt und riss Nik an sich.

»Mein Baby!«, rief sie aus. Sie drückte das verdutzte Kind fest an sich, hielt es dann wieder von sich weg, küsste es über das ganze Gesicht, um es gleich darauf wieder fest in die Arme zu schließen.

»Wie lange, sagst du, war sie weg?«, fragte Valentino, der die Szene ungläubig beobachtete. Katrin vergrub ihr Gesicht an Niks Hals, und Tanja glaubte, Tränen der Rührung in ihren Augen zu erkennen.

»Seit gestern Abend.«

»Wurde sie denn gegen ihren Willen irgendwo festgehalten?«

»Nein, das ist alles ganz freiwillig passiert.«

»*Mein Mäuschen, mein kleiner Hase …*«, hörten sie Katrin wispern, die, das Baby an sich gedrückt, im Wiegeschritt auf und ab ging.

»Was sagt sie zu ihm?«, wollte Valentino wissen.

»Sie gibt ihm süße Tiernamen«, übersetzte Tanja.

»Oh, wow.« Erstaunt beobachtete Valentino das Schauspiel. Katrin stand etwas abseits mit dem Kind im Arm, und Nik untersuchte mit den Fingern ihr Gesicht, während sie ihn immer wieder auf Stirn und Nase küsste. »Das ist ja … sagen wir: be-acht-lich.«

Tanja lächelte und nickte. »Das ist *Mutterliebe,* Vale«, erklärte sie ihm. »Ich glaube, es ist das Einzige, wo die Liebe noch wirklich funktioniert.«

48

»Hast *du* die Wäsche *so* aufgehängt? Oder war das Papa?«, fragte Giuseppa. Sie kam gerade von ihrem obligatorischen Montagmorgeneinkauf zurück und ließ ihre übervollen Einkaufstaschen mit einem erschöpften Ausatmen auf die Spüle poltern. Roberta war alarmiert. Giuseppas Betonung des schlichten Wörtchens *so* verriet ihr, dass sie die profane Aufgabe des Wäscheaufhängens wieder einmal nicht fachgerecht ausgeführt hatte.

»Warum?«, fragte Roberta also lauernd. Sie saß am Küchentisch und legte einen großen Korb voller kleiner Kleidungsstücke von Sophia zusammen. Fast jeden Tag ging das so. Nach der Waschmaschine war vor der Waschmaschine. Eine am Tag füllten sie fast immer, ganz zu schweigen davon, wenn die Bettwäsche gewechselt wurde.

Giuseppa hielt geradezu triumphierend ein gelb kariertes Staubtuch in die Luft, das Roberta bekannt vorkam. »Das hier habe ich unten auf der Straße gefunden«, verkündete sie streng. »Wer von euch hat die Sachen wieder nicht anständig festgeklammert?«

Roberta zuckte die Schultern. »Das ist nur ein Putzlappen. Ist mir doch egal.«

Giuseppa stemmte die Hände in die Taille und machte ein kampflustiges Gesicht. »Ist dir doch egal? Na, das ist ja schön! Und wenn du womöglich das nächste Mal eine teure Bluse von mir von der Leine fallen lässt? Oder auch einfach nur unsere Unterwäsche? Das gehört sich nicht, Roberta! Das ist mir peinlich. Was denken denn die Leute?«

»Was denken denn die Leute?«, äffte Roberta sie genervt nach. »Mensch, Mama, der Lappen ist mir run-ter-ge-fallen, okay? Ich habe es nicht einmal bemerkt. Das kann doch mal passieren, ohne dass du gleich so ein großes Ding daraus machst.«

»Wieso mache ich da ein großes Ding draus?«, fragte Guiseppa verärgert. »Ich habe doch bloß gefragt, wer von euch die Wäsche aufgehängt …«

»Um dann eine alberne Szene wegen eines blöden Putzlappens zu machen«, unterbrach Roberta sie aufgebracht.

»Es geht aber doch darum.«

»Ja, was die Leute denken, wenn deine BHs auf der Straße liegen, jaja!« Roberta hörte selbst, wie schrill sie klang. »Es *ist* aber kein BH auf die Straße gefallen, verstehst du?«

»Ich weiß gar nicht, warum du dich jetzt so aufregst.« Auch Giuseppa wurde laut. »Es muss doch möglich sein, dass du deinen angemessenen Beitrag zur Hausarbeit leistest, wenn du wieder bei uns wohnst.«

»Wenn ich gehen soll, brauchst du es nur zu sagen«, zischte Roberta.

»Das habe ich nicht gesagt!«, erklärte Giuseppa spitz.

»Aber gedacht hast du es.«

»Nein, habe ich nicht.«

Roberta schnaubte empört. Warum musste ihre Mutter ihr ständig solche leidigen Diskussionen aufdrängen? Es war doch sowieso alles schon schwer genug. Schließlich war es eine Notsituation, dass sie zurück zu ihren Eltern hatte ziehen müssen. Welcher erwachsene Mensch tat so etwas denn bitte schön freiwillig?

Ärgerlich faltete sie einen Pullover von Sophia zweimal über die Mitte und drückte ihn auf einen der vielen kleinen Wäschestapel auf dem Küchentisch.

Mit spitzen Fingern nahm Giuseppa den Pullover wieder zur Hand und versuchte, ihn mit ein paar energischen Handbewegungen glatt zu ziehen. »Wenn du die Kleidung so zusammenlegst, kannst du es auch gleich sein lassen«, erklärte sie, legte den Pullover auf den Tisch und faltete ihn sorgfältig neu, indem sie erst die Arme und dann die Seiten umschlug, sodass sich die Kanten exakt in der Mitte trafen. Mit beiden Händen legte sie das gefaltete Stück auf dem Tisch ab. Herausfordernd blickte sie auf Roberta herab, wie eine Oberlehrerin auf ihre aufsässige Schülerin.

Nun sah Roberta rot. »Was fällt dir ein?«, rief sie erbost. Sie sprang auf, nahm den Pullover, schüttelte ihn fahrig auseinander und warf ihn gegen die Wand. »Du immer mit deinem klugen Gerede!«

Giuseppa stand der Schock ins Gesicht geschrieben. »Kind, ich will dir doch nur helfen«, sagte sie, »sonst lernst du es nie!«

»*Helfen* nennst du das?«, ereiferte sich Roberta weiter. »Du mischst dich ein, du bauschst Dinge auf. Du treibst uns alle in den Wahnsinn!«

Giuseppa blieb der Mund offen stehen. Wie immer schien sie überfordert mit der Reaktion der anderen auf ihre Zurechtweisungen. »Wie, ich treibe euch in den Wahnsinn?« Ihr Mund zitterte, und Roberta glaubte, Tränen in ihren Augen zu erkennen.

»Ach, lass mich«, fauchte Roberta und rauschte nach draußen. Wie eine Getriebene riss sie die Wohnungstür auf und ließ sie mit einem wohltuenden Krachen hinter sich ins Schloss fallen.

Und dann stand sie da.

Bloß, was zur Hölle sollte sie jetzt hier anfangen? Sie lauschte, ob ihre Mutter ihr womöglich folgte, um den Streit im Treppenhaus fortzusetzen, aber in der Wohnung hinter der Tür herrschte absolute Stille. Sie blickte an sich herunter. Natürlich trug sie ihre Hausschuhe und hatte weder Jacke noch Geld dabei. Sie musste klingeln und ihre Mutter um Einlass bitten, stellte sie zerknirscht fest. Sie biss sich auf die Lippen. Das war jetzt das Allerletzte, was sie tun wollte.

Plötzlich hörte sie ein Geräusch gegenüber. Ein Schlüssel wurde langsam im Schloss umgedreht. Die Tür öffnete sich und Eleonora stand im Türrahmen, auf ihren Gehwagen gestützt.

»Was war denn das für ein Geschrei? Das hat ja das ganze Haus gehört.«

»Es ist …«, stotterte Roberta, »es ging um …« Ihre Stimme versagte ihr den Dienst, und sie brachte nur noch ein unkoordiniertes Schluchzen hervor.

»Komm rein, Kind.« Umständlich machte Eleonora einen Schritt zur Seite und ließ sie eintreten. Und kaum dass Roberta in Eleonoras Wohnung stand, brach sie auch schon in Tränen aus.

»Komm, Kind.« Eleonora fasste sie sanft am Arm und bedeutete ihr, ins Wohnzimmer zu gehen. Gemeinsam – und dabei war unklar, wer wen stützte – schlichen sie in die mit Nippes und Andenken vollgestopfte Stube. Roberta nahm ihr Handy aus der Hosentasche, ließ sich seufzend aufs Sofa fallen und legte sich eines der von Eleonora bestickten Gobelinkissen auf den Bauch. Für einen Moment betrachtete sie das Kissen. In Zukunft, dachte Roberta bitter, würde Eleonora die Nadel für solche kunstvollen Handarbeiten nicht mehr halten können. Kummer und Leid überall, wo sie hinsah.

Langsam, auf ihren Gehwagen aufgestützt, setzte sich Eleonora in den mit weißen Häkeldeckchen dekorierten

Ohrensessel. Mühsam lehnte sie sich an und faltete die leicht zitternden Hände im Schoß. »Was ist denn passiert?«

»Ach«, Roberta suchte nach Worten, »nichts, eigentlich. Das Übliche.« Erneut stiegen Tränen in ihr auf. »Sie engt mich so ein.« Unnötig zu erklären, wer »sie« war. Roberta schniefte, zog ein Taschentuch aus ihrer Hosentasche und putzte sich geräuschvoll die Nase.

»Mich auch, Kind. Mich engt sie auch oft ein«, sagte Eleonora leise, als wieder Stille herrschte. »Aber vergiss nicht«, fuhr sie fort, »sie liebt uns, Roberta, sie liebt uns sogar sehr. Sie kann nicht anders. Und alles, was sie von uns erwartet, würde sie uns selbst zwanzigfach zurückgeben.«

Roberta verzog den Mund und spielte an ihren Fingernägeln herum. Ja, Eleonora hatte recht mit dem, was sie sagte, das wusste sie. Aber im Moment war es nicht das, was sie hören wollte. Angestrengt fixierte sie eine Reihe kleiner, bunter Döschen, die unter Eleonoras gläserner Couchtischplatte ausgestellt waren. Alles Trophäen von Hochzeiten, zu denen Eleonora im Laufe ihres schönen langen Lebens eingeladen gewesen war und die die Brautleute ihren Gästen als Dankeschön mitgegeben hatten. Ihre eigene stand sicherlich auch irgendwo dazwischen. Sie suchte die Reihen ab. Ja, da war sie schon: Mario und sie hatten kleine Kristalldöschen an ihre Gäste verteilt, in denen sich die Säckchen mit den fünf weißen Hochzeitsmandeln befunden hatten. Roberta lächelte bitter. Sie konnte sich genau an den Tag erinnern, als sie die Mandeln unten in der *Confetteria* an der Straßenecke abgeholt hatte, um sie zu Hause in die kleinen Stoffsäckchen aus weißem Chiffon einzusortieren, die Giuseppa ihr genäht hatte. Die Sonne hatte geschienen, Roberta war aus dem Laden getreten, hatte sich aus einem Impuls heraus ein Glas Prosecco an der Bar gegenüber genehmigt und alle Passanten angelächelt, die an ihr vorbeizogen.

Sie seufzte laut auf. Diese Hochzeit war nun schon lange, lange her. Und ihre Ehe auch. Geblieben war das Mandeldöschen, das in jedem Haushalt ihrer Freunde und Verwandten in irgendeiner Vitrine zwischen Unmengen anderer Döschen dieser Art verstaubte.

»Wie viele Paare, von denen du so eine Schatulle hier stehen hast, sind heute noch zusammen?«, fragte sie Eleonora.

Eleonora verzog das Gesicht. Roberta sah ihr an, dass sie ihrem Gedankensprung erst folgen musste, bis sie verstand.

»Ach, Kind«, sie machte eine wegwerfende Handbewegung, »kommt drauf an, wie alt die Dinger sind. Von den jüngeren Döschen haben viele Ehen nicht gehalten. Die ganz alten, die aus meiner Zeit – die schon. Aber die Jüngeren«, sie seufzte und blickte Roberta vielsagend an, »die werfen heute eher hin. Also, ich wollte sagen: Von den neueren Döschen sind viele Ehen nicht mehr existent …«

Roberta nickte beruhigt. Zwar wusste sie sehr wohl, dass sie mit einer gescheiterten Ehe alles andere als allein dastand, aber manchmal tat es ihr gut, dies auch noch mal aus einem anderen Mund zu hören.

»Was willst du jetzt tun, Kind? Kann ich dir etwas anbieten?« Eleonora deutete fragend Richtung Tür. »Noch habe ich ja meine eigene Küche.« Sie lächelte.

Roberta schüttelte den Kopf. »Ich glaube, ich muss mal raus«, sagte sie. »Ich muss auf andere Gedanken kommen. Darf ich mir Schuhe und etwas Geld von dir ausleihen? Ich will einfach nicht zurück in die Wohnung gehen.«

Eleonora lachte. »Meine Schuhe?«, fragte sie ungläubig. »Hm, was könnte dir da bloß passen? Also, ich habe da noch ein Paar Gummistiefel aus der Zeit, als ich bei den Mailänder Klassiktagen mal tagelang im Regen gestanden habe. Die dürften groß genug sein.«

49

»Brauchst du noch lange, Katrin? Ich muss in zehn Minuten los!« Drängelnd klopfte Tanja an die Badezimmertür, während sie mit dem anderen Arm den quengelnden Nik auf und ab wiegte, der auf ihrer Hüfte saß.

»Mome-hent!«, hörte sie ihre Schwester rufen. Die Dusche wurde abgestellt, und Tanja konnte hören, dass Katrin sich ein Handtuch vom Haken nahm, der von innen an die Badezimmertür geschraubt war. Tanja ging in die Küche, goss sich einen Schluck Tee aus der kleinen Kanne nach, gab Zitrone dazu und trank die Tasse in einem Zug aus. Nik versuchte, nach der Zitrone zu greifen.

Tanja reichte sie ihm. »Hier Mäuschen, dann lernst du mal, was sauer ist«, sagte sie und setzte das Kind mit dem Zitronenschnitz in der Hand kurzerhand auf den Fliesen ab.

Katrin kam aus dem Bad. Sie trug einen Bademantel und frottierte die feuchten langen Haare.

»Ich dusche immer so lange, weil ich mir unter der Dusche die Zähne putze, denn ohne Waschbecken … Ist die Zitrone unbehandelt?«

»Wie bitte?«

Katrin deutete mit dem Zeigefinger auf ihr Kind am Boden. »Ist die Zitrone, die Niklas-Lian da im Mund hat, gespritzt?«

»Natürlich nicht!«, log Tanja. »Hätte ich ihm doch sonst nie gegeben!« Sie bückte sich, um ihm die Zitrone wieder aus dem Mund zu pulen, wogegen er lautstark protestierte. »Aber jetzt reicht's ja auch«, fügte sie hinzu, »nein, beiß mich bitte nicht. Au!« Schnell zog sie ihre Hand zurück. Nik jauchzte.

»So ohne Waschbecken«, fuhr Katrin unvermittelt fort, ohne der Szene am Boden weiter Beachtung zu schenken, »ist das kein Zustand mehr. Ich werde heute mal bei dem Klempner vorbeigehen und fragen, wann er denn nun endlich kommen will.«

»Oh, würdest du das übernehmen?«, fragte Tanja dankbar. »Das wäre toll. Zeig ihm Nik und erklär ihm, dass Babys ein Waschbecken brauchen. Mit *bambini* kann man hier ganz viel erreichen. Römer mögen keine Menschen, aber sie mögen Kinder.« Sie nahm ihre Jacke von der Garderobe im Flur und schlüpfte hinein.

»Wie lange musst du heute arbeiten?«, fragte Katrin.

»Ich weiß nicht genau.« Tanja verzog das Gesicht. »Wenn nicht zu viele Notfälle reinkommen, vielleicht bis sieben?«

»Wollen wir dann unten auf der Piazza eine Pizza essen gehen?«

»Können wir machen. Aber was ist mit dem Franzosen vom Wochenende? Triffst du den gar nicht mehr?«

»Ich habe seine Telefonnummer nicht.«

»Aber du weißt doch, wo er wohnt.«

»Ich bin mir nicht sicher.«

»Wo er wohnt?«

»Nein, ich meine«, Katrin grinste, »ob ich ihn noch mal sehen möchte.«

»Wow!« Tanja pfiff durch die Zähne, während sie Schlüssel und Handy einsteckte. »Ein Mann für eine Nacht? Was bist du abgebrüht als brave Ehefrau und Mutter.«

»Von wegen Ehefrau, das bin ich ganz bestimmt nicht mehr, und Jean-Pierre war der Beweis dafür. Jetzt bin ich nur noch Mutter.« Sie seufzte und ließ die Schultern hängen. »Alleinerziehende Mutter.«

»Das sagst du, als sei es eine Krankheit.«

»Fühlt sich auch so an, Tanja. Es wird jedenfalls nicht einfach.« Sie schluckte und blickte Nik hinterher, der brabbelnd in Richtung Wohnzimmer davonkrabbelte.

Tanja legte den Arm um sie. »Du musst jetzt endlich mal mit Matthias sprechen«, flüsterte sie. »Du bist bei mir jederzeit willkommen, aber du kannst dich hier nicht ewig verkriechen.«

»Pah!« Katrin entwand sich, zog einen trotzigen Schmollmund und strich sich durchs Haar.

»Katrin!« Tanja bückte sich, nahm ihre Tasche und hängte sie sich über die Schulter. »Du musst endlich klare Verhältnisse in deinen Gefühlswelten schaffen!«

»Das sagt mir die Richtige«, gab Katrin patzig zurück.

»Wieso?«

»Den armen Valentino lässt du doch genauso im Unklaren. Außerdem weiß Matthias ganz genau, was ansteht, da gibt es nicht viel zu besprechen.«

»Wie kommst du denn jetzt bitte auf Valentino?« Tanja war fassungslos.

Katrin zuckte die Achseln. »Hast du mal gesehen, was der für Augen macht, wenn du bei ihm vorbeikommst? Der ist doch total verknallt in dich!«

»Genau, ungefähr so wie in Nik!«, kommentierte Tanja. »Katrin, der Kerl ist schwul.«

»Wie bitte?«

»Ja!«, erklärte Tanja lachend. »Valentino ist homosexuell. Er hat mir sogar gesagt, wie gern er trotzdem Kinder hätte.«

»Aber so sieht er gar nicht aus!«

»Findest du nicht? Ich finde schon. Aber er ist der männliche Part. Sein Freund heißt Nino.«

»Ach so.« Katrin wirkte verblüfft. »Das hätte ich jetzt wirklich gar nicht gedacht.«

Tanja lachte. »Süße, ich muss in die Klinik. Meine Schicht startet in einer halben Stunde.« Sie beugte sich vor und gab Katrin einen Kuss auf die Wange. »Bitte tu mir den Gefallen und kümmere dich um das Waschbecken. Und«, sie öffnete die Wohnungstür und drehte sich noch einmal um, »bitte kümmere dich auch ein bisschen um Matthias. Ruf ihn an. Tu's Nik zuliebe.«

50

Roberta trat auf die Straße und atmete tief durch. Die kühle Vormittagsluft tat ihr gut. Sie zog Eleonoras altmodische Strickjacke enger um die Schultern, während sie ziellos die Straße hinuntermarschierte. Sie beschloss, dem nahe gelegenen Park einen kleinen Besuch abzustatten. Mit etwas Glück hatte ja vielleicht das hübsche Bistro geöffnet, wo sie sich ein *panino* und einen Tee kaufen und sogar mal wieder eine Zeitung lesen könnte.

Langsam gewann sie ihre gute Laune zurück. Sie hatte heute ihren freien Tag, Sophia ging es gut, und heute Morgen vor dem Kindergarten hatten sie nicht einmal gezankt. Der Streit mit ihrer Mutter verblasste, und ihre Wohnsituation wog mit einem Mal auch nicht mehr so schwer. Sie lebte in einer der schönsten Städte der Welt mit wunderbarem Wetter und meistens auch wunderbaren Menschen um sie herum. Was wollte sie also mehr?

Sie ging an ein paar kleinen Läden vorbei und betrachtete die Auslagen. Am Kiosk an der Ecke kaufte sie sich eine Zeitschrift, und dann trat sie durch das große schmiedeeiserne Tor in den Park, in dem sie schon gespielt hatte, als sie selbst so alt gewesen war wie Sophia jetzt. Sie wanderte an ein paar

Springbrunnen vorbei und hatte Glück: Das kleine Bistro hatte geöffnet, und ein paar Tische waren bereits hinausgestellt, davon waren nur zwei besetzt. Eine asiatische Touristin skypte offenbar mit ihren Lieben daheim, und der Junge neben ihr war in ein Computerspiel auf seinem Tablet vertieft. Roberta suchte sich einen Platz direkt vor dem Pavillon, holte ihr Handy hervor und beschloss, ihre Zeitschrift könne noch einen Moment warten.

Neugierig öffnete sie ihr Postfach. Die vier Männer, denen sie letzte Woche geantwortet hatte, hatten zurückgeschrieben. Zwei von ihnen schlugen sogar ein Date vor. Robertas Herz klopfte. Der Gedanke, sich irgendwo mit einem fremden Mann zu treffen, bereitete ihr eine Mischung aus Unbehagen und freudiger Erwartung. Sie klickte in den Profilen der beiden herum. So einfach war das also? Man schrieb sich kurz hin und her und verabredete sich? Das fühlte sich seltsam an. Sie hatte sich schon ewig nicht mehr mit einem Mann getroffen. Ja, mit Franco damals. Aber diese Treffen hatten immer etwas Verbotenes, Heimliches gehabt. Nie hätten sie sich in einer gut besuchten Trattoria oder in einer angesagten Bar treffen können. Und davor hatte es im Grunde nur Mario gegeben – und der war ihr Kollege. Sie hatten sich in der Kantine zum Mittagessen verabredet und abends die gleiche Busverbindung nach Hause genommen, bis er sie eines Tages in ihrer kleinen Dachgeschosswohnung besucht hatte.

Aber nun ein echtes Date? In einem schönen Restaurant mit Kerzenschein? Das wäre durchaus spannend. Würde ihr ein Mann zu einer solchen Verabredung Blumen mitbringen? Sie merkte, wie aufgeregt sie wurde, wenn sie sich das Ganze auch nur *vorstellte.*

Rechts auf dem Display war eine Spalte, in der sie sehen konnte, wer sie angeklickt und wonach der User gesucht hatte. Vielleicht sollte sie ebenfalls mal viel konkreter suchen und ihren Wunschpartner näher bestimmen. Sie wählte das Alter (40 bis 45), die Haarfarbe (dunkel), klickte auf *kinderlieb* und drückte *Suche.*

Wieder lief eine Liste an Männerporträts durchs Bild. Oben stand: *Es gibt sehr viele Kandidaten, die Ihren Suchkriterien entsprechen. Grenzen Sie Ihre Suche doch einfach noch weiter ein!* Ein darunter geöffnetes Fenster schlug ihr Attribute wie *Hobbys, Lieblingsessen* oder *liebste Reisedestination* vor. Spontan gab sie *Wandern, Pasta* und *Molise* ein und drückte erneut auf den *Okay*-Knopf.

Beim dritten Foto auf der Liste fiel sie fast vom Stuhl. Sie krallte sich mit beiden Händen an der Tischkante fest. Da war er und lächelte seine Betrachterin freundlich und etwas schüchtern an. Genauso, wie sie ihn gestern kennengelernt hatte.

Luigi.

Giulias Freund auf Partnersuche im Internet. Es war nicht zu fassen.

Sie überlegte krampfhaft, was sie jetzt tun sollte. Klickte sie *Luigi* an, um sich sein Profil genauer anzuschauen, würde er wissen, dass sie es wusste. Würde er dann davon ausgehen, dass sie Giulia Bescheid gab, dass er auf Dating-Portalen unterwegs war? *Sollte* sie Giulia das überhaupt sagen? Drei Tage vor ihrem Prozess, um den sich Giulia solch große Sorgen machte? Eher nicht.

Allerdings fand sie, es wäre ihre Pflicht, diesen Halunken zu stoppen. Ihn irgendwie in die Schranken zu weisen, ohne sich wirklich einzumischen. Sie müsste ihm zeigen, dass sie wusste, was er da trieb. Aber wie? Unschlüssig fuhr sie mit dem Zeigefinger über sein Foto. Zu ihrem Entsetzen öffnete sich sein Profil, sie hatte sich verklickt, so ein Mist! Ein grünes Sternchen neben seinem Profilbild vermeldete: *Luigi ist online.*

»*Mio Dio*«, hauchte Roberta erschrocken. Sie spürte das Blut in ihren Adern pochen. Himmel, wie peinlich! Sie schluckte, unfähig, irgendwas zu tun, und starrte auf das Display. Anstelle der Aufforderung *Schreiben Sie Luigi eine Nachricht* unter seinem Profilfoto erschien nun in kursiver Schrift: *Luigi schreibt etwas.* Roberta hielt den Atem an.

Ciao Roberta!, las sie als Nächstes. *Schön, dich wiederzusehen. Wie geht's?*

Roberta wurde schlecht. Was für ein Mistkerl, dachte sie. Niemals hätte sie ihn so eingeschätzt. Fast wunderte sie sich darüber, wie enttäuscht sie war. Ja, sie fühlte sich geradezu selbst betrogen. Obwohl es ja nicht ihr Freund war, der hier seine Ambitionen zum Fremdgehen veröffentlichte. Aber der ihrer Freundin. Und ehrlich gesagt: Ja, sie hatte ihn toll gefunden. Luigi hatte sie nachhaltig beeindruckt. Und nun das.

Roberta klickte auf *Logout* und stand auf. Der Tag war ihr erneut verdorben. Die neueste Entdeckung lastete fürchterlich auf ihr, aber sie würde niemandem anvertrauen können, was sie gesehen hatte. Weder Giulia noch jemand anderem. Sie konnte und durfte niemandem erzählen, wie sie sich damit fühlte. Und niemals würde sie irgendjemandem gestehen, dass sie sich gestern ein ganz kleines bisschen in den Freund ihrer Freundin verguckt hatte.

Die Baustellengrazien

Tanja

Wir treffen uns morgen zum Showdown, liebe Grazien?

21:45

Giulia

»Wir« ist gut. Für mich ist das leider eher eine One-Woman-Show. Mir ist so schlecht. Ich kann seit Tagen nicht schlafen. Ich bin auch nicht zum Plaudern aufgelegt.

21:52

Tanja

Das haben wir uns gedacht, daher haben wir dich auch in Ruhe gelassen. Um wie viel Uhr morgen beginnt die Verhandlung?

21:54

Giulia

Um 16:00 Uhr, Saal 205. Kommt ihr?

21:56

Tanja

Na klar. Und ob ich komme!!

21:56

Roberta

Ich würde so gern! Aber sagt mal, meint ihr nicht, dass das doch noch jemandem auffallen könnte, dass ich die Frau vor dem Auto war?

21:57

Giulia

Im Prozess geht es nur um mich – um eine Tat, die ich allein geplant und durchgeführt habe. Auf dich achtet da keiner mehr.

22:05

Tanja

Vielleicht kommst du zur Sicherheit verschleiert und mit Sonnenbrille? hahaha

22:08

Roberta

Ist gut. Wir setzen uns trotzdem ganz unauffällig nach hinten.

22:10

Tanja

Giulia, sollen wir dich abholen?

22:12

Giulia

Nein, vielen Dank, das wäre mir zu viel.

22:13

Roberta

Wie kommst du denn hin? Mit dem Motorroller?

22:15

Giulia

Nein, ein Freund fährt mich. Luigi …

22:16

Roberta

Oh. Verstehe …

22:17

Tanja

Dann sehen wir uns direkt im Gerichtssaal?

22:18

Giulia

Ich denke schon. Aber bitte lasst mich da lieber allein. Ich werde alle Kraft für mich brauchen.

22:20

Tanja

Machen wir!

22:21

Roberta

Ist ja schön, wenn dir dieser Luigi beisteht …

22:21

Giulia

Genau. Bitte nehmt es mir nicht übel, aber eine Person reicht mir. Und dann noch mein Anwalt … ich habe fast ein bisschen Angst vor dem.

22:24

Tanja

O Gott, du Arme. Ich finde den Pentini aber ganz okay, ich würde sagen: Lass den mal machen!

22:25

Giulia

Habe ich denn eine andere Wahl?

22:25

51

»Aber ist doch klar, dass ich dich hinfahre!«, rief Luigi, hielt Giulia die Tür seines Smart auf und ließ sie einsteigen. »Glaubst du im Ernst, ich würde dich allein losziehen lassen?«

Giulia schluckte und griff nach dem Anschnallgurt, während Luigi ihre Tür zuschlug und um den Wagen herum zur Fahrerseite ging. Ihre Hände waren eiskalt. Sie zitterte. Sie hatte die Nacht kaum geschlafen und in der Früh mehrfach das Gefühl gehabt, sich übergeben zu müssen. Am Ende war ihr zumindest das erspart geblieben, doch schien ihr Magen Pingpong mit dem bisschen Frühstück zu spielen, das sie in sich hatte hineinzwängen können.

»Also, dann wollen wir mal.« Luigi ließ sich auf den Fahrersitz plumpsen und startete den Motor. »Auf zum Gang nach Canossa!« Luigi gehörte, das hatte Giulia bereits im Stadion bemerkt, zu der Sorte Mensch, die Schockerlebnisse und Angst mit einer gehörigen Portion Aktionismus und Ach-das-wird-schon-Tatendrang überdeckten – oder zu überdecken versuchten. Giulia war sich nicht sicher, ob sie in solchen Momenten lieber Mitgefühl oder einfach nur Schweigen gebrauchen konnte. Fakt war jedoch, dass Luigi ihr guttat. Wie er sie nach Massimos Unfall nach Hause gebracht und versucht hatte, sie aufzumuntern und ihr Zuversicht zuzusprechen, hatte ihn dafür qualifiziert, sie ins Gericht zu begleiten. Jemand, der ihr näherstand, wie ihr Bruder oder gar ihre Eltern, wäre für sie undenkbar gewesen, weshalb sie ihrer Familie den genauen Gerichtstermin bisher verschwiegen hatte.

»Was ist?«, fragte Luigi.

»Wieso?«

»Du hast ganz laut geseufzt.«

»Habe ich das?«

»Ja. Bist du nervös?«

»Sehr.«

»Ach, das wird schon!« Ohne den Blick vom Verkehr abzuwenden, tätschelte er ihre Hand, worauf Giulia unwillkürlich seine fasste und drückte.

»Danke, Luigi«, hauchte sie.

»Danke? Wofür?« Da war er wieder, der resolute Macher-Luigi, der mit zu viel Sentimentalität überfordert war. Giulia musste lächeln und antwortete nicht.

»Wie geht's di Donato?«, fragte er dann.

»Massimo? Dem geht es sehr viel besser.« Das Kribbeln im Bauch, das sie jedes Mal spürte, wenn sie an ihn dachte, wurde zusammen mit dem angstvollen Prozesstermin-Kloß in ihrem Hals erneut zu einer Übelkeit erzeugenden Mischung.

»Wie lange muss er denn noch im Krankenhaus bleiben?«

»Vielleicht noch eine Woche oder so, dann wird er verlegt, in die Reha. Aber er kann schon wieder aufstehen und spazieren gehen.«

»Das freut mich.« Luigi bremste an einer roten Ampel. »Wann siehst du ihn wieder?«

»Ich weiß noch nicht.« Giulia zögerte. »Vielleicht am Wochenende? Mal sehen, was heute passiert.« Mal sehen, ob sie sie direkt nach der Verhandlung ins Gefängnis stecken würden. Sie schluckte angstvoll.

»Als ich am Sonntag bei dir in der Bar war, habe ich zwei Freundinnen von dir kennengelernt. Wusstest du das?«

»Nein.« Giulia schüttelte den Kopf. »Wen denn?«

»Da war eine Deutsche mit einem Baby, deren Namen ich nicht mehr weiß, und eine Roberta mit einem kleinen Mädchen im Schlepptau.«

»Katrin oder Tanja?«

»Tanja, glaube ich.«

»Aha. Hat Fabiana mir gar nicht gesagt.«

»Hm«, machte Luigi. Für ein paar Sekunden schwiegen sie.

»Nett … die beiden«, sagte er nach einer Weile.

»Ja, sehr. Die beiden haben mir bei der Baugrubenaktion geholfen. Roberta hatte die Idee dazu.«

»Roberta? So wirkt sie gar nicht.«

»Wie?«

»Na ja … so rebellisch.«

Giulia lachte. »Da hast du wohl recht. Das liegt daran, dass wir uns nicht genug Gedanken darüber gemacht haben, wie rebellisch die Aktion wirklich war. Roberta hatte einfach nur die Idee dazu und wollte helfen.«

»Ja, das passt vielleicht eher zu ihr.« Luigi lächelte.

Giulia blickte ihn von der Seite an und zog die Stirn in Falten. »Was meinst du damit?«

»Nichts, nichts«, antwortete Luigi merkwürdig schnell. »Ich meinte bloß, ja, das passt zu ihr, dass sie nett ist.«

»Aha.« Giulia betrachtete ihn prüfend. »Du findest sie nett?« Sie legte den Kopf schief und wartete neugierig.

Luigi grummelte irgendetwas Unverständliches vor sich hin und schien zu überlegen, was er sagen könnte. »Wir sind gleich da«, meinte er dann. »Wo wartet dein Anwalt auf dich?«

52

Der Gerichtssaal war ebenso beklemmend karg, wie es sich in Giulias Innerem anfühlte. Langsam schritt sie durch die gigantisch hohe Holztür, die Pentini ihr aufhielt. Der Saal war überraschend gut besucht, viele Zuschauerreihen waren voll besetzt. Gleich auf einem der ersten Plätze saß Luigi. Einige Reihen hinter ihm, zur Wand hin, hatten Tanja und Roberta Platz genommen – Roberta mit Mütze und einer extrem altmodischen Hornbrille. Tanja winkte ihr zu und machte eine aufmunternde Geste. Roberta hingegen, die geduckt dasaß und zu Boden schaute, standen Besorgnis und schlechtes Gewissen buchstäblich ins Gesicht geschrieben.

Giulia nickte ihren Freunden zu. Sie schlotterte innerlich vor Angst. Pentini indessen marschierte zielsicher voraus bis zu einem Tisch vorn rechts vor dem Pult des Richters und wies sie an, sich auf den Stuhl neben ihn zu setzen. Giulia atmete tief durch. Pentini kannte diesen Ort wie sie ihre Bar und wies Neulingen einfach einen Platz zu, so wie sie ihren Gästen ein Tischchen am Fenster. Nur dass es in einer Bar um eine Tasse Kaffee ging, hier vor Gericht aber womöglich um ihre Zukunft und ihre Freiheit.

Zitternd und starr im Nacken vor Aufregung ließ sie sich neben Pentini nieder und legte ihre klammen Hände vor sich auf den Tisch. Ihre Fingerspitzen waren blau vor Kälte. Die Jacke ließ sie lieber an, denn so warm, dass sie aufhören würde zu zittern, war es hier im Saal nicht. Langsam drehte sie sich noch einmal zum Zuschauerraum um. Die ersten beiden Reihen waren frei wie in der Synagoge. Dahinter saß Luigi neben einer großen Gruppe von jungen Leuten mit Klemmbrettern auf den Knien und Bleistiften in den Händen. Ganz sicher waren das Studenten, ein komplettes Seminar schien hier versammelt zu sein. Auch das noch. Daneben saßen zwei Männer im Anzug, die sich leise miteinander unterhielten, sowie ein älteres Pärchen im Sonntagsstaat, das sich erwartungsvoll umsah.

»Warum sind hier so viele Menschen?«, raunte sie Pentini zu.

»Zuschauer, Schüler, Menschen, die sonst nichts zu tun haben«, gab Pentini unbeeindruckt zurück, ohne von den Unterlagen aufzublicken, die er vor sich ausgebreitet hatte.

»Mist.«

»Warum?« Nun schaute er sie an.

»Weil …« Sie stotterte und verschränkte die Arme vor der Brust. »Mir ist das unangenehm«, gab sie zu.

»Ach!« Pentini winkte ab. »Ich rede für Sie, Sie brauchen gar nichts zu tun.«

»Gehen Sie auch für mich in den Knast?«, brummte Giulia böse. Was bildete sich dieser blöde Kerl eigentlich ein? Konnte der nicht zumindest etwas mehr Mitgefühl zeigen?

»Nein, Signora, denn ich habe ja keine Schäden an Kulturgütern verursacht.« Er blickte ihr aufmerksam ins Gesicht. »Aber Sie werden nicht in den Knast gehen.« Seine Stimme klang plötzlich unerwartet sanft. »Ich weiß, meine Frau wirft mir auch immer vor, dass wir Rechtsanwälte uns niemals festlegen oder Versprechungen abgeben – da sind wir schlimmer als Ärzte.« Er lachte leise. »Aber heute wage ich das mal: Sie bekommen auf keinen Fall Gefängnis für diese Sache.«

»Aber …«, stotterte Giulia, »warum haben Sie mir das nicht schon vorher gesagt?«

»Ich hatte Sie über das mögliche Strafmaß entsprechend dem Paragrafen sechshundertfünfunddreißig des Strafgesetzbuches aufgeklärt. Und der sieht, wie gesagt, eine Geldstrafe oder eine Freiheitsstrafe von bis zu sechs Monaten vor.«

»Und die Freiheitsstrafe sehen Sie bei mir nicht?«, flüsterte sie aufgeregt.

Pentini deutete ein Kopfschütteln an. »Höchst unwahrscheinlich«, beschwichtigte er sie.

Sie blöder Gimpel, hätte Giulia am liebsten gerufen. Wie konnte es sein, dass er ihr dies so en passant sagte, nachdem sie sich wochenlang Sorgen wegen dieser Bedrohung gemacht hatte? Sie warf sich in ihrem Sitz zurück und biss sich auf die Unterlippe. Natürlich war Gefängnis immer die letzte Option, aber zumindest theoretisch wäre es doch möglich gewesen. Wie hatte er sie derart zappeln lassen können? Nur nebenbei nahm sie in ihrem Ärger wahr, dass sich die Saaltür erneut öffnete. Zwei Männer in schwarzer Robe, wie Pentini sie trug, erschienen in ihrem Sichtfeld. Einer von ihnen nahm an dem anderen Pult neben ihr Platz und nickte Pentini, der sich bereits wieder von ihr weggedreht hatte, zum Gruß zu, der andere grüßte den Saaldiener und schritt auf den Tisch vorn zu.

»Der am Nebentisch ist Staatsanwalt Carbone«, raunte Pentini ihr zu, »und dort vorn steht Richter Monti.« Er klang aufgeräumt und sachlich, von ihrer Verärgerung hatte er zweifellos rein gar nichts mitbekommen. Sie hätte ihn am liebsten gefragt, wie es seine Frau eigentlich mit ihm aushielt.

Der Richter nickte dem Saaldiener zu, schaute auf seine Uhr und machte ein Zeichen, dass er die Verhandlung beginnen wolle. In den Reihen hinter ihr wurde es ruhig. Es war punkt vier Uhr, die Saaltür wurde geöffnet und Coppola schlüpfte herein. Auch das noch – Giulia musste schlucken. Monti schüttelte mit einem Blick zum *Maresciallo,* der am Rand in der ersten Reihe Platz nahm, missbilligend den Kopf, legte langsam seine schwere Mappe ab und zog einen Füllfederhalter aus der Brusttasche unter seiner Robe hervor, den er bedächtig auf dem Pult ablegte. Er warf einen prüfenden Blick durch den Saal, als wollte er sehen, wer wohl heute wieder alles gekommen war, um ihm zu huldigen.

Plötzlich vernahm man erneut ein leises Klacken der Saaltür, die einen Spalt aufging. Giulia wandte sich um, auch die Köpfe der Zuschauer flogen herum. Der Gesichtsausdruck des Saaldieners ließ vermuten, dass ein Erscheinen zu so später Uhrzeit nicht sonderlich erwünscht war. Er zischte dem Störenfried etwas zu, ohne eine Antwort zu erhalten. Langsam trat der junge Mann ein. Er trug sportliche Kleidung, eine Daunenweste und eine Baseballkappe, die er tief in die Stirn gezogen hatte. Dazu eine riesige verspiegelte Sonnenbrille, die nur unzureichend seine schlimme Gesichtsverletzung verbarg. Dazu ruhte der linke Arm in einer schwarzen Sanitätsschlinge.

»Massimo«, hauchte Giulia.

Die Menschen im Saal begannen aufgeregt zu flüstern. Giulia war nicht klar, ob sie ihn erkannt hatten oder ob eher sein Zustand Anlass zu Diskussionen gab.

»Was ist das denn?«, knurrte Pentini.

»Das ist mein Freund«, flüsterte Giulia und wurde sich bewusst, dass sie dies zum ersten Mal ausgesprochen hatte. Sie zuckte innerlich zusammen. Konnte sie das guten Gewissens von sich und Massimo behaupten? Aber was sollte das zwischen ihnen sonst sein? Er war ihretwegen hier, dachte sie glücklich. Er hatte sich hierhergeschleppt, um in einer ihrer schwersten Stunden bei ihr zu sein, um ihr beizustehen. Tränen traten ihr in die Augen, und wie durch einen Schleier sah sie ihn langsam auf sich zukommen und in der ersten Reihe, direkt hinter ihr, Platz nehmen. Ein Raunen ging durch die Menge. Die Anwesenden drehten die Köpfe, flüsterten. Hinten erhoben sich einige Studenten und knufften sich aufgeregt in die Seite. Massimo nahm seine Sonnenbrille ab und zwinkerte ihr mit dem gesunden Auge zu.

»Bin spät dran, tut mir leid«, wisperte er.

Giulia strahlte ihn an. Eine Welle der Erleichterung erfüllte sie und verdrängte plötzlich all ihre Furcht. Massimos Erscheinen war für sie wie ein Lagerfeuer in einer kalten, dunklen Nacht. Absurderweise fühlte sie sich mit einem Mal glücklich, ihr altes Selbstbewusstsein war wieder da. Lächelnd richtete sie sich in ihrem Sitz auf und drehte sich dem Richter zu, der inzwischen ebenfalls, wenn auch seines Starauftritts beraubt, Platz genommen hatte.

Sie war bereit. Der Showdown konnte beginnen, und er würde ihr nichts mehr anhaben können.

53

»Bene«, verkündete *Giudice* Monti, »ich eröffne hiermit den Prozess gegen«, er hielt inne, runzelte die Stirn und warf einen Blick auf seine Unterlagen, »gegen Frau Giulia di Veroli und übergebe das Wort an Staatsanwalt *Dottore* Carbone.«

Giulia holte tief Luft.

Carbone verlas die Anklageschrift gegen sie. Giulia saß aufrecht da und verfolgte betroffen die peitschenartig klingenden Worte des Staatsanwalts.

»… und hat im Sinne des Gesetzes den Paragrafen sechshundertfünfunddreißig, Absatz zwei, Nummer drei des Strafgesetzbuches verletzt«, beendete Carbone seine Rede und ließ sich selbstgefällig zurück auf seinen Sitz sinken.

Sie drehte sich zu Massimo um, der unruhig auf seinem Stuhl hin und her rutschte, und warf ihm ein unsicheres Lächeln zu. Massimo reckte unauffällig den rechten Daumen in die Höhe, was sie irgendwie beruhigte. Ihr Blick fiel auf Coppola in derselben Bank ganz außen, der sie und Massimo mit maximaler Aufmerksamkeit beobachtete. Sie konnte nicht umhin, ihn aus irgendeinem unerklärlichen Grund anzulächeln. Massimo war hier, ihr konnte nichts mehr passieren. Coppola kniff die Augen zusammen und blickte sie mit seinem üblichen Pokerface an.

Aber etwas hatte sich verändert. Zum ersten Mal sah sie in seinen Augen etwas, das zuvor nicht da gewesen war: Es schien so etwas wie Verständnis für sie zu sein, sein Mundwinkel zog sich ein Stück weit nach oben, und sein Blick verriet irgendetwas, das wie Bewunderung oder Anerkennung aussah. Tat es ihm inzwischen leid, sie wegen ein paar Schubkarren Sand in eine solche Lage gebracht zu haben?

»Danke für Ihre Ausführungen, Herr Staatsanwalt«, sagte Richter Monti mit tiefer, autoritärer Stimme. »Was hat die Verteidigung vorzutragen, *Avvocato* Pentini?«

Pentini erhob sich von seinem Stuhl, setzte sich eine Lesebrille auf und griff nach seinen Aufzeichnungen. Er verlas eine ausschweifende Erklärung darüber, wie es zu der offenbar grundlosen Baustelle vor ihrer Bar gekommen war, wie diese Ewigkeiten nicht fertiggestellt oder beseitigt worden und weshalb seine Mandantin dann eines Tages und in gutem Glauben das Heft selbst in die Hand genommen hatte und die Baugrube schließen wollte, sozusagen als kleine Schönheitsreparatur …

»*Kleine Schönheitsreparatur* nennen Sie das?« Staatsanwalt Carbone unterbrach Pentini mitten in seinen Ausführungen. »Das ist aber eine gewaltige Untertreibung!«

»Herr Staatsanwalt, bitte lassen Sie *Avvocato* Pentini zum Ende kommen.« Monti schien empört und Carbone nickte schmollend.

Giulia warf ihm einen verächtlichen Blick zu. Von wegen *gewaltige Untertreibung.* Eigentlich hatte sie Zivilcourage gezeigt, was andere nicht von sich behaupten konnten. In einem versumpften Staat mit nicht anständig funktionierender Infrastruktur hatte sie versucht, die Dinge selbst in die Hand zu nehmen. Sie schielte so unauffällig wie möglich zu Copolla und hatte den Eindruck, er dachte das Gleiche wie sie.

»… und daher befand sich die Angeklagte in einer grotesken, geradezu ausweglosen Situation und hatte, konfrontiert mit der Unfähigkeit der *Comune,* hier wirksam zu werden, keine andere Wahl, als so vorzugehen, wie sie vorgegangen ist«, beendete Pentini soeben seine Ausführungen und setzte sich, ohne eine Reaktion abzuwarten, wieder auf seinen Platz.

»Grazie, *Dottore* Pentini«, leierte der Richter. »Staatsanwalt Carbone, welche Zeugen möchten Sie für diesen Prozess vernehmen?«

»Ich beantrage die Befragung des *Maresciallo* Lorenzo Coppola von der *Questura* Farnese«, antwortete der.

Coppola stand auf, kam nach vorn und nahm seitlich an einem kleinen Pult mit Mikrofon vor dem Richter Platz, sodass ihn sowohl das Publikum als auch der Richter sehen konnten.

»*Maresciallo* Coppola«, begann Carbone, »erzählen Sie uns, was sich aus Ihrer Sicht in der Tatnacht in der Via Catalana zugetragen hat.«

»Ich war an dem besagten Abend im Dienst, als uns die *Polizia Municipale* über Auffälligkeiten und verdächtige Personen in der Via Catalana verständigte«, begann Coppola. Er schaute ins Publikum und einmal kurz zum Staatsanwalt, dann wanderte sein Blick wieder Richtung Publikum. Giulia wunderte sich. Ging es ihm darum, allgemeiner Publikumsliebling zu werden? Das passte gar nicht zu so einem selbstbewussten Mann. »Ich begab mich mit meinem Kollegen von der Streife umgehend dorthin und forderte darüber hinaus Verstärkung an.« Sein Blick ruhte fest auf einer bestimmten Stelle im Zuschauerraum hinter ihr. Giulia blickte sich um. Was sah er dort?

»Wer war zuerst am Tatort?«, fragte Carbone.

»Wir kamen gleichzeitig an.«

»Okay, und was haben Sie gesehen?«

»Wir fanden zwei Frauen an einer Baustelle vor. Eine der beiden hatte eine Schaufel und war damit beschäftigt, das Loch zuzuschütten, die andere stand untätig an ein daneben geparktes Fahrzeug gelehnt. Wir haben daraufhin beide festgenommen, auf Waffen untersucht und das Fahrzeug konfisziert, da es sich bei dem Tatort um ein sensibles, besonders anschlagsgefährdetes Gebiet handelt. Ich habe die beiden Frauen auf die Wache bringen lassen und dort verhört.«

Er schaut Tanja an, durchfuhr es Giulia. Wieder drehte sie sich so unauffällig wie möglich um, zwinkerte Massimo zu und suchte den Saal ab. Da saß sie. Tanja. Und sie erwiderte Coppolas Blick. Nicht zu glauben. Was war denn das? Von der geduckten Roberta sah man nur noch den Zipfel ihrer Mütze. Giulia musste grinsen und wandte sich zufrieden wieder nach vorn. Hatte sie es doch immer schon gesagt, dass Coppola Tanja toll fand.

»Es stellte sich heraus«, fuhr Coppola fort, »dass die Damen unbewaffnet waren, offenbar keinerlei terroristische Absichten verfolgten, die Angeklagte vermutlich allein vorgegangen und ihre Freundin nur zufällig am Tatort aufgetaucht war.«

Wieder schielte Giulia nach hinten. Tanja lächelte zufrieden.

»Und die Angeklagte? Hat sie die Tat gestanden?«

»Ja, Herr Staatsanwalt, sie hat von Anfang an keinen Zweifel darüber gelassen, dass sie die Tat allein geplant und ausgeführt hat. Ich hatte im Laufe des Verhörs den Eindruck, dass die Angeklagte sich nicht wirklich im Klaren darüber war, eine Straftat begangen zu haben, sondern lediglich Selbsthilfe üben wollte.«

Carbone verdrehte die Augen, denn Coppolas Aussage war ihm offenbar nicht brisant genug. »Danke«, sagte er kühl, »keine weiteren Fragen.«

Coppola war entlassen. Aufrechten Schrittes ging er zurück zu seinem Platz.

»*Bene*«, sagte Monti, »gibt es weitere Zeugen?«

»Nein, von unserer Seite aus nicht«, sagte Pentini.

»Gut«, erklärte der Richter, »dann fassen wir zusammen. Herr Staatsanwalt, zu welchem Ergebnis kommen Sie?«

Carbone stand erneut auf und zählte die Fakten des Falls auf. »In Anbetracht des hier Vorgetragenen und der offensichtlichen Straftat der Angeklagten beantrage ich eine Gefängnisstrafe von sechs Monaten unter *applicazione della condizionale,* das heißt, die Gefängnisstrafe muss erst angetreten werden, wenn die Angeklagte die Straftat wiederholt.«

»Wie bitte?« Giulia schüttelte ungläubig den Kopf. Sie sollte erst ins Gefängnis, wenn sie die gleiche Tat noch einmal verübte? Waren die jetzt alle verrückt geworden?

»*Avvocato* Pentini«, fragte der Richter, »zu welchem Entschluss kommen Sie?«

»Ich plädiere auf Freispruch«, gab Pentini zurück. »Die Angeklagte hat niemandem Schaden zugefügt, ist nicht vorbestraft und hatte als Unternehmerin ein existenzielles Interesse daran, ihren Arbeitsbereich wieder in den Urzustand zurückzuversetzen.«

Monti nickte, nahm seine Lesebrille ab und packte wortlos seine Sachen zusammen.

»Bitte erheben Sie sich«, befahl der Saaldiener. Man vernahm Stühlerücken, und brav erhoben sich die Zuschauer, um dem hohen Gericht den nötigen Respekt zu zollen. Giulia drehte sich besorgt zu Massimo um, um zu prüfen, ob er das Aufstehen allein bewältigte. Der aber war überraschend flott und offenbar immer noch besser in Form als alle anderen im Raum zusammen.

Richter Monti zog sich zur Entscheidungsfindung in einen kleinen Raum hinter seinem Pult zurück und schloss die Tür. Im Saal machte sich Entspannung breit, als habe der Lehrer das Klassenzimmer verlassen. Von hinten legte Massimo ihr eine Hand auf die Schulter und drückte sie. Ohne sich umzudrehen, nahm sie seine Hand und presste sie sich an die Wange. Sie fühlte sich wie paralysiert. Dass da hinten im Kämmerchen ein Richter saß, um nun über ihr Leben zu entscheiden, war doch mehr, als sie ertragen konnte.

»Hey, Massimo«, hörte sie jemanden von hinten rufen, »wie geht's?«

Giulia fuhr herum. Ein Grüppchen Studenten war zu Massimo gekommen, und sie blickten ihn neugierig an.

»Geht so«, sagte Massimo, »ich war schon mal fitter.« Giulia, unfähig sich zu rühren, staunte über seine Nonchalance und seinen Hauch von Humor.

»Massimo, wir können es kaum erwarten, dich wieder auf dem Spielfeld zu sehen«, sagte ein Student und klopfte ihm freundschaftlich auf die – immerhin gesunde – Schulter. Massimo zuckte trotzdem zusammen. Ihm schien jede Berührung durch Mark und Bein zu gehen.

»Hey, Donato«, begann ein dritter und hielt ihm seinen Kugelschreiber hin, »gibst du mir ein Autogramm auf mein Strafgesetzbuch?« Er streckte ihm ein an den Ecken verschlissenes Taschenbuch entgegen und grinste ihn fröhlich an. Giulia stützte die Ellenbogen auf die Knie und verbarg ihr Gesicht in den Händen. Sie war am Ende mit den Nerven, diese Studenten sollten verschwinden.

»Ich heiße Steffano«, sagte er hartnäckig, »mit zwei *f.* Bitte schreib doch einfach …«

»*Ragazzi.* Schluss jetzt!«

Giulia hob den Kopf. Diese resolute Stimme kannte sie nur zu gut. »Bitte lassen Sie den Herrn in Ruhe. Wie man sieht, ist er unpässlich und dazu gerade in einer wichtigen Besprechung.« Coppola stand mit einem Mal neben Massimo. Wenn Giulia gewollt hätte, hätte sie Coppola mit dem linken und Massimo mit dem rechten Arm berühren können. Wie eng Freud und

Leid doch beieinanderstehen können, dachte sie. Oder war Coppola am Ende doch einer von den Guten?

Die Jungen blickten Coppola erschrocken an, murmelten beleidigt etwas und trollten sich mit enttäuschten Gesichtern. »Steffano mit zwei *ff*«, rief ihm Coppola hinterher, »bedanken darfst du dich aber trotzdem!« – immerhin hatte er sein Autogramm bekommen.

»Danke«, maulte Steffano über die Schulter hinweg.

»Bitte erheben Sie sich!«, brüllte der Saaldiener, als sich die Tür vorn im Raum wieder öffnete und das Antlitz von Richter Monti zum Vorschein kam. Er hatte sein Urteil gefällt.

Giulia schauderte.

Umständlich setzte sich der Richter wieder an sein Pult, legte seine Mappen zurecht und holte seine Brille unter dem Talar hervor.

»Im Namen des Gesetzes«, begann er ohne Umschweife, »verkündet das Gericht: Ich spreche die Angeklagte Giulia di Veroli schuldig im Tatbestand der Sachbeschädigung an Kulturgütern.« Giulia sank in sich zusammen, doch sie spürte Massimos Hand auf ihrer Schulter. Sie zitterte. »In Anbetracht der Unschwere der Tat«, fuhr der Richter fort, »und weil die Angeklagte nicht vorbestraft ist und keinerlei Absichten hatte, Personen Schaden zuzufügen, sieht das Gericht aber von einer Haftstrafe, auch auf Bewährung, ab. Da die Straftat jedoch in einem sensiblen, denkmalgeschützten Gebiet der Stadt stattgefunden hat, verurteile ich die Angeklagte zur höchstmöglichen Geldstrafe gemäß Paragraf sechshundertfünfunddreißig, Absatz zwei, Nummer drei des Strafgesetzbuches, vorgesehen in Höhe von« – er blickte auf und sah ihr fest ins Gesicht, »dreihundertundneun Euro, zahlbar innerhalb von sechs Monaten in gleichbleibenden Raten.«

»Wie viel?«, flüsterte Massimo hinter ihr ungläubig und prustete los.

»Damit erkläre ich die Verhandlung für beendet«, rief der Richter. In Windeseile raffte er seine Sachen zusammen, um wieder in seinem Kabuff hinter dem Saal zu verschwinden.

»Bitte erheben Sie sich«, tönte der Saaldiener.

»Dreihundertneun Euro, das schaffst du nie«, rief Massimo übermütig. Giulia sprang von ihrem Platz auf, wirbelte um die Bank herum und fiel ihm in seinen gesunden rechten Arm.

54

»*We are the champions*«, sang Roberta glücklich, als sie und Tanja Arm in Arm mit Giulia aus dem Gerichtsgebäude ins Freie traten. Tanja und Giulia versuchten giggelnd, in ihren Gesang einzufallen, was in einem gemeinsamen Gelächter endete. Roberta warf einen Blick über die Schulter. Hinter ihnen half Luigi Massimo so behutsam durch die Drehtür, als befürchtete er, Massimo könne jeden Moment von der Tür erschlagen werden.

»Champagner für alle!«, verkündete Giulia ausgelassen. »Ich kenne da hinten eine Bar, da gehen wir jetzt hin.«

Roberta fiel ein Stein von Herzen, Giulia so heiter und erleichtert zu sehen. Nicht auszudenken, was sie jetzt täten, wäre das Gerichtsurteil anders ausgefallen.

»Aber du musst doch jetzt sparen«, quittierte Tanja Giulias Einladung.

»Dreihundertneun Euro plus Champagner kriege ich gerade noch hin«, posaunte Giulia.

»Nein, Giulia, ganz im Ernst: *Ich* bezahle«, erklärte Roberta in bestimmtem Ton. »Ich hatte die Idee zu dem Ganzen, und ich gebe den Champagner aus.« Endlich konnte sie nach diesem Desaster mal etwas Handfestes tun. Noch nie in ihrem Leben hatte sie Champagner gekauft. Geschweige denn in einem

Lokal. Sie hatte auch keine Vorstellung davon, was Champagner kostete, aber heute war ihr das völlig egal.

Sie hatten die Ampelkreuzung überquert und hielten auf die Bar zu. Die beiden Männer folgten ihnen mit einigen Metern Abstand, als wollten sie mit dieser jauchzenden Hühnerschar nicht in Verbindung gebracht werden.

»Übrigens«, fuhr Roberta so beiläufig wie möglich fort, »wie viele Männer schleppst du hier eigentlich hinter dir her?«

»Wie meinst du das?«

»Na«, Roberta deutete mit dem Kinn über die Schulter und erklärte mit gesenkter Stimme, »deinen Freund haben wir ja letzte Woche schon in deiner Bar kennengelernt. Und wo kommt der Fußballstar nun her?«

»Was denn für ein Fußballstar?«, fragte Tanja neugierig.

»Massimo di Donato! Kennst du den etwa nicht?« Das konnte doch nicht wahr sein!

»Nein.«

»Der da hinter uns. Aber Vorsicht, jetzt dreh dich nicht gleich so auffällig um!«, zischte Roberta aufgeregt.

»Ist der berühmt?«, fragte Tanja.

»Berühmt? Der ist ein Su-per-star.« Sie sah angespannt zu Giulia. »Nun erzähl schon, Giulia, hast du was mit dem?«

Giulia lächelte breit. »Ja, ich denke …«, sagte sie langsam, »nun, ich kann wohl sagen: Wir sind ein Paar.«

»Du bist mit Massimo di Donato zusammen?« Und nicht mit Luigi? Roberta musste sich zusammenreißen, um Giulia nicht direkt um den Hals zu fallen.

»Pssst, nicht so laut.« Giulia zuckte zusammen und wurde rot.

»Wirklich?«

»Na, wenn sie es doch sagt!« Tanja zuckte mit den Schultern. »Also, muss ich den auch kennen? Ich kenne mich mit Fußball nicht aus, schon gar nicht mit ausländischem.«

»Wieso ausländisch? Du lebst doch jetzt hier«, tadelte Giulia.

»Woher kennt ihr euch?«, fragte Roberta neugierig dazwischen. Das hier war mehr, als sie so schnell im Kopf zusammenbekam: Luigi war nicht mit Giulia zusammen, geschweige denn dabei, ihre Freundin im Internet betrügen zu wollen! Dazu war sie nun mittendrin und konnte es kaum fassen – live in einer Geschichte dabei zu sein, die sie sonst nur unerreichbar weit weg in der *Gente* nachlesen könnte: Massimo di Donato mit ihrer Giulia? Unglaublich.

»Über den Bruder einer Freundin«, erklärte Giulia lächelnd.

Sie hatten die Bar erreicht, und Roberta machte sich los, um ihr und Tanja die Tür aufzuhalten. »Na, dann mal immer rein mit euch«, rief sie gut gelaunt und winkte die Männer heran, die in einiger Entfernung hinterherkamen.

»Über den Bruder einer Freundin? Einfach so?«, fragte sie weiter. Ihre Begeisterung über Giulias sensationelle neue Liebe fand keine Grenzen.

»Im Grunde ja.« Giulia grinste. »Lasst uns den Tisch dort am Fenster nehmen!«

»Erklärt mir das jetzt noch mal«, bat Tanja, als sie die Jacken auszogen und an die Garderobenhaken neben der Tür hängten, »also dieser Typ mit den Verbänden überall ist ein prominenter Fußballstar?«

»Tanja«, rief Roberta, »ja! Ganz Italien weiß das. Außer dir gibt es niemanden, der ihn nicht kennt.«

»Oh, sag das nicht.« Giulia winkte ab. »Ich wusste vorher auch nicht, wer er ist.«

»Machst du Witze?« Roberta schüttelte fassungslos den Kopf. »Auch wenn du keinen Fußball guckst, den kennt man doch. Wenigstens aus der Werbung für *Mobilfonino* und für diese Kekse, wie heißen die noch? *La Piccola Pausa.*«

»Kenne ich nicht«, brummte Tanja. Sie stellte ihre Tasche auf den Tisch und fasste sich an den Hals. »Oh, Mist, ich habe meinen Schal im Gericht vergessen, ich muss noch mal schnell zurück.«

»Oh, Mann«, stöhnte Roberta und legte den Handrücken an die Stirn.

»Was ist?«, fragte Giulia. »Hast du Tanjas Schal?«

»Natürlich nicht.« Sie schüttelte den Kopf. »Ich kann nicht glauben, dass du mit Massimo di Donato und nicht mit …«

»Da kommen sie, jetzt reißt euch zusammen«, rief Giulia und deutete mit dem Ellenbogen zum Eingang. »Tanja, trink doch erst mal einen mit uns. Bei Gericht klaut doch niemand einen Schal, der ist nachher auch noch dort.«

»Aber ich mag diesen Schal so …«

»Eine Frage habe ich aber noch.« Roberta kniff die Augen zusammen. »Was ist das denn dann mit dir und Luigi?«

»Ach, der ist ein guter Freund.«

»Ihr habt nichts miteinander?«

»Natürlich nicht«, flüsterte Giulia und zwinkerte ihr zu, »der hat keine Freundin derzeit.« Weiter kam sie nicht.

»So«, sagte Massimo, der mit Luigi angekommen war, laut vernehmlich. »Champagner für alle, würde ich sagen. Ich lade euch ein.«

»Kommt gar nicht infrage«, verkündete Roberta so resolut wie möglich. »*Ich* lade euch ein. Ich bin übrigens Roberta.« Sie reichte ihm die Hand und hoffte inständig, dass sie sich im Umfeld von Superstars angemessen souverän bewegte. Sie war vor Aufregung über die Neuigkeiten der letzten Minuten vollkommen aus dem Häuschen.

»Gut«, sagte Massimo gutmütig, »gern, danke. Ich bin Massimo. Setzen wir uns doch.«

Roberta nahm so zufällig wie möglich neben Luigi Platz.

»Soll ich bestellen?«, fragte Tanja. Roberta nickte. Massimo legte den Arm um Giulia, gab ihr einen Kuss auf den Mund und flüsterte ihr etwas zu. Es war unübersehbar, dass die beiden frisch und glücklich verliebt waren. Giulia kicherte leise und erwiderte etwas.

Roberta bemerkte, dass Luigi sie beobachtete.

»Hallo erst mal«, stammelte sie. Sie fühlte, wie sie rot wurde, und versuchte, sich schnell wieder dem allgemeinen Geschehen am Tisch zuzuwenden.

»Hallo, Roberta«, antwortete Luigi schmunzelnd.

»Ich muss dir noch zurückschreiben«, raunte sie ihm zu und versuchte ein möglichst unbekümmertes Lächeln. »Ich hab dir noch gar nicht geantwortet.«

»Das kannst du auch hier tun.« Luigi grinste schüchtern. »Also frage ich noch mal: Wie geht es dir?«

»Gut«, antwortete sie voller Inbrunst. »Sehr gut.«

Eine Kellnerin brachte ein Tablett mit fünf Gläsern und einer Flasche Champagner.

»Wenn ich wieder am Rechner sitze«, wisperte Luigi weiter, »kann ich dich ja wieder anklicken und fragen, ob wir zusammen essen gehen wollen. Ich kenne da ein schönes Lokal, der Koch kommt wie ich aus Campobasso. Die servieren da eine wunderbare *zuppa di zucchine* mit Salsiccia.«

»Das kannst du mich auch jetzt fragen«, flüsterte Roberta, »und ich kann dir jetzt schon sagen, dass ich sehr gern mitkommen würde.«

55

Tanja beschleunigte ihren Gang, als sie die Straße zurück zum Gerichtsgebäude marschierte. Von dem Champagner mit ihren Freundinnen beschwipst, empfand sie diese Mischung aus Leichtigkeit und Übermut, die man nur von einem Gläschen bekommt. Sie freute sich auf zu Hause, eine warme Dusche und ihr kuscheliges Bett.

Es war bereits dunkel, ein kühler Wind kam auf und erinnerte sie unnötigerweise bei jedem Schritt daran, dass sie kein Halstuch dabeihatte. Nach wenigen Minuten erreichte sie das Gericht. Sie nahm die Treppe in den dritten Stock hinauf und lief den menschenleeren Gang entlang bis zu dem Raum, in dem vor weniger als drei Stunden dieses wunderbar milde Urteil für Giulia verhängt worden war. Tanja lächelte froh. Nun noch meinen Schal sichern und dann dieses Haus niemals mehr betreten, schwor sie sich. Doch die Tür zum Verhandlungssaal war verschlossen.

»Mist«, zischte sie leise und sah sich um. Es war niemand da, der ihr helfen konnte. Also rannte sie die Treppe wieder hinunter in die Haupthalle und lief den Gang im Erdgeschoss entlang. Sie wurde fündig: Am Ende des Flurs sah sie ein Wägelchen der Putzkolonne. Es stand vor einem Verhandlungssaal mit weit geöffneten Türen, Licht fiel auf den dunklen Flur hinaus und geschäftiger Lärm drang nach draußen – in einer asiatisch anmutenden Sprache. Als Tanja durch die Tür trat, sah sie drei Filipinos emsig mit Reinigungsarbeiten beschäftigt. Ein Mann erneuerte die Plastiktüte eines Mülleimers, eine Frau im blauen Kittel stapelte die Stühle des Zuschauerbereichs. Sie rief ihrem Kollegen eine Bemerkung zu und zuckte erschrocken zusammen, als sie Tanja entdeckte.

»Bitte entschuldigen Sie«, sagte Tanja, »können Sie mir helfen? Ich habe vorhin oben im Sitzungssaal im dritten Stock einen Schal liegen gelassen. Könnten Sie mir den Raum aufschließen?«

Die Dame strahlte sie freundlich an und nickte. Tanja strahlte zurück und machte einen Schritt Richtung Tür. »Prima«, sagte sie, »ich danke Ihnen.«

Die Frau nickte erneut und lächelte freundlich.

»Wollen wir dann hochgehen?«

Nicken und Lächeln. Dann wandte sich die Frau wieder ihrem Schrubber zu und begann, unter einem Pult zu wischen.

»Äh«, machte Tanja ratlos und wandte sich an die anderen beiden, die sie ebenfalls freundlich anlächelten.

»Do you speak English?«

Die beiden schüttelten lächelnd den Kopf.

»Filipino!«, sagte der Mann und tippte sich mit dem Zeigefinger auf die Brust. *»From the Philippines.«*

»Ach«, antwortete Tanja resigniert, *»very beautiful, bello …«*

»Yes, yes, beautiful, very beautiful«, erwiderte der Mann fröhlich, winkte ihr zu und machte sich wieder an seiner Plastiktüte im Mülleimer zu schaffen. Tanja erkannte: Man hatte sie nicht verstanden und würde sie auch weiterhin nicht verstehen.

Genervt ging sie den Korridor zurück zum Ausgang. Das Halstuch hatte ihr ihre Mutter vor ein paar Jahren zu Weihnachten geschenkt. Nichts Wertvolles, aber sie hatte es sehr gemocht. Und morgen, vermutete sie, würden die Chancen noch schlechter stehen, es wiederzubekommen.

In der Halle blieb sie vor einem Schaukasten stehen und durchforstete einige Aushänge nach einer Telefonnummer, die sie morgen würde anrufen können. Vielleicht lag ihr Schal in irgendeinem Büro eines Saaldieners und wartete auf sie? Sie zog ihr Handy aus der Tasche und fotografierte kurzerhand ein paar Namen und Nummern ab. Sie würde sich schon durchfragen.

»Kann ich Ihnen helfen?«, fragte plötzlich eine dunkle Stimme neben ihr. Tanja fuhr vor Schreck zusammen und hätte beinahe ihr Handy fallen gelassen.

Neben ihr stand *Maresciallo* Coppola.

»Ich suche«, stotterte sie erschrocken, »ich will …«

»Signora, fotografieren ist in einem Gerichtsgebäude nicht erlaubt«, raunte er ihr zu und blickte sich um. Die Halle war leer. »Aber Sie haben Glück, dass sonst keiner mehr hier ist.« Sein rechter Mundwinkel verzog sich zu einem freundlichen Grinsen.

»Na ja, einem *Carabiniere* von Ihrem Format sollte das ja schon ausreichen, um mich endlich festzusetzen«, gab Tanja trocken zurück.

Coppola schien ihre Anspielung überhört zu haben und schüttelte den Kopf. »Ich bin nicht mehr im Dienst«, verkündete er. »Das können Sie daran erkennen, ob ein Beamter die Kappe auf dem Kopf hat oder nicht«, erklärte er und hob seine Dienstmütze hoch, die er in der Hand hielt. »Nach Feierabend setze ich keine schönen Ausländerinnen mehr fest, die sich an unsere chaotischen Regeln erst noch gewöhnen müssen.«

Tanja lächelte ihn vorsichtig an. Spielte er jetzt nur auf ihr Fotografieren der Aushänge an, oder war er dabei, ihr nachträglich eine Falle zum *caso di Veroli* zu stellen?

»Aha«, sagte sie also, »dann weiß ich Bescheid.« Umständlich steckte sie ihr Handy wieder ein und wandte sich zum Gehen.

»Ich werde dann mal nach Hause gehen, denke ich.« Eine Welle der Verunsicherung erfasste sie plötzlich, als er so dastand und sie anschaute.

»Machen Sie das, Signora«, antwortete er freundlich. Er rührte sich nicht von der Stelle, sondern musterte sie eingehend.

Tanja trat unschlüssig einen Schritt zurück. »*Maresciallo?*«, sagte sie dann und stand dabei mehr von ihm ab- als ihm zugewandt.

»*Dottoressa?*«

»Danke.«

»Wofür?«

»Für Ihre Aussage.«

»Als *Carabiniere* ist es meine Pflicht, vor Gericht auszusagen«, antwortete er und sah ihr fest in die Augen, ohne mit der Wimper zu zucken.

»Jaja, das ist mir klar«, stimmte Tanja hastig zu, »aber ich hatte bisher den Eindruck, Sie hätten etwas anderes gedacht als das, was Sie gesagt haben. Oder vielmehr nicht gesagt haben.« Sie biss sich auf die Unterlippe und blickte fragend zu ihm auf.

Coppola lächelte dezent. »Ich habe lediglich die Beweislage vorgetragen«, erklärte er, »nicht mehr und nicht weniger.«

»Verstehe«, sagte Tanja. »Na, dann danke dafür.« Sie schlug den Kragen ihrer Jacke hoch. »Nun will ich aber wirklich los.« Sie hielt ihm die Hand zum Abschied hin.

»Ja, das will ich auch«, antwortete der *Maresciallo.* Er nahm ihre Hand in seine und drückte sie. Sein Händedruck war warm und fest, und die Art, wie er ihr dabei in die Augen sah, machte sie mit einem Mal nervös. Sie entzog ihm ihre Hand, drehte sich um und schritt Richtung Tür. Er folgte ihr, hielt ihr die Portaltür auf und ließ sie hinaustreten.

»Ja, dann«, sagte sie erneut, als sie auf dem Treppenplateau standen, »dann wünsche ich Ihnen einen schönen Abend.«

»Ihnen ebenfalls Signora, *buona serata.*«

»Danke, auf Wiedersehen.«

Schweigend stiegen sie nebeneinander die Stufen hinab. Tanja schielte unruhig zu ihm hinüber, heftete ihren Blick dann wieder auf die Treppe und schließlich, unten angekommen, auf den Bürgersteig.

»Wo gehen Sie jetzt hin?«, fragte Coppola

»Wie bitte?« Worauf wollte er hinaus?

»Ich meine, nehmen Sie die Tram?«

»Nein, ich werde an die Hauptstraße gehen und mir ein Taxi rufen.«

»Verstehe«, sagte Coppola, »das ist auch meine Richtung. Wenn es Ihnen nichts ausmacht, können wir ja ein Stück zusammen gehen.«

»Es macht mir nichts aus«, beeilte sie sich zu lügen. Sie fühlte sich eingeschüchtert, unruhig und wäre am liebsten weggelaufen, so schnell sie ihre Beine trugen.

»Also, Signora«, nun wirkte er ebenfalls verlegen, »wenn Sie sich *bedrängt* fühlen, also, Sie können auch gern ein Stück vorgehen oder … Lassen Sie, ich gehe in die andere Richtung und nehme dort die U-Bahn.«

»Nein, *Maresciallo,* das wäre ja zu albern.« Sie lachte ein wenig zu laut. »Also, ich bitte Sie: Wir sind zwei erwachsene Menschen, es sollte kein Problem sein, sich ein Stück des Fußweges zu teilen.«

»Stimmt. Ja, also dann.« Er wies ihr den Weg, als führte er sie in sein privates Wohnzimmer.

»Danke«, stotterte sie überflüssigerweise und setzte sich in Gang.

Auf den ersten Metern sagten sie gar nichts. Tanja zerbrach sich den Kopf, welches unverbindliche Thema sie aus dem Hut zaubern könnte, fühlte sich jedoch wie blockiert.

»Sie arbeiten also als Ärztin?«, fragte Coppola plötzlich.

»Ja«, antwortete Tanja erstaunt, »woher wissen Sie das?«

»Ich habe Sie mal verhört.«

»Ach ja.« Tanja fasste sich an den Kopf. Sie sah, dass er sie aus den Augenwinkeln musterte und lächelte.

»Ein harter Job, Ärztin zu sein.«

»Es geht«, sagte sie. »Hier in Rom ist es schwieriger als bei mir zu Hause. Weil so oft die Mittel fehlen. Ich könnte manchmal verrückt werden, weil ich meine Patientinnen nicht so behandeln kann, wie ich es mir wünschen würde.«

»Bestimmt.« Coppola nickte verständnisvoll. »Wenn Sie Ihren Job mit Deutschland vergleichen, ganz bestimmt. Aber Sie müssen mal ins Ausland gehen, ins richtige Ausland, meine ich. Danach werden Sie Rom lieben, ach, was sage ich« – er lachte – »danach würden Sie sich sogar freiwillig nach Kalabrien versetzen lassen.«

»Na, bis ich nach Kalabrien gehe, muss noch viel passieren.« Tanja lachte ebenfalls.

»Da kommt ein Taxi, Signora, soll ich Ihnen das anhalten?« Ohne eine Antwort abzuwarten, machte Coppola einen Schritt an den Straßenrand und hob den Arm. Das Taxi fuhr ungerührt weiter.

»*Cafone*«, schimpfte Coppola.

»Waren Sie denn mal im *richtigen Ausland,* wie Sie es nennen?« Tanja hatte gar nicht auf das Taxi geachtet.

»Ich war vor acht Jahren eine Zeit lang in Afghanistan zur Ausbildung der Polizei in Kabul«, erzählte Coppola. »Es war fürchterlich. Es klingt schlimm, das zu sagen, aber« – er blieb stehen und blickte ihr ins Gesicht – »meine Erlösung war, dass mein Vater schwer erkrankte und ich deshalb nach Hause durfte.«

»Ja, das kann ich mir vorstellen.« Was konnte sie sich vorstellen? Kabul? Was faselte sie da eigentlich?

Erneut fuhr ein Taxi mit leuchtendem Licht auf dem Dach an ihnen vorbei. Coppola machte einen Schritt auf die Straße zu, hob wieder den Arm und winkte. Der Taxifahrer schaute sie blöd durch sein Fenster an und fuhr weiter.

»Sie müssen Ihre Mütze aufsetzen, damit die wissen, dass Sie im Dienst sind«, scherzte Tanja.

»Ich bin aber nicht im Dienst«, erklärte Coppola. »Ich habe die Ehre, Sie rein privat begleiten zu dürfen.«

Tanja spürte, wie ihre Wangen feuerrot wurden, und hoffte, Coppola würde dies in der Dunkelheit nicht bemerken.

»Was war denn in Afghanistan so fürchterlich?«, fragte sie schnell. »Nicht dass ich so viel Gutes über das Land gehört habe, aber, ich meine, so konkret für Sie?«

»Na ja, alles leider«, erzählte Coppola. »Der Lebensstandard, wie die Menschen leben und vor allem miteinander umgehen, das ist für uns schlicht undenkbar. Aber das weiß man ja. Nein, was mich in meiner Arbeit so belastet hat, war, wie *sinnlos* das Ganze war. Ein Hamsterrad ist nichts dagegen.«

Wieder kam ein Taxi um die Ecke gebraust. Tanja hielt seinen Arm fest. »Nein, lassen Sie ruhig«, rief sie, »erzählen Sie mir davon.«

Coppola stutzte und blickte zu ihr herunter. Tanja schluckte und ließ seinen Arm los.

Coppola zuckte mit den Schultern. »Wir waren Teil der ISAF, die der afghanischen Polizei bei der Ausbildung helfen sollte«, begann er. »Wir wollten bis zum Abzug der NATO ein Polizeisystem nach westlichem Vorbild aufbauen.« Coppola erzählte von Rückschlägen, von Übergriffen, von hoffnungsvollen Kindern und misstrauischen Dorfältesten in einer fernen, fremden Welt. Tanja hing gebannt an seinen Lippen. »Man lebte ständig in Angst, ich hatte nie wirklich Ruhe und war froh, als es vorbei war«, schloss er plötzlich und blieb stehen. Sie waren an einer lauten, viel befahrenen Straßenkreuzung angekommen. An ihnen brausten Autos und Motorräder mit Getöse vorbei, Menschenmassen strömten die Bürgersteige entlang, um in den letzten Minuten bevor die Geschäfte schlossen, noch das ein oder andere für das Abendbrot zu besorgen.

»Wow«, entschlüpfte es Tanja. Sie fühlte sich wie aus einer Geschichte herausgerissen. »Das klingt unglaublich interessant.«

Coppola zuckte mit den Schultern. »Na ja, man kann auch gut darauf verzichten, würde ich sagen.«

»Dagegen war mein Praktikum in einem irischen Kinderkrankenhaus ein Witz. Das ist alles, was ich an Auslandserfahrungen vorweisen kann. Neben der Sache hier.«

»Sie haben in Irland gearbeitet?«

»Nur ein halbes Jahr«, erwiderte Tanja, »aber das hat mich sehr geprägt. Danach habe ich beschlossen, Frauenärztin zu werden. Traurige Kinderschicksale ertrage ich nicht.«

»Ich auch nicht«, stimmte Coppola ihr zu. »Ich habe da unten so manches gesehen, woran ich nie wieder denken will.« Er machte eine wegwerfende Handbewegung. »Wir sind jetzt angekommen, *Dottoressa*«, sagte er abrupt.

Tanja sah ihn überrascht an. »Was meinen Sie?«

»Hinter Ihnen ist einer der größten Sammeltaxiplätze der Stadt.« Coppola deutete mit dem Zeigefinger über ihre Schulter. »Da sollte auch eines für Sie dabei sein, ohne dass ich die Mütze aufsetzen muss.«

Sie fuhr herum. Gleich hinter der Hausecke war ein zweispuriger Fahrstreifen angelegt, auf dem ein Heer weißer Taxis mit leuchtenden Lichtern auf dem Dach auf Kundschaft wartete.

»O ja«, rief sie unschlüssig aus, »Taxis!« Sie hatte plötzlich gar keine Lust mehr, schon nach Hause zu fahren.

»Ja, dann …« Coppola streckte kurz die Hände aus, sodass Tanja für den Bruchteil einer Sekunde dachte, er wolle sie in die Arme nehmen, ließ sie dann jedoch wieder an die Hosennähte sinken.

»Ja, also dann …« Tanja trat von einem Bein aufs andere.

Ein besetztes Taxi fuhr soeben los, der Wagen dahinter rückte auf.

»Taxi, Signora?«, rief der Fahrer durch das heruntergelassene Beifahrerfenster.

»Ja«, rief Tanja lustlos zurück. Nein, dachte sie.

»Dann wünsche ich Ihnen noch einen schönen Abend«, erklärte Coppola tonlos. Tanja bemerkte, dass sie ihn noch nie mit so wenig Nachdruck hatte sprechen hören. Aber schließlich war er ja auch nicht im Dienst.

»Das wünsche ich Ihnen auch«, gab sie zurück und empfand ihre Stimme als unsouverän schrill.

Coppola nickte. »Haben Sie noch etwas Schönes vor heute?«

Hinter ihr wurde der Motor angeworfen. *»Si va, Signora?«,* rief der Taxifahrer ungeduldig. »Wollen wir los?«

»Ich komme«, rief Tanja über die Schulter hinweg. »Ähm ja, also nein, eigentlich nicht. Sie?«

»Nein, ich werde mal sehen.«

Hinter ihnen fuhr das Taxi ein paar Zentimeter vor, der Fahrer war nun direkt auf ihrer Höhe und beugte sich über den Sitz durch das heruntergelassene Beifahrerfenster zu ihnen herüber. »Kann es losgehen?«

»Gehen wir noch was trinken?«, fragte Coppola.

»Gern!«, rief Tanja viel zu schnell und dabei bemüht, sich möglichst überrascht zu geben.

»Ich komme leider doch nicht mit«, rief sie dem Fahrer zu, richtete sich wieder auf und schaute Coppola fest in die Augen.

»Wo gehen wir hin?«

56

Kurz darauf saßen sie in der eleganten Kamin-Lobby des nahe gelegenen Madison-Hotels und tranken Cocktails. Der Kellner hatte ihnen ein paar Schälchen mit winzigen *panini,* Lachshäppchen und Oliven gebracht, und Tanja langte beherzt zu. Sie fühlte sich großartig. Natürlich war es geradezu grotesk, hier mit einem Mann zu sitzen, den sie in einem polizeilichen Verhör kennengelernt hatte. In einem Verhör, in dem sie Tatverdächtige gewesen war, wohlgemerkt. Aber egal. Sie lächelte zufrieden und nippte an ihrem Cocktail. Das hier war genau nach ihrem Geschmack. Coppola aus der Reserve zu locken, nachdem er sie zwei Mal auf die Sünderbank bei sich auf der Wache gesetzt hatte, reizte sie.

Coppola lümmelte in seinem Sessel neben ihr, hatte ein Bein lässig über das andere geschlagen und ließ den Brandy im Kelch seines Glases kreisen. Er genoss die Situation zweifelsfrei genauso wie sie, war in den vergangenen Minuten komplett aufgetaut und ein völlig anderer Mensch als der *Carabiniere* geworden. Er war gesprächig und interessant und überaus schlau. Letzteres war ihr zwar immer klar, zuvor jedoch vor allem eine Bedrohung für sie gewesen. Jetzt aber gab es nichts

Angenehmeres, als mit diesem intelligenten Menschen in einem tollen Ambiente zu sitzen, zu plaudern und – ja, zu flirten.

»Bestellen wir noch einen?«, fragte sie und hielt ihr leeres Cocktailglas in die Höhe.

»*Certo, Signora.* Wie unaufmerksam von mir, bitte entschuldigen Sie!« Er winkte dem Kellner. »Den gleichen noch mal?«, fragte er sie, während sich der Kellner abwartend zu ihnen herunterbeugte.

»Ja, oder … darf ich *Sie* auf einen Champagner einladen?«

»Signora, ich dachte, *ich* lade *Sie* ein.«

»Korrekt, die erste Runde war Ihre, nun bin ich dran.«

»Einverstanden.«

Tanja bestellte eine Flasche *Krug Grande Cuvée,* ohne vorher in die Karte geschaut zu haben, und spürte Coppolas Blick auf sich ruhen. Sie wurde übermütig, sie merkte es selbst.

»Sie wissen, was gut ist, oder?« Er trank seinen Brandy aus.

Ihre Blicke trafen sich, sie kniff die Augen zusammen und beobachtete ihn.

»Ich frage mich, ehrlich gesagt, was Sie wohl gerade denken«, fuhr er fort. »Ich kann Menschen normalerweise ganz gut durchschauen, aber bei Ihnen fällt mir das schwer.«

Seine entwaffnendc Offenheit berührte sie.

»Das hab ich mich über Sie auch gerade gefragt.« Sie biss sich auf die Unterlippe. »Ich habe mich gefragt, ob Sie mich immer noch verhören, oder ob wir einfach einen …«, sie suchte nach Worten und lächelte ihn an, »ob wir einfach einen schönen Abend verbringen.«

»Was stellen Sie sich denn unter einem schönen Abend vor?« Da war sie wieder, seine Verhör-Routine, aber dieses Mal ging es um etwas anderes. Ein Knistern lag plötzlich in der Luft. Ein Knistern, das sich lautlos wie eine Katze angeschlichen hatte und sich nun zwischen ihnen breitmachte.

Sie stutzte. »Äh, also, ich meinte«, stotterte sie, »also nicht … ich weiß es nicht.« Oh, mein Gott. Sie hatte sich weit aus dem Fenster gelehnt. Was war denn ein *einfach schöner Abend* mit einem fremden, hochgradig gut aussehenden Mann in einer eleganten, aber ebenso anonymen Hotelbar? Die Lage war doch ebenso offensichtlich, wie mit sandigen Arbeitsstiefeln in einer Baugrube herumzustehen. Aus dieser Aktion immerhin hatte sie sich herauslaviert.

Und das könnte sie hier ebenso.

Aber wollte sie das überhaupt?

»Die Herrschaften, hier der Champagner«, unterbrach sie der Kellner unverhofft und stellte galant zwei Champagnerkelche vor ihnen ab. Mit leisem Ploppen ließ er die Flasche aufschnappen, füllte ihre Gläser und steckte die Flasche mit einem weißen Tuch um den Flaschenhals in einen silbernen Kühler neben dem Tisch. »Darf es sonst noch etwas sein?«, fragte er dienstbeflissen. Coppola schüttelte fast unmerklich den Kopf, woraufhin sich der Kellner eilig davonmachte. Coppola sah ihm hinterher und dann wieder zu ihr. Ohne sie aus den Augen zu lassen, griff er behutsam nach den beiden Kelchen und reichte ihr einen über die Sessellehne.

»Auf was trinken wir?«

»Auf uns«, erwiderte sie prompt.

»Warum?«

»Wir hatten einen guten Tag.«

»Ist das so?«

»Bei mir absolut.«

»Und das hatten Sie nicht erwartet?«

Da war er wieder, der Verhörspezialist.

»Ich weiß nicht«, erklärte sie nonchalant, »es hing wohl doch einiges von Ihnen ab.« Sie lächelte ihn an und bemerkte, dass sich Coppolas Gesichtsausdruck veränderte. Das Knistern war plötzlich deutlicher geworden und erfüllte den ganzen Raum.

»*Dottoressa.*« Er hob sein Glas.

»*Maresciallo.*« Sie prostete ihm zu und blickte ihm über den Rand des Champagnerkelches in die Augen, während sie trank.

Coppola nahm einen Schluck Champagner und setzte das Glas auf dem Tisch ab. Tanja überlegte, ob er sie jetzt küssen würde, und fragte sich, wie sie das fände, aber stattdessen stützte Coppola nur die Ellenbogen auf die Knie. Sie legte den Kopf schief. Wo war seine Gesprächigkeit hin? War er plötzlich melancholisch geworden? Ihrer Gesellschaft womöglich überdrüssig? Nein, das konnte eigentlich nicht sein, bloß …

»Die Herrschaften, hier noch ein paar Erdbeeren für Sie. Als kleiner Gruß des Hauses«, vernahm sie die Stimme des Kellners. »Hmm, wie wunderbar«, sagte sie, froh über die Ablenkung, und biss genussvoll von einer Erdbeere ab. Dazu nahm sie einen Schluck Champagner und fühlte sich plötzlich wie *Pretty Woman.* »Das ist aber wirklich nett vom Madison«, hörte sie sich unbekümmert sagen. Sie spürte die angenehme Leichtigkeit nach einem Gläschen zu viel, und es fühlte sich gut an. Sie kicherte und verzehrte noch zwei Erdbeeren.

Coppola sah sie an.

»Sie sind faszinierend, wissen Sie das?«, sagte er leise.

»Oh«, meinte sie überrascht. Nein, das wusste sie nicht. Das hatte ihr noch keiner gesagt. Sie suchte nach Worten. »Sagen Sie«, begann sie dann, »wollen wir uns nicht duzen?«

»Wie bitte?«

»Nicht?« War sie doch zu weit gegangen? »Ich bin doch jetzt keine Verdächtige mehr für Sie, oder?« Die Situation entglitt ihr. Sie wusste nicht, wo sie hier mit ihm stand. Und trotzdem war es irgendwie gut. »Oder wollen Sie mich immer noch in einer Ihrer Gefängniszellen sehen?« Sie blickte ihn herausfordernd an. Sie ging jetzt auf volles Risiko, nahm einen langen

Schluck Champagner, schnappte sich eine weitere Erdbeere und biss langsam hinein.

»O Mann!« Coppola schnaufte und fuhr sich mit der Hand übers Gesicht. Für ein paar Sekunden rührte er sich nicht. »Im Mittelalter wären Frauen wie Sie mit Sicherheit ins Verlies gesteckt worden.«

»Wie ich? Warum?«

»Weil Sie hexen können. Weil Sie mich verhext haben.«

»Wollen Sie auch eine?« Sie hielt ihm die Schale mit den Erdbeeren hin, er beugte sich vor und griff sie am Handgelenk. Als sie den Ausdruck in seinen Augen sah, wusste sie, dass er es wusste. Sie hatten einander entlarvt, wann genau, war nicht zu sagen, aber der *Point of no return* war definitiv überschritten. Er atmete laut aus, viel zu laut.

»Ist diese hier eine Nummer zu groß für Sie?«, flüsterte sie, biss ein Stück von einer extragroßen Erdbeere ab und steckte ihm den Rest in den Mund. Er kaute langsam, schien nun seine Fassung zurückzugewinnen und grinste sie an.

»Noch eine?«, fragte sie leise. Sie setzte ihr Glas ab. Sein Griff um ihr Handgelenk wurde fester.

»Sie sind verhaftet«, flüsterte er.

»Bin ich das?«

»Ja, wegen sexueller Nötigung. Die Nummer mit den Erdbeeren ist einfach zu platt.«

»Sie haben aber Ihre Dienstmütze nicht auf, um mich festzunehmen.«

»So etwas gilt als Notwehr.«

»Okay, ich gestehe, *Maresciallo,* endlich einmal. Sie haben mit all Ihren Anschuldigungen recht«, flüsterte sie zurück.

Er zog sie an der Hand zu sich, bis ihr Gesicht ganz nahe an seinem war. Dann küsste er sie. Ganz leicht auf die Lippen, so sanft, dass sie die Augen öffnen musste, um zu sehen, ob er noch da war. Dann trafen sich ihre Zungen. Zärtlich tastete er mit der freien Hand durch ihre Haare und legte seine Hand auf ihren Hinterkopf. Es war traumhaft.

Irgendwann lösten sie sich voneinander. »Eine Gefängniszelle gibt es hier aber nicht«, flüsterte er.

»Aber irgendein Raum sollte in einem Hotel doch zu finden sein, oder nicht?« Die Sache war abgemacht. Er brauchte nur noch zuzugreifen.

»Sicher«, wisperte er. Er stand auf, griff nach seiner Jacke und ging mit steifen Schritten auf die Rezeption zu. Das Gemisch aus Alkohol und Hormonen, das ihm durch die Adern floss, konnte Tanja erahnen. Sie musste unwillkürlich lachen und trank hastig ihr Glas und kurzerhand auch seines aus. Sie packte ihre Sachen, nahm die Champagnerflasche und die Gläser mit und ging ihm hinterher. Coppola stand am Rezeptionstresen, ihm gegenüber eine junge Frau in Hoteluniform mit einem brav geflochtenen Zopf im Nacken.

»Guten Abend, der Herr, Sie wünschen?«, fragte sie höflich.

»Ein Zimmer, bitte«, sagte er knapp. Er legte seine Kreditkarte auf den Tresen.

Die Frau wandte sich ihrem Computer zu. »Einzel- oder Doppelzimmer?«, fragte sie geschäftig und blickte mit gerunzelter Stirn auf ihren Monitor.

»Doppelzimmer.« Tanja grinste.

»Twin oder *matrimoniale?*«

»Wie bitte?«

»Sollen die beiden Betten zusammen oder getrennt sein?«

»Ist mir egal.«

»Raucher oder Nichtraucher?«

»Nichtraucher.«

»Dusche oder Badewanne?«

»Beides«, knurrte er. Er machte ein Gesicht, als kämpfte er gegen den Impuls, die arme Rezeptionistin an ihrem Zopf über den Tresen zu ziehen.

»Oh, Signore Coppola«, sagte sie traurig, »wir haben leider keine Zimmer mit beidem mehr. Nur mit Dusche *oder* Badewanne.«

»Dann … Dusche?«, warf Tanja ein. Sie befürchtete, Coppola würde von seiner Dienstwaffe Gebrauch machen, wenn die Rezeptionistin sich hier nicht sputete.

»Gern«, antwortete die Hoteldame prompt, tippte etwas in ihren Rechner ein und schob ihm einen kleinen Block und zwei Chipkarten zu. »Sie haben die Zimmernummer fünf-zwei-drei, würden Sie bitte hier Ihre Daten eintragen?«

Coppola kritzelte seinen Namen auf den Block, unterschrieb hektisch, griff nach den Chipkarten und drehte sich zu Tanja um.

»Halt, Signore, ich muss Ihnen doch noch erklären, wo …«

»Das finde ich schon, danke«, rief er über die Schulter, fasste Tanja am Arm und geleitete sie in Richtung Aufzug quer durch die Halle.

Dort lehnte Tanja den Kopf an den Metallrahmen der Aufzugtür. In der Hand hielt sie die Flasche und die beiden Sektkelche, ihre Jacke hatte sie sich locker über die Schultern geworfen.

»Ich musste sie beide schnell austrinken, damit ich sie in einer Hand mitnehmen konnte«, erklärte sie und meinte die Gläser. »Das ist mir nicht so gut bekommen.« Sie war zweifellos betrunken. Coppola hielt seine Chipkarte an den Scanner des Aufzugs und legte einen Arm um sie. Sofort lehnte sie sich an ihn. Nach wenigen Sekunden ging die Fahrstuhltür auf, und noch während sie sich hinter ihnen wieder schloss, drückte er sie gegen die Fahrstuhlwand und küsste sie. Sie lehnte sich entspannt zurück und genoss seinen Kuss.

Der Aufzug hielt und die Tür glitt auf. Vor ihnen lag, zu ihrer riesigen Erleichterung, ein menschenleerer, langer Korridor. Sie brauchten einfach nur geradeaus zu gehen, um zu ihrem Zimmer zu gelangen. Er nahm ihr die Flasche ab und legte ihr den Arm um die Taille, während sie den Gang hinuntergingen. Dann blieb er vor einer weißen Tür mit der magischen Aufschrift 523 stehen, hielt die Chipkarte an den Scanner und öffnete. Im Raum gingen gedämpfte Lichter an, und auf dem eingeschalteten Fernseher leuchtete die Aufschrift »Herzlich Willkommen, Lorenzo Coppola. Wir wünschen Ihnen einen angenehmen Aufenthalt.«

»Lorenzo«, las sie vor, »aha.« Sie stellte die Gläser neben dem Fernseher ab, legte den Kopf schief und beobachtete ihn dabei, wie er Mütze und Jackett auf das Bett warf. Er kam mit der Flasche in der Hand auf sie zu, schenkte den Champagner ein und hielt ihr einen Kelch hin.

»Korrekt, Lorenzo«, flüsterte er, und sein Gesicht näherte sich ihrem. »Und du? Tanja, nicht wahr?«

Sie nahm ihm beide Gläser ab, stellte sie zurück auf die Anrichte und schlang die Arme um ihn. Langsam schob sie ihn rückwärts Richtung Bett. »Ja«, sagte sie, »Tanja.«

»Tanja, du bist umwerfend«, hauchte er, ließ sich zurückfallen und zog sie mit sich. Sie stützte sich auf seine Brust, während er mit den Händen unter ihren Pullover fuhr, ihren BH öffnete und ihr beides auszog. Tanja spürte, wie ihr Herz raste. Langsam fuhr er mit der Hand unter ihre Jeans und fand seinen Weg zwischen ihre Beine, während sie ihm sein Hemd aufknöpfte und es auf den Boden fallen ließ. Sie öffnete seinen Gürtel, seine Hose und fuhr mit der Hand unter seine Shorts. Er rang nach Luft und zog ihr Jeans und Slip aus, die samt ihren Ballerinas auf den Boden fielen. Für einen Moment küssten sie sich und genossen die Hitze des anderen.

»Warte, ich muss aus diesen Klamotten raus«, raunte er, richtete sich auf und band in Lichtgeschwindigkeit seine Stiefel auf. Tanja strich ihm zärtlich über seinen beeindruckend gestählten Rücken, während er seine Hose auf den Boden warf, sich zurück zu ihr drehte und sich sanft auf sie legte. Sie schloss für einen Moment die Augen. Sie bewegten sich miteinander, seine Hände waren überall, und Tanja bemerkte, dass er sie unentwegt ansah. Sie legte ihre Arme um ihn, drückte sich an ihn, und dann hörte sie ihn so laut, wie sie noch nie zuvor einen Mann gehört hatte. Die ganze Energie der letzten Minuten, wenn nicht Stunden, zwischen ihnen entlud sich und wich einer völligen Ruhe. Er verharrte für einen Moment über ihr, blickte ihr in die Augen und sank neben sie.

Tanja lag in seinem Arm und vergrub das Gesicht an seinem Hals.

57

»Aua! Vorsicht, aua!«, schrie Massimo mit schmerzverzerrtem Gesicht. Stöhnend umfasste er seinen verletzten Arm, der in der Schlinge zwischen ihnen hing. Giulia warf sich zurück auf ihr Kopfkissen und keuchte.

»Sorry, Massimo. Ich gehe jetzt rüber und schlafe auf dem Sofa«, verkündete sie.

»Das wirst du nicht tun.«

»Doch, das tue ich.« Giulia setzte sich im Bett auf und schaute ihm streng in die Augen. »Wir müssen uns hier zusammenreißen, um dich nicht zu verletzen. Das hier«, sie deutete auf die verstreuten Kleidungsstücke um ihr Bett herum, »geht eben gerade nicht.« Sie griff nach seinem Hemd und begann, es über ihrem blanken Oberkörper zuzuknöpfen.

Massimo seufzte, bekam ihr Handgelenk zu fassen und zog daran. Giulia fiel mit einem Ruck hintenüber auf die Matratze, während es ihm gelang, sie ein ganzes Stück zu sich heranzuziehen. Er beugte sich vorsichtig vor und küsste ihren Bauch.

»Und du gehst nicht rüber ins Wohnzimmer, *bella*«, sagte er.

»Es ist nur zu deiner eigenen Sicherheit«, insistierte sie wenig überzeugend. Sie wollte doch auch lieber hier bei ihm …

»Ich will keine Sicherheit, ich will dich.«

»Ich will dich auch«, gab sie zu und biss sich auf die Unterlippe, erschrocken über ihre eigenen klaren Worte. Mit einem Mal wurden sie beide ganz ernst.

»Was sagen wir uns denn hier?«, flüsterte Massimo.

»Ich weiß auch nicht«, flüsterte Giulia zurück, »ist sonst gar nicht meine Art.«

»Meine auch nicht.«

Sie lächelte, rutschte ein Stück näher an ihn heran und versuchte vorsichtig, den Arm um seine gesunde Schulter zu legen. »Aber es ist schön.« Sie drückte ihr Gesicht an seinen Hals, während er nickte und ihr sanft über den Rücken strich. Sie schielte zu seinem Handy auf ihrem Nachttisch, das zum wohl zwanzigsten Mal stumm vor sich hin blinkte. *Gianni* stand auf dem Display, das war sein Manager. Giulia konnte sich lebhaft vorstellen, dass im Krankenhaus gerade die Hölle los war, nachdem Massimo von seinem Tagesausgang nicht zurückgekommen war. Luigi hatte ihnen kurzerhand seinen alten Smart für diesen Ausbruch geliehen. Dabei hatte Giulia den Eindruck gehabt, dass Luigi seinen Wagen sogar loswerden wollte, nachdem Roberta erklärt hatte, sie sei mit der Metro gekommen und fahre abends nicht gern allein mit öffentlichen Verkehrsmitteln. Giulia schmunzelte bei diesem Gedanken. Zweifellos würde Gentleman Luigi eine Frau bis zur Wohnungstür begleiten und nicht gehen, bis er sie sicher in ihren vier Wänden wüsste.

Während Giulia in Massimos Arm vor sich hin träumte, schaute er sich in ihrem Schlafzimmer um.

»Ich mag deinen Stil«, sagte er, »und er überrascht mich nicht sonderlich.«

Giulia lachte. »Mein Stil ist spartanisch! Ich komme nicht so recht dazu, das Zimmer weiter einzurichten. Das Bett und die alte Bank da hinten hat mir mein Onkel Aldo von seinen Beutezügen aus Süditalien mitgebracht.«

»Gefällt mir außerordentlich«, sagte Massimo. »Du stehst in allem, was du tust, im völligen Kontrast zu den Frauen mit ihrem Nippes und Chichi, die ich bisher getroffen habe.« Er drückte sie zärtlich an sich.

»Ich habe Hunger«, wisperte Giulia ganz nah an seinem Hals.

»Guter Hinweis, wollen wir uns was bestellen?«

»Ich kann Nudeln machen«, meinte Giulia schlicht, »mit Pesto. Dann können wir im Bett essen.«

»Das gibt grüne Flecken auf dem Laken.«

»Ein Fußballer hat doch immer grüne Flecken auf seinen Sachen.«

»Aber hier gibt es keine Boxen, wo man den schmutzigen Kram reinwirft und ihn dann gewaschen und gebügelt zurückbekommt.«

»Ich werde das Laken nicht waschen, ich werde es verkaufen. Hinterher«, erklärte sie trocken, »ein Bettlaken mit Pestoflecken von Massimo di Donato. Vielleicht schreibe ich auch ein Buch darüber.«

»Das klingt nach einem guten Plan. Das mach mal.« Massimo grinste und half ihr, sich aus ihrer verschlungenen Umarmung zu befreien. »Ich hoffe für dich, dass du damit die dreihundertneun Euro verdienst, die du gerade so dringend benötigst.«

Giulia lachte, stand auf und ging zur Tür. Im Türrahmen drehte sie sich um und betrachtete ihn eine Weile. Sie war … glücklich. Ja, einfach nur glücklich.

»Was ist denn?«, fragte er.

»Du musst Gianni zurückrufen«, sagte sie lächelnd. »Ich glaube, der will dringend mit dir sprechen.«

Die Baustellengrazien

Roberta

Ihr Lieben, ich hoffe, ihr habt alle einen so zauberhaften und endlich mal wieder so richtig unbeschwerten Abend wie ich?

Ratet mal, wer mich gerade zum Essen eingeladen hat!!

21:58

Roberta

Hallo?!

22:43

58

Ein Rascheln weckte sie. Sie öffnete die Augen und überlegte einen Moment, wo sie war. Sie drehte den Kopf und sah Lorenzo neben sich liegen, der sich im Schlaf bewegte; dahinter das Fenster und das erste Licht der aufgehenden Sonne. Tanja betrachtete ihn und überlegte, ob sie ihm über den Kopf streichen sollte, ließ es dann aber sein.

Beim Aufwachen am Morgen danach gab es im Leben zwei Möglichkeiten: Entweder man ging, oder es erschien selbstverständlich, gemeinsam zu frühstücken, zu duschen und – und das war das Wesentliche daran – hinterher in Kontakt zu bleiben. Die zweite Möglichkeit war die mit dem Potenzial, war der offene Anfang von etwas möglicherweise ganz Großem.

Die erste Option war das Ende.

Aber auch das konnte in Ordnung sein.

Tanja stand auf, klaubte ihre Wäsche zusammen und begann leise, sich anzuziehen. Lorenzo drehte sich im Schlaf auf die andere Seite. Sein Oberarm lag über der Decke und hob sich gleichmäßig mit seinem Ein- und Ausatmen. Es gab keine Hand, die tastend über die Matratze fuhr, um die Frau zu suchen, die eben noch neben ihm gelegen hatte. Coppola schlief tief und fest. Tanja schlich heran und konnte nicht umhin, leicht mit dem Finger über seine Schulter zu fahren. Seine Haut war kühl, aber sie widerstand der Idee, ihn zuzudecken. Sie seufzte, griff nach ihrer Jeans und schlüpfte hinein. Zu Hause würde sie duschen und sich frische Sachen anziehen. Zu Hause. Katrin wartete bestimmt schon auf sie. Mit dem gleichen spöttischen Grinsen im Gesicht, wie sie selbst es nach Katrins Eskapade mit diesem Franzosen aufgesetzt hatte.

Natürlich würde Katrin sofort fragen, ob sie Lorenzo wiedersehen würde, und sie würde Nein sagen, genau wie Katrin es getan hatte. Nein, weil es nichts gab, was sie und Lorenzo verband. Zu mehr als dieser gemeinsamen Nacht reichte es nicht. Sie seufzte erneut. Sie hatte Lorenzo als konservativen, peniblen Beamten kennengelernt, vor dem sie sich anfangs wirklich gefürchtet hatte. Inzwischen kannte sie ihn zweifellos besser, fand ihn nett und anziehend. Er war ein korrekter, ehrlicher Typ, aber niemand, der sie zum Lachen brachte. Er war – auch einem spontanen One-Night-Stand zum Trotz – ein Mann für Regeln und Routine. Er war kein Mensch für spontane Einfälle, verqueres Denken oder unlogische Ideen. Aber ein bisschen von all dem brauchte sie in ihrem Leben.

Sie zog den Reißverschluss ihrer Hose zu und schloss den Knopf.

»Du gehst«, hörte sie ihn fragen. Seine Worte klangen eher nach einer Feststellung als nach einer Frage.

»Ja.« Sie schaute ihn an. Sein Blick war neutral, freundlich. Sie bückte sich, um ihren Pulli vom Teppich aufzulesen, drehte ihn unschlüssig in ihren Händen hin und her, ging dann auf Lorenzo zu und setzte sich zu ihm aufs Bett. Sie schluckte.

»Ich muss los«, flüsterte sie.

Lorenzo nickte und strich ihr den nackten Arm entlang bis hoch zu ihrem Ohr. Sie legte den Kopf schief, teils weil er sie gekitzelt hatte, teils um seine Hand festzuklemmen. Er entzog sie ihr, fuhr weiter herunter über ihre BH-bedeckte Brust und setzte sich auf, um sie genau dort zu küssen. Für einen Moment ließ sie es geschehen, atmete schwer auf, legte ihm dann jedoch beide Hände auf die Wangen und schob ihn sachte von sich weg. Sie küsste ihn zärtlich auf den Mund, doch als er die Lippen öffnete, hob sie den Kopf.

Langsam stand sie auf, schlüpfte in den Pullover und in ihre Schuhe, die in zwei Meter Abstand verteilt auf dem Fußboden gelegen hatten. Lorenzo setzte sich am Kopfteil des Bettes auf und sah ihr schweigend zu.

»Darf ich dich zum Abschied etwas fragen?«, sagte er. Er hatte verstanden, er ließ sie ziehen. Ein Gefühl der Erleichterung machte sich in ihr breit.

»Frag mich.« Sie knöpfte ihre Jacke zu, atmete tief aus und blickte ihn erwartungsvoll an.

»Bei der Sache mit der Baugrube – warst du nun dabei oder nicht?«

Sie musste lächeln. »Das hier war eine gemeinsame Nacht«, antwortete sie gewollt streng, »eine wunderbare dazu. Aber kein *Verhör,* das hast du selbst gesagt.«

Er grinste sie abwartend an und kniff die Augen zusammen.

»… und auch keine Beichte. Ein Bett ist schließlich kein Beichtstuhl.«

»Und wenn dem so wäre, hättest du dann etwas zu beichten gehabt?«

»Ja, aber dann wäre niemals ein so umwerfendes Erlebnis daraus geworden«, antwortete sie lächelnd und deutete mit dem Kopf auf die zerwühlten Laken um ihn herum.

»Verstehe«, sagte er. Er warf die Decke beiseite, stand auf, nackt wie er war, und ging auf sie zu. Er nahm ihr Gesicht und küsste sie auf den Mund. Und noch mal. Dann auf die Stirn. »Ich will dir noch was sagen«, sprach er leise. »Mir ist klar, dass aus uns nichts werden kann. Unsere Leben, wir … wir sind viel zu verschieden. Aber«, er griff nach einer Haarsträhne, die ihr über die Schulter gefallen war, und drehte sie um den Zeigefinger, »ich bewundere dich. Du beeindruckst mich mit der Spontanität, mit der du dich ins Leben stürzt. Bleib so, wie du bist.«

»Mach ich, Lorenzo«, flüsterte Tanja gerührt. »Danke.«

»Mach's gut«, sagte er.

»Du auch«, hauchte sie, entwand sich ihm, ging, ohne sich noch einmal umzublicken, durch die Tür und schloss sie sachte von außen.

59

Roberta war vor Nervosität nass geschwitzt, als sie durch die Gänge des Jugendamtes marschierte und das Besprechungszimmer suchte, in dem die Sitzung stattfinden sollte. Immer neue Dosen Adrenalin schossen ihr durch den Körper, als sei sie ein gejagtes Tier auf der Flucht. Sie wünschte sich eine frische Bluse. Zum erneuten Mal unterdrückte sie den Impuls, einfach nach Hause zu laufen, denn das ging natürlich nicht. Es war Mario gewesen, der diesen Termin initiiert hatte. Er hatte seine Drohungen wahr gemacht und sich beim Jugendamt über Sophias Betreuungszeiten beschwert, die er so als nicht weiter hinnehmbar empfand. Würde sie jetzt kneifen, hätte er alle Trümpfe in der Hand und einen Beweis, dass sie nicht *kooperativ* war, wie das in Amtssprache genannt wurde.

Auch ihre Kollegen hatten von dem Konflikt Wind bekommen – etwas, was sie immer hatte vermeiden wollen. Ihr einziger Trost dabei war, dass jeder wusste, dass sie Mario über die gerichtlich festgelegten Sophia-Zeiten hinaus das Kind brachte, wann immer er es sehen wollte. Sie stand oft genug nach Feierabend mit Sophia vor dem Mitarbeiterausgang und wartete auf Mario, wenn er sich spontan überlegt hatte, mit Sophia etwas zu unternehmen. Er liebte seine Tochter, das wusste sie. Er liebte sie unendlich.

»Du bestellst Roberta doch bloß dorthin, um ihr eins auszuwischen«, hatte ihm ihre Kollegin Isabella letzte Woche in der Mitarbeiterkantine an den Kopf geworfen. Roberta schauderte, wenn sie an diese Situation zurückdachte. Wie sie nichts ahnend mit Isabella beim Risotto gesessen hatte und Isabella plötzlich aufgestanden war und Mario zur Rede gestellt hatte, als er mit seinem Tablett an ihrem Tisch vorbeikam. Isabella hatte es gut gemeint, wollte ihr helfen, aber Mario war völlig ausgeflippt.

Und sie wusste, dass Mario auch darunter litt, dass die Kollegen eher zu ihr hielten.

Endlich hatte sie den richtigen Flur erreicht. Es war fünf nach neun. Sie war wieder einmal zu spät, das durfte nicht wahr sein. Dabei war sie doch extra früh losgefahren.

Am Ende des Flurs wurde eine Zimmertür geöffnet. Eine Dame um die fünfzig in einem knielangen Rock und einer weißen Bluse mit gebundener Schleife um den Hals erschien im Türrahmen. Sie hatte die Haare zu einem strengen Dutt hochgesteckt und trug eine Lesebrille mit einem dünnen Band an den Seiten, das ihr um den Hals hing. Sie sah aus wie ihre eigene Karikatur, und wäre sie nicht beim Jugendamt angestellt gewesen, wäre sie bestimmt die Gouvernante in *Heidi* geworden. Trotz aller Nervosität musste Roberta schmunzeln.

»Roberta Farini?«, fragte die Dame.

»Ja, das bin ich.« Roberta hielt mit schnellem Schritt auf sie zu.

Die Frau blickte auf ihre Armbanduhr und nickte. »Ich wollte sehen, wo Sie bleiben. Kommen Sie bitte rein. Der Herr ist schon da.«

Roberta betrat das trostlose Amtszimmer mit den abgewetzten Büromöbeln und einer um ihr Leben kämpfenden

Topfpflanze in einer Ecke. In der Mitte stand ein Schreibtisch, und auf einem der beiden Besucherstühle davor saß Mario.

»Entschuldigung, ich bin zu spät …«

Mario nickte missbilligend. »Das haben wir gemerkt.«

Die Jugendamtdame nahm hinter ihrem Schreibtisch Platz.

Roberta spürte, wie Mario sie von der Seite beäugte. Sie drehte den Kopf und sah ihn offen an. Ein sonderbares Rauschen ging durch ihren Körper. Wann zuletzt hatte sie Marios Blick so fest standhalten können? Seit sie ihm das mit Franco gebeichtet hatte, war sie seinem Blick stets ausgewichen. Sie, die Lügnerin, die Betrügerin, die mit dem schlechten Gewissen, die alle Schuld auf sich geladen hatte. Sie starrte zurück, und unwillkürlich musste sie lächeln.

»Guten Morgen, Mario«, sagte sie freundlich.

Der hob verärgert die Augenbrauen und wandte den Blick ab.

»So«, sagte die Jugendamtdame, »lassen Sie uns gleich beginnen. Signor Bianchi, Sie haben um einen Besprechungstermin gebeten, um den Umgang mit Ihrer gemeinsamen Tochter Sophia neu zu regeln. Wie aus Ihren Unterlagen hervorgeht, hat das Familiengericht entschieden, dass Sophia jedes zweite Wochenende und jeden Mittwochnachmittag bei Ihnen ist. Funktioniert denn diese Regelung?«

»Nein«, bellte Mario.

Roberta zuckte zusammen, drehte sich überrascht zu ihm, sagte jedoch nichts.

»Und warum nicht?«, fragte die Dame.

»Sophia kommt sehr oft zu spät.«

»Inwiefern zu spät? Könnten Sie das bitte näher erläutern?«

»Laut Abmachung soll Sophia freitags um fünf bei mir sein. Das klappt nie.«

»Sondern?«

»Oft kommt sie erst gegen sieben oder gar erst um acht Uhr.«

»Aha«, sagte die Dame und runzelte die Stirn.

»Nicht wahr? Das ist doch unerhört!«

Mario suchte Komplizen, das kannte Roberta schon. Sie atmete tief durch und betrachtete ihren Rocksaum. Die Dame sagte nichts und blätterte für einen Moment in ihren Unterlagen. Das einzige Geräusch im Raum kam von Robertas eiskalten Fingern, die sie unablässig knetete.

»Signora Farini, können Sie bitte erläutern, weshalb Sie das Kind regelmäßig verspätet bei seinem Vater abgeben?«

Roberta drückte den Rücken durch. »Weil ich es oft nicht eher schaffe«, stieß sie hervor. »Freitags muss ich bis kurz vor vier arbeiten. Dann hole ich Sophia aus dem Kindergarten ab und gebe ihr zu Hause schnell etwas zu essen. Oft müssen wir noch ihre Sachen zusammenpacken, weil ich es am Vortag nicht geschafft habe, und wenn wir dann loskommen, stehe ich im Stau des Feierabendverkehrs quer durch die Stadt.«

»Hm«, machte die Dame, »das klingt plausibel. Herr Bianchi, sind Ihnen diese Gründe bekannt?«

Mario nickte.

»Welche Lösung haben Sie Signora Farini vorgeschlagen, um Ihre Tochter freitags pünktlich sehen zu können?«

»Keine.« Mario schien verblüfft. »Das ist nicht mein Problem. Sie hat um siebzehn Uhr da zu sein.«

»Verstehe«, sagte die Dame und runzelte die Stirn. »Sie hätten natürlich in Erwägung ziehen können, Ihr Kind selbst abzuholen, entweder vom Kindergarten oder bei der Mutter.«

Mario verschränkte die Arme vor der Brust und antwortete nicht.

»Signora Farini«, fragte die Dame, »welche Vorschläge haben Sie Herrn Bianchi zu machen, um diesen, nennen wir es *Zeitabzug,* zu kompensieren?«

»Ich frage ihn oft, ob er Sophia vielleicht an einem anderen Tag treffen möchte«, erklärte Roberta. »Manchmal bringe ich sie ihm nach Feierabend zur *Comune,* also zu seinem Büro, damit er mit ihr ein Eis essen gehen kann oder so. Manchmal übernachtet sie dann auch bei ihm, oder er bringt sie zum Abendessen wieder zu mir, wenn er will. Wir tauschen manchmal auch die Wochenenden hin und her, wenn Mario verreist.«

Die Dame zog die Stirn in Falten. »Herr Bianchi, ist das korrekt, was Frau Farini schildert?«

»Ja«, sagte Mario schlicht, »aber das hat ja nichts mit dem eigentlichen Problem zu tun.«

»Sondern?«

Mario streckte beide Handflächen Richtung Decke. »Ja, das sagte ich doch bereits: Es geht um die *fahrlässige Reduktion meiner Wochenendbetreuungszeit.*« Er sprach die letzten vier Worte mit unüberhörbarem Stolz aus. Roberta kannte das schon. Bestimmt hatte er sich im Vorfeld dieser Unterredung ein bis zwei Artikel darüber im Internet angesehen und war nun hochzufrieden, seine neu erlernten Schlagworte im Kampf gegen sie anzuwenden.

»Hm«, machte die Dame erneut. Sie klang nicht besonders überzeugt. Nun lehnte sie sich in ihrem Bürostuhl zurück und legte die Handflächen aneinander. Ihre Augen wanderten zwischen Mario und ihr hin und her.

»Darf ich etwas anderes fragen? Gibt es neue Partner in Ihrem Leben, die die Umgangsregelung mit Sophia in welcher Weise auch immer verkomplizieren?«

»Nein!«, rief Mario und lachte böse. »Ich lasse mich nie, nie wieder von einer Frau verarschen, so wie von *der da!*« Mit dem ausgestreckten Zeigefinger deutete er auf sie.

Roberta biss sich auf die Lippen und knetete weiter ihre kalten Hände. Noch vor wenigen Wochen wären ihr in so einer

Situation allerdings die Tränen gekommen, stellte sie fest. Jetzt war sie nicht einmal kurz davor. Das war ein gutes Gefühl.

»Sie hat so viel kaputtgemacht«, erklärte Mario der Jugendamtdame, »das können Sie sich gar nicht vorstellen. So verlogen …!« Er warf ihr einen vielsagenden Blick zu.

»Und bei Ihnen, Frau Farini?«, fragte die Dame vom Jugendamt, ohne darauf einzugehen.

Roberta atmete tief ein. »Es gibt da neuerdings jemanden«, sagte sie. Ja. Nun war es heraus. *Es gibt da jemanden.*

»Ach, schon wieder!?«, höhnte Mario laut. »Wie schnell das mit den Männern bei dir immer geht. Wirklich beeindruckend!«

»Aber diesen Mann kennen mein … ich meine … Mario und meine Tochter noch nicht«, fuhr Roberta leise fort. »Sophias Wohl ist mir das Allerwichtigste überhaupt im Leben.« Nun brach ihre Stimme doch ab, und sie biss sich heftig auf die zitternde Unterlippe. Sophia wusste sicher noch sehr genau, wer der Mann mit der Elfenlimonade war. »Mama, gehen wir da mal wieder hin?«, fragte sie hin und wieder und meinte Giulias Bar, von der sie vermutete, dass Luigi dort lebte, um kleinen Mädchen dieses Getränk zu kredenzen. »Bestimmt bald«, sagte Roberta dann, erleichtert zu wissen, dass der Start mit Luigi und Sophia gut verlaufen war. Aber noch wollte sie nichts überstürzen. Es war alles noch so frisch. Und so schön, ihn, wenn sie ihn sah, ganz für sich zu haben. Glücklich strich sie über das neue Seidentuch um ihren Hals, das er ihr am Wochenende geschenkt hatte. »Seide kühlt«, hatte er gutmütig erklärt, »falls dir der Hals zuschwillt in diesem Gespräch …«

Und in diesem Gespräch saß sie hier und jetzt.

Die Dame schwieg und machte sich ein paar Notizen in ihren Unterlagen.

»Also die Lage ist doch wohl klar, oder?«, fing Mario an. »Was halten Sie davon, Frau – wie heißen Sie eigentlich?«

»Amanda di Blasi heiße ich, bitte entschuldigen Sie, wenn ich vergaß, mich vorzustellen«, entgegnete die Dame vom Jugendamt höflich. Roberta beneidete sie um ihre Ruhe. »Und nein, Herr Bianchi, die Lage ist nicht so klar, wie Sie annehmen mögen.« Sie legte ihren Kugelschreiber ab und faltete die Hände auf dem Pult. Roberta hielt die Luft an. »Es ist so, Signore, dass ich durchaus erkenne, wie stark Sie verletzt und in Ihrer Beziehung mit Frau Farini enttäuscht worden sind.« Sie beugte sich vor. »Das mag schlimm für Sie sein, und es tut mir auch leid, jedoch«, sie machte eine Pause, die Roberta endlos erschien, »hat das nichts, aber rein gar nichts mit der Umgangsregelung für Ihre Tochter zu tun.«

»Was soll das heißen?«, fragte Mario. »Was wollen Sie damit sagen?«

»Ich erlebe sehr oft in meiner Arbeit«, fuhr die Dame fort, »dass gekränkte Partner – vielfach auch unbewusst – versuchen, über das Kind Rache am anderen zu nehmen. Aber das *Wohl* des Kindes ist etwas anderes. Die Umgangsregelung dient dem Kindeswohl und nicht der Wiedergutmachung nach einer enttäuschten Liebesbeziehung.«

Mario keuchte. Er schien fassungslos. »Was erlauben Sie sich?«

»Mario«, sagte Roberta leise. Sie richtete sich auf und legte die Hand auf seinen Unterarm. Wie angewidert schüttelte er sie ab.

»Lass mich los!«, brüllte er.

Signora di Blasi zuckte zusammen. Roberta lehnte sich weiter zu ihm vor. Er wich zurück.

»Bitte, Mario«, wiederholte sie eindringlich und streckte erneut die Hand nach ihm aus, »es ist vorbei, Mario. Es ist vorbei zwischen uns. Ein für alle Mal. Ich weiß, dass es wehtut. Du wirst es mir nicht glauben, aber auch mir tut es weh. Wir sind beide durch die Hölle gegangen, jeder auf seine Art, aber jetzt geht es nur noch um Sophia, nicht um uns.«

»*Du* hast alles kaputtgemacht!«, fauchte er, »und alle, aber auch alle stellen sich gegen mich!«

»Ich weiß, dass du es so siehst, Mario«, antwortete Roberta leise. »Von mir aus bleib auch dabei, aber bitte: Das hat nichts mit Sophia zu tun. Du kannst sie so oft sehen, wie du willst.«

»Du bist an allem schuld!«, stammelte Mario.

»Sophia liebt dich«, sagte Roberta, »nur das zählt.«

Mario biss sich auf die Lippen. Er hielt die Arme um seinen bebenden Oberkörper und schnaufte heftig.

»Aaaaarh!«, brüllte er plötzlich aus Leibeskräften, sodass es bis ins letzte Zimmer der Behörde zu hören sein musste. Mit einem Satz umfasste Roberta ihn an den Schultern, auch die Jugendamtfrau war aufgesprungen und stürzte auf ihn zu.

»Neeeein, nein, nein!«, schrie er wie von Sinnen. Roberta hielt ihn fest, während er die Hände vors Gesicht schlug und hemmungslos anfing zu weinen. Roberta erstarrte. Noch nie hatte sie ihn so erlebt. Er hatte die Waffen gestreckt. Er war am Ende. Sie ging auf die Knie und umschlang das schluchzende Bündel Mario, wie sie es bei Sophia immer tat. Jetzt weinte auch sie.

Irgendwann, sie wusste nicht, wie lange sie so dagesessen hatten, wurden die Tränen weniger. Frau di Blasi hatte den Raum verlassen. Mario stöhnte und machte sich sachte von ihr los. Er fixierte den Fußboden.

»Verzeih mir«, hörte sich Roberta sagen. »Es tut mir alles so unendlich leid, Mario. Bitte vergib mir.«

Er suchte ihre Augen und sah sie lange an. »Ich liebe Sophia«, sagte er, »mehr als alles im Leben. Und ich habe nichts mehr im Leben gewollt, als mit ihr zusammen zu sein. Und mit dir. Mit dir auch, Roberta. Aber ich habe dich verloren und kann nichts dagegen tun. Ich werde dich immer lieben, verstehst du? Und das macht mich wahnsinnig.« Er sah sie lange aus seinen traurigen und müden Augen an.

Roberta hockte erstarrt am Boden. Sie spürte gar nichts mehr. Schließlich zwang sie sich zu einem Nicken.

Mario fuhr sich mit beiden Händen durchs Haar und blickte für ein paar Sekunden ins Leere.

Dann stand er langsam auf und ging zur Tür hinaus.

60

»Ein Stück von der mit Rucola und einen Streifen von der mit Zucchini«, bat Tanja den *Pizzaiolo.*

Der Pizzabäcker hob sein langes Messer und ließ es mit lautem Krachen auf die riesige Pizzazunge in der Auslage knallen, um ihr das gewünschte Stück zurechtzuschneiden.

»Bitte nicht einpacken, ich esse das hier«, erklärte sie.

Der Bäcker nickte, zerteilte die Pizzastücke in weitere Häppchen, legte sie auf ein Holzbrett und reichte es ihr zusammen mit dem Kassenbon über den Tresen.

»Guten Appetit«, wünschte er.

Tanja schob sich mit ihrem Brettchen durch das Gewimmel von Menschen, die sich in der Bäckerei zur Mittagspause versammelt hatten. Sie entdeckte einen freien Platz an einem Stehtisch und setzte ihr Brettchen ab. Sie rieb sich die müden Augen, denn sie hatte heute früh um halb sechs die Frühschicht begonnen. Auch wenn es relativ ruhig gewesen war, wollte sie jetzt nur noch schlafen. Und davor etwas essen.

»Hallo, Tanja!« Wie aus dem Nichts tauchte Valentino plötzlich vor ihr auf. Auch er hielt ein mit Pizza beladenes Brettchen in den Händen. »Darf ich mich zu dir gesellen?«

»Natürlich, klar«, sagte sie mit vollem Mund und machte ihm Platz.

»Wie geht es dir?«, fragte Valentino kauend. »Wir haben uns viel zu lange nicht gesehen.«

»Gut geht es mir«, antwortete Tanja schlicht. »Es war viel los in der letzten Zeit.« Sehr viel los – wenn der wüsste.

Valentino nickte. »Ich habe neulich bei dir geklingelt, um zu fragen, wie der Prozess gelaufen ist, aber du warst nicht zu Hause. Katrin hat mir gesagt, es sei gut für deine Freundin ausgegangen.«

»Katrin hat mir gar nicht erzählt, dass du da warst.« Tanja schmunzelte. Ja, es hatte so viele andere Dinge zu erzählen gegeben, als sie erst am Morgen nach Giulias Prozess nach Hause gekommen war. Tanja fühlte sich ein bisschen wie neu geboren. Als wären die Lebensgeister wieder wach, die sich nach der herben Enttäuschung mit Fabio schlafen gelegt hatten. Katrin war es nach der Sache mit dem Franzosen genauso ergangen.

Nichtsdestotrotz hatte Katrin beschlossen, das nächste Kapitel ihres Lebens in der Heimat zu schreiben und abzureisen. Sie wollte sich, wie sie es nannte, *ihrem normalen Leben* stellen und zu Hause in die *Post-Matthias-Phase* starten. Fast zwei Wochen war es nun schon her, dass Tanja ihrer Schwester und Nik am Gate nachgewunken hatte.

»Schmeckt's?«, hörte Tanja Valentino von Weitem sagen und war mit einem Ruck zurück in der Gegenwart. »Alles in Ordnung? Du siehst so nachdenklich aus«, meinte er.

»Ich bin nur müde. Ich bin heute schon seit halb fünf auf den Beinen.«

»Hm«, machte Valentino. Für eine Weile kauten sie schweigend an ihrer Pizza. »Hast du heute Abend schon etwas vor?«, fragte er unvermittelt.

»Ja, schlafen«, antwortete Tanja etwas barsch.

»Oh, okay …«

»Bitte entschuldige, das war nicht so gemeint, ich wollte nicht schnippisch sein.«

»Nein, ich muss mich entschuldigen.« Er wirkte zerknirscht. »Ich wollte dich nicht bedrängen.«

»Du bedrängst mich nicht. Das geht doch gar nicht.« Sie lachte belustigt auf. Es würde schließlich immer diese unsichtbare Schranke zwischen ihnen geben.

»Na, dann ist's ja gut«, erwiderte Valentino gutmütig. Er hatte sein Mittagessen beendet und warf seine Serviette in den Abfalleimer. »Gehen wir noch einen Kaffee trinken? Vorn am Fluss?«

Tanja nickte. Valentino fasste sie am Arm und bugsierte sie aus der übervollen Bäckerei nach draußen ins Freie. Es war ein grauer Herbsttag. Die Straßen glänzten feucht vom Regen der Nacht, und am Himmel schien sich bereits der nächste heftige Regenguss zusammenzubrauen.

Sie liefen die Gasse hinauf Richtung Tiber, ohne ein Wort zu sagen. Beide hatten die Hände tief in den Jackentaschen vergraben.

»Warum hast du vorhin eigentlich so gelacht?«, fragte Valentino plötzlich.

»Wann?«

»Na, als du meintest, dass ich dich nie bedrängen könnte.«

Tanja runzelte die Stirn. »Jetzt weiß ich nicht ganz, was du meinst.« Sie blieb mitten auf der Straße stehen. Ein Motorroller kam angebraust und fuhr, ohne zu bremsen, dicht an ihnen vorbei.

»Was gibt es daran nicht zu verstehen?«

»Wie würdest *du* mich denn bitte schön bedrängen?«, flüsterte sie amüsiert und versuchte, in seinen Augen irgendein Zeichen des Verstehens zu erhaschen.

Valentino räusperte sich. »Ich kapiere immer noch nicht, was daran komisch ist.« Er blickte zu Boden, als suchte er dort nach Worten. »Tanja, ehrlich gesagt, ich denke ganz oft daran, dir näherzukommen. Sehr oft, jeden Tag, um genau zu sein.« Er atmete tief aus. Seine Augen hatten plötzlich etwas Bittendes. Und wenn sie genau hinsah: auch etwas Strahlendes.

Tanja stutzte. Was zur Hölle meinte er damit? Eine Anspielung darauf, bisexuell zu sein? Eine Anspielung darauf, vielleicht Nino mit ihr zu betrügen? Sie war entsetzt. Das konnte er nicht ernst meinen.

»Valentino«, sagte sie, um einen resoluten Tonfall bemüht, »ich sag's dir jetzt ganz offen: Ich fühle mich gerade von dir angegraben, und ich komme damit nicht klar. Du hast Nino und ich habe … ja, gerade niemanden. Aber trotzdem.«

»Was hat denn Nino damit zu tun?«

»Ihr seid doch … ich meine …«, sie verhaspelte sich, »Nino ist doch dein *Freund.*«

»Nino ist mein Bruder.«

Tanja war, als hätte jemand den Poller vom Straßenrand aus der Erde gezogen und ihr fest über den Kopf geschlagen. »Wie … wie bitte?«, stammelte sie.

»Nino ist mein kleiner Bruder«, erklärte Valentino, »und dann habe ich auch noch eine ältere Schwester. Falls es dich interessiert.«

Tanja war starr vor Schreck. »Nino ist dein Bruder?«, wiederholte sie.

Er hob die Schultern und ließ sie wieder fallen. »Ja, na und? Was hat das denn jetzt hiermit zu tun?«

»Ich dachte«, stammelte sie hilflos, »ich dachte, er sei dein Freund. Ich dachte, ihr wärt ein *Paar,* verstehst du?«

Valentino fiel die Kinnlade herunter. »Du dachtest, ich sei *schwul?*«, rief er. In seiner Stimme lag tiefe Betroffenheit.

Sie fühlte sich mit einem Mal nur noch jämmerlich. »Entschuldige bitte, ich …«

»Schwul? Ich?« Er war zweifellos zutiefst schockiert.

»Na ja, das ist ja schließlich keine Schande«, beeilte sich Tanja zu sagen. »Ich habe dich bloß so oft mit Nino gesehen, und dann deine fesche Kleidung.« Sie hob resigniert die Hände. »Ich habe das halt einfach so angenommen.«

Valentino schwieg.

»Vale, ich wollte dich nicht verletzen, es tut mir leid. Ich habe natürlich überhaupt nichts gegen Homosexuelle.«

Valentino schnaufte schwer und starrte auf die Hauswand hinter ihnen.

»Schwulsein … das ist doch das Normalste von der Welt«, stammelte Tanja weiter, »aber wenn du das nicht bist, auch gut, also … Ja.« Sie wusste nicht, was sie dem noch hinzufügen könnte, sie redete sich ja ohnehin gerade um Kopf und Kragen. »Verzeih mir«, flüsterte sie mit Inbrunst.

Er biss sich auf die Lippen. Ein paar Sekunden des Schweigens vergingen, die Tanja wie eine Ewigkeit vorkamen.

»Bitte sag was«, bat sie.

Valentino schluckte. »Tanja, du hast überhaupt nichts begriffen«, sagte er leise. In seinem Blick lag eine große Traurigkeit. »Ich bin nicht beleidigt, wenn jemand glaubt, ich sei schwul.« Er lächelte kurz. »Das ist mir völlig egal, für meinen Beruf ist das sogar zuträglich, und daher gibt mir Nino seine extravaganten Klamotten, wenn er sie nicht mehr braucht. Es ist nur …«, er schluckte erneut und sah Tanja fest in die Augen, »die Katastrophe für mich ist, dass *du* das geglaubt hast.«

Er blickte betroffen zu Boden. Auch Tanja senkte den Kopf.

Valentino legte ihr beide Hände auf die Schultern. »Tanja, hast du das denn überhaupt nicht bemerkt?«, wisperte er. »Ich bin vom ersten Moment an, als du mit deiner riesigen Tasche aus dem Taxi gestolpert bist, in dich verliebt gewesen.«

Tanja hielt den Blick weiter gesenkt. Tränen stiegen ihr in die Augen.

»Jedes Mal, wenn du aus dem Haus kamst«, fuhr er fort, »ging für mich die Sonne auf. Nino hat mich aufgezogen, ich sei wie der Hund unserer Eltern, der jedes Mal angelaufen kommt, wenn er die Haustür aufschnappen hört.«

Tanja musste lachen. »Nino hast du erzählt, dass du in mich …« – sie zögerte, es auszusprechen – »in mich verliebt bist?«

»Ja, na klar!« Valentino zuckte mit den Achseln. »Wir sind Brüder, wir hängen aneinander wie Pech und Schwefel.«

»Ja«, meinte Tanja bitter, »*das* war mir in der Tat auch schon aufgefallen. Aber warum hast du denn nie etwas gesagt?«

»Du hattest doch jemanden«, erklärte er traurig. »Und dann neulich, als du so verzweifelt warst und ich dir die Einkaufstaschen hochgetragen habe, wolltest du nicht mit mir sprechen. Da hatte ich sogar den Eindruck, du wolltest mich loswerden …«

»Das stimmt nicht, das war …, da war ich … Da war ich gerade diesen *Jemand* los, verstehst du? Da brauchte ich nur einen Moment für mich, das hatte nichts mit dir zu tun. Loswerden wollte ich dich schon gar nicht. Nein, ich war dir wahnsinnig dankbar. Du hast alles richtig gemacht! Immer.«

»Außer dir verständlich zu machen«, er trat einen Schritt auf sie zu, schob ihr behutsam eine Locke aus dem Gesicht zurück in den Nacken und ließ die Hand dort liegen, »dass ich nichts mit Männern habe. Nino schon. Aber ich habe seit Langem nur dich gewollt.« Er sagte das mit einer Selbstverständlichkeit, die Tanja den Atem stocken ließ.

»Verstehe«, sagte sie. Sie nahm seine Hand, die auf ihrem Hals lag, und drückte sie. »Vale«, fuhr sie mit rauer Stimme fort, »das ist jetzt eine ganz neue … sagen wir *Option* für mich. Ich muss erst einmal darüber nachdenken. Ich muss das erst verdauen.« Sie streichelte sachte über seine Finger. »Du musst mir ein bisschen Zeit geben. Vielleicht könnten wir …«, sie dachte nach, »uns mal treffen, mal was zusammen unternehmen?«

Valentino grinste erleichtert. Eine schwere Last schien in diesem Moment von ihm abzufallen. »Nichts möchte ich lieber, Tanja. Damit wären wir wieder da, wo wir vorhin gestartet sind: Hast du heute Abend schon etwas vor?«

Tanja schüttelte den Kopf. »Nein, habe ich nicht«, sagte sie lächelnd.

»Hast du Lust auf ein Bier in meiner Lieblingsbar am Marsfeld? Ist auch kein Schwulentreffpunkt, versprochen.«

Tanja prustete los. Ein Knoten löste sich in ihrer Brust, und sie fühlte sich mit einem Mal befreit und ein kleines bisschen glücklich. »Gute Idee«, rief sie ausgelassen, »das machen wir.«

Er beugte sich vor und küsste sie auf die Wange.

Die Baustellengrazien

Roberta hat das Gruppenfoto geändert

Viva la Vita

Roberta hat den Gruppennamen geändert

Giulia

🎉

15:43

Tanja

👍

17:03

EPILOG

»Massimo, bitte sei vorsichtig mit dem Gehwagen«, mahnte Eleonora streng. Sie stützte sich auf der einen Seite auf ihren Gehstock, auf der anderen hatte sie sich in Giulias Arm eingehakt. »Wenn du den fallen lässt, musst du mich anschließend nach Hause tragen.«

»So schlecht macht er das doch gar nicht«, meinte Luigi diplomatisch, sprang hinzu und griff nach dem Gehwagen. »Für nur eine intakte Schulter schleppt er das Ding doch ganz behände.«

Massimo lächelte und ließ sich von Luigi dabei helfen, das zusammengeklappte Ungetüm auf die Rampe des Behinderteneingangs zu heben, zu dem sie um die gesamte Opernarena hatten herumwandern müssen. Auf dem Kopfsteinpflaster des Platzes war Eleonora mit dem Gehwagen nicht zurechtgekommen.

»Hast du den Picknickkorb?«, fragte Eleonora Roberta inzwischen bereits zum dritten Mal.

»Den habe *ich*, Signora«, antwortete Tanja höflich und deutete auf den Rattankorb, den sie sich in die Armbeuge gehängt hatte. »Roberta sollte jetzt schließlich nicht mehr so schwer tragen.«

»Und den Champagner?«, fragte Eleonora ungerührt.

»Den habe ich, Signora«, erklärte Valentino und hielt eine geblümte, mit Klebestreifen geflickte Kühltasche aus den Siebzigerjahren in die Luft. »Ich habe sogar Eis an der Tankstelle gekauft, um ihn bis zum zweiten Akt kühl zu halten.«

»Und echte Gläser haben wir auch dabei«, erklärte Roberta geduldig, »damit ihr das gute Zeug nicht aus Plastikbechern trinken müsst.«

»Wieso *ihr?*«, fragte Giulia. »Du wirst doch wohl auch einen Schluck mittrinken oder nicht?«

Roberta strich sich glücklich über ihre kleine Bauchkugel, die inzwischen keinen Zweifel mehr daran ließ, ob es sich dabei um ein paar Sahnestücke zu viel oder um etwas Echtes handelte. »Ich weiß nicht«, sagte sie. »Bei Sophia habe ich keinen Schluck Alkohol getrunken, neun Monate lang nicht, und danach auch nicht.«

»Das haben wir uns schon gedacht und haben dir daher …«, Tanja zog feierlich ein Fläschchen mit einer grellroten Flüssigkeit aus der Kühltasche hervor, »einen Aperol Spritz *alkoholfrei* mitgebracht. Überraschung!«

»Iiih, pfui«, machte Giulia skeptisch. Kritisch begutachtete sie die Flasche, die Tanja siegessicher in die Höhe hielt.

»Oh«, sagte Roberta, »das ist aber … äh, nett. Danke.«

»Nicht wahr?«, erklärte Tanja nicht ohne Stolz. »Ich habe recht lange danach gesucht für euch. Immerhin habe ich den Kleinen vor dir gesehen; ich weiß, was gut für ihn ist.«

Alle lachten.

Massimo und Luigi hatten den Gehwagen auf der Rampe abgestellt, klappten ihn auf und halfen Eleonora behutsam, für eine kleine Pause auf dem Sitz Platz zu nehmen. Sie ließ sich keuchend daraufsinken und deutete Giulia mit zitternden Fingern an, dass sie ihr die Handtasche reichen sollte.

»So, meine Lieben«, verkündete sie und ließ den kleinen goldenen Verschluss ihrer Altdamenhandtasche aufschnappen, »hier sind die Tickets.« Umständlich zog sie einen Block Karten aus der Tasche und reichte ihn Roberta. »Die Überraschung ist« – sie blickte Beifall heischend in die Runde der jungen Leute, die sich im Halbkreis um sie geschart hatten und sie erwartungsvoll anschauten – »wir werden alle in der ersten Reihe sitzen, denn ich will …«

Ihre Worte gingen in wilden Ah- und Oh-Rufen unter, jemand klatschte begeistert.

»Denn ich möchte«, Eleonora verschaffte sich erneut Gehör, »dass mein kleines Patenkind schon so früh wie möglich Giuseppe Verdi kennenlernt.« Mühsam hob sie den Arm und fuhr ungelenk mit der Hand über Robertas Bauch. »Und außerdem: Die Kohle muss raus! Wer weiß, wie lange ich so was noch machen kann.« Alle lachten unbekümmert. Luigi half Eleonora, aufzustehen, schob ihr den Gehwagen in Position und geleitete sie langsam zum seitlichen Eingang, der für Opernbesucher im Rollstuhl vorgesehen war. Der Ticketinspektor der Arenaaufsicht hatte sich mit der Unterscheidung zwischen Gehwagen und Rollstuhl überfordert gezeigt und ihnen kurzerhand genehmigt, alle gemeinsam den Behinderteneingang zu benutzen und so die langen Schlangen an den regulären Eingängen zu umgehen.

»*Wie lange sie so was noch machen kann*«, wiederholte Roberta und wiegte den Kopf. »Inzwischen kokettiert sie ja schon förmlich damit.«

»Ich bin keine Neurologin«, warf Tanja ein, »aber sie erscheint mir geradezu topfit.«

»Es geht ihr den Umständen entsprechend prima«, erklärte Roberta. »Die Medikamente schlagen wunderbar an, und sie ist sehr gut eingestellt. Die wird uralt. Zwar vielleicht ein bisschen zittrig und steif – aber wir sind ja für sie da.« Sie lächelte Tanja glücklich an, und Tanja grinste zurück. In der Tat war Roberta für Eleonora da. Sie wohnten nämlich zusammen.

Gerade letztes Wochenende hatte Roberta Tanja und Giulia wieder einmal zu sich nach Hause eingeladen, um sie zu bekochen und ihnen die neuesten Errungenschaften ihrer Wohnungseinrichtung zu zeigen. Luigi und Roberta hatten sich eine funkelnagelneue Sitzgarnitur zugelegt, die zwar nicht unbedingt nach Tanjas oder Giulias Geschmack gewesen wäre, aber sie hatten sich über Robertas neues Glück in jeder Hinsicht gefreut.

Nach dem Wanddurchbruch zwischen Eleonoras und Giuseppas Küche hatte Eleonora Roberta drei Räume ihrer Wohnung angeboten und sich ganz in ihr geräumiges Schlafzimmer mit dem angeschlossenen Bad und kleinem Balkon zurückgezogen. Eleonora war der Ansicht, dass ihre Wohnung für sie allein sowieso viel zu groß geworden war. Das hatte Roberta sich nicht zweimal sagen lassen. Sie war umgehend mit Sophia umgezogen und hatte sich von Luigi in dem zum neuen Wohnzimmer erklärten Raum eine kleine Kitchenette einbauen lassen. So musste sie nicht mehr jeden Abend bei ihren Eltern am Küchentisch sitzen und konnte endlich wieder selbst entscheiden, was es zum Abendessen gab. Überglücklich über ihre neue Freiheit hatte sie Luigi, als er gerade mit dem Kopf unter der Spüle der neuen Küche lag, um einen Siphon einzubauen, kurzerhand gebeten, für immer zu bleiben. Daraufhin hatte er sich aufgerichtet, eine kleine Schachtel mit einem blinkenden Ring aus der Tasche gezogen und verkündet, dass er sie genau das Gleiche habe fragen wollen, aber bisher nicht gewusst habe, wie er es hätte anstellen sollen.

»Guten Abend, Ihre Eintrittskarten bitte«, bat ein Mann in dunkler Wächteruniform das ungleiche Grüppchen.

»Bitte sehr, junger Mann.« Langsam reichte Eleonora ihm die Karten, die er kurz überflog, um dann vom gesamten Block ein Eckchen abzureißen.

»Einen schönen Abend, Signori«, wünschte er, öffnete ein kleines Gatter und ließ sie hindurch.

Luigi fasste Eleonora am Arm und ging langsam mit ihr vor. Der Weg führte durch einen kurzen Gang, dann durch ein weiteres Gatter, und plötzlich standen sie direkt neben der Bühne in der voll besetzten Arena. Das Gewimmel von Tausenden Zuschauern umgab sie. Die Ränge boten das Bild einer regelrechten Massenfütterung: Man sah Tüten, Brotdosen, Unmengen von Papier und Alufolie und Horden von Menschen mit Broten oder Schälchen in den Händen, die sich ihr Picknick vor der Vorstellung schmecken ließen. Sektkorken knallten, Rufe und Pfiffe gellten, untermalt vom ständigen Blitzen der Kameras, die in der angehenden Dunkelheit die letzten Fotos schossen, bevor die Vorstellung begann. Vor der Bühne saß bereits das Orchester in voller Besetzung und stimmte die Instrumente, was im fröhlichen Lärm auf den Rängen fast völlig unterging.

Luigi führte das Grüppchen zu den Plätzen. Für Eleonoras Gehhilfe war ein Platz am Rand neben ihren Sitzen frei gelassen und mit einem Kreidezeichen am Boden markiert worden. Giulia stellte den Picknickkorb neben Elenora ab und half ihr, Platz zu nehmen.

Drei junge Mädchen, die Massimo erkannt hatten, kamen aufgeregt auf ihn zugerannt und baten ihn um ein Selfie mit ihnen.

»Ach, Ladies«, seufzte er, »ich bin doch offiziell gar kein Fußballspieler mehr …«

»Ihr Mädchen, nehmt euch einen Keks und konzentriert euch auf *La Traviata!*« Eleonora hielt den verdutzten Teenagern von ihrem Sitz aus eine Tüte Cantuccini vor die Nase. »Wir sind hier nicht beim Sport, sondern auf den Spuren italienischer Opernkultur«, fügte sie streng hinzu. »Verdi hat bei der Uraufführung viel Kritik dafür einstecken müssen, eine gesellschaftlich Geächtete ins Zentrum des Geschehens gestellt zu haben.«

Eleonora war nun ganz in ihrem Element. Zitternd hielt sie den Zeigefinger ihrer freien Hand in die Höhe und ratterte rasch ein paar Fakten zu Opern im Allgemeinen und zum Liebeskummer und der Tuberkuloseerkrankung der Kurtisane Violetta im Speziellen herunter. »Und ihr jungen Leute dürft nie vergessen«, schloss sie mit gewichtiger Miene und schaute sich langsam im Kreise ihrer Lieben und der drei fremden Mädchen um, »dass Liebe und Gesundheit die höchsten Güter im Leben sind.«

Sie nickten alle brav. »Und nun nehmt euch einen Keks, ihr Mädchen, und geht wieder zu euren Plätzen. Auch zwei.«

»Wie *zwei?*«, fragte eine.

»Auch *zwei Kekse*«, erklärte Eleonora geduldig, den Arm mit der Kekstüte inzwischen erschöpft auf ihrer Armlehne abgestützt, »aber ihr müsst euch jetzt setzen, das Stück fängt gleich an.«

Die Mädchen taten wie ihnen geheißen und klaubten verdattert je eine Handvoll Plätzchen aus der Tüte. Sie bedankten sich artig, warfen Massimo einen letzten sehnsüchtigen Blick zu und trollten sich zurück in ihre Reihe.

In diesem Moment gingen die großen Flutlichter um sie herum aus. Die Menge wurde still, die Instrumente verstummten. Der Dirigent betrat die Bühne, begeisterter Beifall brandete auf und verstummte in dem Moment, als der Dirigent, mit dem Rücken zum Publikum, die Arme ausstreckte und für einen Augenblick still verharrte. Dann bäumte er sich auf, als stürzte er sich in einen Kampf, und schwang den Taktstock. Die Ouvertüre begann.

Zaghaft erklangen die ersten Töne der Leitmelodie von *La Traviata.* Giulia, die sonst im Operngenre nicht sonderlich bewandert war, summte umgehend mit und wippte mit dem Fuß. Valentino griff nach Tanjas Hand, legte sie auf seinen Oberschenkel und streichelte ihre Finger. Tanja blickte zu Giulia hinüber und lächelte.

»Wer hätte das gedacht?«, raunte diese ihr zu. »Vor nicht mal einem Jahr kannten wir uns alle noch gar nicht, und nun sitzen wir hier zusammen und lassen uns von einer alten Dame in die Oper nach Verona entführen.«

»Es ist wundervoll«, erwiderte Tanja.

»Und Roberta schon schwanger! Unglaublich, wie schnell das alles ging.«

Tanja biss sich grinsend auf die Lippen, warf Valentino einen heimlichen Blick aus den Augenwinkeln zu und beugte sich näher zu Giulia. »Ich bin davon ja noch nicht so überzeugt, aber …«, sie warf ihr einen verschwörerischen Blick zu, »der hier neben mir fängt auch schon damit an, stell dir das mal vor.«

Giulia zog die Augenbrauen hoch und grinste breit. »Echt?«, flüsterte sie. »Wahnsinn!« Sie verzog den Mund. »Massimo auch. Am liebsten elf Stück, hat er gesagt. Eine ganze Fußballmannschaft.«

»Na, elf schaffst du nicht mehr«, gab Tanja trocken zurück.

»Das ist genau der Punkt«, flüsterte Giulia aufgeregt. »Ich bin vierzig. Ich frage mich, ob ich überhaupt noch …« Sie hob vielsagend die Augenbrauen.

»Ich sag mal so«, erklärte Tanja, »eine hauseigene Fußballmannschaft werdet ihr nicht mehr aufstellen können, aber selbst wenn ihr euch auf ein Tennismatch reduzieren würdet, solltet ihr bald anfangen. Am besten gleich nach der Vorstellung.«

Soeben waren Violetta und ein Pulk anderer Darsteller auf die Bühne getreten. Am Bühnenrand konnte Tanja den schicksalhaften Alfredo ausmachen. Er wurde heute von einem berühmten Operntenor verkörpert, den Tanja sogar schon einmal gesehen hatte.

»Aber nach der Vorstellung lädt uns Eleonora doch noch in die Bar Napoli auf einen Drink ein«, verkündete Giulia.

»Tja.« Tanja lachte. »Das eine will man, das andere hat man. Einen Drink haben wir jedenfalls auch hier in unserer Kühltasche.«

»Gut, dann reich mal rüber«, wisperte Giulia zurück.

Tanja beugte sich zu Valentino. »Mach den Champagner auf«, raunte sie ihm zu, »wir haben was zu feiern.«

Printed in Great Britain
by Amazon

47450148R00239